KB003007

죽이고 싶은 남편들

THE HUSBANDS

죽이고 싶은 남편들

챈들러 베이커 장편소설 김산 옮김

CHANDLER BAKER

문학동네

일러두기

1. 원주라고 밝히지 않은 주석은 모두 옮긴이주이다.
2. 본문 중 고딕체나 볼드체는 원서에서 대문자나 이탤릭체로 강조한 부분이다.

돌봄노동자, 어머니, 직장 동료, 배우자라는 이 모든 역할을
한꺼번에 힘겹게 해내고 있는 수백만 명의 여성들에게,
그리고 올 한 해 동안 노동인구에서 빠져나간
기록적인 숫자(남성의 네 배)의 여성들에게 이 책을 바칩니다.
여성들은 무엇이든 할 수 있지만, 모든 것을 할 수는 없기 때문입니다.

차례

죽이고 싶은 남편들
9

에필로그
467

남편들은 어디에나 있다. 양복, 폴로셔츠, 면바지와 카고 반바지, 비치 샌들, 부츠, 로퍼, 운동화, 야구모자 차림으로, 듬성듬성한 머리숱에, 돌돌 말아올린 소매, 목둘레선까지 촘촘하게 올라온 가슴털에, 꽈배기 벨트 위로 봉긋 솟은 뱃살, 수제맥주 로고가 찍힌 티셔츠, 깎을 필요가 있는 발톱, 작거나 큰 키, 색맹, 거뭇한 수염, 자동차 후면 유리에 붙은 '아기가 타고 있어요' 스티커, 개를 산책시키는 손의 네번째 손가락에 끼워진 백금, 금, 은, 텅스텐 반지. 그들은 무직이거나 10만 달러 단위의 연봉을 받고, 세 개의 판타지 풋볼 게임 리그에 속해 있거나 두 개의 다른 행운의 문자를 보내고(짤 다음에 짤 다음에 짤), 불알을 긁적거리거나 애프터셰이브를 바르고, 식료품 저장실에서 간식거리를 뒤적이고, 인터넷 포르노를 보고, 허리에 수건을 두른 채로 바닥에 물을 뚝뚝 흘린다. 그들은 배우자거나, 범죄를 저지른 파트너거나, 고등학교 시절 애인이거나, 완벽한 개자식이거나, 룸메이트거나, 낙오자거나, 정말로 훌륭한 아버지다.

머릿속에 그려지는가? 훌륭하다. 그럼 계속할까?

조금만 더. 당신은 슬슬 졸리기 시작한다. 한숨을 길게 쉰다. 그만. 이제 상상하려고 노력해보라. 어떤 곳을, 특별한 어떤 곳을. 그곳에도 남편들은 어디에나 있다. 그렇다. 하지만 음식을 다 먹으면 접시를 단순히 싱크대 위에 올려놓는 게 아니라 식기세척기 안에 넣고, 계단에 널브러진 물건들을 들고 올라간 다음 정돈하고, 새벽 세시에 아이 물잔을 다시 채워준 후 졸린 아이들을 도로 침대로 데려가고, 감사 편지를 쓰며 이미 뜯어서 읽은 우편물 봉투는 갖다 버리고, 신발을 정리하고, 계획을 확실하게 세우며 소파에 앉아 이래라저래라 참견만 하면서 쉽게 아이 양육을 하지 않고, 학교통신문 이메일을 읽고 음성메시지를 귀기울여 듣고 저녁을 준비하고 큐리그 커피머신을 세척하고, 해바라기씨 버터를 사용하는 것과 화요일은 실내체조 강습을 받는 날이라는 것과 다음주는 보모가 쉬는 주고 이번주는 조카 졸업식이라는 것을 잊지 않는다. 그려지는가? 아주 잘했다. 이제 숨을 깊이 들이쉬고 내뱉어보자. 좋다. 이제 더 깊게 숨쉬어보자. 마음을 느긋하게 먹고 한번 상상해보자.

1

노라는 남편과 싸우고 있지 않다.

그녀는 지금 여기 불려나온 표현에 대해 생각해본다. '싸우고 있는.' 고등학교 시절로부터 발굴한 이 특수 관용구에는 긴 팔 홀리스터 티셔츠, 젓가락으로 틀어올린 머리, 그리고 '난 이번주에 너랑 얘기 안 해' 같은 장면이 함께 지나간다. 그녀는 이제 서른다섯이고 손질하기 힘든 곱슬머리를 구름처럼 부풀리고 다니던 시절은 한참 전에 지났지만, 만약 그녀가 누군가와 싸우고 있다고 했을 때, 그 말이 적당히 우울하고 불안하고 사춘기스럽지 않다고 할 만큼 한참 전은 아니다. 특히 헤이든이 "대체 왜 그래?"라고 물었을 때 그녀가 "아무것도 아니야"라고 대답한 횟수를 생각해보면 말이다.

'아무것도 아니야'라는 말은 '전부 다 문제야'라고 하면 우스울 것 같을 때 하는 말이다.

'호들갑 떨고 있네' 정도가 적절한 표현일 것이다. 하지만 이건 오직 머릿속으로만 생각한 것이니, 계산에 넣지 말기로 하고.

정지신호에서 그들은 각자 침묵에 잠겨 있다. 그녀는 곰곰이 생각중이고 그는 멍하니 앉아 있다. 그녀는 자신이 소유한 SUV의 승객이고 헤이든은 운전사인데, 그녀는 이 편을 선호한다. 비록 체구가 떡 벌어진 전직 럭비선수를 수용하느라 의자가 훨씬 뒤로 밀려 그녀가 맞춰둔 것과 달라지긴 했지만. 헤이든은 황소 같은 목과, 이마 위쪽에 상처를 꿰맨 후 남은 작은 흉터를 가지고 있다. 그녀는 짜증이 났을 때조차도 그게 섹시해 보인다. 물론, 다시 말하지만 지금은 짜증난 상태가 아니다. 게다가 희미해져가는 푸른 문신이 털로 뒤덮인 오른 팔뚝에 살짝 보이는데, 그녀는 애써 인정하는 것 이상으로 그 부분에 자주 자부심을 느낀다. 팔뚝에 문신 있는 남자와 결혼하는 여자가 될 줄은 전혀 상상도 못했기 때문이다.

"좀 머네." 딱히 아무 뜻 없이 그가 말한다.

"그렇게 안 멀어." 이 말에 담긴 그녀의 뜻은 이러하다. 벌써부터 긁지 않는 게 좋을 거야. "봐, 왼쪽에 있잖아. 이쪽. 안 보여?" 그녀가 자동차 앞유리창 너머 단지로 들어가는 웅장한 입구를 가리킨다. 벽은 텍사스 힐 컨트리식 석회암으로 장식되어 있고 비스듬한 필기체로 '다이너스티 랜치'라는 이름이 옆에 적혀 있다. 분수가 물기둥을 분사한다. 그래, 좀 허세가 있어 보이긴 하지만 세상에는 더 최악인 것들도 많다. 그렇지 않나?

다이너스티 랜치는 오스틴시 경계에서 십 분 거리에 있는 소수 입주민 거주지로, 셀프서비스 프로즌 요구르트 상점, 거대한 리클라이닝 좌석을 구비한 극장, 자랑할 만한 아이들 놀이터를 갖춘 멕시코 음식 체인점이 있는 지역에 아늑하게 자리잡고 있다. 꽤 특권층을 위한 곳이다. 적어도 비서가 사무실 책상 위 그물망

편지함에 넣어둔 고상한 안내책자에 따르면 그렇다. 실제로 광고에 엄청난 돈을 쏟아부은 것이 틀림없다. 헤이든이 툴툴거리면서 깜빡이를 켜지 않고 왼쪽 차선으로 움직이고, 이 실수를 그녀는 가슴에 손을 얹고 지적하지 않는다.

"그냥 보기만 하러 온 거니까." 그가 말한다. "시간은 충분히 있어."

시간은 충분히 있다니, 마치 그녀의 점점 불러오는 배가 째깍 거리는 시한폭탄이라는 것처럼 말하지만 헤이든은 분명 지루한 해체작업에 돌입하기 전에 조금 미적거릴 심산인 것이다. 그녀는 이렇게 생각한다. 제정신인 사람이라면 누구라도 곧장 위기를 상쇄하고 이후 단계를 대비해 여분의 시간과 과오의 여지, 안전망을 확보하고 싶지 않겠는가? 하지만 헤이든은 이렇게 믿는 것 같다. 알아서 다 될 거야.

보통은, 그렇지 않다.

그는 나중에 쓰레기를 버릴 것이다. 나중에 설거지를 할 것이다. 나중에 식탁을 치울 것이다. 그녀는 기다린다, 때를 기다린다, 흐름에 따른다, 그녀의 세상은 엉망진창이 된다. 이전에도 그랬다. 그전에도 또 그전에도 또 그전에도.

알아서 될 거라니. 여기서 생략된 사실은 그 알아서 된다는 부분과 그는 아무 관계가 없으리라는 것이다. 그는 그들의 집과 걸음마를 시작한 아이와 일상생활 모두가 마법에 의해 순조롭게 유지되고 있다고 생각하는 것 같다. 마치 그녀가 가족의 룸펠슈틸츠헨*인 것처럼. 그는 잠자리에 들면서 말한다―짠―봤지, 노라? 모두 다 처리됐어. 근데, 맙소사, 당신 왜 그렇게 땀에 젖어 있어?

그녀는 속이 끓는다.

그들은 얇은 부젓가락 같은 막대에 얹혀 땅에 박혀 있는 오픈하우스 표지판을 따라간다. 하지만 거의 반 마일을 가도 다이너스티 랜치의 첫번째 집이 보이지 않아, 정말 끔찍하게 먼 길처럼 느껴진다.

초목은 드문드문하다. 그나마 보이는 것들은 세심하게 손질되어 있어 말끔하고 평온한 느낌을 풍긴다. 어쩌다 집—더 정확히는 대저택이라고 해야 할 것 같은—이 보이면, 노라는 내부에 사람이 드나들 만한 커다란 식료품 저장실이 있어서 진공 뚜껑으로 덮인 투명한 플라스틱 통이 선반 위에 가지런히 늘어서 있고 검정 보드 마커로 안에 든 섬유질 시리얼 이름을 적은 라벨이 붙어 있는 장면을 상상한다. 그것이 언뜻 보기에 느껴지는 다이너스티 랜치의 분위기다.

그들은 쉐보레 타호 트렁크에서 식료품을 내리고 있는 한 남자를 지나친다. 지나가는 보트를 보며 손을 흔들듯이 그가 그들에게 손을 흔든다.

그때였다—"여기서 무슨 일이 있었던 거지?" 헤이든이 속도를 줄이더니, 오른쪽에 있는 잿더미가 된 집 앞에 차를 세운다. 검댕이 잔디 위에 흩뿌려져 있고 곧 무너질 듯한 골조에도 튀어 있는데, 검정의 느낌이 전체를 지배하고 있어서 노라는 구덩이를 들여다보는 기분이다. 문이 있었을 법한 자리에는 노란색 접근금지 테이프가 열십자형으로 둘러쳐져 있다. 남아 있는 깨진 유릿

---

* 독일 민화 속 난쟁이로, 마법을 부려 불가능해 보이는 일을 해결해준다.

조각들에 햇빛이 반사된다. "저기 사람이 살았을까?" 노라에게 더 잘 보이도록 버튼을 눌러 그녀가 앉은 쪽의 창문을 내리면서 헤이든이 묻는다.

사랑스러운 집이었을 것이다. 그곳에 살았던 사람이 누구였든 지 간에 그녀는 안타깝다. 이제 그 집의 모든 것―사진첩, 신중 하게 고른 가구, 휴가 때 같이 샀던 미술품―은 화마 속에 사라 졌다.

"글쎄." 노라가 자리에 앉은 채로 몸을 쭉 편다. "근데 우리 너 무 이렇게 빤히 쳐다보면 안 될 것 같아."

헤이든이 여전히 빤히 쳐다보며 운전대 위로 기댄다. "화재경 보 꼭 확인하라고 나한테 일러줘, 알겠지?"

남편이 이토록 쉽게 책임을 하나 더 그녀에게 떠넘겼다는 것에 노라의 손가락이 긴장한다. 꼭 일러달라니.

물론 그녀는 그렇게 할 것이다. 사실 그녀도 화재로 죽고 싶지 는 않기 때문이다. 하지만 때로 (사실상 항상) 그녀가 챙겨야 할 책임이 있는 일상생활의 자질구레한 사항들을 쑤셔넣을 주름이 뇌에 더이상 남아 있지 않다는 기분이 든다.

그가 브레이크에서 발을 떼니 차가 다시 굴러가고, 아무 일도 없었던 것처럼 동네 풍경이 다시 시작된다. 좌회전 그리고 한번 더 좌회전―돌, 벽돌, 새로 칠한 목조 외장재, 하나하나 깔끔하고 그림 같은 아메리칸드림의 풍경―그리고 그들은 곧 도착한다.

머제스틱 그로브 2913은 널따란 모퉁이 부지에 자리하고 있 다. 원형 진입로의 매끄러운 표면에 텍사스 스타가 양각되어 있 고, 그 끝에 주철로 된 문이 보인다.

"첫인상은?" 최선을 다해보자는 말투로 노라가 묻는다.

"글쎄." 헤이든이 차에서 내려 양손을 허리에 얹으며, 몸을 앞으로 내밀어 기지개를 켠다. "걸어다닐 만한 곳이 아닌 것 같아."

"걸어다닐 데가 어딨다고?" 노라가 자동차 보닛을 돌아 헤이든 옆에 선다.

칠 년 전 오스틴 심장부에 연립주택을 샀을 때, 노라와 헤이든은 산책하다 사우스 콩그레스에서 브런치를 먹고, 자전거를 타고 출근하고, 지역 농산물 직판장에서 식료품을 사는 미래를 꿈꾸었다. 노라는 금이 간 연노란색 벽과 울퉁불퉁한 타일과 삐걱거리는 계단을 좋아했다. 그녀가 미처 생각지 못했던 것은 이미 가득찬 '해야 할 일' 목록에 '배관공에게 전화하기'를 추가해야 하는 횟수, 차고 문을 수리하려면 어떤 사람을 불러야 할지 몰랐던 탓에 문이 꼬박 십사 개월 동안 작동하지 않았다는 사실, 그 집의 특징적인 매력 요소였던 두 개의 지그재그식 계단이 딸 리브가 태어난 후에 사악한 천벌로 변해버렸다는 냉혹한 현실이었다. 이 모든 것은 사고가 일어나기 전의 일이었다. 그 집에서 아이 하나를 더 기르는 일은 완전히 불가능하다고 여겨지기 전.

"그렇긴 해도, 어쨌든 그것도 장점인데." 나이보다는 햇볕 때문에 생긴 적당히 보기 좋은 주름이 헤이든의 다정한 눈 가장자리로 퍼진다.

"마음을 열라고. 제발." 그녀가 간청한다. 노라는 이미 마음속으로 셈을 해보았다. 더 넓은 공간을 얻을 수 있는 유일한 방법은 쿨하고 힙한 지역을 포기하는 것뿐이다. 이전에도 그녀는 그다지 쿨하고 힙한 적이 없었다는 점을 감안하면, 결정하기가 상대적으로 쉬워 보인다.

헤이든이 노라의 손을 꼭 쥔다. 그들이 하고 있지 않은 싸움은 어쨌든 노라의 머릿속에만 있으므로, 그녀가 원할 때는 언제나 화해하기를 선택할 수도 있다. 예를 들면 지금도.

함께 보도를 걷는데 다람쥐 한 마리가 쏜살같이 그들을 가로 질러 떡갈나무로 올라간다. 그녀는 그 다람쥐가 나뭇가지 사이에 웅크리고 앉아 코를 씰룩거리는 것을 바라본다. 테두리를 두른 블레이저를 입고 윤나는 흑발을 하나로 묶은 여성이 문 앞에서 그들을 맞이한다. 그녀는 활력이 넘친다.

"어서 오세요. 어서 오세요. 이슬라 웡이라고 합니다." 그녀가 노라의 손에 명함을 슬쩍 쥐여준다. "다이너스티 랜치는 처음이 신가요?"

명함에 따르면 이슬라는 트래비스 카운티의 일등 부동산 매매 대리인이다. 그것도 삼 년 연속으로! 진짜로 그녀가 일등일까? 그렇다면 정말 대단한 일이다. 자랑스러워할 만하다. 실제로 그녀 도 자랑스러워하는 것 같다. 누가 봐도.

이슬라가 그들을 현관으로 안내한다. 앞코가 뾰족한 하이힐 소 리가 현관에 울린다. 헤이든이 목을 빼고 층고가 높은 천장을 올 려다본다.

"네. 처음이에요." 노라가 대답한다. 집은 사진보다 훨씬 멋있 다. 흔한 일은 아니다.

"잘됐네요, 그럼 제가 이 지역에 대해 조금 말씀드릴게요. 다 이너스티 랜치에서는 모두가 가족을 우선시한답니다. 입주자협 회에서 매우 합리적인 비용을 들여 훌륭한 생활편의시설을 제공하고 있어요. 사람들은 저희가 제공하는 것들에 항상 놀라곤 하죠. 아름다운 공용 수영장과 클럽하우스, 스포츠 경기장 그리고—헤이든, 골프 치시나요?"

"잘은 못 쳐요." 그가 빙그레 웃으며 대답한다. 노라는 골프를 잘 치는 평범한 미국 남성에 대해서는 들어본 적이 없다고 생각한다. 모두 똑같이 못 치니 그렇게들 좋아하는 게 아닐까.

"저도 가끔 쳐요." 노라가 말한다. 헤이든에게만 향한 그 질문이 성차별적이라는 생각이 들어서다. 그녀는 자신의 몫을 다하려 하고 있다.

집에 대해 이야기해보자면 단층 랜치하우스인데, 이 건축 용어는 노라가 최근 알게 된 바에 따르면 목장을 의미하는 '랜치'와는 거의 관련이 없다. 사방이 트인 오픈 플로어 플랜 구조라, 전문 셰프의 주방에 버금가는 주방이 널찍한 거실과 합쳐진다. 노라는 하부 냉동고 공간이 추가로 달린 거대한 스테인리스스틸 냉장고 앞에서 맴돌 수밖에 없고, 현재 집에 있는 날씬한 냉장고 문을 홱 당겨 열 때마다 그녀 위로 핫도그, 냉동 감자튀김, 브로콜리 비닐팩이 눈사태처럼 쏟아지는 일도 종말을 맞을 수 있겠다는 환상을 도저히 떨칠 수 없다.

"단지 뒤편에 근사한 골프 코스가 있어요." 이슬라가 말하고 있다. "골프 카트도 구비되어 있죠. 나가면서 보시면 좋겠네요. 그리고 노라—혹시 직업이 뭔지 여쭤봐도 될까요?"

"변호사예요"—그녀가 헛기침한다—"동시에 엄마죠." 부동산 중개업자가 그녀의 직업이 뭔지를 꼭 물어봤어야 할까? 노라는 정중한 대화에서 상대의 직업을 물어보는 건 요즘은 실례라고 믿고 있다.

이슬라는 노라와 헤이든이 그 집을 살 형편이 되는지 가려내려는 건지도 모른다. 자동차 판매원처럼.

"와." 이슬라가 손뼉 친다. "어떤 변호사이신가요?"

"소송 변호사예요. 주로 개인 상해 분야죠. 그린버그 슈월에서 일하고 있어요." 노라가 말한다.

노라는 원고측 변호인으로, 더 냉소적으로는 '구급차 추격자'라고 불린다. 피고측 상법 변호사였던 바람둥이 아버지에게 '엿이나 드세요'라는 의미에서, 그녀는 늘 진로를 보통 사람들을 대리하는 쪽으로 정하고 싶었다. 그렇다, 개인 상해 전문 로펌이라면 그린버그 슈월은 어느 정도 '기득권'이었지만, 그렇다고 '텍사스 망치'라든가 '사법 독수리'라고 선언하는 광고판이나 내거는 가식적인 개인 상해 전문 변호사들 중 한 명이 되는 것이 노라의 목표는 아니었다.

"이제 기억나네요." 이슬라가 금색으로 칠한 손톱으로 자신의 뺨을 만진다. "다트머스대학교 나왔다는 그분이시죠? 그렇죠?"

노라가 깜짝 놀란다. "네, 그런데 어떻게 그걸ㅡ"

"동창회 네트워크죠."

"다트머스 나오셨어요?" 작은 전율이 밀려온다. 이곳 텍사스에서 동부 지역 졸업생을 만나는 일은 흔치 않기 때문이다.

"설마, 아니요, 그렇게 공부를 잘하진 못했어요. 저는 사람을 더 좋아하는 타입이에요. 타깃을 확실히 잡은 광고. 바로 그거죠. 될지도 모른다는 기대만으로 너무 큰 노력을 기울이고 싶진 않아요. 시간 낭비죠." 이슬라는 그들을 집 안쪽으로 안내하면서 붙박

이장 위를 손으로 훑으며 지나간다. "여기엔 매우 활동적인 네트워킹 그룹도 있는데 확실히 혜택을 많이 받으실 수 있을 거예요. 다이너스티 랜치의 좀 특이한 점들 중 하나는 입주자협회에서 실시하는 지원 신청과 단기간의 심사 과정이 있다는 건데요. 그런데 솔직히"—그녀가 갑자기 과장되게 속삭인다—"제 생각에 두 분은 무난히 통과하실 것 같단 말이죠."

특권층 운운했던 광고가 전부 허튼소리는 아니었던 모양이다.

"하지만 이건 꼭 보여드려야 할 것 같네요." 이슬라가 신기하게 생긴 회전문을 열어 그들을 들여보낸다. "제가 가장 좋아하는 공간인데요. 단독 놀이방이에요."

과장이 아니라, 틀에 박힌 다이닝룸이 아닌 다른 곳이 리브의 장난감을 위한 장소가 될 수 있다는 생각 자체가 노라의 숨을 멎게 한다. 그녀가 방 주변을 성큼성큼 걷고 헤이든이 뒤따른다.

"드문 호사라는 건 알지만, 동물 봉제 인형이나 레고나 플라스틱 과일이 온 집안에 넘쳐나는 걸 방지하기가 훨씬 쉬워지죠. 무슨 뜻인지 아실 거예요."

그리고 노라는 정말 그게 무슨 뜻인지 안다. 증식하는 장난감들. 버릴 수 없는 그림들. 동물 봉제 인형과 텐트와 실내용 미니어처 트램펄린 들. 찬장에서 쏟아져나오는 콘티고 물병과 칸이 나눠진 접시와 도시락통 들. 리브가 매해 자라면서 그들의 '귀여운' 이층집은 점점 비좁아졌다. 육 개월 후 네번째 가족 구성원이 태어나면, 스팽글러 가족은 『이상한 나라의 앨리스』처럼 빌어먹을 케이크 먹기를 멈출 수 없게 될 것이다.

다음으로, 헤이든과 노라의 옷을 따로 수납할 수 있는 드레스

룸이 딸린 널찍한 부부 침실, 분리된 욕조, 그네 한 쌍이 이미 설치된 뒷마당이 있다. 다시 주방으로 돌아간 노라는 널찍한 식료품 저장실 안을 들여다보고 사랑에 빠진다는 게 뭔지 새삼 떠올린다.

"이런 것들을 무작정 보러 다니던 때 기억나?" 헤이든이 그녀의 귀에 대고 중얼거린다. 일요일이 달랐던 때가 있었다.

"질문 있으신가요?" 이슬라가 묻는다.

헤이든이 노라를 쳐다본다. 그녀는 그가 자신을 따라와주면서 자신이 주도하기를 항상 기다려주는 것이 좋았다. 그런 그는 매우 요즘 사람처럼 느껴졌다.

"작은 헬스장이 이미 마련돼 있다는 게 좋네요." 헤이든이 양손을 주머니에 찔러넣는다. "저한테는 좋은 플러스 요소가 될 것 같아요."

노라는 어린이집 엄마들 사이에서 유행인 여름휴가 몸매 만들기 홈트레이닝을 하면서 '몸매 관리를 하는' 자신을 상상해본다. 교외의 평범한 엄마가 되어 예티 텀블러로 와인 마시기 같은 것들을 할 수 있을지도 모른다.

"현재 집주인은 왜 이사를 가시죠?" 그녀가 묻는다.

"부인께서 좋은 새 일자리를 얻으셨죠. 뉴저지주 프린스턴으로 가세요." 이슬라가 폴더를 열어 종이 몇 장을 획획 넘기더니, 이전에 노라가 받았던 안내책자와 비슷한 종류의 번쩍거리는 팸플릿을 헤이든에게 건넨다. 표지에는 일군의 중년 남자들이 픽업 농구를 하고 있다.

"아까 '저희'라고 하시던데," 노라가 말한다. "그냥 하시는 말

쓸이었나요. 아니면—"

"오! 저는 저쪽 화이트 메어에 살아요. 왼쪽 두번째 집이요. 이제 오 년째네요. 삶의 양상이 달라졌어요."

양상이 달라졌다라. 그렇군.

노라의 휴대전화가 핸드백 속에서 진동한다. "죄송해요." 그녀가 전화기를 꺼낸다. "아마 시부모님일 거예요. 오후에 딸아이를 봐주고 계시거든요."

아니다. 일요일에 전화를 걸어온 곳은 사무실이다. 그녀는 전화기 측면 버튼을 눌러 음성사서함으로 넘어가게 한다. 하지만 몇 초 후 아웃룩에서 푸시 알림이 온다. 그녀가 화면을 기울여 메시지를 읽는다.

노라, 내 사무실로 전화 줘. 최대한 빨리.

그녀의 몸속 압력 밸브가 돌아가는 것이 느껴진다. "가봐야 할 것 같아요." 미소는 경직되어 있다.

"알겠습니다." 이슬라는 어서 그렇게 하라는 듯이 손바닥을 치켜올린다. "정말 쉼없이 일하시는 것 같네요. 괜찮으시다면 나가면서 방명록에 사인해주세요. 투명성을 철저히 지키면서 이 집에 대한 문의를 처리하고 있습니다만, 저는 이 집을 훌륭한 가족이 소유하게 되는 데 특히 지대한 관심을 기울이고 있다는 점을 꼭 말씀드리고 싶군요." 그녀가 윙크한다. "그러니 다른 문의사항이 있다면 주저하지 마시고 연락 주세요."

노라는 빈칸에 서둘러 이름을 휘갈겨 적으면서 그들이 그날의 일곱번째 방문객이라는 사실을 눈여겨본다. "한 가지." 그녀가 펜을 내려놓는다. "두 블록 전에 있는 집에 무슨 일이 일어났었는지 혹시 아시나요?"

"끔찍한 화재가 있었죠. 전기 문제 때문이었을 거예요. 하지만 걱정 마세요. 추가적인 예방조치를 취했고 특히 이 집은 배선에 주의를 기울여 사전점검을 마쳤으니까요. 결과는 완벽하답니다."

"다행이네요." 헤이든이 노라의 허리를 잡는다. "다시금 감사합니다."

"즐겁고 보람찬 하루 보내세요"라는 말을 마지막으로 노라는 한낮의 뭉근한 더위 속으로 걸어들어간다.

❖

시부모에게서 네 살 난 리브를 데려온 노라는 오후 시간을 그린버그 슈월의 수석 파트너 변호사*인 개리와 통화하며 보낸다. 개리가 정신없이 보낸 이메일은 컴퓨터 때문이었는데, 컬러 프린터에 컴퓨터가 연결되지 않는다는 것이었다. 비서가 일요일에는 출근하지 않는다는 사실을 고려하여, 그는 당연히 노라에게 전화해야겠다고 생각했다. 노라는 개리를 포함해 사내 모든 변호사가 이용할 수 있는 명부를 참고해 IT 부서 직통전화로 연결한 다음 부서원이 자신에게 연락해주기를 기다린다. 그동안 리브에게

---

* 로펌에 채용된 변호사인 어쏘 변호사(associate lawyer)가 7~10년의 경력을 쌓으면 심사를 거쳐 파트너 변호사(partner lawyer)가 된다.

영양가가 있는 간식과 없는 간식을 각각 따로 만들어주고, 널브러진 빨래를 식탁 위에 던지고, 시간 내서 청소할 필요가 있는 꽉 찬 문구 서랍에서 스티커 북을 꺼낸다. IT 부서에서 전화가 오자, 개리까지 포함해 통화를 연결한다. 그녀가 자기를 보조 직원에게 떠넘겼다고 느끼면 개리가 짜증 부릴 것을 알기 때문이다.

"엄마, 이거 봐. 나 마술 부릴 수 있어!" 리브가 그녀의 원피스를 잡아당긴다. 노라는 딸이 다소 불안정하지만 홍학처럼 서려는 모습을 봐주려고 노력한다. 대충 계산해보면 노라의 육아 생활의 80퍼센트는 "이거 봐"주는 데 쓰이고, 나머지 20퍼센트는 빗과 머리끈을 쥐고 집안 곳곳 리브를 따라다니면서 딸에게 "제발, 가만히 좀 앉아 있어"라고 간청하는 데 쓰인다. 적어도 유산소 운동은 된다.

"노라, 듣고 있어?" 전화기 반대편에서 들려오는 개리의 무뚝뚝한 목소리.

"네, 듣고 있어요, 개리. '대문자' 키가 눌린 게 아닌지 반드시 확인하세요, 아시겠죠?" 그녀의 말을 개리가 그다지 생색으로 받아들이지 않는 것은 그가 얼마나 도움을 받고 있는가를 보여주는 증거다. "키보드 왼쪽에 들어온 불이 초록색인가요?"

개리가 툴툴거린다. 그는 굳이 답답한 심정을 감추려 하지 않는데, 그것은 컴퓨터나 컴퓨터 사용법을 모르는 자신이 아니라 노라와 IT 부서의 브루스를 향해 있다. 하지만 노라는 파트너 변호사가 발끈하는 것을 꿋꿋이 견디는 데 익숙하며, 자기 아이를 대할 때와 마찬가지로 개인적 악감정으로 받아들이지 않는다.

한편, 뇌의 나머지 반쪽은 헤이든이 어디로 갔는지 궁금해하며 배회한다. 그녀는 뚜껑을 돌려 딴 사과소스 팩을 리브에게 건넨다. 받은 메일함을 확인한다. 늘 그렇듯 메일함은 매주 일요일 저녁마다 차오르기 시작했다. 고객들과 다른 변호사들이 다음 월요일에 그들의 요구사항이 제일 먼저 처리되기를 바라기 때문이다. 시간을 확인한다. 어쩌면 리브를 일찍 재우고 한 주 업무를 미리 시작할 수 있겠다. 올해 그녀는 파트너 변호사 자리에 도전할 생각이다. 그녀는 일을 잘한다. 설득력 있는 변론서를 쓴다. 사람들은 그녀를 좋아한다. 하지만 노라는 흔히 '실적 우수자'라고 일컬어지는 사람은 아니다. 대신에, 개리처럼 이미 긴 고객 목록을 가진 인정받는 수석 파트너의 고객들에게 법률 서비스를 제공하면서 몸값을 높여왔다.

자신만의 고객 목록을 불릴 계획이 없었다는 것은 아니다. 한때는 있었다. 다만 책임감을 가지고 자신의 고객을 맡을 수 있는 경력상 지위에 도달함과 동시에 어머니가 되었고, 이 두 가지가 겹치면서 술자리, 변호사 오찬 모임, 이미 거의 포기한 상태인 일련의 대면 연수 과정에 너무나 자주 불참하게 되었다. 그녀는 자신의 장점에 집중했다. 화려함 뒤에서 브레인이 되는 것에 만족한다. 가슴속 밑바닥에는 사람들 앞에서 말하는 것에 대한 두려움이 자리잡고 있다는 합리적 확신이 있기도 했기에, 어쩌면 더 잘된 일인지도 모른다. 그녀는 사전조사를 해서 인상적인 서면 보고서를 쓰고 강력한 변론서를 종합한 다음, 법정에 서서 그녀의 말로 설득하는 것은 다른 이에게 맡긴다. 그녀의 업무가 얼마나 중요한지는 모두가 알고 있다. 적어도 그렇다고 스스로 되뇐다.

통화가 끝난다. 메일함이 다시 차오른다. 손톱 밑이 가려울 때처럼 스트레스가 쌓인다.

"헤이든!" 간신히 일말의 자제력을 담아 그녀가 소리친다. "헤이든!" 세 글자에 처절하게 매달린다. 어쩔 수 없다. 에어팟을 빼려고 고개를 갸우뚱하면서 남편이 차고에서 나온다. "어딨었어?" 목소리는 마치 알리바이를 대라고 용의자를 겁박하는 형사 같다. 그런 자신이 조금 싫어진다.

"미안." 그가 물 한 잔을 따른다. 물줄기가 냉장고 앞으로 떨어지며 스테인리스스틸에 자국을 남기고 바닥에 고인다. "운동하고 있었어. 헤드폰 끼고 있어서. 내가 필요했어?" 그가 그녀의 얼굴을 살핀다. "무슨 일이야?"

"무슨 일이냐고? 당신이 환상의 라라랜드에 있는 동안 나는 네 살배기를 몸에 달고 업무를 처리하고 있잖아." 임신 삼 개월이기도 하다는 사실은 말할 것도 없고.

간신히 파트너십에 적격한 위치까지 올라, 젊은 변호사의 인생에서 흔히 가장 힘든 해라고 알려진 시기인데 임신까지 했다는 점은 한 번도 그녀의 뇌리를 떠난 적이 없었다.

"에이." 그가 섭섭하다는 듯 고개를 젓는다. "그러지 마. 몰랐어. 나한테 오지 그랬어. 기꺼이 도와줬을 텐데."

"당신이 어디 있는지 몰랐어." 그녀가 봉투가 열려 있는 편지 더미를 집어, 눈에 보이지 않도록 서랍 안으로 밀어넣는다.

"차고에 있었는데."

"그럼, 거기 있지 마." 그녀가 고개를 돌리며 말한다.

"이런. 화가 단단히 나셨네."

그녀는 식료품 저장실에서 빗자루를 가져와 리브의 간식 부스러기를 쓸기 시작한다. 알아서 요점을 파악하라는 의미에서 그랬는지, 진짜로 부스러기가 거슬렸던 건지 그녀는 알지 못한다. 때로는 구분하기가 정말 힘들다. "화난 거 아니야. 일을 해야 할 뿐이야."

"주말에도 일 시키는 거 말도 안 된다고 생각하지 않아?" 헤이든은 노라가 비질하는 모습을 바라본다. 그녀가 전하려는 요점을 파악한 사람은 확실히 아무도 없는 것 같다.

"시켜서 하는 게 아니야." 그녀가 빗자루를 내려놓는다. "해야해서 하는 거야, 헤이든. 출근하면 일을 해야 하잖아, 알잖아, 일. 솔직히 그런 일다운 일을 언제 했었는지 까마득해. 항상 내가 리브를 어린이집에 데려다주고, 시간 빼서 병원에 데려가고, 몰래 빠져나와서 리브 친구에게 줄 생일 선물을 사잖아. 리브가 어디 아프기라도 하면 어떤지는 말 안 해도 알겠지. 여덟 시간 꼬박 업무를 본다? 돈을 받는 실제 업무를? 그건 정말이지, 놀라운 일이겠지. 내가 주말에도 일을 해야 하는 이유는 그 시간들을 언젠가는 벌충해야 하기 때문이야."

노라는 이쯤에서 개리에 대해 불평하든지 아니면 헤이든에 대해 불평하든지 선택할 수 있다는 사실을 깨닫는다. 뭔가 잘못되었다. 이런 식으로 계속 가다간 결혼생활을 망칠 것이다.

"알겠어." 그가 숨을 깊게 들이쉰다. "내가 뭘 해줬으면 좋겠는지 말해봐."

"내가 필요한 건 시간뿐이야." 노라의 목소리는 마치 깨진 레코드 같다. 시간, 시간, 시간, 그녀는 항상 시간 때문에 스트레스를 받는다. 이런 말을 들어본 적이 있다. 누구나 시간 걱정을 하거나 돈 걱정을 할 수 있는데, 좋은 소식은 둘 중에 하나는 고르게 되는 것이라고.

"우리가 방법을 찾아낼 수 있을 거야." 헤이든이 말한다. "도우미를 고용하자. 괜찮을 거야." 노라는 고개를 끄덕이지만, 그가 '우리'라고 말할 때조차 '당신'이라고 들린다. 게다가 이건 매사에 그가 들이대는 마법의 해결책 아닌가? 도우미 고용하기! '도우미 고용하기'가 피자 주문만큼이나 쉽다는 듯이.

그가 양팔을 내민다. 그녀가 그의 넓은 가슴에 바싹 다가가 안긴다. 섬유유연제와 데오도런트 냄새가 난다.

그녀의 흉곽이 경련한다. 목이 텁텁해진다. 이번주만 해도 처리를 기다리는 산적한 업무가 수영을 시작하기도 전에 그녀를 익사시키려 위협한다. 게다가 그녀는 정말로 결혼을 망가뜨리고 싶지 않다.

그가 그녀를 팔 길이만큼 떨어뜨린다. "내가 더 도울게." 그가 턱을 내리고 연파란색 눈으로 그녀를 똑바로 바라본다. "도시락도 싸고, 내가…… 리브 방 청소도 할게. 매일 내가 어린이집에 데려갈게."

고마움이 노라의 마음속에서 갓 구운 빵처럼 솟아오른다. 그녀는 생각한다, 그래, 그래, 제발, 그러자.

하지만 마음 한구석에서는 이 모든 말을 전에 들어본 듯한 기억이 신경을 긁는 데자뷔를 일으킨다. 한 번 속으면, 그럴 수 있다. 두 번 속으면, 사랑이다.

"됐지?" 그가 찡긋 웃으면서 굳은살 박인 손을 내민다.

그녀는 믿는다. 그래야만 한다. 이 남자는 그녀가 저지른 최악의 일도 용서해줬던 사람이니까.

필요는 발명의 어머니

레너드 케이시 기자

"노동인구로 편입되는 엄마들의 수가 기록적으로 늘면서, 여성들이 시간을 최대한 활용하기 위한 창의적인 문제 해결책을 내놓고 있다."

————

댓글 보기

————

벡시퍼드

'창의적'이라는 말이 하루 열일곱 시간 일하기(네 맞아요, 아이 양육+생계를 위한 직장 일 합쳐서)를 의미하는 거라면, 기자 말대로 문제는 정리가 되었네요! 문제가 해결돼서 **엄청** 기뻐요.

엄마처럼강해지기20

푸핫, 글쓴이는 기분좋은 기사 하나 썼다고 생각할 게 분명한데 난 남은 스파게티에 얼굴을 파묻고 흐느끼는 중. 사무실 문 뒤에서 아무도 모르게 운동복으로 갈아입고 재빨리 '매트 위에서 할 수 있는 운동'을 하면서 헬스장 가는 시간 줄이기? 휴대용 유축기 사서 일하는 중에도 모유 짜내기? 직장에서 쓰는 노트북 미용실에도 가져가기? 실례지만 그 매트 가져가서 책상 밑에 깔고 차라리 쪽잠 좀 자겠습니다, 감사.

조너선 SC

남자는 한 명도 인터뷰하지 않았다는 게 흥미롭네요. 여자들은 일과 삶 사이에서 균형을 잡느라 힘든 게 자기들뿐이라는 듯이 행동하죠.

십자가를 짊어지고 있다는 듯이. 하지만 사실상 내가 아는 남자들 대다수가 모든 집안일의 50퍼센트를 책임지고 있습니다. 이런 이야기는 별로 새삼스럽지 않거나 요즘 언급할 만한 트렌드가 아닌 걸까요. 하지만 이런 기사는 가정에서 남자들이 맡은 역할을 평가절하하고 있습니다. 편집부의 더 객관적인 시각을 기대합니다.

니시
이거 읽고 이런 생각한 사람은 나뿐인가? '잠깐, 남자 놈들은 여자가 1달러를 벌 때 80센트만 벌어야 하는 거 아니야?'

2

    아침에 다섯번째 이메일에 보내기 버튼을 누른 직후, '여성 리더십 계획' 일정 알림 팝업이 튀어나오자 노라는 신음했다. 병가를 낼까 생각해보았지만, 두 달 전에도 써먹었기 때문에 또다시 그런 쇼를 할 수는 없다.

    회사 임원위원회의 발명품인 그 계획은 일 년 전에 시작된 월례 회의다. 여성 어쏘 변호사들은 의무적으로 참석해야 하는데, 그린버그 슈월의 여성들은 어떤 계획에 동참하는 데 사실은 큰 관심이 없다는 것을 누구라도 주의를 기울였으면 알아차렸을 것이다. 그것은 생리주기처럼 꼬박꼬박 반복되는, 노라가 감내해야 할 고통이 되었다.

    정오에 여성 여덟 명이 회의실 탁자에 둘러앉아 각자의 아웃룩 계정에 쌓인 이메일을 읽으며, 중간 휴식처럼 느껴지는 이 시간 동안 그다지 세련되지 않은 회의실에 갇혀 있는다. 거기 앉아서 유리 천장 깨는 법을 생각해봐!

    그녀 옆에서 일 년 차 어쏘 변호사가 회사에서 제공하는 근처 샌드위치 가게의 점심 도시락을 열고, 언제나처럼 눅눅해진 샌드

위치, 유명 브랜드가 아닌 감자칩, 딱딱한 쿠키, 종이에 싼 피클을 노라가 너무 잘 아는 실망감을 가득 안고 분류한다. 고통스러운 침묵의 시간이 또 한번 지나가고, 바버라 팀스가 마침내 회의실 탁자를 두드리며 모두의 주의를 환기한다.

"시작할까요?" 바버라는 고위급 임원진이다. 턱살이 늘어지고 핏기 없는 얼굴이 여성 정치인 같은 헤어스타일과 똑딱이 귀걸이로 둘러싸여 있다. 오 년 전에 바버라는 회사의 삼십오 주년 기념 파티에서 '재미난' 일화를 들먹이며 건배사를 했는데, 그 일화는 그녀가 제왕절개수술을 하고 딱 주말만 쉰 뒤 복귀했다는 내용이었다. 소문을 통해 노라는 바버라가 여성 어쏘 변호사들이 신혼여행을 간다며 며칠을 쉬는지 기록해둔다는 이야기를 들었다. 노라는 일주일을 쉬었고 그중 이틀은 주말이었다. 분명 아슬아슬하게 받아들여질 만한 수준이었을 것이다.

"오늘은," 바버라가 진행한다. "직설적인 언어 쓰는 법 배우기에 대해 이야기하고자 합니다." 바버라가 손가락을 둥글게 말아 쥔다. "여성으로서, 우리는 어려서부터 우리의 의견과 요구사항, 심지어 단순 사실을 말할 때조차도 수식어를 써서 표현하도록 길들여집니다." 그녀가 앞에 놓인 인쇄물을 의무적인 느낌으로 읽는다. "우리는 실제로 '알고' 있을 때 '그런 것 같다'라고 말합니다. '확실히'라는 뜻으로 '아마도'를 씁니다. 더 심하게는, 뒤로 물러나 앉아서 아무 말도 하지 않지요."

사실 노라는 이곳에서 뒤로 물러나 앉아 정말이지 아무 말도 하고 싶지 않다. 이것은 공평하지 않은 듯하다. 남직원들은 모두 책상에 앉아 시간당 수임료를 받아가며 '해야 할 일' 목록을 하나씩 지워가고 있는데.

바버라는 겸손 떨지 말고 자신의 장점 두 가지를 돌아가면서 말해보라고 주문한다. 유일한 수석 어쏘 변호사인 티아가 자신은 고객을 편안하게 해주는 데 능하고 중재할 때 협상력이 가공할 만하다고 말한다. 그녀는 딱 그렇게 말한다. 가공할 만하다고. 자신감에 관해서라면 티아는 전혀 문제가 없는 것 같다.

노라의 차례가 되자, 그녀는 좌중을 향해 자신은 빠르고 효율적인 사람이며 다채로운 법원 신청서를 작성하는 데 능숙해서 설득력이 있고 지루하지도 않다고 말한다. 이 말에 바버라가 심지어 미소를 흘리자, 인정하고 싶지는 않지만 노라는 약간의 자부심이 치솟는다.

바버라가 발목을 무릎 위에 올리고 남자처럼 다리를 벌리자, 바지가 넓게 벌어지면서 정강이 아랫부분이 드러난다. "이런 질문을 여러분들에게 해보겠습니다. 여성이 연봉 인상을 요구하지 않고 회사도 자원하여 올려주지 않는다면, 누구 잘못일까요?"

노라 옆에 있는 일 년 차가 입안의 음식을 다 씹더니 손을 든다. "여자 책임입니다." 그녀가 수식어 없이 대답한다. "회사는 이타적일 필요가 없으며 독심술사도 아닙니다. 회사는 사업체입니다. 여성들은 더 많은 책무를 맡아야 합니다."

노라는 그 젊은 여성의 네번째 손가락을 흘긋 본다. 비어 있다. 미안하지만 이 일 년 차가 책무에 대해 뭘 안단 말이지? 더 많이 요구하는 모양새를 보아하니, 아무것도 모르는 게 분명하다.

노라의 휴대전화가 울린다. 무릎 위로 슬쩍 내려서 발신자를 확인해보지만, 모르는 지역번호여서 수신 거절한다.

"바로 그거예요." 다트를 던지거나 풍선에 구멍을 뚫을 때처럼 바버라가 손가락을 집게처럼 모으며 강조한다. "우리의 경력을 이끄는 사람은 우리 자신이에요. 바로 우리요."

노라의 휴대전화가 진동하면서 문자메시지가 도착한다.

> 안녕하세요, 노라! 이슬라 윙이에요. 어제 다이너스티 랜치에서 오픈하우스 보여드렸던 부동산 중개인이요. 편하실 때 연락 좀 주실 수 있나요?

사실 노라는 그 집에 대해 줄곧 생각하고 있었다. 잠들기 전에 침대 협탁 옆에서 종잇조각에 장단점 목록을 적어보았다. 장점: 넓은 공간, 단층, 뒷마당, 새집, 제곱피트당 가격. 단점: 통근, 교외 확산 현상에 일조하게 됨, 매력 부족. 헤이든에게 동기를 부여하려면 이 문제를 꼼꼼히 살펴야 할 것이다. 그녀가 보기에 그는 이미 본인을 과속방지턱 역할로 정해두고 있었다. 서두를 거 없어, 이 아가씨야.

바버라는 탁자에 앉은 여성들에게 협상중에 나온 특정 대화를 보여주고, 특정 대사가 남성의 것인지 여성의 것인지 알아맞혀보게 하는 연습으로 세미나를 끝낸다. 탁자에 둘러앉은 여성들 모두가 정답을 맞힌다.

점심을 챙겨 작아터진 쓰레기통을 향해 터덜터덜 걸어가는데, 노라의 휴대전화가 다시 진동한다. 아까 받은 것과 이어지는 메시지다.

> 의논드릴 게 있어요.

✥

    노라는 지저분한 책상, 아무 장식 없는 벽, 탑을 이루고 있는 서류 상자들이 있는 자신의 사무실에 편히 자리를 잡고 나서야, 그 번호로 다시 전화한다.

"노라, 안녕하세요! 이제야 연락이 닿았네요." 이슬라가 그녀를 반긴다.

"유감스럽지만 아직 우리는 그 집을 청약할 준비가 안 된 것 같아요." 노라가 먼저 치고 나간다. "아직 생각중이에요. 충분히 알아보지 못했고 남편도—"

"오 이런, 집 문제 때문에 전화드린 건 아니에요. 죄송해요." 이슬라는 진심으로 미안해하는 듯하다. "법률 문제 때문이에요." 그녀는 법률이라는 단어를 특별한 주의를 기울일 필요가 있다는 듯이 발음한다. "불법 사망사고 건 때문인데요. 개인 상해 분야에서 일하신다고 하지 않았나요? 제가 다른 사람과 헷갈린 게 아니길 바랍니다."

순간 노라는 일말의 경쟁심을 느낀다. 그녀와 누구를 헷갈린단 말인가? 그녀는 궁금해진다. 다른 구매자?

"아뇨, 아니에요." 노라는 살짝 고개를 저으면서, 자신의 선입견을 네트워크를 구축하려는 노력 없이도 네트워크를 구축해낸 것인지도 모른다는 깨달음으로 바꾼다. '여성 리더십 계획' 회의 때 말해야 할지도 모르겠다. "그러니까, 맞아요. 그쪽 분야를 주로 다뤄요."

"그럴 줄 알았어요." 확인이 이루어지자 이슬라는 안심하는 기색이다. "있잖아요, 당신 같은 자격을 가진 변호사를 찾고 있는 이웃이 두 분 계신데, 그분들과 연결해드려야겠다고 생각했어요. 괜찮으신가요?"

"이웃이라고요?"

"네, 하지만 걱정 마세요. 아무 성과가 없을 수도 있겠지만, 솔직히 제가 이 여성들을 잘 아는데, 그들은 항상 강한 여성을 네트워크에 끌어들이려고 하거든요."

노라에게 익숙한 구절이다. 다른 여성들과 교류하고자 합니다. 저의 우선순위는 당신 같은 여성과 네트워크를 구축하는 겁니다. 당신 같은 강한 여성, 강한 여성, 강한 여성. 그리고 가끔 건방지게는 고약한 여성. 노라가 그렇게까지 의심 많은 사람은 아니지만, 그 구절은 다른 것을 알려주는 신호가 되었다. 이 여자는 나한테 원하는 게 있다.

노라는 전화 회의, 변론서 초안 마감일, 그리고 그녀만이 해독할 수 있는 여러 일정들로 빽빽한 달력을 확인한다. 하지만 요청을 거절할 정중한 방법을 생각해낼 수 없다. 직업상 연결된 다리를 절대 불태우지 말라. 아까 리더십 회의에서 바버라가 내린 결론들 중 하나가 아니었던가? "좋아요." 그녀가 말한다. "그분들과 만나고 싶네요." 딱히 약속을 하지는 않는다.

하지만 통화가 끝나갈 때쯤 한 가지를 약속한다. 내일 오후 네시 정각에 다이너스티 랜치에 다시 가보겠다고.

"250피트 더 가서, 블루보닛 파크웨이에서 좌회전하십시오."

"250피트 더 가서, 블루보닛 파크웨이에서 좌회전하십시오."

"250피트—"

노라가 휴대전화의 빨간색 종료 버튼을 거칠게 누른다. 마침내 심하게 정중한 영국식 발음의 목소리가 조용해진다.

노라의 SUV 계기판이 번쩍거리면서 미쳐 날뛴다. 마치 그녀에게 이렇게 고함치는 것 같다. 네 타이어 바람이 빠졌다고!

하지만 정말로 바람이 빠져 있었다.

바로 직전까지 GPS의 여성 안내 음성은 다이너스티 랜치에 도착하기까지 이 분 남았다고 알려주었고, 그 목소리는 몹시 우쭐해하고 있었다.

하지만 그때도 이미 늦은 상태였고, 그게 그날의 기조인 듯했다. 헤이든은 회사에 일찍 회의가 있어서 아이를 어린이집에 데려다주는 것은 결국 노라의 몫이 되었다. 그녀는 승려와 같은 자기통제력을 발휘해 가까스로 머릿속에 떠오른 생각들을 모두 말하지는 않았지만, 그렇다고 기념 베이글이나 그 비슷한 것을 받지는 못했다. 사실, 미안한데 안 될 것 같아. 고작 이틀 전에 약속했던 것들을 오늘 하나도 지키지 못할 것 같은데, 자기, 정말 괜찮을까? 헤이든이 이렇게 말했을 때 말이다. 용인할 수 있는 다양한 답변이 있다는 듯한 질문.

아니, 여보, 안 괜찮은걸. 그건 안 되겠어. 당신이 알아서 해결책을 찾아야 할 것 같아.

상상해보라!

그녀는 딱히 혼잡하지 않은 갓길에 차를 세우고, 손상 정도를 살펴보기 위해 차에서 내린다.

그녀는 차에 대해 아무것도 모른다. 한심하게도 페미니스트적이지 않은 점들 중 하나다. 하지만 분명히 알아볼 수 있는 것은 검은 고무 타이어에 망할 커다란 못이 박혀 툭 튀어나와 있고 타이어가 그렇게 헐렁하게 늘어져 있어서는 안 된다는 것이다.

미국자동차서비스협회의 회원권을 언제 마지막으로 갱신했는지 떠올려본다. 올해인가 작년인가? 지갑에 회원권 카드는 안 보이고, 언젠가 쓸모가 있을 때를 대비해 넣어둔 기간 만료된 신용카드 세 개와 오래된 껌 종이뿐이다.

비적비적 팔을 빼내 근무용 블레이저를 벗어 보닛 위에 얹는다. 텍사스 날씨는 겨울에서 바로 여름으로 넘어간다. 지금은 21세기다. 아무쪼록 이런 것쯤은 그녀가 알아서 해결할 수 있어야 한다. 타이어 가게는 소용없을 것이다. 거기까지 가기에는 이미 팬케이크처럼 납작한 지경이 되어버렸다. 헤이든에게 전화할 수도 있겠지만 그는 오늘 바쁘다는 말을 끝도 없이 늘어놓았다. 따라서 견인 트럭을 불러야 할 것이다. 그 말인즉슨 적어도 한 시간은 기다려야 한다는 뜻이다.

이게 다 무리하게 일을 벌였기 때문이다. 그녀는 항상 재난의 위험에 처해 있다. 당장 재난이 그녀에게 닥쳐오고 있음을 느낄 수 있다. 가슴을 덮치는 산사태. 주 방위군을 부르자. 이런 말을 들어보았다. '웃어야 할지 비명을 질러야 할지 모르겠다.' 노라는 둘 중 무엇을 해야 하는지 정확히 안다.

왜냐하면 사무실로 시간 맞춰 돌아가 개리의 변론서 초안을 마무리해야 하고 프로젝트 실사를 검토해야 하고 내일 집으로 배달되도록 식료품을 주문해야 하고—

다가오는 자동차 엔진소리에 노라가 고개를 돌린다. 은색 볼보다. 운전대를 잡은 남자를 곁눈질하고 있는데 그가 그녀 바로 뒤에 차를 세운다. 평범한 중년 아버지로 보인다. 다시 말해 그녀를 죽여서 토막 낼 사람으로는 보이지 않는다는 뜻이지만, 사람들은 테드 번디*에 대해서도 그렇게 말했었다.

"도와드릴까요?" 볼보를 몰던 남자가 차에서 내린다. 임신한 여성은 항상 살해당한다는 생각이 뒤늦게 떠오른다. 그녀는 그다지 임신한 것처럼 보이지는 않지만, 아닌가?

도와줄 사람이 오고 있지는 않지만 오는 중이라고 말하면서 손사래를 칠까 생각해본다.

"타이어에 펑크가 났어요." 그녀가 큰 소리로 말한다. 테드 번디한테 볼보가 없었다는 것만큼은 확실하니까. 게다가 그녀는 지금 절박하다. "못 위로 지나갔나봐요. 가망이 없겠죠."

남자는 호리호리하고 머리 모양이 인상적인데, 백발이 되어가는 금발이 거의 턱까지 느슨하게 내려와 있다. 그가 허리를 구부리더니 그녀의 타이어를 톡톡 두드려본다. "스페어타이어를 끼워드릴 수 있어요. 적어도 집에는 가시겠죠."

"그렇게 해주실 수 있나요? 정말로요?"

---

* 미국의 연쇄살인범으로, 명문대 출신에 매력적인 외모를 지녔으나 최소 서른 명이상의 여성을 무참히 살해했다.

남자가 그녀를 향해 미소 짓는다. 심장이 쿵. "물론이죠. 기꺼이 그래야죠."

"정말 잘됐네요." 그녀는 그를 포옹하려다가 그러지 않기로 한다. "그냥 궁금해서 여쭤보는 건데, 시간이 얼마나 걸릴까요?"

"아, 삼십 분쯤 뒤에는 아마 다시 도로 위를 달리고 계실 겁니다."

십오 분을 기대했지만 실망감을 내비치지 않으려고 노력한다. "좋아요. 감사합니다. 정말 감사합니다."

남자는 곧장 일을 시작한다. 잡담은 하지 않는다. 스페어타이어가 트렁크 바닥 타이어 보관함에 있지 않고 차대 아래에 있어 약간 지연된다. 그는 흙먼지를 뒤집어쓰고 똑바로 누워야 한다.

착한 사람들은 항상 있다고, 노라는 몹시 놀라워하며 생각한다. 교외에서는 다 이런가보다. 그녀가 부당하게도 편견에 사로잡혀 있었던 모양이다.

남자가—이름을 묻기에는 너무 늦었다—고개를 들어 이마에 흐르는 땀을 훔치자 긴 흙먼지 자국이 남는다. "몇시인가요?" 그가 묻는다.

그녀가 휴대전화 화면을 두드린다. "거의 네시네요."

차들이 그들의 얼굴로 뜨거운 공기를 뿜어대며 연속해서 지나간다.

"네시요?" 그가 말한다.

그녀가 고개를 끄덕인다. "무슨 문제 있나요?" SUV와 함께 덩그러니 버려질지도 모른다는 두려움이 여전히 그녀에게 엄습해 있다.

"아니요." 그가 이제 타이어를 더욱 빨리 조이며 끙끙댄다. "그게, 아내 때문에요. 저를 기다리고 있거든요."

"오. 두 분 오늘 무슨 날인가요?" 의도치 않게 이 사람들의 저녁 데이트를 망치는 방해꾼이 된다면 끔찍한 기분이 들 것이다.

그가 뺨을 일그러뜨리면서 렌치에 다시 힘을 준다. "식료품을 사야 하고, 드라이클리닝 맡긴 옷을 제때 찾아와 빨래도 개야 하거든요." 빠르게 말하는 그에게서 약간의 신경질이 올라오는 것 같다.

"그렇군요." 그를 보면서 노라가 천천히 대답한다. 조심하지 않으면 그는 허리를 다칠 것이다. "알겠어요. 하지만 부인께서도 분명 이해해주실 거예요."

그가 엉거주춤 일어선다. "그랬으면 좋겠네요." 이번에는 그가 자신의 휴대전화를 확인하더니, 즉시 자기 차로 돌아간다.

"저기." 그녀가 뒤따라간다. "얼마간이라도 사례비를 드리고 싶은데요."

그가 장비들을 트렁크에 던져넣는다. "정말 가봐야 해서요. 중요한 일이라."

"중요한 일." 그녀가 소리 내어 반복한다. 아마 무슨 사연이 더 있을 것이다. "음, 제가 부인께 사정을 말씀드려볼게요. 제가 전화를 드리거나 아니면—"

"아뇨, 아뇨." 그는 이미 운전석에 앉아 있다. "그러실 필요 없어요. 도와드릴 수 있어서 제가 기쁩니다. 조심히 가세요."

"네, 알겠습니다. 그럼 그냥 제가—"

먼지구름을 일으키며 볼보가 빠져나간다. 번호판의 번호를 적어둘까 생각해보지만, 그래서 그 번호로 정확히 뭘 할지는 잘 모르겠다. 그를 추적해서 적극적으로 과일 바구니라도 보낼까?

그래서 그녀는 그냥 자신의 차로 돌아가 다시 다이너스티 랜치로 향한다.

3

    노라는 돌계단을 올라가, 이웃의 커다란 주택들과 다를 바 없지만 더 매력적이고 연륜이 느껴지는 집으로 향한다. 담쟁이덩굴이 현관 포치의 기둥을 타고 올라가고, 제라늄이 화분 밖으로 늘어져 있다. 벌새 먹이통 옆에서 그늘을 만들고 있는 나무에 달린 풍경이 가볍게 딸랑거린다.

    초인종을 누른다—노라의 집 초인종 밑에는 늘 '쉬이잇! 아기가 자고 있어요!'라는 포스트잇 메시지가 비에 젖어 번진 채 스카치테이프로 고정되어 있다. 리브는 이제 네 살이다.

    문이 활짝 열린다. 맞은편에는 늘씬한 근육질 몸에, 눈처럼 새하얀 백발을 한 남자가 서 있다. "제가 집을 잘못 찾았나봅니다." 노라가 받았던 주소를 찾으려고 가방을 뒤적거린다. "코닐리아 화이트 씨를 찾고 있는데요."

    "노라인가보네요." 남자가 고개를 한 번 끄덕하는데, 그레이하운드 같은 제왕적 품위가 느껴진다. "어서 오세요, 들어와요. 저는 애셔 화이트라고 합니다. 코닐리아의 남편이에요."

    문턱을 넘어서니, 그의 뒤로 버리는 물건들이 어수선하게 놓여 있는 복도가 보인다. 화산처럼 금방이라도 폭발할 듯한 지저분함의 극치. "죄송해요." 복부에 딱 달라붙은 셔츠를 당기면서 그녀가 말한다. "바쁘신 중에 찾아온 것 같네요."

애셔가 손을 바지에 문질러 닦으면서 뒤를 힐끗 돌아본다. "복도 벽장에 들어 있던 것들이에요. 곤도 마리에식으로 해보는 중이었는데 딱 그때 오셨네요."

노라가 선글라스를 오버사이즈 핸드백에 부산스레 집어넣는다. 자신에게서 허둥대는 듯한 기색이 흘러나오고 있다는 것이, 그게 모공에서 배어나오고 있다는 것이 느껴진다. "정말 설렘이 불꽃처럼 일어나나요?"

"꼭 그렇지 않더라도 벽장이 정돈돼 있는 편이 좋지 않나요?" 애셔가 솔직하게 대답한다. "삶을 훨씬 편하게 해주니까요. 숨을 쉴 수 있죠." 그가 고급 와인이라도 들이켜듯이 열정적으로 숨을 들이쉰다.

"맞아요. 하지만 우리집에서는 아주 드문 호사죠."

"뭔지 알아요. 그쪽도 코닐리아와 비슷한 것 같네요. 제 아내는 정말 열심히 일하거든요. 여기서 더 붙잡고 있지 않을게요. 코닐리아는 서재에 있어요. 복도 끝에서 왼쪽이에요." 그는 정중하게 집의 안쪽을 가리키지만 한시바삐 정리정돈으로 돌아가고 싶어하는 듯하다.

"알겠어요." 그녀가 말한다. "고맙습니다." 노라는 특대형 가구들, 특히 벽과 고풍스러운 사이드 테이블에 위태위태하게 기대어 있는 거울들을 살펴본다. 한쪽 벽 앞에 멈춰 서서, 죽 이어진 사진들을 흘긋 바라본다. 각각 다른 액자에 행복한 십대 두 명이 똑같은 졸업식 가운을 입고 미소 짓고 있다. 또다른 액자에는 세 아이—여자아이 두 명과 남자아이 한 명—와 함께 찍은 가족 스키 여행 사진이 담겨 있다.

왼쪽으로 돌자, 노라의 귀에 간절한 목소리가 들려온다. 그녀는 어떻게 해야 할지 몰라 밖에서 망설인다.

어느 여자가 말한다. "떨치지 못하겠어요."

다른 여자가 말한다. "뭘요?"

"전부 다요." 진정으로 고통스러운 목소리로 첫번째 여자가 말한다.

짧은 시간이 흐른다. 의자가 삐걱거린다. 다시 두번째 여자가 돌아온다. "루시, 모두 다 하기를 원하는 것과 모두 다 할 필요가 있는 것은 매우 다릅니다. 이미 말씀드렸잖아요."

"알아요. 알아요. 그저 하는 게 익숙해서 그래요. 아시잖아요, 집안일, 아이들을 위해 할 일, 에드를 위해 할 일. 이 일들을 안 하면 때로 죄책감이 들어요. 확실히 해방감은 있지만…… 죄책감이."

"아. 매우 흥미롭네요." 루시가 아닌 다른 여성이 말한다. "왜 그렇다고 생각하세요?"

"모르겠어요. 납득이 안 돼요."

노라는 엿들으면 안 된다는 것을 알지만, 지금 그들을 방해하면 안 될 것 같다.

"제 생각엔 이런 것 같아요." 두번째 여성이 말한다. "당신은 수행 능력에 따라 자신의 가치를 매겨왔던 거죠. 심지어 집안일을 수행하느라 순교자처럼 희생하면서 거기에 가치를 부여해요.

46

에드, 질문 하나 할게요. 아내의 어떤 점이 가치 있다고 생각하나요?"

방에 있는 제삼의 인물. 에드. 노라는 그 자리에 못박힌다. 같은 질문을 받는다면 헤이든이 뭐라고 대답할지 모르겠다. 전혀.

"루시는 매우 열심히 일합니다." 에드의 목소리는 테너처럼 약간 높은 톤이다.

"물론이죠, 에드. 그 점을 인정해줘서 고맙군요. 하지만 지금 우리는 뭔가 더 깊은 부분을 알고 싶어요."

옷감이 부스럭거리는 소리가 난다. "루시는 잘 웃어요." 에드가 다시 대답하려고 시도한다. "아이들에게 대단한 위안을 주는 존재죠. 우리가 집에서 보내는 시간을 특별하게 만들어줘요. 저의 단짝 친구죠. 몹시 섹시하고요."

그때 노라에게서 흘러나왔던 소리는 전적으로 무의식적인 것이었다. 기침과 순전한 공기 배출의 조합. 큰 소리는 아니었지만, 어쨌든.

갑자기 안에서 딸깍하는 소리가 나고 모든 것이 멈춘다. "거기 누구 있어요?" 질문을 하고 있던 여자가 외친다.

노라는 움츠린다—딱 걸렸다. 문틀을 똑똑 두드리고는 복도에서 안으로 들어간다. "안녕하세요, 저는 노라 스팽글러라고 합니다." 방으로 들어서서 제일 먼저 알아차린 것은 책상머리에 앉은 여성 빼고는 아무도 없다는 것이다. 그녀는 빳빳하게 다린 버튼다운 셔츠를 슬림핏 검정색 청바지 밖으로 내어 입고 있다. 노라의 눈에 오십대 초반으로 보이며, 세련됐고, 어깨까지 내려오는 머리는 세월의 흐름에 따라 하얗게 세는 대로 놔두었다. "방해하고 싶지 않았어요."

"전혀 아니에요. 전 그저 이번 상담 기록을 마무리하는 중이었어요." 그녀가 작성하고 있던 파일 폴더를 황금색 펜으로 가리킨다. "생각하고 있던 걸 먼저 마무리해도 될까요? 아마 테아가 곧 올 텐데 그때 다 함께 이야기 나눌 수 있을 거예요. 잠깐이면 됩니다."

"물론입니다." 노라가 핸드백 끈을 꼭 쥐고는 방해가 되지 않으려 노력한다. 얼마든지 다른 걸 하고 있으면 되니까 그것만으로도 바쁘다는 듯이. 시계가 어딘가에서 째깍거린다—진짜 시계. 요즘은 그런 소리를 들은 지 오래되었다. 똑, 딱, 똑, 딱. 소리가 그녀를 가만있지 못하게 한다. 그녀는 예의상 적당한 거리를 지키면서 방안을 맴돈다.

버클리에서 받은 학사학위, 동 대학원에서 받은 석사학위, 스탠퍼드에서 받은 의학 박사학위가 각각 액자에 넣어져 자랑스럽게 걸려 있다. 다양한 과정을 이수했다는 자격증들도 벽을 장식하고 있는데 모두 네하 비타 박사의 사인이 되어 있다. 곁에 있는 선반 위 사진에서는 하얀 의사 가운을 입은 젊은 코닐리아가 부스스한 흑발의 여성 의사와 악수하면서 자격증을 받는다. '코닐리아 화이트 박사'라고 새겨진 길쭉하고 투명한 상패들이 같은 곳을 점령하고 있다. 40세 이하 최고의 정신과 의사 40인. 선구자들. 인지 행동 치료와 가족 발달 분야의 최첨단 연구에 수여되는 상금 10만 달러의 최우수상. 노라는 미간을 찡그리며 탄복한다.

서가에 꽂힌 책들의 책등을 뜯어본다. 다른 사람들이 어떤 종류의 책을 소장하고 있는지 보는 것은 언제나 재미있다. 유일하게 사회적으로 받아들여지는 염탐 행위다.

『성공하는 여자는 시계를 보지 않는다』『임신 5기: 일하는 엄마들의 온전한 정신생활 가이드』『타임 푸어: 항상 시간에 쫓기는 현대인을 위한 일, 가사, 휴식 균형 잡기』『무리라고 느껴질 때: 일하는 엄마들은 어떻게 뻔뻔해지고 똑똑해져서 성공할 수 있는가』.

음, 일정한 주제가 있는 것 같다.

노라는 자기계발서의 보고에서 한 권을 뺀다.『번아웃: 스트레스 사이클을 끊는 비법』. 책장을 임의로 넘기다보니 부부가 저지르는 가장 흔한 열세 가지 실수와 그것을 고치는 법에 대한 장이 나온다.

"이제 됐어요. 기다려줘서 고마워요." 코닐리아가 말한다.

노라가 탁 소리를 내며 책을 덮는다. "대강 훑어보고 있었어요." 뺨에 살짝 홍조가 떠오른다. "음, 그래서 이 책들에 비법이 들어 있던가요?" 아이 셋, 높은 학위, 벽을 도배할 만큼의 직업적인 성취.

"그 책들요?" 코닐리아가 웃음을 터뜨린다. "맙소사, 아니요. 완벽한 시간 낭비죠."

"저런…… 그렇군요."

코닐리아의 어조가 부드러워진다. "그런 책들의 문제가 뭔지 아세요? 그런 책들뿐만 아니라 그 전체를 지탱해주고 있는 산업의 문제요." 노라가 고개를 젓는다. "여자들만 읽는다는 거예요. 여자들만 읽으니까 여자들만 겨냥해서 쓰이죠."

이 말을 이해하기까지 잠시 시간이 걸린다. 이내 노라는 거칠고 단조로운 웃음을 내뱉는다. "맞는 말 같아요."

"똑, 똑." 다른 여성이 들어와 재빨리 자신을 테아 젱킨스라고 소개한다. 테아 젱킨스 박사, 하고 코닐리아가 수정하니 테아가 눈동자를 굴린다.

테아 젱킨스 박사는 몸에 딱 맞는 병원 수술복 차림에 반짝거리는 분홍색 크록스를 신고 있다. 머리는 콘로우 스타일로 깔끔하게 갈래를 지어 땋았고, 금빛 아이섀도에 외과적 정확도를 가미하여 그린 고양이 눈매의 아이라이너를 뽐내고 있는데, 그럴 만도 하다. 알고 보니 테아는 실제로 신경외과의사이기 때문이다.

"앉으세요, 앉으세요." 코닐리아가 손짓한다. "소중한 시간을 낭비하면 안 되죠." 빈정대는 기미는 전혀 없다. 코닐리아는 진심으로 노라의 시간이 한정되어 있으며 비쌀 거라고 생각하는 듯하다. 세 여자가 자리를 골라 앉는다. 그때 머리 위에서 쿵쿵거리는 소리가 들린다. 노라는 깜짝 놀라 움찔한다. 그녀의 눈이 천장으로 획 향한다. 코닐리아도 위를 본다. "막내딸이 집에 왔나보네요. 열여섯 살인데 엄청 쿵쿵대요." 그녀가 다시 주의를 되돌리고, 노라는 단지 한두 박자 늦을 뿐이다. "어쨌든, 그러니까 이슬라한테 얼마나 들으셨는지 모르겠는데, 한 달쯤 전에 동네에서 끔찍한 화재가 있었어요."

노라가 상체를 세운다. "네! 사실 저도 봤어요. 완전히 다 타버린 것 같던데요."

그 말을 하고 나니 이제야 이슬라가 전화 통화에서 한 말이 기억난다. 불법 사망사고 소송. 모든 것이 갑자기 새로운 의미를 띠기 시작한다.

테아가 수술복에서 보풀을 털어낸다. "저희 친한 친구 한 명의 남편이 화재로 세상을 떠났어요. 리처드 마치." 입꼬리가 내려가면서 그녀가 고개를 획 돌린다.

"그 친구분은요?" 노라가 묻는다.

"페니." 테아가 여전히 창밖을 쳐다보며 고개를 끄덕인다. "그 시각에 우리랑 있었죠. 제가 오스틴병원에 새 신경외과 병동을 막 오픈한 터라. 그날 밤 기금 모금을 위한 자선 행사를 주재하고 있었거든요. 페니도 절 도와주러 왔었죠. 페니와 리처드는 우리 연구에 후원도 후하게 해줬는데."

"그런데 그분은 행사에 오지 않았나요?" 무엇보다 호기심에서 물어본다.

테아의 쓸쓸한 얼굴이 더 일그러진다. "마지막에 사정이 생겼죠. 아마 편두통이었을 거예요. 집에 있을 수밖에 없었죠. 우리가 도착했을 즈음에는 집은 이미 처참해진 상태였고 리처드는 사망해 있었어요."

코닐리아가 콧잔등을 찡그리며 숨을 돌린다. "죄송해요. 아직 기억이 너무 생생해서."

노라는 주저한다. 여기서 그녀의 역할이 뭔지, 그녀에게 요구되는 게 무엇인지 모르겠다. 어쨌든 다시 질문을 던진다. "이웃들은요? 목격자가 아무도 없었나요? 911에 전화한 사람은요?"

테아가 어깨를 으쓱하지만 상관없다는 투가 아니라 어깨가 정말 무거워 보인다. "주민들 대다수가 자선 행사에 가 있었어요. 하지만 질문에 답해드리자면, 네, 있었죠. 그중 한 명은 목격했죠. 알렉시스 포스터로스. 그녀는 베이비시터를 돌려보내야 해서 행사장을 일찍 빠져나갔어요. 하지만 그때도 이미 많이 늦었던 거죠. 소방관들은 불길을 잡을 수 없었고, 불행히도 리처드가 집 안에 있다는 사실을 고지받지 못했거든요."

"저—저는 상상이 안 되네요." 노라는 상상해보고 싶지도 않다. 하지만 한순간—한 번의 눈 깜박임 동안—그날, 그 끔찍한 날이 그녀의 눈꺼풀을 때린다. 피와 뼈와 모든 것이 해체되어버린. 사고의 여파는 이렇다. 그녀는 항상 최악이 발생하는 경우를 상상할 수 있다는 것이다. 바로 그게 문제라는 것은 인지하지 못하면서. "아이도 있었나요? 페니와 리처드에게요." 마치 그 비극이 아직은 충분치 않다는 것처럼.

"두 명요." 감정을 추스르고 코닐리아가 말한다. "하지만 막내 줄리아는 대학교 2학년이라 그때 캠퍼스에 있었어요. 사람들은 그나마 다행이라고들 했죠. 우리는 페니가 대마초에 너무 절어 있지 않도록, 최소한 필요 이상으로 그렇게 되지는 않도록 상황을 헤쳐나가게 해주고 싶어요." 코닐리아가 테아를 바라본다.

만약 헤이든이 죽으면 누가 그녀에게 이렇게 해줄지 노라는 궁금하다. 그녀에게도 친구가 있다. 불행히도 요즘은 '적조한' 사이에 가깝다. 그녀는 자기 시간을 가져야 한다는 것을 알고 있다—정말 알고 있다. 손톱을 손질해야 하고 와인 파티도 해야 하고 북클럽도 참석해야 하지만, 정확히 언제 그녀가 이런 것들을 해야 하는지 아무도 말해주지 않는다. 게다가 이제는 아무도 그녀를 초대하지 않는 것 같다. 어릴 때부터 단짝이었던 앤디 옥스비가 있지만, 앤디가 직업상 거의 국외 거주자가 되어버린 이후로는 일정을 맞추기가 힘들어졌다.

테아가 낮게 중얼거린다. "변호사를 고용하자는 건 페니의 아이디어였어요. 이미 너무 큰일을 겪었으니, 이제 저희가 맡아 처리하면 페니는 상황이 정리될 때까지 기다리면 돼요. 하지만 지금 당장은 페니에게 이런 말을 해봤자 소용없어요. 리처드를 죽음으로 몰고 간 화재에 대해 누군가는 책임을 져야 한다면서 거기에 광적으로 매달리고 있거든요."

노라가 고개를 끄덕인다. "소송을 제기하려는 거군요. 주택 건설사나 전기회사나 가스회사나 그 하청업체, 그런 업체들을 상대로. 리처드의 죽음에 책임이 있다면 누구든지."

팔찌를 짤랑거리며 코닐리아가 이야기한다. "돈 때문은 아니에요, 정말로. 결국 페니를 위한 것도 아니죠. 그 문제를 페니도 생각은 해봐야 할 것 같지만—"

"—돈 문제 말이에요." 테아가 대신 말을 끝맺는다. 틀린 말은 아니다. 걸려 있는 돈이 엄청날 것이다. 교외의 훌륭한 주택. 가정적인 남자. 모두 사라졌다. 여간한 문제는 아니다.

"맞아요. 게다가 지금 페니는 아주 취약한 상태예요. 그런 페니를 다른 누가 이용하는 걸 저희는 원치 않아요. 그래서 적절한 변호사를 찾는 일에 저희가 나선 거죠."

테아가 의자 사이의 공간에서 코닐리아의 손을 찾는다. 노라는 그 손이 꽉 쥐어지는 것을, 이 성공한 두 여성이 삶의 힘겨운 순간에 어떻게 함께하는지를 목격한다. "이런 시기에 그런 것들을 혼자 생각해내기는 어렵죠." 테아가 말한다. "하지만 페니는 현명하게 굴어야 해요. 페니가 앞으로 나아가길 원한다면 우리는 그걸 제대로 할 수 있게 돕고 싶어요. 어떻게 말해야 할지 모르겠지만, 페니가 혼자 남겨지길 원치 않아요—"

"빈손인 채로요." 코닐리아가 말을 받는다. "그러니 해주실 수 있나요? 사건을 맡아주실 수 있나요?"

노라의 시선이 그녀에게 꽂힌 두 쌍의 기대에 찬 눈 사이를 왔다갔다한다. "제가요?"

"양복 주머니에 손수건을 꽂은 괴짜 늙은이는 정말 싫거든요." 테아가 건조하게 웃는다.

노라는 뒤로 몸을 기댄다. 물론 이 만남이 소송에 대한 것이리라고는 예상했다. 무료로 법률 조언을 해달라는 요청 같은. 사람들은 항상 그녀에게 무료로 법률 조언을 해달라고 하니까. 잠재고객을 미리 만나는 것일 수도 있다고 생각했다. 하지만 이토록 개인적이고, 말 그대로 집과 이토록 가까운 일일 거라고는 예상하지 못했다. "영광입니다." 실제로도 그러하다. 그녀는 이들이 곧장 좋아졌다. 이들은 아주 성공한 사람들인 동시에 철저히 보통 사람들 같다. 회사의 망할 바버라 같은 사람이 절대 아니다.

하지만. "남편과 함께 이곳의 집을 한 채 봤어요. 그게—음, 가망이 없진 않아요." 노라의 목소리에 미안한 기색이 묻어 있다. "그 반대이길 바라고 있죠."

"잘됐네요." 코닐리아가 미소 짓는다. "반가운 일이에요."

"제 말은, 그 사건을 맡을 수 없을 것 같다는 겁니다. 이곳으로의 이사를 고려하고 있다면 사건을 맡는 게 이상할 거예요."

노라는 마음에 쏙 드는 집을 발견한 적이 거의 없었다. 지역 신문의 부동산 섹션 기사에서는 매물이 잘 안 나오는 시기라고 했다. 그녀는 머제스틱 그로브의 집이 좋았다. 아니, 사랑에 빠졌다. 그 집에서 아이를 낳고 싶었다. 적어도 그녀의 아이와 그곳으로 이사하고 싶었다.

"어떤 식으로 이상하단 거죠?" 코닐리아가 고개를 갸우뚱한다. 노라는 그녀가 환자의 말을 주의깊게 듣는 모습을 상상한다.

"우린 이웃이 될 테니까요." 친구라는 단어가 튀어나올 뻔했지만 그 말이 어떻게 들릴지는 알고 있다.

"그런데요?" 마치 '애개'라고 말하는 것처럼 테아가 말한다.

"공과 사의 경계가 이렇게 불분명한 상황에서 누군가를 대리한다는 게 편하지는 않을 것 같아요. 특히 불법 사망사고는 더더욱…… 사적인 경우가 많죠. 제 일은 친구분 남편의 생명에 숫자적인 가치를 매기는 일이 될 거예요."

불법 사망사고는 꺼림칙한 분야다. 우선 그녀가 사건을 맡는다면, 화재에 누가, 또는 무엇이 책임이 있는가를 결정하는 일이 그녀의 몫이 된다. 즉 조사를 시작해 온갖 곳을 들쑤시고 다녀야 한다는 의미다. 최상의 경우라면 결정적 증거를 발견하고 누가 직무에 태만했는지를 밝혀내는 것인데, 그때 그 사람은 재력가인 주택 건설업자 정도가 될 가능성이 크다. 그다음이 진짜 지저분한 부분이다. 변호사가 물어야 하는 것들이란 이런 것이다. 이 사고로 죽지 않았다면 얼마나 더 살았을까? 돈은 얼마나 벌었을까? 그의 교육 수준은 얼마나 되는가? 얼마나 자식들을 사랑했는가? 친구는 몇이었나? 죽을 때 얼마나 고통스러웠나? 결혼생활은 얼마나 행복했나?

그런 수고의 대가로, 배심원단이 그 질문들에 대한 답의 가치가 얼마라고 결정하든 간에 노라는 그 액수의 최대 40퍼센트까지

받을 수 있을 것이다.

코닐리아가 고개를 끄덕인다. "그렇군요. 그래도 이로운 점이 있기도 할 텐데요. 이슬라가 입주자협회의 승인 절차에 대해 언급하던가요? 그랬나요? 했을 것 같긴 한데."

"장래에 회원이 될 사람은 종종 후원자를 구하죠." 테아가 말한다. "이미 단지에 거주하는 사람으로요. 저희가 이곳에서 네트워킹에 집중하는 이유 중 하나예요. 페니와 일하게 되면 저흰 당신을 알 기회를 가질 수 있죠."

"일석이조, 뭐 그런 거죠." 코닐리아가 따스하게 미소 짓는다.

후원자. 노라는 그 생각은 하지 못했다. "잘…… 모르겠어요." 그녀가 더듬거린다. "다른 변호사를 소개해드릴 수 있어요. 유능한 사람으로요." 유혹을 느끼지 않은 것은 아니다. 개리의 프린터 문제를 도왔던 일요일 오후를 떠올린다. 이 사건은 그녀의 사건이 될 수도 있다. 아무에게도 신세 지지 않은. 하지만. 그녀는 결정을 내린다. 더 많은 책무를 떠안아야 할 뿐 아니라 방해물이 될 수도 있다. 지저분한 방해물이 될 가능성이 크다.

"물론, 결정은 당신 몫이에요." 테아가 말한다. "하지만 최소한 페니는 만나보세요. 누구나 페니를 좋아하니까요."

노라는 생각한다. 네, 물론이죠, 정말로, 그래서 해가 될 게 뭐가 있겠어요?

노라는 머뭇거리며 코닐리아의 풀하우스* 문을 두드린다. 그곳에 페니라는 여성이 머물고 있다. 안내받거나 적어도 소개는 받을 줄 알았는데, 그러기는커녕 부탁을 들어주러 혼자 떠밀려 와 있다.

창문으로, 가죽 소파 위에서 담요에 폭 싸인 채 몸을 웅크리고 있는 여성이 보인다. 그녀는 책에서 고개를 들고 다리를 풀다가, 마음을 바꾸고 다시 쿠션 속으로 몸을 밀어넣으며 노라에게 들어오라고 손짓한다.

"그러니까, 그쪽이 난해한 법률 용어를 설명해줄 임무를 띠고 오신 변호사님이군요?" 읽던 페이지 귀퉁이를 접은 책을 허벅지 위에다 천막 모양으로 뒤집으면서 그녀가 묻는다. "천천히 해주셨으면 좋겠어요."

페니의 보드라운 뺨은 발그레하고 머리카락은 밤색이다. 노라보다 적어도 열 살은 많아 보이지만, 허벅지는 두껍고 가슴은 풍만하며 십대처럼 책상다리를 하고 소파에 앉아 있다. 다리에 놓인 책은 『날개의 발명』으로 노라가 전에 들어본 듯한 작가의 소설책이지만, 그렇다고 말하지는 않는다.

노라는 항상 스스로를 독서가라고 생각해왔는데, 미용사가 최근에 재밌게 읽은 책이 무엇이냐고 물었을 때—세상에—일 년이 넘도록 단 한 권도 완독하지 않았다는 사실을 깨달았다. 경악한 노라는 가장 최근에 오프라 윈프리 북클럽이 선정한 도서를 부랴부랴 주문했지만, 아직 그 책은 침대 협탁에 머물면서 양심에 가

---

* 수영장이 딸린 가정집에서 수영장에 인접한 독립된 집. 손님용 숙소, 창고, 탈의실 등으로 쓰인다.

책을 주고 있다.

"노라예요." 그녀가 확인해준다. "만나서 반갑습니다." 노라는 푹신한 안락의자에 조심스럽게 자리잡는다. "꼭 말씀하신 그런 것 때문은 아니고요." 이렇게 얼굴을 직접 맞대고 거절하기란 더 어렵다. 코닐리아와 테아도 그걸 알고 있었으리라. 하지만 정말이다. 사건을 맡을 만한 변호사는 차고 넘친다. 페니는 아무 문제 없을 것이다. "상심이 크시겠어요. 정말"—노라가 적당한 단어를 고른다—"참혹한 일입니다."

페니는 노라를 이런 상황에 놓이게 해서 미안하다는 듯 미소 짓는다. "어떤 단어가 적절한지 잘 모르시겠죠. 이해해요. 정말로." 그녀가 환하게 웃는다. "저는 그 모든 일을 독자가 보낸 편지로 생각하려고 노력한답니다. 친애하는 페니에게, 저는 비극적인 화재로 남편을 잃었어요. 이젠 사람들이 나를 아이 다루듯이 조심스럽게 대해요. 남편이 죽었다는 이야기를 하면 내가 무너지기라도 할 것처럼 말이에요. 어떻게든 그 이야기만 안 꺼내면 내가 모르리라 생각하는 건지." 그녀가 머리를 앞뒤로 깐닥거리며 생각에 잠긴다. "남편이라는 단어가 내 입안에서 뱅뱅 도는데 떠오르지 않는 단어인 것처럼, 잃어버린 생각의 타래인 것처럼, 그럼 저는 머리를 잠시 긁적이고는 바로 돌아서서 말하겠죠, 오, 뭐, 상관없어요, 생각이 안 나요, 그만 됐어요. 하지만……문제는, 이건 기억에 관한 게 아니라는 거죠. 전 잊으려고 노력하고 있지 않아요. 이해하려고 노력하고 있죠. 어떻든 내 잘못이었나?" 페니가 양 손바닥을 위로 펼쳐 저울질한다. "내가 저지른 어떤 일 때문인가? 우주는 무작위인가, 이미 운명 지어진 것인가? 전 모든 것이 잘되어가고 있다고 생각했어요. 대체 무슨 일이 일어난 걸까요? 진심으로, 당혹스러워요."

"혹시 작가이신가요?" 노라가 어림짐작한다.

페니의 살갗에 분홍빛이 떠오른다. "네. 아, 죄송해요, 이미 알고 계신 줄 알았어요. 미친 사람으로 생각하셨겠네요. 어쨌든, 네, 맞아요. 고민 상담 칼럼니스트예요. 안 믿기시겠지만. '페니에게 물어보세요'라는 제목으로요. 들어봤냐고 안 물을 테니 걱정 마세요. 사람들이 저한테 그 질문을 하는 걸 싫어하거든요. 작가라고요? 제가 들어봤을 만한 책으로 어떤 게 있죠? 좆 까세요, 그걸 내가 어떻게 알아? 그리고 왜 네가 들어봤는지 아닌지가 성공의 잣대야? 네가 들어봤으면 내가 진정한 작가란 말이냐? 넌 아니야, 너 같은 사람은. 음—뭐, 그런 거요." 그녀가 눈동자를 굴리며 티백이 든 머그를 홀짝인다.

"잠시만요." 노라가 깜짝 놀라며 말한다. "〈타임스〉에 실렸던 그 페니 말씀이신가요?" 여기서 말하지 않은 부분은, 노라가 엄밀히 따지면 성인이지만 갓 성인이 되었던 시절, 가족들이 아버지 집에 억지로 어색하게 모였을 때, 아버지가 꼭 1950년대 시트콤에서처럼 모두를 둘러앉히고 일요일에 신문을 읽게 시켰다는 것이다. 아버지는 그런 것들에 대해서 항상 짜증나게 굴었다. 노라는 노라 나름대로 '페니에게 물어보세요'를 열심히 뒤져서 쌓아두고, 페이지가 눈물에 젖지 않도록 유의하며 지나치게 설탕을 많이 탄 커피를 홀짝거리면서, 지금 생각하면 카타르시스라고 할 만한 감정에 휩싸이곤 했다.

그 칼럼들이 책으로 묶여 나왔다는 이야기를 들었었다. 사야겠다고 생각했던 것이 떠오르는데, 실행에 옮기지는 못했다.

"음." 페니가 비웃지만, 그 비웃음은 그녀 자신을 향해 있다. "수개월 동안 글을 쓰지 못했다는 거 인정해요. 썼다면 지금 나 자신에게 어떻게 반응해야 할지 알았을 것 같기도 하고요." 그녀가 사람 좋게 웃는다. 서글서글하고 모난 구석이 없다.

"온 세상의 모든 페니들을 위한 페니들이 있어야 할 것 같네요, 제 생각엔."

"그렇죠? 우리가 더 많아져야 할 것 같아요." 그녀가 손가락을 꺾는다. "우리끼리 서로 돕는 모임도 하고요! 요즘 세상은 빌어먹을 일몰 사진 밑에 깊은 생각을 마치 사진 설명처럼 달아놓는 사람들로 가득하더라고요. 그걸로 삶을 그럭저럭 견뎌야 하죠."

노라는 자신도 마실 것을 가져왔으면 좋았을걸, 하고 바란다. 이 대화를 하다보니 마실 게 필요한 느낌이다.

"나한테 뭘 물어볼지 생각중이죠, 그렇죠?" 페니가 말한다. "그 표정 알아요. 괜찮아요. 누구나 다 그러니까."

그랬나? 뭔가를 생각하고 있었다 해도 구체적이지는 않았다. 단지 그녀의 삶에 흔한 저주파 잡음뿐. 작고 아무것도 아닌 수많은 것들. 태산이 될 티끌들.

"그래서," 페니가 편안하게 소파로 파고든다. "뭘까요? 말해보세요. 무엇이든 괜찮아요."

노라가 관자놀이를 긁적인다. "음. 잘 모르겠어요."

"결혼했어요?" 페니가 묻는다. 노라가 반쯤 웃는데, 물론 인정의 의미이며 이쪽 지대 밑에는 발굴할 게 많다는 뜻이다. "자식 있어요?" 이 질문에 역시 노라는 그렇다는 답을 해주지만, 두 질문 중 어느 하나도 어떻게 제대로 답해야 할지 모르겠다. 그녀는 결혼했고, 이혼하지 않았다. 남편은 그녀를 사랑한다. 딸은 건강하다. 날 위해 울지 말아요, 아르헨티나,* 기타 등등.

페니가 눈을 가늘게 뜨며, 뭔지 알겠다는 듯 천천히 고개를 끄덕인다. "좋아요, 그럼 다른 걸 물어보죠. 직업적인 부분으로. 당신이…… 아. 당신이 내 사건을 맡을 건가요?" 이 말에 노라가 날카롭게 흘긋 본다. 맡지 않기로 이미 결정했기 때문이다. 물론 페니에게는 아직 이 사실을 전달하지 않았다.

페니가 가는 눈썹을 치켜올린다. 그녀는 노라가 글 쓰는 사람―페니 같은 작가―이 어떠하리라고 상상했던 것만큼 화려하지는 않다.

"그 질문에 대한 답을 가지고 계신가요?"

"어디 봅시다." 페니가 손바닥에 턱을 괴고 팔꿈치를 빈 무릎에 올려놓는다. 기대감에 노라는 살짝 설레는 기분이다. 페니 마치가 그녀에게 조언을 해줄 것이다. 그 페니 마치가. 그날 하루의 예상치 못했던, 기분좋은 방향 전환이다. 노라는 헤이든에게 이렇게 말하기를 학수고대하고 있다, 오늘 내가 누굴 만났는지 절대 모를 거야. "그 문제에 대해 당신에게 답을 해준다면, 이런 걸 얘기하지 않을까요…… 앎에 대해." 노라는 그 단어가 대문자로 표기되었으리라는 점을 알 수 있다. "어떤 기회가 잡아야 할 적절

---

* Don't Cry For Me Argentina. 뮤지컬 〈에비타〉에서 아르헨티나의 영부인 에바 페론의 영혼이 아르헨티나 국민들에게 자신을 애도하지 말라며 위로하는 노래. 노라의 결혼생활은 일견 평범하고 아무 문제 없어 보이지만, 이면은 그렇지 않다는 것을 반어적으로 표현하고 있다.

한 기회인지 아는 것. 사랑에 빠지는 것과 조금은 비슷하다고 할 수 있죠. 대학 때 남자친구 이야기를 해볼게요. 웃긴 놈이었어요. 좋은 남자, 세심한 남자인 척하는. 뭐랄까, 둘 다 아니었는데도 요. 그의 아이를 임신했을 때 중절수술을 했던 이야기를 쓸 것 같아요. 그때가 모성을 위해서도 나를 위해서도 왜 좋은 기회가 아니었는지." 페니는 소리 내어 글을 쓰면서 천장을 올려다본다. 고백은 항상 페니의 트레이드마크였다. 그녀는 절대 충고만 해주지 않았다. 연단에서 내려와 진흙탕으로 걸어들어갔다. 자기 자신을 인간으로 만들었다. 그것은 늘 아름다웠다. "그러고 나서 리처드와 정확히 어떤 안 좋은 시기에 사랑에 빠졌는지 이야기하겠죠. 언론대학원 시절. 우리는 둘 다 야망가였어요. 게이트 앞에서 씩씩거리는 경주마 같았죠. 안 좋은 타이밍, 좋은 기회. 하나가 다른 하나보다 중요해요, 아시겠죠. 타이밍은 단지 용적과 용량의 문제예요. 둘 다 유한하지 않아요. 배가 가득차서 가라앉고 있다면, 당신은 마음속으로 생각하겠죠, 갑판에 무언가 하나를 추가할 수 없겠구나 하고요. 하지만 그 하나가 당신을 구할 수 있는 거라면? 이를테면, 거대한 망원경이라서 육지로 가는 방향을 알려줄 수 있다면? 그렇다면 저는 당신에게 배에 실린 다른 물건이나 사람을 던지라고 말할 거예요. 자리를 만들어야 하니까! 하지만 추가한 것들이 모두 배를 바닷속으로 그만큼 빨리 가라앉게 만들기만 할 뿐이라면, 버리세요. 지구상에서는 빌어먹을 일분일초가 다 중요하니까." 그녀가 숨을 깊게 들이쉬더니 노라와 시선을 맞춘다. "어때요? 초고이긴 하지만."

팔 뒤편에 조그맣게 소름이 돋는다. 노라는 그것을 문질러 없앤다. "최근 몇 달 동안은 글을 안 썼다고 하셨잖아요. 왜죠?"

"당신한테도 그러던가요?" 페니가 묻는다.

"누가요?"

"코닐리아가." 그녀가 팔짱을 끼자 노라는 다시 십대 소녀가 떠오른다. "코닐리아는 계속 제 행동이 건강하지 않다고 말해요. 저를 자꾸 심리치료하려 하고, 요법하려고 하는? 이런 단어는 없지. 아무튼. 제가 제 자신한테 빚을 지우고 있대요. 그렇게 말하더라고요. 빚을 지우고 있다고." 페니가 고급스럽게 들리도록 또박또박 발음한다. "음. 그래서 저는 저니까 확인을 했죠. 잔금은 모두 지불되었고요. 영수증도 있어요. 다 괜찮아요. 그러니까 제 말은, 저도 안다는 거죠. 정말 전 코닐리아를 사랑해요, 진짜예요. 심리치료사라서 어쩔 수 없는 거겠죠. 오해는 마시고, 당신이 변호사라서 어쩔 수 없는 것과 마찬가지로 말이에요. 가만히 못 있는 제 작은 예술가 뇌가 그녀를 미치게 만들어요. 알아요. 저도 어쩔 수가 없네요. 무슨 이야기중이었죠? 오, 맞아요, 당신이 제 사건을 맡아야 하나 말아야 하나의 문제." 그녀가 진지해진다. 이 대화를 하는 내내 속에 들창을 감추고 있다가, 웃음이 한꺼번에 그녀 밖으로 빠져나간 것 같다. "저는 변호사가 필요해요, 유능한 사람으로요. 리처드는 그렇게 해줄 만한 자격이 있어요. 그리고 제 친구들이 당신이 그 티켓이라고 생각한다면, 기꺼이 그들을 믿을 생각이에요." 그녀의 눈이 탐색한다. "그래서. 어떻게 하시겠나요?"

"전―" 노라는 아무것도 하지 않을 거라고 대답하려 하지만 페니가 물은 것은 그게 아니다. 사건을 맡는다면 어떻게 하겠는지 물었다. 노라는 헛기침한다. "화재가 어떻게 시작되었는지부터 시작해서, 누구에게 어떤 책임이 있는지 알아내겠죠. 그러고 나서 그 사람이 남편분께 일어난 일에 보상금을 지불하도록 할 거예요. 모두가 다시는 이런 일이 일어나선 안 된다는 걸 알도록요."

잠시 침묵이 맴도는 동안 노라는 미안한 감정이 든다고 해서 모든 것에 동의해서는 안 된다고 자신을 엄하게 꾸짖는다. 맙소사, 그녀는 서른다섯이다. 하지만 이쯤에서 먼저 후퇴하는 사람은 노라다. 너무 가혹하게 들리기를 원치 않는다는 이유 하나 때문이긴 하지만. 페니의 아름다운 조언 후에는 더더욱 그럴 수 없다. 제안을 조금 더 숙고하는 것처럼 보이도록 한 후 내일 전화할 것이다.

"생각해볼게요." 노라가 말한다. 어차피 하는 일이라고는 그것뿐이지 않나. 머릿속이 너무, 너무 꽉 차 있어서 생각이 근육 조직과 팔뚝 군살까지 침투해 몸이 무겁게 늘어진다.

중부 텍사스 엄마들 모임

1. 스크린샷 금지
2. 예의를 지킬 것
3. 관리자 차단 금지
4. 호객행위나 광고 금지
5. 이곳에 게시된 글은 의견일 뿐, 법률 조언이 아닙니다

익명의 게시자
관리자 승인 5시간 전

최근에 회사일로 엄청 바빴어요. 기존 종합증권회사의 새 지점을 제가 맡았는데 지금 금리가 낮아서 사업이 미쳐 돌아갔거든요(좋은 쪽으로요). 추가 근무를 하느라 잠도 제대로 못 자요. 밤에도 뇌를 끌 수가 없어요. 기억할 게 너무 많은 것 같아요. 어젯밤에는 슬퍼지더라고요, 저답지는 않은데, 하여튼 그럴 때 있잖아요. 근데 오늘 남편이 진짜 짜증이 난 것 같았어요. 그래서 왜 그러냐고 결국 물어봤죠. 이럴 줄 알았으면 결혼 안 했을 거예요. 제 일 때문에 자기는 죄수가 되어 갇힌 느낌이 들고 딸들이 현재 여섯 살, 여덟 살인데 제가 두 딸과 충분히 시간을 보내지 않는 것 같대요. 차라리 제가 돈을 적게 벌더라도 시간을 더 낼 수 있으면 좋겠대요. 지금 정말 바쁜 시기거든요. 근데 이 시기가 영원하지는 않을 거란 말이죠. 물론 제 일 때문에 다른 도시로 이사를 하긴 했어요. 그이는 늘 칼퇴를 하고요. 저는 제 일을 사랑하고, 직업적으로 어떤 변화도 주고 싶지 않아요. 가정에서의 상황을 어떻게 더 나아지게 할 수 있을까요?

노엘 러셀

이 글을 읽으니 슬퍼지네요. 누구나 일적으로 바쁜 시기가 있죠. 성장하는 시기라고, 저는 그렇게 생각하고 싶네요. 그런 시기에 치고 올라가기 위해서는 결혼생활에서 배우자가 의지가 되어야 해요. 당신에겐 도움이 필요한 것 같아요! 도움을 요청하세요.

로사 팰컨

그대로 버티세요. 가정 상황이 나아지도록 하는 게 왜 또 당신 책임인가요? 남편 문제처럼 보이는데요, 당신 문제가 아니라.

리즈 웬젤

그 어떤 것도 타협하지 않으려 하시네요. 남편의 요구도 중요하다고 생각하시지 않나요? 영화에서 일벌레 남편이 항상 개자식이라는 걸 생각해보세요. 이건 여성들한테도 똑같이 적용된답니다. 제 말은, 당신은 그의 아내잖아요. 절충하셔야죠.

이마니 브라운

만약 **남편이** 일을 우선시했다면 지금 이런 글을 쓸 일도 없었겠죠. 그냥 그렇다고요.

코닐리아 화이트

오, 저런. 이런 일은 그때쯤의 나이나 삶의 단계에서 매우 흔한 일이에요. 잘 버티시길. 이건 꼭 여쭤봐야겠네요, 부부 심리치료는 받아보셨나요?

4

집으로 돌아오니 위층에서 TV 소리가 웅웅거린다. 리브의 책가방과 양말이 바닥에 널브러져 있고, 양말과 함께 있어야 할 신발은 보이지 않는다. 노라는 오토만 의자 밑에 숨어 있는 분홍색 벨크로 운동화 한 짝을 발견한다. 다른 한 짝은 어디에 착지했는지 모르겠지만, 내일 아침 어린이집에 늦을 때 그녀를 미치게 하리라는 것은 잘 알고 있다. 주방에서 키친타월을 적셔 얼룩진 조리대 위를 닦은 다음, 리브의 태양계 무늬 도시락통을 빼꼼 들여다본다. 코가 씰룩거린다. 소매로 콧구멍을 누르고 끈적거리는 칠면조와 뭉개진 라즈베리와 반쯤 먹은 사과소스를 와르르 쏟아버린다. 그 광경에 그녀의 임신한 위장이 울렁거린다. 마침내 그 지저분한 것들을 배수구 밑으로 내려보내고 음식물쓰레기 처리기를 작동시킨다.

그녀는 혈압이 올라가는 것을 느끼며 진정하려고 노력한다. 여전히 하이힐을 신은 채 위층으로 올라가면서, 가족, 온 세상에서 가장 좋아하는 얼굴들이 몹시 보고 싶으면서도 동시에 왜 공포영화급의 두려움이 엄습하는지 의아하다. 거기 들어가면 안 돼! 그런 상충하는 감정들이 동등하게 존재한다고도 말할 수 없다. 오히려 겹치는 것 같다. 그녀가 사랑하는 것들과 그녀를 미치게 하는 것들이 정확히 일치하는, 완벽한 벤다이어그램.

헤이든은 뉴스를 보고 있고 리브는 노트패드에 마커로 낙서하고 있다.

"네 살짜리가 카펫에 마커로 낙서하게 두는 게 과연 잘하는 일일까?" 노라는 가벼운 목소리로 솔직한 질문을 던지지만, 속으로는 진절머리가 난다. 좋은 아내처럼 남편의 이마에 키스하면서 '안녕'이나 '오늘 하루는 어땠어'로 시작할 수도 있었을 것이다.

"빨면 되잖아." 완벽하게 알아서 통제하고 있다는 듯이, 헤이든이 콧잔등 위로 눈을 내리깔면서 리브를 바라본다.

"그래." 노라가 무릎 꿇고 앉아 마커 뚜껑을 살살 닫으면서, 리브가 눈치채고 성질부리지 않기를 기도한다. "근데 그 카펫은 누가 빠는데?"

헤이든이 한숨 쉰다. "오늘 하루는 어땠어? 컨디션은 좀 어때?"

"그럭저럭." 그녀가 힐을 신은 채 쪼그려 앉는다. "가슴 때문에 신경쓰여 죽겠어. 완전히 부풀었어. 살짝 아프긴 한데 심한 건 아니고."

리브가 태어난 후 노라는 아이를 더 낳고 싶은지 확신하지 못했다. 이 집에 노라의 수는 이미 너무 적은데, 자기 자신을 또 나누어 아이 하나를 더 돌볼 수는 없을 것 같았다.

그게 그런 게 아니야, 한번은 친구가 말했다. 아이를 하나 더 낳는다고 네 사랑을 둘로 가르는 게 아니라, 네 심장 크기가 두 배로 자라는 거야. 사랑스러운 말이었지만 영화 〈그린치〉*의 결말처럼 되리라는 보장도 없었다. 여전히 그녀는 이해가 되지 않았다. 그녀의 하루 길이도 심장 크기에 맞춰 두 배가 될까? 이십사 시간이 아니라 사십팔 시간을 가지게 될까?

지금까지 그것을 약속한 사람은 아무도 없었다.

그러나 어느 시점에서 노라는 결정을 내려야만 했다. 아이를 더 낳느냐 마느냐. 그리고 그녀는 결정을 내렸다.

"엄마." 리브가 마커를 버리고 리틀 피플 캠핑카를 쥔다. "내년에 기린반이 되는데 기린반은 크리스마스 가장행렬에서 〈셰퍼드 셔플〉을 노래한대. 알고 있었어?" 아이가 작달막한 플라스틱 인간들을 가짜 벙커 침대 위에 탁탁 친다.

리브가 가장 좋아하는 화젯거리는 리브의 어린이집, 트리니티 필즈다. 주제는 선생님이 점심으로 무엇을 먹었는지, 어떤 친구가 도시 외곽에 사는지, 금요일에는 무엇을 하는지, 그리고 스페인어에 이르기까지 다양하다. 하지만 최근에는 '내년'이라는 말이 끊임없이 등장하면서 거의 전설의 지위를 점하게 되었다. 올해 리브는 원숭이반이고, 내년에는 기린반이 된다. 분명 리브는 요즘 '원숭이스럽다'기보다는 '기린스러운' 기분인 것 같다.

몇 분 더 놀이 시간을 보낸 후, 노라가 손뼉을 짝 치며 말한다. "자, 자, 자, 일어나자." 헤이든이 TV를 끈다. 바퀴는 굴러갈 준비를 마친다. 집이 조용해지고 아침까지 숨을 쉴 수 있을, 하루의

---

* 심술궂은 괴물 그린치가 한 소녀를 만나면서 크리스마스의 진정한 의미를 깨닫고 심장이 두 배로 커진다는 내용이다.

마지막을 향한 단거리 질주가 시작된다. "저녁 먹고 샤워해야지. 시작하자."

하지만 냉장고는 텅텅 비었다. 헤이든이 휴대전화로 우버이츠에 주문해서 그들은 평소보다 삼십 분 늦게 그저 그런 인도 음식을 먹는다. 이런 식으로 스팽글러 가족은 파산할 것이다. 한 번에 3.99달러의 배달료에다가 배달원에게 주는 팁 5달러.

리브가 칭얼거린다. 저녁이 길어진다. 결승선이 움직인다.

"리브 새 신발 주문했어?" 헤이든이 묻는다.

"아직. 할일 목록에 넣어놨어." 노라가 관자놀이를 톡톡 두드린다.

"그래. 근데 그 주문부터 제일 먼저 해야 할 것 같아. 매일 어린이집에서 신발을 벗게 할 순 없잖아. 문제가 커지고 있어."

불안감이 미진을 일으킨다. "당신이 해, 그럼." 이 집안에서 신용카드를 갖고 있는 사람은 그녀만이 아니라는 것을 상기시키려 노력하며 말한다.

"하지만…… 나는 리브 신발 사이즈 모르는데."

노라가 한숨 쉰다. "오늘밤에 내가 할게, 됐지?" 석사학위까지 있는 사람이 집안 곳곳에 흩어져 있는 리브의 신발 여러 켤레 중 하나를 찾아 안을 들여다보고 사이즈를 확인하면 된다는 생각을 정녕 못하는 거냐고 남편을 꾸짖고 싶다는 충동을 억누른다.

하지만 다 괜찮다. 모든 것은 정상이다. 그들은 정상궤도로 다시 달리고 있다. 이대로 조금만 더 가면 된다. 집에 왔을 때 브라를 벗었어야 했지만 그렇다고 지금 벗지는 않기로 한다. 늦게 벗는 게 나중에 보상으로서 훨씬 달콤하기 때문이다.

잘 시간이 되었을 때, 리브가 위층으로 걸어올라가기를 거부한다. 축 늘어지더니 바닥에 드러눕는다. "너무 피곤해, 엄마. 다리가 말을 안 들어."

노라의 펜슬스커트 뒤쪽 지퍼는 이미 반쯤 내려간 상태다. 그녀는 땀범벅이 되었기에 샤워를 해야 한다. "말 잘 들을 거야, 리브." 리브가 이 같은 행동을 자주 반복한다는 것을 생각하니 희미한 걱정이 노라를 훑고 지나간다. 리브의 다리에 정말 뭔가 문제가 있으면 어떡하지? 소아과에 데려가야 하면 어떡하지? 언제 소아과에 데려갈 수 있지?

"응, 근데 나 배고파." 리브가 저항한다.

"방금 저녁 먹었잖아."

앉아서 몇 분 동안 음식을 이리저리 굴리다가 의자에서 미끄러져내려갔다가 다시 기어올라왔다가 다시 미끄러져내려가기를 또 하고 또 하고 또 하긴 했지만.

"간식 먹어도 돼?" 리브가 몸을 돌려 똑바로 눕더니, 손바닥을 쫙 펼쳐 이마에 흘러내린 머리카락 한 가닥을 넘긴다. 사실 아이의 손은 몹시 귀엽게 작고, 아직 손목 부근이 통통해서 사랑스럽다. 노라는 가끔 베어물고 싶은 충동을 억눌러야 한다.

"리브, 안 돼. 잘 시간이야."

"근데 나 목말라." 리브가 다시 시도한다. "목말라서 굶주릴 것 같아."

"굶주린다는 건 배고프다는 뜻이야, 이 녀석아."

이 말에 리브는 다시 몸을 돌려 배를 깔고 엎드리더니, 노라가 일주일은 족히 먼지를 쓸지 않은 견목 바닥에 뺨을 누른다. "맞아, 목말라서 굶주릴 것 같아, 엄마."

노라는 허리를 펴고 주위를 둘러본다. 헤이든은 어디 갔지? 단
언하건대 그는 놀라운 순간이동 능력자인 게 틀림없다. 그들이
딱히 대저택에 사는 것도 아닌데 그는—획!—사라질 수 있다.
대개는 화장실로. 항상 리브가 따라 들어오는 노라에 비하면, 그
는 변기 위에서 과도한 양의 사적인 시간을 누린다.

"네 침대 옆에 물병 있잖아." 노라는 리브에게 손을 뻗지만 리
브는 이제 진력이 나 있고, 그날 밤 전체에 진력이 나 있으므로,
적어도 그것 하나는 두 사람이 똑같다. 노라가 모르는 육아 비법
이 있는지도 모른다. 아니면 노라가 육아 비법을 전혀 모르기 때
문에 모든 상황이 정확히 이렇게 전개되었는지도. 리브가 세 살
이었을 때 그녀가 일관된 육아 방침을 갖고 있었더라면, 휴식시
간을 더 많이, 아니 더 적게 가졌더라면, 빌어먹을 별 스티커 붙
이기 하루 계획표라도 만들었더라면, 리브는 이렇게 행동하지 않
을 수도 있다. 이런 게 뭐든.

"그 물병 오래됐어. 우웩."

"엄마가 새로 채워줄게." 노라는 포기하고 리브를 바닥에서 들
어올려 아기 거인처럼 안는다. 아이의 웃옷이 말려올라가 통통한
배가 드러난다. "헤이든? 헤이든? 제발 여기 와서 좀 도와줄래?"
노라는 보기보다 훨씬 무거운 딸에게 짓눌린 채로 계단을 느릿느
릿 오르기 시작한다.

"뭐?" 헤이든이 난간 끝에 나타난다—정말 언제 저기 올라갔
지? 그녀는 그를 힐끗 본다. "알았어. 부탁만 하라니까. 말투가
왜 그래, 노라. 말투에 유의해줘."

그녀는 잇새까지 찻주전자처럼 부글부글 끓는다. "잠깐 고개 돌렸는데 그사이 없어졌던데." 리브를 화장실 바닥에 쿵 내려놓고 칫솔을 찾는다.

　"아, 왜 그래. 당신 내가 안 도와주는 것처럼 말하지 좀 마. 정말 지겨워."

　"날 도와줘? 도와준다고?" 노라의 머릿속에 경고의 종이 울린다. 아까는 새된 소리였다면 지금은 귀청을 찢을 듯한 소리를 낸다. 머릿속 목소리가 말한다. 그만둬, 그만둬, 그만둬, 하지만 입은 좆도 상관하지 않는다. "미안한데, 그게 왜 꼭 나를 도와주는 거지? 도시락통 꺼내서 씻고 식기세척기에 넣는 게 어떻게 나를 도와주는 거지? 내가 오늘 칠면조 말이, 스트링 치즈, 라즈베리를 먹었나? 내 기억으론 그런 것 같지 않은데. 그러니까, 제발, 설명해봐, 항상 그 소리를 해대니 원. 왜 집안일하는 게 단지 나를 돕는 거라고 생각해?" 그녀는 거울에 비친 자신의 모습을 피한다.

　그가 한 손으로 얼굴을 문지른다. "내 말 뭔지 알잖아." 노라는 헤이든에게서 시선을 떼지 않은 채 리브의 이를 닦아준다. "흥분해서 말꼬리 잡지 마. 난 상대측 변호사가 아니야, 노라. 중요한 건 내가 돕는다는 거야. 당신은 내가 안 그런다는 듯이 말하는데, 실제로 난 돕고 있어."

　"헤이든. 내가 도시락 싸고, 옷 입히고, 어린이집 데려다주고, 펑크 난 타이어도―"

　"그것도 내 잘못이야?"

　"―당신이랑 똑같이, 종일 일하고 나서, 엉망인 집으로 퇴근해서 도시락을 꺼내고―"

노라는 리브와 옥신각신하면서 아이를 변기 위에 앉히려 한다.

"득점판 경쟁은 그만하자고. 당신도 당신 말이 이상한 것 같지 않아?"

그런 것 같다. 그게 최악인 부분이다. 이만큼 그녀 자신이 섹시하지 않게 느껴진 적도 없다.

"이렇게 하자, 그걸 다 적어봐. 당신 목록 하나, 내 목록 하나. 그러면 되겠어?"

이 질문은 함정이다. 노라도 그런 생각을 해본 적 있었다. 그냥 생각해본 것 이상이었다, 진심으로. 두어 달 전에 그녀는 전화기에 메모하기 시작했지만, 그걸 그의 면전에 대고 흔들어댈 생각을 하니 믿을 수 없을 만큼 못된 년처럼 느껴져서 메모를 다 지웠다. 지금은 그러지 말걸, 하고 후회하는 중이다.

대신에, 가끔 주방 싱크대 앞에 서서 그녀가 죽으면 무슨 일이 벌어질지 상상한다. 죽고 싶지는 않지만, 그녀가 집에서 얼마나 많은 양의 일을 하는지 깨달을 때 그가 지을 표정을 볼 수만 있다면 살인이라도 할 것이다.

이제 노라의 목소리는 차분해진다. "득점판 같은 거 없어도 내가 압도적으로 이기고 있다는 건 자명한데. 경기장만 봐도 내가 당신 엉덩이쯤 걷어찰 수 있다는 건 알 수 있으니까."

완벽한 운명처럼 그녀는 손을 뻗어 딸의 엉덩이를 닦는다.

그가 화장실 세면대를 쾅 치며 돌아선다. 그렇게 그는 다시 사라진다. 그녀 잘못이다. 화만 내지 않았어도 혼자 이러고 있지는 않을 것이다.

리브가 유아용 변기에서 꼼지락거리며 일어나더니 울기 시작한다. "리브! 제발!" 노라는 소리치지만 화는 흩어진 상태다. 그녀는 무릎을 구부리고 앉아 리브에게 배변 훈련 팬티를 입힌 다음 작고 귀여운 손을 잡고 방으로 데려가 문을 닫는다.

둘은 리브의 유아용 침대 위에 눕는다.

"사랑해." 노라가 말하면서 숨을 쉬려고 노력한다.

"사랑해, 백하고 칠십 팔십 백 달러만큼." 딸이 크고 경탄스러운 눈을 하고 대답한다. 헤이든의 눈이다. 연파란색.

"소리쳐서 미안해." 노라가 아이에게 말한다.

"엄마는 답답하고 화가 났으니까." 부모가 가르쳤던 대로 감정의 이름을 대면서 아이가 말한다.

노라는 침대 옆에 쌓인 책에 손을 뻗지만, 리브의 눈은 이미 감기는 중이고 입가가 씰룩거린다. 그대로 누워 천장을 바라보는 노라에게서 눈물 한 방울이 관자놀이를 타고 흘러내려 베개에 떨어진다. 몸이 부르르 떨린다. 오 이런, 그만해, 응? 헤이든은 널 안 떠나. 바람피우는 것도 아니잖아.

어쨌든 눈물은 바깥으로 뚫고 나온다.

잘 시간에 화장실에서 너무 많은 시간을 보내느니 마니 하는 문제로 말다툼하는 것은 사실 굴욕스럽다. 그들의 문제는 모두 심하게 일상적이다. 결혼하기 전에는 불륜이나 암 같은 문제들에 어떻게 대처해야 할지 걱정했다. 지금은 남편이 다른 여자와 잔다 해도, 두루마리 키친타월을 어디다 보관하는지 한번 더 물어볼 때보다 더 격렬하게 반응하고 화가 날지 잘 모르겠다.

노라는 있어야 할 만큼 충분히 오래 있으면서 리브가 숨쉬는 소리를 듣다가, 마침내 딸의 몸 위로, 붉게 반짝이는 흉터 위로,

보드라운 아기 피부가 벌어졌다가 다시 봉합되었으며 금속 핀이 뼈와 뼈 사이를 뚫고 들어갔던 증거 위로, 매일 의식하지 않으려 하지만 오늘밤은 어쩔 수 없이 보고 마는 모든 것들 위로 이불을 끌어당겨 덮는다.

✤

"미안해." 헤이든이 말한다. "나도 노력하고 있어."

노라는 침대에 자리를 잡았고, 노트북이 낡은 이불 위에 놓여 있다.

그녀는 제멋대로 뻗은 구불구불한 머리칼을 정수리에 말아올리고, 상표 없는 클렌징 티슈로 얼굴과 목의 하루치 때를 닦아낸다. 파란 오버사이즈 티셔츠의 솔기가 어깨 밑까지 축 내려와 있다. "알아." 그녀가 대답한다.

헤이든이 다가와 침대 끝에 앉아서 노라의 발등에 손바닥을 얹는다. "정말?"

그녀의 입이 씰룩인다. "정말."

그가 고개를 숙여 손목 안쪽으로 눈두덩이를 누른다. "우리 둘 다 할일이 너무 많아."

둘 중 누구는 더 많지. 그녀의 내적 독백이 너무 미약하여, 그는 꿈쩍도 하지 않는다. 그녀는 자신의 이런 면이 싫고, 뇌 속의 필요한 부분에 뇌엽절제술이라도 해서 멈추고 싶다.

"이런 일이 발생하는 이유는 둘 다 상근직과 가족이 있기 때문이야." 그가 말한다. "그리고 삶도."

그녀는 무표정을 유지하지만, 속으로는 바늘로 찌르는 듯한 통증을 느낀다.

누가 삶에 대해 뭘 말하고 있나? 노라는 아니다. 그녀는 왕성한 삶을 살아가고 있다고 확신하지 못하기 때문이다. 남자는 삶, 자유, 행복 추구를 위해 전쟁에 나가 싸웠다. 너무 기본적인 권리들이어서 빼앗기느니 차라리 죽겠다는 데 남자들은 동의했다.

하지만 노라에게는 그녀의 책임을 던져버릴 만한 자유가 없다. 가정에서. 일터에서. 지구상 어디에서든. 왜 그럴까? 그녀는 안전망이기 때문이다. 그녀는 정부 보조금이다. 그녀는 기본 설정이다. 기저귀들로 쓰레기통은 꽉 차 있고, 학자금대출을 갚아야 하고, 아이가 어린이집에 가지 않는 교직원 연구일이 일 년에 칠 일인데 어떻게 행복을 추구할 수 있나?

"그냥 화나고 답답했어." 그녀가 네 살 아이의 말을 인용한다.

"알아." 그가 노라의 말을 그대로 말한다. 그녀는 그의 정말? 을 그대로 돌려주고픈 충동을 억누른다. 시작되기 전부터 이미 이 대화는 순환 고리이자 함정이었기 때문이다. 이 노래는 절대 끝나지 않으며 끝없이 계속될 뿐이야, 친구.*

말다툼 후 그들 사이에 반흔조직 같은 보이지 않는 장벽이 쌓이는 것이 그녀는 싫다. 헤이든은 정말이지 세상 그 어디에도 없는 최고의 친구이기 때문이다. 차 안에서 그들은 흉내내기 게임을 한다. (이를테면, 난 해질 무렵에 해변을 따라 걷기를 좋아하지, 이 문장을 버락 오바마처럼 말하기. 이제 영국식 발음으로. 이제

---

* 〈절대 끝나지 않는 노래(The Song That Never Ends)〉라는 동요의 가사.

아일랜드식 발음으로.) 그녀는 너무 웃어서 오줌까지 조금 지리는데, 여담이지만 리브를 낳기 전에는 한 번도 없었던 일이다. 또는 베이비시터를 불러놓고, 황혼녘에 5마일을 산책하며 술을 마시고 길거리 음식을 먹으면서 고등학교 시절이나 대학 시절이나 첫사랑에 대해 이야기한다. 낯선 도시에서 최고의 커피를 찾으려는 방대한 탐색에 나선다. 침대에서 스티븐 킹 소설을 교대로 소리 내어 읽는다.

불만 목록을 가진 사람이 다름 아닌 그녀이므로, 상황을 정상으로 되돌리는 것도 그녀에게 달렸다는 사실이 싫다. 따라서 그녀가 대화를 먼저 시도해야 하고, 말하고 싶은 것들의 끝없는 목록과 그녀가 옳다는 게 확실한 모든 이유를 접어야 한다.

"오늘 다이너스티 랜치에 갔었어." 노라가 운을 떼면서, 목소리가 더 가볍게 들리도록 은유적인 베이킹소다를 어떻게 첨가해야 할까 생각한다. 처음에는 이런 느낌이 든다는 것을 상기한다. 가짜.

"우리가 집 보러 갔던 곳?" 헤이든이 종일 하이힐 속에 구겨져 있느라 쑤시는 발을 꼭 쥔다. 느낌이 좋다.

"응." 노라가 등을 더욱 깊숙이 베개 안으로 묻는다. "거기 있는 다른 집에 대한 전화를 받았는데, 우리가 봤던 불타버린 집 말이야, 남자 한 명이 죽었대. 남겨진 아내는 페니 마치라고, 베스트셀러 작가야. 그분 글을 종종 읽었거든." 그녀는 점점 이야기에 몰입하면서, 그에게 뭔가 해줄 만한 흥미로운 이야기, 리브와는 관련 없는 이야기가 있다는 사실에 기뻐한다. "그분 글은 참―어떻게 말하면 좋을까―감동적이거든. 정말로. 여기 이거. 한번 들어봐." 노라의 노트북 화면에 페니가 쓴 책의 미리보기 화면이 열린다. "친애하는 페니에게. 남편이 직장에서 열심히 일하지 않아요. 부장이 그의 업무 수행능력에 대해 경고했다고 무심하게 이야기한 적 있거든요. 그런데도 목표 달성을 위해 어떤 노력도 하지 않는 것 같아요. 그이가 직장을 잃고 제가 궁지에 몰릴 것 같아 두려워요. 제가 아홉시부터 다섯시까지 근무하는 일반 직장을 계속 다니는 동시에 야간학교를 다니고 있거든요. 어떻게 해야 하죠?" 노라는 남편을 흘긋 본다. "그리고 페니는 이렇게 썼어…… '제가 스무 살 때 대학교 남자친구가 매우 아팠어요. 열이 심해서 저는 열을 내리려고 약국에 가서 이부프로펜을 샀죠. 설사도 있어서 이모디움도 사다 줬어요. 저는 모든 증상을 보살피려 했고 어느 정도는 도움이 됐는데, 사실은 아니었죠. 그에게 패혈증이 온 게 확인돼서—'" 노라에게 헤이든이 반바지 주머니에서 전화기를 꺼내 잠시 화면을 흘긋 보는 모습이 보인다. "음, 길긴 한데 무슨 말인지 알겠지."

"그러니까…… 연애 상담을 해준다는 거네."

"아니 그게, 꼭 연애 상담만 하는 건 아니고." 누가 봐도 명백하지 않았나? "꽤 거물급 작가야. 사실 오늘 내가 만났던 다른 여자들도 꽤 인상적이었어. 신경외과의사 그리고 정신과의사. 아니 심리학자인가. 차이를 항상 모르겠더라." 그녀가 웃음을 터뜨린다. "그곳 사람들이 마시는 물은 다른가봐. 우리가 그 집을 진지하게 고려하고 있다고 했더니—"

"진지하게 고려하고 있었는지 잘 모르겠는데." 헤이든이 매트리스에서 일어나더니 방에 붙어 있는 화장실로 타박타박 걸어가,

수돗물을 틀고 칫솔을 그 밑에 댄다.

"난 그런데." 노라가 그를 시야에 들어오게 하려고 상체를 기울인다. "지금까지 본 집 중에서 최고야. 사실 사랑에 빠졌어." 그녀는 이슬라가 준 안내책자를 그가 실제로 읽었다는 데 기뻐하던 터였다. 노라도 훑어보았다. 중년 남자들이 맥주잔을 부딪치고 있거나 골프 카트에서 웃고 있는 사진이 너무 많아서 집중력이 조금 흐려졌다. 하지만 스포츠 경기장, 클럽하우스, 수영장은 근사했다. 게다가 오늘 테아와 코닐리아와 만난 일은 그녀의 우려를 잠재우기에 충분했다.

"그래." 그가 어깨를 으쓱하더니 칫솔질을 시작한다. "근데 난 잘 모르겠더라. 더 좋은 집을 찾을 수 있지 않을까 싶기도 하고."

"헤이든."

노라는 부동산 사이트 '레드핀 앤드 질로'를 샅샅이 뒤지면서 매일 하루를 시작한다. "우리가 원하는 조건에 다 맞아. 예산 범위 내에 있고. 그래도 우리가 꼭 살 수 있다는 보장이 있지는 않은 것 같아. 좀, 뭐랄까, 경쟁이 심한 것 같더라고. 신청 절차가 있대. 구매 의사가 있으면 후원자까지 구한대—그렇게들 부르는 것 같았어."

"그래서, 무슨 여학생 클럽 같은 거야?"

"아니야, 여학생 클럽 같은 거." 그런 건 아니었지 않나? 노라는 한 번도 그런 클럽에 가입한 적이 없었다.

"당신이 가능성은 열어두라고 해서 그렇게 하고 있을 뿐이야." 박하향이 나는 하얀 거품이 헤이든의 입가에 모인다. 그의 말이 웅얼거리듯 들린다. 그가 세면대에 입속 내용물을 뱉는다. "크게 신경쓸 필요 없을 것 같아. 다만 가능성은 열어두자고."

"그래." 노라가 뒤로 기대고는 방 반대편 벽을 바라본다. 셔윈 윌리엄스 리포즈 그레이 색깔. 이 년 전에 그녀가 칠했던 벽이다. "그래, 물론 그래야겠지." 그녀는 화면에 뜬 발췌 글을 한번 더 보고 나서, 노트북을 닫아 협탁 아래에 밀어넣는다.

그녀는 헤이든이 잠자리에 들 준비를 마치고 옆으로 올라오기를 기다린다. 그들은 서로에게 기대고 매일 밤 그러듯이 키스한다.

"사랑해." 그가 말한다.

"사랑해." 그녀가 똑같이 말한다. 그녀는 진정으로 그를 사랑하며, 온 마음을 다해 사랑하며, 그 사랑으로 그의 목을 조르고 싶고, 때론 그가 죽을 때까지 그를 사랑하고 싶다.

5

━ ━ ━

노라는 침대에 누워 지난 세 시간 동안 머릿속을 헤집고 있는 내적 독백을 잠재우려 한다. 시작은 그저 순수했다―라미레스 사건과 관련해서 개리에게 보내는 이메일에 보내기 버튼을 눌렀던가? 일 분 후―내일 리브한테 북 페어 구매 신청서 들려 보내는 걸 잊으면 안 돼, 마지막날이니까. 아 젠장, 과연 기억할 수 있을까, 젠장, 젠장, 젠장, 지금 침대에서 일어나서 바로 할까?

아니.

진정해. 숨쉬어. 평화를.

하지만. 그 생각들은 밟아 뭉개려고 하면 할수록 더욱 활활 타오른다. 노라가 일 년에 한 번 하는 치석 제거 일정도 육 개월 밀려 있다. 근무시간 기입도 밀려 있다. 다음주는 비서의 날이 있는 주간인데 꽃 배달 예약 주문도 하지 않은 상태다. 금요일은 리브가 다니는 어린이집의 '엄마와 머핀' 행사 날이고, 기타 등등 기타 등등.

노라는 자신이 지금 어떤 얼굴인지 알 것 같다. 눈은 질끈 감겨 있고 입은 꾹 닫혀 있다. 삼십대 중반인데도 왜 주름이 있는지 확실히 알 만하다. 그녀는 표정을 풀고 마음을 달래어 잊으려 한다. 하지만 매번 그렇듯이 몇 분만 지나면, 얼굴이 한때 리포머 필라테스 강습을 들으러 갔을 때와 정확히 같은 표정으로 일그러져 있다는 것을 깨닫게 되리라.

닥쳐, 하고 자신에게 너무 불같이 소리치는 바람에 거의 울고 싶어진다. 그녀는 똑바로 돌아눕는다.

나이가 들수록 잠 못 이루는 밤이 점점 잦아진다. 거의 공포증까지 생길 지경인데, 그럴 만도 한 것이, 일단 한번 잠이 오지 않기 시작하면 그 상황이 얼마나 지속될지 알 수 없고 그러면 며칠 내내 일상은 망가지고 그녀는 좀비가 되어버리기 때문이다.

새벽 두시, 불안감이 다리 안쪽까지 스멀스멀 올라오자 노라는 더이상 가만히 누워 있지 못하고 그만 포기하고 일어난다. 약장을 뒤져 멜라토닌 통을 찾아 손에 쥔다―비어 있다. 하지만 그 옆에는 죽은 어머니의 이름 위에 졸피뎀이라는 단어가 또렷하게 적힌 호박색 용기가 놓여 있다. 그녀는 그것을 갈구하듯 바라본다. 자기혐오와 함께.

안쪽 바닥에서 알약 네 알이 달가닥거린다. 그녀는 통을 들어 알약을 가장자리로 빙빙 돌린다. 딱 한 알이면 밤새 깊이 잘 수 있을 것이다.

맙소사, 몸이 얼마나 잠을 갈망하고 있는지.

몇 주 전 헤이든에게 사정이 생겨 혼자 산부인과에 갔을 때, 노라는 의사에게 약물 복용이 뱃속 아기에게 해로운지를 최대한 무심한 척하며 물어보았고, 아직 연구가 부족해 확증은 없지만 상황이 대단히 심각하지 않다면 피하는 게 좋다는 사무적인 답변을 들었다.

꼭 약을 먹어야겠다는 계획이 있었던 것은 아니다.

노라는 졸피뎀을 먹지 않을 것이다. 더이상은 아니다.

조심스럽게, 마지못해서, 약통을 원래 있던 자리에 돌려놓고 시간을 다시 확인한다. 베를린은 아침이다.

노라가 소파에 앉아 앤디에게 페이스타임을 걸자, 앤디가 바로 받는다.

"거기 지금 새벽 네시 아니야?" 앤디가 우유에 담긴 시리얼을 숟가락으로 떠먹으면서 앞니 사이로 후루룩거린다. 그녀는 작지만 햇빛이 가득한 브렉퍼스트룸에 편히 늘어져 있다.

노라의 단짝 친구는 호리호리한 몸매에 짧은 복고풍 머리를 하고 있고, 비슷한 나이대의 다른 여성들에 비해 인상적으로 많은 점프슈트를 가지고 있다. 그녀는 예술가—화가다. 그녀가 훌륭한 화가라는 것을 노라는 항상 알고 있었다. 노라는 바로 자신이 앤디를 발굴했다고 말하기를 좋아하는데, 그 점은 중요했다. 앤디의 부모가 너는 화가가 아니라고 앤디를 설득하는 데 삼십 년의 세월을 보낸 것을 감안하면 말이다. 그녀가 동성애자라는 사실을 받아들이도록 하는 게 훨씬 더 쉬웠다.

"두시 반." 노라가 말한다. "잠이 안 와."

"아. 훌륭하군. 그럼 너랑 커피 한잔할 수 있겠어." 머그가 화면 속으로 들어오고 앤디가 한 모금 홀짝인다. "어차피 내일 전화할 참이었어."

"왜?" 노라는 거실 소파 모서리로 더욱 몸을 밀어넣어 무릎 위로 소파 덮개를 당기면서 묻는다.

"너희 어머니 생신이잖아. 달력에 적혀 있더라."

이 날짜를 거의 잊을 뻔했다는 사실이 노라는 믿기지 않는다.

부모가 이혼할 때 그녀는 엄마 쪽에 섰고 다시는 뒤돌아보지 않았다. 불행하게 끝난 부모의 결혼생활 내내 어머니는 가정주부로서 헌신했다. 학부모회의 중심이었다. 자선활동을 했다. 집을 정리정돈했다. 개를 산책시켰다. 식탁에서 노라와 남동생 톰의 숙제를 도와주었다. 퀴즈 보드게임 '사소한 추적'의 밤과 가족 휴가를 준비했다. 노라가 고작 열세 살 때 부모는 이혼했고, 아버지가 변호사 보조원인 프릭 부인과 바람이 난 것이 그 이유였다는 사실을 알았을 때는 열넷이었다. 이후, 이십 년 이상 일하지 않았던 어머니에게 모든 것이 달라졌다. 그녀는 임시직을 전전하며 어린이집 임시교사, 고급 레스토랑 안내원, 로펌 접수원으로 일했는데, 그때 노라가 변호사가 되기를 바라는 집착의 씨앗이 처음 심어졌다. 일단 법학 학위를 따놓으면 그건 평생 간다, 어머니는 노라에게 말했다. 언제든 의지할 구석이 생기는 거지. 그게 중요한 거야.

"널 아주 자랑스러워하실 거야." 카메라를 통해 노라를 정면으로 바라보며 앤디가 말한다. 노라의 어머니가 팔 년 전에 세상을 떠난 뒤로, 노라를 위해 진심을 다해 등을 두드려주거나 수석 치어리더가 되어주는 일은 앤디가 맡아왔다.

노라가 손바닥에 뺨을 묻는다. "만나서 얘기하자고 하실걸. 내일이 어떻게 나를 죽이려 드는지 보신다면." 오늘밤은 경고 신호다. 앞으로 몇 달간은 힘겨운 싸움이 될 것이고, 그 끝은 그녀가 파트너 변호사가 되는 것이기를 바라고 있다. 그때 휴가를 계획할 것이다. 열대지방 어딘가로.

"헤이든이 그래도 도와주고 있지? 그치?" 앤디가 작은 숟가락으로 커피를 젓는다.

"응. 그렇지." 그녀가 한숨을 쉰다. "너는 마사랑 살 때 어땠어?" 마사와 앤디는 오 년 사귀다가 작년에 헤어졌다. 노라는 그들이 결혼하리라 생각했다. 어쨌든 앤디는 잘 헤쳐나가고 있다.

앤디가 무릎에 턱을 괸다. "마사는 지저분했어. 절대 설거지를 안 했지. 근데, 알잖아." 그녀가 숟가락으로 가리킨다. "내가 해야 한다고 생각해서 안 했던 건 아니야. 그런 식은 아니었어. 단지 지저분한 게 거슬리지 않았던 거지."

"그래."

"잘은 모르겠지만," 앤디가 말을 잇는다. "내 남동생이 가장 근사치 예일 것 같은데, 음, 추수감사절을 지낼 때 손 하나 까딱 안 하거든, 내 말 뭔지 알지."

노라는 안다. 같은 이유로 그녀는 톰과 거의 말하지 않는다. 어머니가 아팠을 때 누구의 생활이 뒤집어져야 할지에 대한 의논은 거의 없었다. 노라가 상주 간병인을 불렀다. 그녀가 식료품을 배달시켰다. 그녀가 청소할 가정부들을 고용했다. 그녀가 더 자주 병문안을 갔다. 그녀가 자신과 톰의 이름이 사인된 선물을 보냈다. 톰은 아직 결혼하지 않은 상태였다. 청구 비용의 절반을 지불하는 수표를 썼을 때 그는 자기 몫을 다했다고 믿었다―그리고 지금도 그렇게 믿고 있다. 하지만 끔찍했던 마지막까지 간병은 줄곧 노라의 몫이었다.

장례식장에서 어머니의 친구들은 법석을 떨면서, 잘 돌봐주는 딸이 있어 어머니는 얼마나 행운이었는지 말했지만, 노라는 정말이지 이해가 가지 않았다. 톰도 어머니가 있지 않은가?

"미안해." 앤디가 말한다. "얼른 가봐야 할 것 같아. 직장에 늦겠어. 키스로 대신할게." 앤디가 카메라 쪽으로 몸을 기울이자 입술이 화면을 점령하면서 크게 쪽 소리가 난다. "사랑해."

노라가 하품을 하며 눈을 비빈다. "죽을 때까지." 친구에게 말한다.

통화는 끝났지만, 그녀는 아직 잠들 준비가 안 되어 있음을 깨닫는다.

마음을 마구 헤집는 것들 중에 에너지를 쏟을 만한 것은 이제 하나 남았다.

휴대전화 화면이 어둠 속에서 푸르게 빛난다. 그녀는 팔꿈치를 당기고 엄지손가락으로 키보드를 톡톡 두드린다. "다이너스티 랜치 화재 리처드 마치." 결과가 뜨기를 기다리는 잠깐의 시간 동안 죄책감이 위장을 쥐어짠다.

차가운 미풍이 그녀의 목뒤를 간질인다. 아마 에어컨 통풍구 바람일 것이다. 하지만 본능적으로, 고개를 들어 주변의 어둠에 싸인 커튼을 유심히 올려다본다. 그녀와 앤디가 십대였을 때, 한번은 앤디의 TV방 밖에서 그들을 음흉하게 노려보고 있는 관음증 환자를 목격한 일이 있었다. 그녀를 주시하던 움푹한 눈과 구부러진 콧대가 노라는 여전히 기억난다. 충격은 이루 말할 수 없었다. 앤디는 그 남자에게 꺼지라고 소리치더니 그냥 이웃 사람일 거라고 말했다. 그렇게 말하면 마치 상황이 더 나아지기라도 할 것처럼. 하지만 노라는 아직도 그 사건을 전혀 극복하지 못했다.

심지어 지금도, 얼굴에 TV 불빛이 비친 그녀를 누군가 창문 밖에서 지켜보고 있다는 상상을 한다. 덧창문이 열려 있고 미니어처 버전의 자신이 창문에 비쳐 있다.

아무 일도 아닐 것이다. 밤이 제 할일을 하고 있을 뿐이다.

페이지 한가득 결과가 로딩되자 그쪽으로 다시 주의가 쏠린다. 가장 관련이 깊은 지역 신문기사를 골라, 손가락 관절을 앞니 안쪽으로 밀어넣은 채 읽기 시작한다.

부검 결과, 지역주민 남성 산 채로 불타 사망.

사람은 보통 연기 흡입으로 먼저 죽지 않나? 그게 적어도 덜 야만적으로 들린다.

연쇄살인마에 대한 글을 읽을 때처럼 그녀는 역겨운 매혹에 빠져 계속 읽어내려간다. 그래서는 안 된다는 것을 알지만, 그래도.

희생자의 시체는 주방에 누워 있는 채로 발견되었다. 당연히 사지는 쪼그라들었고 형태는 일그러졌는데, 일명 '권투선수 자세'라고 하는 사후경직 때문이었다.

"권투선수." 그녀는 어둠 속에서 혼자 중얼거린다. 의학 사전을 찾아보지 않을 수 없다. 그것은 고온이 근육을 수축시키고 경직시켜 팔이 '권투선수와 같은 모양'으로 휘는 것을 의미한다는 사실을 알게 된다.

리처드의 사인은 열손상이었으며, 몸이 너무 심하게 연소되어 치과 기록을 바탕으로 공식적인 신원확인을 해야 했다. 끔찍하다. 코닐리아와 테아가 묘사했던 것보다 훨씬 더 끔찍하다. 페니는 말할 것도 없이 완전히 트라우마를 입었을 것이다. 불쌍한 그녀의 남편.

노라는 남은 기사를 몇 개 더 훑어보면서, 더 소름 끼치는 세부 내용을 샅샅이 찾아다닌다.

시간이 흐른다. 그녀는 화면이 어두워지도록 그대로 놔둔다. 생각을 추려보려고 노력해도 머릿속은 점점 흙탕물이 되어가지만, 맡지 않기로 결정한 것이나 다름없는 사건에 대해 이미 너무 깊이 생각하고 있으니 그게 최선인지도 모른다.

긴장을 푼다. 아침이 되면 모든 것이 하찮게 느껴질 것이다.

아니면 똑같은 기분이 들 수도.

상관없다. 어느 쪽이든 아침은 올 것이다.

6

개리가 오전 열시에 자기 사무실로 노라를 부른다.

"노라, 그래, 왔군." 아침나절에 그녀가 사무실에 도착해 있다는 게 놀랍다는 듯이. "몇 가지 잠시 논의할 게 있어서 바버라도 오라고 했네. 괜찮나?"

지금은 괜찮지만 이 대화가 끝날 때쯤에는 그렇지 않으리라고 노라는 거의 확신할 수 있다.

바버라가 손님용 의자 가장자리에 무릎을 딱 붙이고 앉는다. 무릎 위에는 얇은 폴더. 그녀 뒤로 나 있는 통창을 통해 펼쳐지는 포시즌스호텔과 타운 레이크의 파노라마.

"물론이죠." 노라는 남은 의자에 앉으면서, '아무 문제도' 일으키지 않았다는 것을 상기하려고 노력한다. 여긴 중학교가 아니다. 중학교 때 꼭 문제를 일으키고 다녔다는 것은 아니지만.

어쨌든. 그녀는 심호흡을 하려는 분투를 감추려 애쓴다. 어젯밤의 일로 아직 머리가 몽롱하다는 사실이 방해가 된다. 잠이 더 필요하다. 솔직히 말하면 아마 야채도.

개리가 푹신한 가죽 의자를 삐걱거리면서 뒤로 기대더니, 양

손가락을 맞대고 첨탑 모양을 만든다. 노쇠해가는 휑한 두피를 흰 머리카락 가닥들이 듬성듬성 메우고 있다. 그는 아마 두 살 때부터 중년의 파트너 변호사처럼 보였을 것이다. "파트너 변호사 후보군 문제로 어제 오후 임원위원회 회의가 있었네." 노라가 심호흡하려던 것을 포기하고 이제 숨을 참기로 한다. 폐가 부풀어 오른다. 회사는 앞으로 두 달 뒤, 이번 회계연도 말에 파트너 선정 투표를 할 것이다. "후보를 한 명씩 만나 각자의 기대치를 조사해서 지향하는 바가 우리와 같은지 확인하고 있지."

노라는 상당히 차분해진다. "이 회사에서 일하기 시작한 게 어제 같습니다." 그녀가 미소 짓는다. 이런 유의 회의에서는 항상 미소 짓는다. 직장에서 그녀는 극도로 유쾌하다.

"바버라, 시작해줄래?" 그가 묻는다.

"그러지." 오스틴 법조계는 바버라들과 개리들로 가득하다. 이 도시가 신기술에 점령당함에 따라 온라인 안경점 워비 파커, 전자 담배, 캐주얼한 사무실 복장, 증가하는 탄력적 장기 재택근무의 물결이 밀려오고 있을 때, 이들은 커스터 중령처럼 마지막까지 저항한다. "노라, 아직 확정된 바는 없지만, 이 회사에서 자네가 올린 실적에 대한 몇 가지 우려가 임원위원회에서 제기되었네."

노라의 목뒤가 따끔거린다. "우려라니 어떤 걸 말씀하시나요?"

"우선, 근무시간 말이야." 바버라가 폴더를 열어 기록을 찾아본다.

"제 근무시간이 문제였나보군요." 노라는 머리가 어지럽다. 개리의 사무실에 있는 모든 것이 뒤로 멀어지고 있는 느낌이다— 얇은 카펫, 아내가 갖다놓은 먼지 쌓인 동양풍 러그, 고풍스러운 대통령 책상 위에 놓인 딸 결혼식 사진 액자.

바버라가 무테안경을 콧마루로 다시 밀어올린다. "새 파트너를 고려할 때 우리는 조감도적인 시선으로 보지. 자네가 이 회사에 들어와서 일한 전체 연도를 살펴보고 있어."

"그렇군요." 노라는 저절로 찡그려지는 얼굴을 하품으로 위장한다.

"수임료가 청구되는 실제 근무시간이 어떤 연도에는 한계점 밑으로 내려갔더군. 알고 있으리라 생각하지만. 예를 들면 딸이 태어났을 때."

"육아휴직 했는데요." 노라는 목소리가 떨리지 않길 바라며 천천히 대답한다. 하지만 체내 미터기는 윙윙거린다.

"그렇지." 바버라가 말한다. "십이 주 유급휴가. 회사에서 전액 지원하는."

전액은 강력한 단어다.

"그런데 근무시간이라면," 노라는 계산하려고 애쓰며 고개를 까딱거린다. "정확히 무슨 뜻인가요? 제가 벌충해야 하는 시간 말씀이신가요?"

그 시간이 학교에서 놓친 시험인 것처럼.

"꼭 그런 건 아니야." 개리가 그녀에게 말한다. "하여튼, 여기에만 집중하지는 맙시다. 다른 시기도 있었으니까. 그…… 사고가 일어났던 시기도 있었고, 노라."

그녀가 눈에 띄게 움찔한다. 경련에 가깝다. 노라 뒤의 유리 통창에 개리가 정통으로 총이라도 쐈다고 해야 맞을 것이다.

"저―저는 가족의료 휴가법에 따라 할당된 시간을 썼을 뿐입니다." 말이 목구멍 속에서 갈퀴질한다. "그것도 다 쓰지도 않았고요." 코를 들어올리고 하이에나가 울듯이 큰 소리로 웃고 싶은 미칠 것만 같은 충동이 인다.

"그 법에 따라서, 동일 수준의 직무로 복귀하는 것이 보장되지." 그의 어조에는 가장한 부드러움이 있다.

바버라가 헛기침한다. "내가 잠깐 끼어들자면, 노라, 나도 엄마야. 다 이해해. 정말이야. 하지만 이번에 파트너십 대상으로 올라온 사람들 중에 자네만 애가 있는 건 아니야."

사실이지만, 꼭 그런 것도 아니다. 노라와 같은 후보군에 있는 사람들 중에서 유일한 여성은 자식이 없다. 나머지 셋은 아빠다. 엄마인 것과 아빠인 것이 얼마나 다른지 고함친다면 잘못된 일이겠지만, 정말이지 그러고 싶다.

"내가 자네를 알지." 바버라가 말을 계속한다. "특별대우를 원하지 않을 거야. 밀실 대화 끝에 여자라는 이유 하나 때문에 파트너로 선출되었다는 말이 나도는 건 원치 않겠지." 그녀는 두 사람이 옛 시절 여자들만의 즐거운 수다에 흠뻑 빠져 있다는 듯이 무심하게 눈동자를 굴린다.

"누가 그런 말을 한다는 건가요?" 노라가 식식거린다. 그런 비슷한 말을 하며 투덜거리는 남자가 이미 이 회사에—아니, 이 방에—차고 넘치며, 딱히 조용히 그러지도 않는다는 것을 알고 있지만 말이다. 요즘은 백인 남자인 것이 불리하다, 라고들 한다. 고삐 풀린 소수계 우대정책. 노라는 아무 말도 들리지 않는 척한다.

그 외에도, 노라는 윗 세대 변호사들이 어쏘 변호사들이 물렁해져서 열심히 일하지 않는다고 생각한다는 것을 알고 있다. 사실 바버라들과 개리들이 자기 때는 얼마나 많은 시간 동안 일해서 돈을 벌었는지에 대해 웅얼대는 것을 자주 듣는다.

노라는 휴게실에서 그들에게 소리치고 싶다. "시대가 달라졌다고요!" 그들은 최종 변론서가 나오면, 수동으로 제본되기를 기다리면서 인쇄소에서 밤을 보내는 시간에도 수임료를 청구했다. 대면 회의 출장을 다녀오면서 비행기 안에서 잠자는 시간에도 수임료를 청구했다. 오래된 판례법 연구를 위해 법학도서관에 갈 때마다 이동하느라 쓰는 시간도 계산했다. 지금 그런 연구는 완전히 온라인으로 대체되었을 뿐만 아니라, 이동하는 시간 내내 차 안에서 잡담만 하는데도 말이다. 잡담은 이제 구시대 유물이다.

반면에, 육 분 단위로 쪼개지는 시간당 수임료가 쌓이는 동안 노라와 동료들은 컴퓨터 앞에 웅크리고 앉아 있다. 회의는 온라인으로 한다. 저녁에 퇴근하는 중에도 전화를 받는다. 잠들기 직전까지 이메일 알림이 울린다. 개리가 젊은 변호사였던 시절 이래로 그녀가 하루에 다뤄야 하는 업무량은 두 배 이상이 되었지만, 어쩐지 노라의 직업윤리는 모든 수석 파트너 변호사들의 농담거리가 되어버렸다. 밀레니얼들은 별나다니까, 라는 말로 끝나는.

바로 그 순간, 자궁 속에서 헤엄치고 있는, 잊고 있던 라임 한 알 크기의 인간이 질척한 메스꺼움을 동반하며 존재감을 드러낸다. 그녀는 입을 앙다문다. 그들은 아마 노라가 동의한다는 뜻에서 그런다고 생각할 것이다.

"좋은 선례를 남겨야 해." 바버라가 말한다. "우리는 자네를 위해 최선의 결과가 나오길 원해. 그래서 이렇게 단도직입적으로 논의하는 거라네. 모든 게 계획대로 된다면 자네도 이 회사 지분을 갖게 될 테고, 누군가가 선을 그어줬다는 게 기쁘겠지."

그럴까? 과연 기쁠 수 있을까? 바버라를 보면서 그러지 않기를 기도한다.

"자네만의 고객이 있다면 다를 텐데." 개리가 말한다.

❖

"그런데ㅡ"

노라가 자기 손을 바라보고 있다가 갑자기 고개를 든다. "있다면요?" 이 말을 내뱉는 그녀 스스로도 놀란다.

"뭐가 있다는 건가?" 개리가 의자를 돌려 상체를 곧추세운다.

"제 고객이 있다고요."

"음." 그가 어깨를 으쓱한다. 그가 생각하고 있는 질문은 여전히 가정형이다.

그녀의 심장이 더욱 빠르게 뛴다. "불법 사망사고 한 건에 대한 단서를 가지고 있습니다." 그녀가 자세를 바로잡으며 말한다. "강력한 사건입니다. 근처 교외에서 일어난 사건인데, 화재가 있었어요. 한 가정의 아버지가 사망했죠. 더 큰 건이 될 수도 있다고 봅니다. 좋은 동네예요. 연줄이 상당한 전문직들이 많이 살아요. 얻을 게 많은 좋은 건수일 수 있어요." 노라는 속도가 붙는다. "맡지 말까 생각했었는데요, 개리가 담당하는 사건들만으로도 얼마나 제 도움이 많이 필요한지 아니까요. 하지만 제 사건이 필요하다고 생각하신다면ㅡ"

"느낌이 괜찮은데." 바버라가 무릎 위에 양손을 포개더니 더이상 폴더를 보지 않는다. 자기가 굉장한 영감을 주는 사람이라고 스스로 생각하는지도 모른다. 그녀의 발자취를 따르는 여성 리더십 계획.

"난…… 잘 모르겠는데." 개리의 턱이 목을 향해 내려간다.

바버라가 눈썹을 치켜올린다. "나한테는 확실한 해결책이 되어줄 것으로 들리는군. 자네는 분명 개리를 계속 도와줄 수 있을 거야. 노라, 자네는 긴 근무시간이 필요해. 임원위원회도 신나겠군. 자네가 그걸 득점 골로 노리고 있다고 여길 거야."

노라는 두 사람을 번갈아 흘긋거린다. "그렇습니다." 그녀는 대답하지만 사실 아무런 확신도 없다.

바버라가 양손을 툭툭 턴다. "좋아." 그녀가 폴더를 탁 닫는다. "매우 생산적인 회의였던 것 같네, 그렇지 않나?" 바버라와 노라는 함께 일어난다. 노라는 방금 자신이 무엇에 동의한 것인지 모르겠다.

그녀는 약속을 항상 잘 지킨다. 비밀 엄수를 요청받으면 결코 말하지 않는다. 차용증서를 절대 잊지 않는다. 헤이든을 무슨 일이 있어도, 죽음이 그들을 갈라놓을 때까지 사랑하기로 했다면 그것은 진심이다. 따라서 바버라가 "일의 진척 상황을 계속 알려주겠나?"라고 말할 때 노라는 알겠다고 한다, 네, 그렇게 하겠습니다, 라고.

노라가 그녀의 사무실로 돌아가 제일 처음 한 일은 점심 주문하기다. 위장을 진정시켜야 하니까 치킨 누들과 딱딱한 껍질의 바게트로. 수프를 먹으려는데 여전히 손이 떨려 회색 펜슬스커트에 한 숟가락 흘린다.

그녀는 없는 시간을 내서 그 회의로부터 자신을 추스르고, 아직도 귓가에 울리고 있는 개리의 말—사고, 사고, 사고—을 멈추려 한다.

일단 가라앉자 휴대전화를 집어든다. "코닐리아? 안녕하세요, 노라 스팽글러입니다."

"노라! 다시 연락하실 줄은 몰랐는데 놀랍네요."

"좋은 쪽의 놀라움이었으면 좋겠네요." 코닐리아의 목소리는 그렇게까지 놀란 것으로 들리지는 않았지만. "페니의 전화번호를 안 받았다는 걸 이제 알았어요. 그래서 그런데, 저 대신 메시지를 전해주실 수 있나 해서요. 사건을 제가 맡겠다고 전해주시겠어요? 페니가 아직 제가 맡기를 원한다면요." 노라는 아랫입술을 깨물며 천장을 올려다본다. 페니 마치가 다른 법적 대리인을 구했다는 소식을 갖고 개리에게 돌아가고 싶지는 않다. "제 번호를 주시고 저한테 전화해달라고 전해주시면, 제가 계약서와 다른 필요한 서류를 보낼 수 있을 거예요."

"페니가 매우 고마워하리라는 건 당장 말씀드릴 수 있어요. 당신을 정말 좋아했거든요."

다른 여자가 그녀를 좋아한다는 사실이 노라에게 이토록 큰 전율을 준다는 게 조금 슬프긴 하지만 그녀는 말한다. "저도요." 그리고 너무 간절하게 들리지 않도록 조심한다.

"그럼," 코닐리아가 말한다. "당신을 이제 더 자주 보게 되겠군요. 집은 더 생각해보셨나요?"

"그게…… 남편이 고민중인 것 같아요."

"아." 침묵이 흐른다. 노라는 통화가 끊겼는지 걱정스럽다. 그때―"있잖아요, 방금 좋은 생각이 떠올랐어요. 저희집에서 디너파티를 할 예정인데 두 분도 오시는 건 어때요? 남편분은 저희가부드럽게 설득할 수 있어요. 저흰 설득을 아주 잘하거든요."

"디너파티요?" 노라가 되묻는다.

"제 남편이 요리를 아주 잘해요. 심지어 계량도 안 한답니다.대단하지 않나요? 전 항상 계량을 해야 하거든요. 어쨌든. 어때요? 오실래요?"

노라의 불쌍한 손톱. 초조한 3학년짜리의 손톱에서 벗어나자마자 끝도 없이 물어뜯기고 있다.

"헤이든한테 얘기해볼게요." 노라가 말한다. "일정을 확인해봐야 할 것 같아요."

"물론이죠. 기대하고 있을게요." 코닐리아가 대답한다.

기차는 역을 떠났고, 배는 닻을 올렸으며, 경주마는 게이트 밖으로 나왔다. 노라는 느낌이 온다. 모든 시동이 걸렸다.

❖

그날 밤 헤이든은 리브가 밥 먹고 잠든 후에야 집에 들어왔지만, 분홍색과 진주색을 띤 미나리아재비 꽃다발을 들고 왔다. 헤이든은 꽃을 잘 활용할 줄 안다. 노라는 아무 이유 없이 꽃을 자주 받는다. 아주아주 행운이라고 느껴야 한다는 것도 잘 알고 있다. 많은 남자들이 로맨스란 화요일에 양말 신은 채로 하는 섹스라고 생각하니, 뭐.

"완전 재수없는 놈은 아니지, 내가?" 그가 그녀의 관자놀이에 키스하면서 놀린다. (그런 놈은 아니다.)

그의 입술은 따뜻하다. 그녀는 하루 동안 녹초가 되어버린 몸으로 눈을 감고 그의 입술을 받아들인다. 오늘밤에도 잠을 제대로 못 잘 거라는 걱정이 취침 시간이 다가오자 스멀스멀 배어든다.

"당신은 내가 잘한 걸 인정 안 해주더라." 헤이든이 세탁실에서 신발을 벗는 동안, 그녀는 수납장에서 화병을 꺼내 물을 채우고 꽃의 줄기 끝을 잘라낸다.

노라는 그를 확 한 번 쳐다보면서, 정관수술 메스만큼의 날카로움이 그에게 전달되기 바란다. 그가 손바닥을 들어올린다. "난 내 친구들보다 집안일을 더 많이 하거든."

"내가 그 사람들이랑 결혼 안 해서 다행이네."

하지만 노라는 생각한다. 며칠 전 코닐리아의 남편 애셔를 만났을 때 그는 자발적으로 벽장 청소를 하고 있었고, 그녀는 집으로 돌아가서 헤이든에게 그 부분에 대해 말을 꺼내볼까 싶은 강한 유혹을 느꼈다. 하지만 자기도 모르게 다시 역으로 생각하고 있었다. 헤이든이 집에 와서 이러면 어떡하지, "무심코 들어갔더니 밥의 아내가 오럴 섹스를 해주고 있더라고, 매주 수요일마다 해주는 일이라는 듯이 말이야." 사태는 안 좋아질 것이다.

하지만 이건 다르다. 매우 다르다, 그렇지 않나? 그들의 집은 음경이 아니다.

노라는 헤이든이 눈을 흡뜨도록 내버려둔다. 적어도 그럴 만한 이유가 그녀에게도 조금은 있다. 그녀는 자기가 사과를 잘 못하고, 설사 하더라도 먼저 말을 꺼내는 일은 아주 드물다는 것을 알고 있기 때문이다.

"고마워." 노라가 조리대 위에 꽃을 얹어보고 부산을 떨면서 이리저리 배치해본다. "그리고 나는 자기한테 재수없는 놈이라고 한 적 없어."

"오, 그런 암시는 있었지." 그의 태도가 그녀를 미소 짓게 만든다. 그녀는 궁금하다, 나도 재미있는 사람이 될 수 있을까? 항상 이토록 빌어먹게 압사당할 지경만 아니라면? 노라는 자기 자신을 향해 한숨 쉬고 싶다. 심지어 속으로 혼자 하는 질문마저도 불평이니까.

그녀가 그를 살짝 밀친다. 그리고 미처 알아채기도 전에 그들은 이미 섹스를 하고 있다. 좋은 종류의. 아직은 남편과 섹스하는 게 좋아서, 그리고 그가 사실은 재수없는 놈이 아니라서, 그리고 모든 것이 대략, 대략 다 괜찮아서 그녀는 매우 감사하다.

두 번의 오르가슴 후에, 그녀는 옆으로 돌아누워 손을 그의 억센 가슴털 위에 얹는다. "있잖아," 그녀가 말한다. "우리 디너파티에 초대받았어."

현대의 아빠들은 아버지 세대보다
가사일을 세 배 더 한다

캐런 필모어 기자

"#미투 운동의 여파로 남자들이 적어도 한 가지 분야는 함께 역할을 하겠다고 손을 들면서, 그 분야에서 많은 발전을 보이고 있다. 바로 집안 살림이다."

———

댓글 보기

———

프란체스카 베소

이렇게 말하면 너무 가혹할지 모르지만 내 생각에 핵심은 이거죠—남자들이 **뭘** 하든 가정에 대한 내 기여도와 같을 수는 없다는 것. 미안. 우리 남편은 쓰레기 버리고 청소 도와주고 일주일에 두어 번 요리한다고 내게 징징거립니다. 저기요. 난 애를 매번 아홉 달씩 배고 있었어요. 몸은 다 망가졌고 임신 때 붙은 살 빼느라 이 년이 걸렸고요, 매번. 젖꼭지는 엉망이고 웃을 때 오줌을 지려요. 육 년 내내 밤에 제대로 잠을 잔 적이 한 번도 없는데, 이 남자들은 이러는 거죠—하루걸러 쓰레기 버리러 3미터나 가야 한다고? 아갈머리를 콱.

섹시중년맘212

@프란체스카베소 맞아요오오오. 내 파트너는 나는 '편했던' 케이스라고 생각해요. 제왕절개를 했으니 진통도 없었다고. 진통이 여자들을 그토록 과민해지게 만든다는 듯이 말이죠. 난 말 그대로 톱질로 배를

열었고 기저귀 갈 때마다 한 달 동안 다리를 절면서 돌아다녀야 했는데, 그래서 어떻게 됐게요? 내가 다 했어요. 하루에 열두 번 아들한테 수유했어요. 유방염에 걸렸을 때도요—그것도 두 번이나 걸렸었죠. 일 년 내내 내 파트너가 보육과 관련된 건 죄다 해야 한다고 생각하고요, 일단 그러고 나서 얘기해봅시다.

재니스T
@프란체스카베소 백 퍼센트 동감. 우리 남편이 할 수 있는 건 아무것도 없어 보이고 비교할 바도 아닌 것 같은데 그 사람은 심지어 하려고도 안 합니다.

레미 스타인
@재니스T @프란체스카베소 나쁜 소식. 우리는 애들을 입양했는데도 전 여전히 이런 기분이 든다는 거죠. 남편과 나는 애들을 입양하기로 함께 결정했고 우리가 좀더 평평한 운동장에서 뛰게 되리라고 생각했어요. 내 친구들은 다 듣는, 아기는 엄마만 원할 뿐이라는 개소리는 안 듣게 될 줄 알았죠. 근데 정말이지 우리 남편은 아이들이 울 때 그 소리를 듣지 않는 초능력을 갖고 있나봐요. 만약에 내가 젖병 물리는 시간을 안 지킨다면, 아이 우유 먹일 시간을 그는 언제 기억해줄까요. 할 때는 잘하거든요. 주도적으로 안 해서 그렇지.

워킹맘
초등 산수를 해볼 시간이군요. 3×0=0. 미친, 100×0=0

맷 랭
@워킹맘 제로?? 남자들의 성실한 노동을 인정하지 않으면 어떤 남자

가 미쳤다고 당신을 위해 일을 하려고 할까요? 당신네 여자들은 더 도와주길 원한다면서 **막상** 남자가 나서면 일하는 방식을 비난하고 세세한 것까지 관리하죠. 피곤해요. 그래서 우리는 포기하는 거예요. 축하합니다. 그런 상황을 스스로 초래하셨네요.

워킹맘
@맷랭 그래서 내 말이 틀린 게 뭔데요.

7

노라는 처음부터 시작해야 한다, 리처드와 페니의 집에서부터. 그라운드 제로. 따라서 다음날 오후, 차를 천천히 몰다가 세우고는 안전벨트를 풀고 나서 그 집 앞에 직선으로 이어지는 인도에 내린다.

예전에 불탄 집을 본 적이 있다. 하나의 가족이라는 사랑으로 이루어진 실체를 화재가 어떻게 흩날리는 쓰레깃더미로 만드는지 목격한 적이 있다. 하지만 마치의 집처럼 완전히 파괴된 집은 처음이었다.

경찰과 보험사 보고서를 꼼꼼히 읽으면서 아침을 보냈지만 발품 팔기보다 나은 것은 없다. 트렁크에서 테니스화 한 켤레를 꺼낸다.

검은 잿더미로 뒤덮인 땅 위로 황폐해진 집의 골조가 솟아 있다. 노라는 허리에 양손을 얹고, 남아 있는 문틀과 무너진 지붕 경사면을 빤히 올려다본다. 경사면은 지붕널 없이 헐벗은 채로, 안에 방이 있었음을 암시하는 한줌 성냥개비 같은 뼈대로만 남아 있다. 재 냄새가 축축한 모닥불 잔해처럼 아직 공기 중에 퍼져 있다. 그녀는 생각한다. 내가 이걸 맡다니.

모기들이 날아와 발목과 손목을 깨물자 소름이 끼친다.

노라가 문턱 앞에 멈추는데, 한 지점에 재와 잔해가 깨끗이 치워져 있다. 그곳에 오렌지 색깔 스프레이로 '태워 다 태워버려'라고 쓰여 있다.

그녀는 입을 앙다문다. 누가 썼을까? 혼자 온 것은 아무래도 바보짓이었나 생각한다.

더운 날씨에도 몸이 바들바들 떨린다. 그 집이 그녀에게 무슨 짓을 하고 있다. 마음을 불편하게 만든다. 남겨진 빈 공간 뒤로는 초록 잔디, 양철 깃발이 꽂힌 우편함, 울타리가 쳐진 마당에서 짖고 있는 개들, 신선한 뿌리 덮개가 놓여 있기 때문이다. 안전한 이웃집.

따라서 발굴하려고 찾아온 훼손된 폐허로 다시 주의를 돌린다. 구겨진 맥주 캔이 땅 위에 굴러다니지만, 그것 말고는 다른 불법 거주자의 흔적은 없다. "누구 있나요?" 한번 말해보지만 곧 우스꽝스럽다고 생각한다. 집은 다 뚫려 있어서 안 보이는 곳이 없기에 숨을 곳은 없다.

하지만 벽난로 잔해 위에, 같은 형광 오렌지색으로 휘갈겨놓은 메시지가 하나 더 있다. '드론에 죽음을.'

메시지들의 존재는 그녀를 불안하게 하는데, 그게 얼마간 그것을 쓴 사람의 의도가 아니었을까 생각한다. 놀란 가슴은 쓸어내려, 노라. 혼자 중얼거린다. 그냥 그래피티일 뿐이야.

그녀는 벽난로 옆을 돌아 휴대전화를 꺼내고, 잔해를 뒤지면서 사진을 찍는다. 비서에게 재산세 기록에서 뽑아달라고 부탁한 실측도를 크로스백에서 꺼내 거실, 부부침실, 위층 홈시어터와 사무실, 세탁실로 연결되는 차고가 원래 있었던 위치를 메모한다. 그쯤에서 발걸음을 멈춘다. 바깥에서 흘러들어오는 냄새가 있다. 그녀는 킁킁거린다. 좋은 냄새다. 소나무 냄새 같은. 레몬이나. 어머니가 쓰던 예전 가구 광택제 냄새 같기도 하고. 또는—노라는 갑자기 물밀듯이 밀려오는 슬픔을 느끼며 임신 상태여서 아주 민감해진 코를 탓한다. 헤이든은 항상 이렇게 구 개월 동안 초능력을 발휘한다며 노라를 놀리곤 한다. 가령 쓰레기통이 다 차려면 아직 멀었는데 귀신같이 악취를 맡고 푸념한다거나, 그가 점심으로 무엇을 먹었는지를 알아내는 일 등을 두고 말이다. 그리고 여기, 이곳에 살던 사람의 유령처럼, 공기 중에서 훅 끼쳐오는 냄새. 혼란스럽다. 주변을 아무리 둘러보아도 보이는 거라고는 모든 것이 얼마나 끔찍하게 변했는가뿐이기 때문이다.

마침내 주방. 리처드의 시체가 발견되었던 곳이다.

그녀는 바닥에 무릎을 딱 붙이고 꿇어앉아 주방의 원래 모습을 머릿속에 그려보려 한다. 새카맣게 탄 냉장고가 옆으로 기울어져 있다. 화강암 조리대는 회색 가루를 뒤집어쓴 채 절반은 흙먼지에 묻혀 있다. 그녀는 메모를 꼼꼼히 읽으면서 무슨 일이 일어났던 것인지 머릿속으로 재구성해본다.

처음으로 되짚어가보자. 그녀는 리처드가 심각한 화상으로 죽었다는 것은 이미 알고 있다. 그렇다면 생겨나는 의문. 어떻게 그런 일이 일어났는가? 왜 일어났는가?

노라가 겹겹이 쌓인 흙먼지, 나뭇잎, 그리고 다른 쓰레기를 파헤치자 마침내 손톱이 건물 기반을 긁게 된다. 바닥은 아마 견목이나 다른 무언가로, 손상 없이 남아 있을 것이다. 그녀는 살피기 유리한 위치에서 뒤로 기대앉아 관찰한다. 벽난로가 가스형이었는지 통나무를 태우는 것이었는지 확인해봐야 할 것이다. 어느 쪽이든 가정집 화재의 가장 빈번한 원인 중 하나다. 하지만 리처드는 주방에서 죽었다. 또는 주방에서 죽기를 끝마친 것인지도 모른다. 성급히 결론지어서는 안 된다. 그래도 화재가 거기서 시작되었다고 보는 것이 가장 이치에 맞는 듯하다. 그녀는 고개를 들어 기둥에 남겨진, 검은 연기로 인해 생긴 얼룩을 바라본다.

좋아, 화재가 여기서 시작되었다고 친다면, 리처드는 왜 필사적으로 도망치지 않았을까? 가능한 탈출로는 적어도 두 개, 아니 심지어 세 개 정도 보이는데, 리처드에게 불이 붙었고—게다가—그는 그 자리에 가만히 있었다?

노라는 리처드의 시체가 발견된 지점을 표시하고는, 그 자리에 누워 얼굴을 위로 하고 원래 지붕이 있었던 자리에 보이는 하늘을 응시한다.

전혀 앞뒤가 맞지 않는다. 다쳤거나, 옴짝달싹하지 못하는 상황이었거나, 갇혔거나, 그녀가 놓치고 있는 어떤 존재가 끼어들어 완력을 행사한 게 아니라면. 보고서에는 이중 어느 것도 언급되어 있지 않다. 또한 현재의 현장 상태—다 타버렸고, 불길이 미처 완전히 연소시키지 못했거나 소방관의 호스로 엉망이 된 것들은 비바람 속에서 분해되고 있는—로 보아, 증거는 그리 많지 않을 것이다.

호흡이 잦아든다. 그녀는 변호사처럼 생각하고 분석해본다.

그런데 집이 무너진 경계 밖에서 삐—삐 소리가 나더니, "저기요? 저어—기—요? 거기 누구 있어요?" 하고 여자 목소리가 들려온다.

노라는 벌떡 일어나 필사적으로 재를 털어내지만 등, 머리카락, 엉덩이에 뭐가 묻었는지 누가 알겠는가. "안녕하세요." 그녀가 외친다. "안녕하세요, 저예요—젠장—노라 스팽글러. 죄송해요. 오." 그녀가 잔해와 파편 무더기에서 비틀거린다.

현기증이 한차례 밀려와 그녀를 옆으로 홱 잡아당긴다. 그녀가 비틀거리는 사이, 투명 뿔테 안경을 쓰고 캐러멜 색깔 머리에 멋들어지게 옴브레 웨이브를 넣은 한 여성이 울퉁불퉁한 문틀 사이로 고개를 쑥 내민다.

"누구시죠?" 여자가 묻는다.

노라는 올라오는 메스꺼움을 억지로 참는다. 그렇게 갑자기 일어나지 말았어야 했는데. "노라. 스팽글러. 담당 변호사예요, 여기—" 그녀가 집을 향해 손짓한다. "여기 전부요."

"오, 그—렇군요. 코닐리아한테 들었어요. 공식적으로 합류하신 줄은 몰랐네요. 알렉시스 포스터로스입니다." 여자가 손을 뻗으며 말한다. 그 이름이 머릿속에 방아쇠를 당긴다. 노라는 여자의 손을 잡지만 그러면서 이마에서 손바닥을 떼야 했고, 자신이 이마를 움켜쥐고 있었다는 사실을 뒤늦게 깨닫는다. 시야가 기울어지면서 흐려진다.

"저는 여기 다이너스티 랜치의 입주자협회 회장이에요. 괜찮으세요? 상태가…… 음, 처음 뵙는 분이라 잘 몰라서 그런데요, 컨디션이 아주 좋으신 거라면 죄송하단 말씀을 드립니다만, 음, 보기에는 그다지 좋아 보이시지 않거든요. 항상 그렇게 창백하신가요?"

"오." 온 힘을 끌어모아 이 한마디를 내뱉고, 노라는 푹 주저앉아 무릎을 구부리며 중력을 받는 중심점을 지면으로 낮춘다. 몇 초가 흐르자 평형감각이 돌아온다. "임신했거든요. 너무 갑자기 일어섰나봐요."

노라는 자신이 임신했다는 사실을 또다시 잊고 하루를 보냈던 것이다. 아기에게 벌써 '둘째아이 증후군'을 짊어지게 하는 듯해 마음이 좋지 않다. 리브 말고 다른 아이를 생각하기가 쉽지 않다. 넌 임신했어, 넌 임신했어, 넌 임신했어. 이 말이 북처럼 마음속에 울린다.

이제 상황은 달라졌다.

노라가 야단난 머리카락에 아직 붙어 있는 파편을 털어내는 동안 알렉시스가 그녀 주위를 빙그르 돈다. "임신했을 때는 등을 대고 누우면 안 되는 거 아시죠." 그녀가 이렇게 말하더니—"와우, 방금 그 말은 왜 했는지 모르겠네. 임신한 여성들에게 뭘 해야 하고 뭘 하면 안 되는지 이야기할 의도는 없어요. 등을 대고 누우세요, 등을 대고 눕지 마세요, 가공육은 소량만 드세요. 자기 방식대로 사는 거죠, 뭐. 솔직히. 자, 잡으세요." 알렉시스가 다시 손을 내밀고, 이번에 노라는 그 손을 잡고 몸을 일으킨다. "저랑 같이 가시죠, 저는 이 거리 바로 아래쪽에 살아요. 물 한 잔은 제공해드릴 수 있어요. 에어컨도 있고요." 그녀가 손부채질한다. "정말로 상태가 좀—우리 어머니가 이럴 때 쓰시던 표현이 뭐였더라?—해쓱해 보여요. 몇 개월이신가요?"

"십삼 주요."

"아. 축하합니다. 첫쨋가요?"

"둘째예요."

"저도 애 낳은 지 얼마 안 됐거든요. 음, 오 개월 전에요. 이 정도면 얼마 안 된 거 맞겠죠? 저도 아들이 하나 더 있답니다. 여덟 살이에요."

"폐를 끼치면 안 될 것 같지만." 속으로는 저항하면서도 노라는 좋은 기회라고 생각한다. 알렉시스가 다이너스티 랜치 입주자 협회 회장이라면 사건에 대해 물어볼 완벽한 기회인지도 모른다. 지난번에 들었던 지원 절차에 대해 알아볼 수 있는 기회라는 건 말할 것도 없다. "그래도—큰 부담이 안 되신다면." 그녀가 때맞춰 덧붙인다.

솔직히, 화장실을 쓸 수 있을 것이다. 그녀는 요즘 항상 화장실을 써야 한다. 임신으로 인해 느끼게 된 기쁨들 중 하나다.

잠시 후 알렉시스가 얼음장같이 차가운 파란색 프리우스 차 안으로 노라를 안내한다. 새 차 냄새가 나고 스피커에서 제이지의 노래가 흘러나온다. 그녀의 나이는 사십 전후로 보인다. 일반적인 엄마라기보다는 힙한 엄마.

반면 노라는 그냥 일반적인 엄마에 가깝지만 그런대로 만족한다. 평상복을 잘 입는 법을 몰라서 체크무늬 옷을 너무 자주 입는데, 삼 년 전에 예뻐 보여서 지나치게 많이 사버린 바람에 지금은 이상한 어린이집 엄마 유니폼처럼 되어버렸다. 노라는 차려입었을 때 더 괜찮아 보인다. 그녀의 미감에 맞는 스타일은 보편적으로 사람들 눈에 들 만한 랩드레스와 딱 맞는 펜슬스커트로, 재택근무의 유행이 그녀를 남몰래 공포에 질리게 하는 것도 그런 이유다.

알렉시스의 집은 정말 그 거리를 조금 내려가니 바로 있다. 그들은 차 세 대가 들어가는 차고에 차를 세운다. (공간, 공간, 아주 넓은 공간.) "집이 아름답네요." 노라가 뒷문을 나오면서 말한다.

"고마워요, 우리도 이곳을 사랑한답니다. 육 년 전에 자선 오찬에서 이슬라 웡을 만났어요. 오찬은 따분하기 그지없었지만 끝날 때쯤에 이슬라한테 완전히 넘어가서 이 집을 사게 됐죠. 심지어 이사할 생각이 전혀 없었는데도요."

아래층에 있는 욕조 없는 화장실에서 노라는 얼굴에 물을 철벅 끼얹고 향기나는 수건으로 볼을 톡톡 두드린 다음 알렉시스를 만나러 돌아간다. 그녀는 브리타 정수기 물을 잔에 담아 기다리고 있다.

"좀 나아요?" 알렉시스가 묻는다. "죄송하지만, 재촉하려는 뜻은 없는데, 삼십 분 후에 팀 회의에 로그인해야 해서요."

노라는 놀라움을 감추려 애쓴다. "무슨 일을 하시나요?"

"시내에 있는 테크 스타트업 CEO예요. 전문 서비스 제공자들에게 계약직 일자리를 연결하는 일을 하죠. 말 그대로 당신 같은 사람들한테요. 변호사, 회계사, 심지어 의사도. 높은 학위를 가진 사람들의 우버라고 할 수 있어요. 하는 일로 따지면 저는 코더죠. 그리고 이렇게 만났으니," 그녀가 따스하게 미소 짓는다. "우리 친하게 지내요. 변호사 일은 얼마나 하셨어요?" 알렉시스가 몸을 돌려 서브제로 냉장고에서 미니 당근 한 봉지를 꺼낸다.

"구 년요. 실은 제가 지금 여기 있는 이유이기도 해요. 올해 파트너 변호사 자리를 희망하고 있어서 제 능력을 증명해 보여야 하거든요."

"힘들겠네요." 노라가 하나 가져갈 수 있도록 알렉시스가 당근 봉지를 내민다. 노라는 무심코 고개를 젓는다. "제 친구 중 하나가 뉴욕의 대형 로펌 파트너 변호사인데, 필라델피아 지점에서 일하고 있어요. 그 친구 피부가 말 그대로 잿빛이에요. 당신 피부가 잿빛이라는 건 아니고요. 정말 아니에요. 진짜로."

"머잖아 저도 그렇게 될지 모르죠." 차가운 유리잔을 다시 손으로 감싸는 노라의 한쪽 입꼬리가 말려올라간다.

"좋은 학교 나오셨나요?" 알렉시스가 진심으로 호기심에서 묻는다.

갑작스러운 화제 전환에 무방비로 당한 노라가 어깨를 으쓱한다. "제 생각엔 그런 셈이죠. 텍사스주립대학 로스쿨이요. 학부는 다트머스를 다녔어요." 알렉시스가 자신을 좋아하는 것이 중요할 거라고 생각하면서 노라가 대답한다.

"성적은요?"

"상위 25퍼센트."

퀴즈를 통과했다는 듯이 알렉시스가 고개를 끄덕인다. "아이가 있다고 했죠?"

"아직 어리죠. 네 살이에요."

"그리고 임신하셨고요." 알렉시스가 혀를 찬다. "와. 올해는 중요한 해네요. 당신이 정말 자랑스러워요." 그녀의 이마에 주름이 잡힌다. "이런 말 이상한가요? 자랑스럽다는 말? 할머니 같나요?"

그 말에, 노라는 너무나도 우스꽝스러운 감정덩어리에 목이 메어 잠시 아무 대답도 하지 못한다. 그동안 그녀가 너무 많은 면에서 뒤처져 있기 때문에 사람들이 어렴풋이 실망할 수밖에 없다고 생각해왔다. 그녀는 형식적으로 "고마워요"라고 말하고는 주제를 바꾼다. 어깨 너머로 현관문을 돌아보며 묻는다. "마치 씨네 집에 누가 그래피티를 그렸는지 혹시 아시나요?"

"그래피티가 있어요?" 알렉시스가 당근을 하나 더 오도독 씹는다. "못 봤는데. 심각한 건 아니었으면 좋겠네요."

노라는 그게 눈에 안 띌 수는 없다고 생각했다.

태워 다 태워버려.

"좀 불길하게 들리긴 하지만," 노라가 말한다. "아마 아무 일 아니겠죠, 당신 말이 맞아요."

"여기가 범죄율이 굉장히 낮은 동네여서요. 충격적인 일이 별로 안 일어나요. 빈집털이범이 돌아다니는 일도 없죠." 그녀가 손을 새 발톱 모양으로 만들지만 전혀 빈집털이범처럼 보이지 않는다. "그런 일이 일어난다면 사람들이 알아챌 거예요. 다른 동네고등학교에 다니는 십대들 몇 명이 그 집에 대해 들었을 가능성은 있어요. 대충 그런 것 때문이겠죠."

알렉시스가 손목시계를 확인한다. 노라는 그녀의 시간이 줄어들고 있다는 것을 깨닫는다.

"있잖아요," 노라는 그래피티에 대한 질문은 적어도 지금으로서는 그만하기로 한다. 이런 일은 흔히 일어난다. 알렉시스가 옳다. "얼마든지 거절하셔도 좋습니다만, 입주자협회 회장이시라기에 드리는 말씀인데, 기록을 찾고 있어요. 주로 지역사회 계획이라든지, 송전선이 노출된 구역, 덮개가 안 덮인 그릴, 건조한 야산, 근처 야영장, 뒷마당 화덕, 그런 것들요." 먼저 제거할 것들부터 제거해야 한다. "이런 것들이—"

알렉시스가 대답하기 전에, 두 사람은 차고를 통해 들려오는 목소리에 고개를 돌린다. 유럽 축구선수처럼 머리를 자른 소년이 양말을 신고 운동복을 입은 채로 껑충껑충 뛰어들어온다.

아이가 알렉시스에게 한쪽 팔을 둘러 포옹하며 수줍게 노라를 바라보자, 노라는 손을 흔든다. 그녀는 타인의 아이들을 대하는 데는 영 재주가 없었다. 사실 리브가 태어나고 두 달 후, 노라에게 모성애가 생길지 어떨지 잘 모르겠다고 헤이든이 노라의 아버지에게 농담했고, 그녀의 아버지는 마치 그게 그들이 항상 해오던 농담이라는 듯이 실컷 웃어댔다. 노라 스팽글러. 유명한 아동혐오자.

당시, 노라는 모두가 틀렸다는 것을 증명했기에 그 말은 쉽게 웃어넘기게 되었다는 점이 이상하게 만족스러웠다. 그녀는 리브를 사랑했다. 온 마음을 쏟아부었다. 하지만 일 년 남짓 지나고 사고가 일어났고, 이제는 그런 말을 누가 웃어넘길지 알 수 없었다.

"크루즈, 스팽글러 씨야." 알렉시스가 아들의 어깨를 꽉 쥐자 소년은 입을 다문 미소로 화답한다. "변호사셔." 노라의 직업을 강조하는 방식에 노라는 얼굴을 붉힌다. "막내는 어린이집에 있어요. 그리고……" 알렉시스가 목을 빼고 쳐다보는데, 어떤 남자가 어깨에 드라이클리닝한 옷을 걸치고 다른 한 손에는 식료품을 들고 들어온다. 그냥 어떤 남자가 아니다. 착한 사마리아인이다. 노라의 타이어를 갈아줬던 남자. "이쪽은 맥스예요. 제 남편."

"이럴 수가, 안녕하세요!" 노라는 손을 흔들며 이런 우연이 다 있다니 싫게 손바닥으로 이마를 철썩 친다. "우린 사실—"

맥스는 평범한 미소를 지어 보이며 말끝을 자른다. "안녕하세요. 반갑습니다."

노라가 머뭇거린다. "안녕하세요—"

"아직 차에 식료품이 남아서요." 그가 말한다. "죄송하지만, 예정보다 늦어져서. 금방 올게요. 실례합니다."

알렉시스는 진정한 애정이 묻어나는 표정으로 맥스를 향해 환하게 웃으면서, 그가 지나갈 때 뺨에 입맞춘다.

노라는 물 한 모금을 마시며 시선을 내리깐다. 방금 뭐였지? 그녀를 못 알아본다는 게 가능한가? 그 사람이 확실한데, 아닌가?

잠시 후 그가 가감 없이 기쁜 표정으로 식료품을 냉장고에 정리하더니 세탁실로 향한다. 건조기 문이 철커덕 열리는 소리가 들려온다.

식료품. 드라이클리닝. 세탁물. 정확히 그가 말했던 것이다. 그리고 일주일이 지난 지금, 같은 일과를 반복하고 있는 것이다.

알렉시스가 미소를 살짝 지어 보인다. 헤이든이 도와주다가 우연히 목격되었다면 노라가 지었을 우쭐해하는 미소가 아닌, 그냥 보통의 미소. "어디까지 얘기했죠?"

노라가 몇 번 눈을 깜박인다. "아, 맞아요. 그…… 지역사회 계획." 건조기에서 꺼낸 세탁물을 한아름 안은 맥스가 다시 나타난다. "구할 수 있으시다면요." 노라가 말한다. 뇌가 위태롭게 내달리는 동안 그녀는 안정을 되찾기 위해 노력한다—한번 더 말해야 하나? 머릿속으로 갖가지 가능성을 저울질해본다. 첫째, 그가 그녀를 알아보지 못하는 경우인데 이 경우에는 그녀가 무례하다고 생각지 않을 것이고, 둘째, 그들이 전혀 만난 적 없는 척해야만 하는 부득이한 이유가 있는 경우, 이 둘 중 하나다. 어머니는 밀실에서 비밀리에 일어나는 일을 이해하는 척해서는 안 된다고 그녀에게 항상 경고했다. 그런 위험을 감수하지 않는 게 낫겠다고 그녀는 생각한다. "그래주시면 시간이 많이 절약될 것 같아요." 노라가 말을 끝낸다.

"시간이 얼마나 귀중한지는 우리도 잘 알죠." 대답이 아닌데. 알렉시스는 전자레인지 위에 놓인 시계를 쳐다본다. "시간 얘기가 나와서 말인데, 시간이 언제 이렇게 된 거죠. 회의 준비를 해야 할 것 같아요. 차로 다시 모셔다드릴게요."

"한 블록밖에 안 되는걸요. 훨씬 나아졌어요, 고마워요. 걸을 수 있어요." 알렉시스는 확신하지 못하는 표정이다. 노라가 정말로 그렇게 안 좋아 보이나? 게다가 여기 이 여자는 오 개월 전에 아기를 낳았는데도 심지어 피곤해 보이지도 않는다. "오늘 걸음 수 할당량을 채워야 할 것 같아서요." 노라가 손목에 찬 애플워치를 톡톡 두드린다. 그녀가 아는 모든 여성은 걸음 수 할당량을 채우려 하므로, 노라도 그중 한 명이 아니리라고 누가 장담할 수 있겠는가?

"그럼 제가 함께 걸을게요."

노라는 이 깨끗하고 정돈된 공간, 층고가 높고 어서 빨리 잔디를 깎아야 할 필요가 없는 진짜 뒷마당이 있는 집을 떠나려니 일말의 고통이 밀려온다. "정말 훌륭한 가정을 꾸리셨네요." 여전히 맥스와의 소통 문제는 해결이 안 되었지만 그런 티를 내지 않기로 한 노라가 말한다. "맥스도—맥스는 직업이 뭔가요? 직장이 있나요?"

"토목기사예요. 머리가 좋은 사람이죠." 알렉시스가 못마땅하다기보다는 당황한 듯 고개를 젓는다. 테크회사의 CEO도 노라에게는 충분히 머리가 좋은 것처럼 들린다.

그들은 전화번호를 교환한다. 알렉시스가 노라가 나갈 수 있도록 차고 문을 열어준다. "정말 고마워요, 알렉시스." 바로 그때, 마침내 그 이름을 어디서 들어봤는지 생각난다. "당신이……" 노라가 뜸을 들인다. "……911에 전화했던 사람이죠, 그렇죠?"

알렉시스가 잇새로 공기를 빨아들인다. "맞아요. 악몽이었죠. 솔직히 아직도 완전히 이해를 못하고 있어요."

"뭔가 보셨나요? 제 말은, 그러셨을 것 같아서요. 아니면 전화기를 집어들지 않으셨을 테니까."

"불빛이 있었어요. 동네로 진입해서 막 저희집이 있는 거리로 돌기 바로 전에. 너무 이상했죠. 기괴했다고 해야 하나. 밤이어서 연기를 볼 수는 없었지만 냄새는 맡을 수 있었고 뭔가 잘못됐다는 걸 알았죠. 차를 몰고 조금 더 올라가봤지만 그때쯤 불은 이미 집을 거의 집어삼켰고 하늘은―네―벌겋게 타오르고 있었어요."

"집 어느 쪽이요?" 노라가 묻는다.

"양쪽 다였던 것 같아요." 그녀가 한쪽 눈을 찡그리며 생각에 잠긴다. "잘 모르겠어요. 저랑 가장 가까운 쪽이 동쪽이었으니까. 아마 그쪽이었겠죠. 사이렌소리가 안 들렸기 때문에 제가 신고했어요. 하지만 전 절대―그 생각은 미처 떠오르지 않았어요―리처드가……"

문장의 마지막에 많은 것이 매달려 있다.

"유감이에요." 이런 상황에 이 한 문장이 얼마나 역부족인지를 알기에 노라는 당황스러워하며 말한다. "하지만 최소한 현관 카메라에 담긴 영상을 근처 누군가가 가지고 있는지 알아보고 싶네요. 저희 동네에는 집집마다 있거든요. 저한테 소개해주실 수 있나요?"

"그건 불가능해요. 저희는 클라우드에 영상이 저장되는 감시 카메라를 허용하지 않거든요. 다 제 탓이죠. 기술산업 쪽에 있다 보니, 유감이지만 직업적인 위험이 있어서요. 개인정보 문제는 철저한 편이라."

"아, 일리가 있는 말씀이네요." 당연히 노라는 더 좋은 소식을 바라고 있긴 했지만. "그럼 알겠습니다." 노라가 떠나려 하자 알렉시스가 멈춰 세운다.

"이 단지에 대해 개인적인 차원에서 궁금하신 게 있다면, 제가 도와드릴게요."

여긴 소문이 빠르다. 그녀가 이곳의 화제라는 사실에 대체로 으쓱해지는 것 같기도 하다. "어쨌든 기대하고 있을게요." 알렉시스가 손가락 두 개를 꼰다. "어제 머제스틱 주택에 관심 있는 한 여성을 만났어요. 그─뭐더라─프로젝트 매니저 같은 거였나? 어쨌든, 아시다시피 저희한테는 아직 변호사가 없거든요."

갑작스러운 질투가 느껴지는 와중에도 노라는 웃어 보이지만, 알렉시스는 이미 집안으로 사라졌고 현관문이 딸깍 소리를 내며 닫힌다. 아직 변호사가 없다고? 농담이었다. 분명히. 하지만 다시 생각해보면, 그녀는 짧은 시간에 심리학자, 신경외과의사, 부동산 중개업자, 테크 CEO를 만났던 것이다.

8

"데이브, 안녕하세요. 제가 보내드린 사진 받으셨나요?" 사무실로 돌아온 노라는 책상 의자에 털썩 미끄러져 앉아 하이힐을 차면서 벗는다. 흩어진 종이들을 뒤적이며 펜을 찾는 그녀를 따라 회사 구식 전화기의 배배 꼬인 줄이 쭉 늘어난다.

데이브 챔플리는 그녀의 화재 담당 조사관이다. 그녀는 데이브를 생각할 때 항상 일부러 소유대명사로 생각한다. 모든 로펌은 상시 보유하고 있는 전문가들의 인덱스가 줄줄이 늘어서 있는데, 그린버그 슈월도 예외는 아니다.

변호사가 되기 전에 노라는 전문가라는 단어에 어느 정도의 객관성, 사실관계를 올바르게 해석하는 능력이 내포되어 있다고 생각했지만, 이제는 그게 아니라 사실관계를 설득력 있게 설명하는 능력을 의미한다는 것을 알게 되었다. 그 두 가지는 매우 다르다. 그녀의 전문가가 가장 전문가인 것처럼 보이게 만들어야 한다.

"방금 화면에 불러왔는데 전화 주시리라 생각하고 있었어요. 이게 뭔지 지금 설명해주시죠." 느릿하고 사람을 진정시키는 말투다. 데이브는 전직 소방관으로, 타고난 시골 소년 같은 매력이 있어서 배심원들의 사랑을 받는다. 카뷰레터가 뭔지 알고 있는 동시에 자식들에게 "사랑해"라고 말할 수 있는 타입의 남자처럼 보이기 때문이다.

"교외에서 있었던 불법 사망 사건이에요. 아버지가 죽었어요. 화재 원인은 아직 오리무중이고요."

"지옥이나 다름없는 곳을 다녀오셨네요. 남아 있는 게 거의 없어요."

노라는 그의 말을 들으면서 펜을 찾아 종이 노트에 목적 없이 자기 사인을 연습한다. "제가 봐온 것들 중에 최악이에요."

그가 툴툴거린다. "큰 화재일수록 오래 타기 때문에, 그 모든 난장판의 원인을 규명해내기가 더 어려워집니다. 우리는 그 지점에서부터 출발해야 해요. 책임을 물을 사람을 찾아내야겠죠. 현장은 언제 공개했죠?"

"화재가 나고 일주일 정도 후에요." 그녀는 메일함을 확인한다. 엘리베이터를 기다리면서 휴대전화를 새로고침한 이후로, 새로운 메일이 두 개 더 와 있다. 수신 확인, 그녀는 개리에게 신속히 답장한다.

"그렇군요. 그게 말해주는 바가 있네요." 데이브가 말한다. "사망자가 나왔기 때문에 며칠 더 걸릴 수는 있어요. 하지만 너무 길어진다면? 이 불쌍한 남자가 왜 그렇게 된 건지 즉시 알아낼 수 없었던 거예요. 사고인지 아닌지 계속 의구심이 들었겠죠. 결코 단정지을 수 없었을 거예요. 정황만 파악하고 새로운 사건 파일을 개시하지 않으려는 것 같네요. 대량 감원도 있었을 테고요. 이런 현장은 말이죠, 위험하고 훼손되어 있고 시간이 많이 걸려

120

요. 한마디로 불량품이죠."

"우리한테는요?"

"상황에 따라 달라요. 그럴 수도 있고. 아닐 수도 있고. 제게 보내주신 네번째 사진을 보세요." 노라는 보낸 편지함에서 이메일을 연다. 외피가 벗겨져 생살이 드러났지만 붕대도 감겨 있지 않은, 뼈대만 남은 집 사진들을 차례차례 클릭하면서 마침내 주방이 세탁실과 만나는 곳을 찍은 네번째 사진에 다다른다. "이게 V-패턴이라고 알려진 건데요." 그가 말한다. "손상 때문에 희미하긴 하지만 그 패턴이라는 데 제 사위를 걸겠습니다."

노라가 화면 가까이 코를 갖다댄다. "사위를 얼마나 좋아하시는데요?"

"세 명 있는데 제가 가장 좋아하는 사위를 걸겠어요. 어떠세요?"

노라는 냉장고 전면과 인접한 벽의 일부 또는 그 잔해에 뿌려진, 압축된 검댕처럼 보이는 것을 확대한다. "좋아요, 이게 그 V-패턴이라는 거라고 칩시다."

"어떤 사람들은 그게 혹시라도 방화의 흔적일 수 있다고 보죠." 방화. 그녀가 듣고 싶었던 말은 아니다. 조용한 동네다. 알렉시스는 거의 범죄가 없다고 했다.

"저는……" 그녀는 신중하게 말을 고른다. "혹시라는 단어를 안 좋아합니다, 데이브. 배심원들은 혹시라는 단어를 싫어해요. 혹시나 내일 제가 복권에 당첨될 수도 있겠죠. 아시겠나요? 그 단어는 제 말의 나머지 부분을 쓸모없게 만들어요. 데이브도 그 '어떤 사람들'에 속하는 거예요, 아니에요?"

"꼭 그렇진 않아요."

그녀가 숨을 내쉰다.

"그게 쓰레기 과학에 가까워서." 데이브가 "가까워서"라고 말할 때 노라의 표정을 볼 수 없다는 것이 그로서는 다행인지도 모른다. "화재 패턴을 읽는다는 건 찻잎을 읽는 것과 비슷하죠. 제 눈에 보이는 것은 무엇인지, 다른 사람들은 그것을 어떻게 해석할 수도 있는지를 그냥 말씀드리는 거예요."

노라의 임무는 누가 또는 무엇이 화재를 일으켰는지 알아내 책임을 묻는 일이다. 그녀는 말 그대로 그들이 돈을 지불하도록 만들 것이다. 기업들은 사건 일람표에 원고측 로펌으로 그린버그 슈월 같은 곳이 올라 있는 것을 보면 덜덜 떤다. 이것이 그녀가 자신의 직업과 관련해 사랑하는 부분이다. 개인 상해 변호사의 존재만으로도 기업들이 제 할일을 더 잘하도록 만든다. 따라서 데이브가 말하는 "다른 사람들"이란 당연히 제조업자, 건설업자, 하청업자 전부 다를 포함한, 고소할 만한 대상 모두를 의미한다. 이 대상들 중에서 누구인지를 알아내, 리처드 마치의 죽음은 그들 책임이라는 것을 납득시키기만 하면 된다. 하지만 방화, 방화는 판을 완전히 뒤집을 수도 있는 문제다. 방화는 이런 질문을 낳는다. 내가 대체 무슨 일에 휘말린 거지? 대답해야 하는 자가 그녀가 아니기를 바랄 뿐이다.

"중요한 건," 데이브가 말을 잇는다. "방화범의 10퍼센트만 잡힌다는 거죠. 이 나라에서 방화는 가장 비싼 범죄 중 하나지만, 검사들은 보험회사에서 비용을 부담하도록 하는 데 더할 나위 없이 만족해요. 증명해내기가 골칫거리인 일이라."

"그리고 지금은 제 골칫거리고요."

"괜히 저한테 화살을 돌리지는 마세요." 그가 말한다. "자, 방화 사건 열 건 중 아홉은 집주인이 범인이에요. 보험금을 노린 거죠."

"페니?" 물음표의 억양에는 완연한 불신이 담겨 있다. 그녀는 페니라는 사람을 정확히 파악했고 그녀를 믿었다. 노라의 개소리 레이더가 깜박거렸던 적은 없었다.

"남편도 잊지 마시고요."

"명심할게요, 고마워요." 그녀는 불쌍한 데이브가 주문한 적 없는 소량의 빈정거림을 담아 대답한다.

"이번주 후반에 자세히 설명하겠습니다. 샘플도 수집해야 하고, 이런저런 일을 해야 하니까요. 결과를 얻으려면 몇 주 걸릴 거예요. 하지만 윤곽은 나오겠죠."

"저도 도움이 될 만한 게 뭐가 더 있나 파볼게요." 적어도 한 명은 그녀 편이라는 데 기뻐하며 노라가 감사를 전한다. 전화를 끊는데, 약속 알림이 화면에 뜬다.

산부인과 검진. @11:00 AM.

십오 분 후다. 완전히 잊고 있었다.

비용을 물지 않고 취소하기에는 너무 늦은데다 그렇게 하더라도 어차피 예약을 다시 잡아야 할 것이다. 이런 검진이 정말 필요한가? 너무 끔찍하게 많다. 그녀는 서른다섯밖에 되지 않았다. 건강하다. 아기는 안에서 무척 잘 있을 것이며, 그녀만큼이나 아기도 쿡 찔리거나 푹 쑤셔지는 것을 좋아하지 않을 것이다. 그녀는 궁금하다. 산파는 검진을 덜 요구할까? 알아봐야 할 것 같다.

결국 예약 시간에 십 분밖에 늦지 않았지만 간호사―제이미―는 그녀를 매섭게 쏘아본다. 오, 제발. 노라는 속으로 격분한다. 내가 한두 번 대기실에 한 시간이 넘게 처박혀 있었던 건 다 잊으셨나.

"그럼 오늘 아기 성별 결과를 받을 준비가 되셨나요?" 제이미가 묻는다. 스물셋을 넘지 않아 보이지만, 헤이든과 노라에게 묻는 투는 병원 놀이방에서 유아들을 어를 때 쓸 법한 말투다.

"저희는 성별 공개 파티를 할 생각이에요." 헤이든이 대꾸한다. "그러니까 안에 결과를 넣은 봉투만 주세요." 그가 노라에게 팔을 두른다.

"맞아요." 그녀는 흥분의 기운을 끌어모으려 노력한다. 그녀는 딱히 성별 공개 파티를 하고 싶지 않다. 그런 전반적인 생각 자체가 젠더 유동성 개념에―잘은 모르지만―모욕적일 수 있고, 요즘 좋은 부모들은 신경쓰는 부분이라고 헤이든에게 말하며 어떻게든 빠져나가려 해보았다.

하지만 그는 매우 슬퍼 보였다. 그녀 잘못이었다―외향적인 사람과 결혼한 건 그녀니까. 게다가 그는 리브 때도 이 파티를 몹시 하고 싶어했는데 노라 때문에 실행에 옮기지 못했다. 어쨌든 헤이든은 그런 부모가 아니라고 약속하고, 약속하고, 또 약속했다. 파티에서 성별을 공개할 것이다. 하지만 공개한 후에 아기는 소년도, 소녀도, 또는 그 사이의 무엇이든 될 수 있다고 그는 가장 사랑스러운 수준의 진솔함을 담아 엄숙하게 맹세했다. 따라서 노라의 논리는 그쯤에서 물 건너갔으며, 결혼이 타협인 이상 그녀는 파티를 해야 할 것처럼 보였다. 그렇게 된 것이다.

"좋아요, 필수적인 검사만 좀 하겠습니다—" 노라가 팔을 뻗고 간호사가 혈압계 밴드를 두른다. 그녀가 일어나 노라의 팔이 접히는 부분의 정맥에 청진기를 대고 소리를 들으면서, 노라에게는 아무 의미 없는 화면의 숫자를 지켜본다. "됐습니다." 그녀가 벨크로를 푼다. "일 분 내로 돌아올게요. 페레즈 선생님을 불러드릴게요."

헤이든이 노라의 다리를 톡톡 두드린다.

"글자 그대로의 일 분 같아, 비유적인 의미 같아?" 그녀가 몸의 무게중심을 옮기자 검사대 위에 깔린 흰 종이에 주름이 잡힌다. 노라는 사람들이 시간에 대해 정확해야 하는 만큼 정확히 말하는 경우가 드물다고 생각한다.

"인내심을 가지게, 제다이 수습생."

노라는 병실 코르크 게시판에 자랑스럽게 핀으로 고정돼 있는 출생통지 카드들을 살펴본다. 그러다 결국 굴복한다. 검사대에서 껑충 내려와 핸드백을 뒤적거리며 아이폰을 찾는다.

그때 병실 문이 열리며 그녀의 엉덩이를 쿵 치는 바람에 그녀는 앞으로 비틀거린다. "아이고!" 느긋하게 들어오던 페레즈의 얼굴이 놀란 동그라미 모양으로 바뀐다. "죄송해요."

"죄송해요." 노라가 똑같이 말하면서 드러난 엉덩이를 종이 가운으로 가린다. "너무 죄송합니다."

얼굴이 분홍색이 된 그녀는 착한 환자처럼 검사대 위로 다시 돌아가 앉는다. 헤이든이 손을 내밀고, 그녀는 전화기를 확인하지 못하고 그에게 건넨다.

퍼레즈는 회전 스툴에 털버덕 앉더니 서둘러 그녀 쪽으로 가까이 다가온다. "노라, 혈압이 정상 수치보다 높아요. 솔직히 말씀 드릴게요. 걱정스럽네요."

노라의 눈이 퍼레즈와 헤이든 사이를 빠르게 오간다. "아무것도 아닐 거예요." 그녀가 두 사람에게 말한다. 사람들이 항상 건강보다 더 중요한 건 없다고 말한다는 것을 알고 있지만, 바로 이 순간 그보다 더 시급한 문제를 적어도 다섯 개는 생각해낼 수 있다는 사실은 변치 않는다. "그동안 고혈압은 한 번도 없었어요."

노라는 건강해 보이기 위해 억지로 자세를 똑바로 고쳐 앉는다. 그녀가 퍼레즈를 꼭 집어 선택한 이유는 나이가 있는 의사, 셀 수도 없이 많은 아기를 받아본 경험이 있는 의사를 원했기 때문이다. 경험이 중요했을 뿐만 아니라, 매일 커피 한 잔(또는 두 잔) 마시는 일 따위에 그가 호들갑 떨지 않으리라는 걸 알았기 때문이기도 했다. 그래서 항상 마음이 놓였다. 지금까지는.

노라의 손가락이 긴장하며 검사 종이에 구멍을 낸다. "오늘 먹은 게 별로 없거든요. 커피 한 잔 마셨어요. 아마 그냥, 뭐, 스트레스 때문일 거예요."

"바로 그거예요." 의사가 말한다.

헤이든이 그녀의 등을 문지르면서 코를 그녀의 머리에 바싹 누르는 동안, 노라는 여러 종류의 자궁 내 피임기구 포스터 행렬을 응시한다. 두 쪽으로 갈라진 금속제 기구가 자궁경관 안으로 쑥 밀어넣어진 일군의 여성들이 웃고 있다.

"괜찮을 거예요. 저희가 면밀하게 추이를 지켜볼 테니까요."

"그 말씀은, 제가 병원에 더 자주 와야 한단 뜻인가요?"

퍼레즈가 자신의 가슴을 움켜잡는다. "마음이 쓰라리네요."

"저는 그런 뜻이 아니라—" 아기에 대해 물어봐, 그녀가 속으로 혼잣말한다. 그것이 이 병실에 있는 모두가 그녀가 해주기를 바라고 있는 행위다.

그리고 노라는 정말 신경을 쓰고 있다. 정말로, 진심으로 그렇다. 하지만 아기는 괜찮다고 맹세할 수 있다. 태아는 작고 사랑스러운 뱀파이어와 같다는 말을 언젠가 읽은 적 있다. 필요한 영양소를 모조리 빨아들인다. 유감스럽게도 엄마를 위해서는 아무것도 남기지 않는다.

"농담이에요." 퍼레즈가 귀 뒤를 긁적인다. "곤란하시다는 거 이해합니다. 농담은 그렇다 치고, 고혈압은 가볍게 다뤄서는 안 되는 문제예요. 저체중아를 출산할 수도 있고, 태반 전체에 영양소가 부족해지거나 심장병, 신장병에 걸릴 위험도 생기고요, 산모 건강에 위험한 건 말할 필요도 없죠."

"그럼 제가 뭘 해야 하죠? 붉은색 육류를 덜 먹어야 할까요?"

"물론입니다만 가장 중요한 것은 다리를 더 많이 들어올리고, 휴식시간을 갖고, 일에 조금은 게으름을 부리셔야 한다는 겁니다. 의사의 명령입니다." 그가 윙크한다. 마치 그녀가 어린아이고, 잼이 잔뜩 묻은 작은 손으로 사탕통에서 사탕을 슬쩍 가져가도 된다고 그가 방금 허락했다는 듯이.

"내가 항상 말하잖아, 당신은 너무 열심히 일한다고, 노라." 헤이든이 불쑥 끼어든다. "당신은 임신중이야."

왜 자동으로 일을 탓하는 걸까? 퍼레즈는 명백하게 세 가지 요소를 말했는데 헤이든이 들은 딱 한 가지는 일이었다.

"저한테 중요한 해여서요."

그것이 임신의 불만스러운 부분이다. 모두가 그녀의 임부용 레깅스 뒷면에 '살살 다뤄주세요' 스티커가 찰싹 붙어 있는 것처럼 그녀를 대한다. 임신중에 여행을 하면, 공항에서 적어도 다섯 명은 머리 위 짐칸에 소지품을 집어넣을 때 돕겠다고 나선다. 하지만 리브와 함께 여행하며 실제로 도움이 필요한 지금은? 오! 지금은 아무도 반응이 없다. 그래서 그들에게 말해주고 싶다, 지금 그녀의 직업을 가지고 그러고 있다고.

"이해합니다." 퍼레즈가 말한다. 노라가 확신하건대 그는─ 미안하게 됐지만─이해하지 못한다. 아이가 생김으로써 퍼레즈나 헤이든의 커리어에 조금이라도 영향받았던 때가 있었다면 언제인지 기꺼이 들어보고 싶다. 어서 말해보시라, 기다려줄 테니. "하지만 결국 가장 중요한 게 뭔지 생각해보세요." 그는 말하고 있다. "아기의 건강이죠. 이제 누우셔서 어떤 아기를 가졌는지 확인해보는 게 어떨까요?"

9

노라의 혈압에 대한 나쁜 소식을 들었음에도, 또는 남편이 그것을 상쇄하기를 희망했기 때문인지, 노라와 헤이든은 그날 저녁 다이너스티 랜치에 기분좋게 도착했다. 일상을 벗어난 하룻밤 외출, 차려입은 옷과 스프레이를 뿌린 머리, 가는 길에 듣는 근사한 스포티파이 재생 목록과 손에 느껴지는 와인 한 병의 무게감이라는 흥분. 섹스는 멋져, 근데 머리 손질해봤니? 섹스는 멋져, 근데 베이비시터 고용해봤니?*

"행동 조심하자." 노라가 경고한다. "좋은 인상을 줘야 해. 알고 있겠지만." 헤이든은 짐짓 모욕감을 느낀 척한다.

코닐리아의 다이닝룸 조명이 어둑해서 그날 밤 참석자들은 그곳에 발을 들이기만 하면 모두 십 년은 젊어 보인다. 집에서는 새로 청소한 냄새가 난다. 노라는 영화에 나오는 저녁 만찬에 온 듯한 기분이다. 영롱한 크리스털. 고급 자기 그릇. 무제한 제공되는

---

* '섹스는 멋져, 근데 ○○해봤니(Sex is great, but have you ever……?)' 섹스 뒤에 보다 더 좋은 것을 붙여서 말하는, 트위터에서 유행한 문구.

와인. 반짝거리는 대화. 적어도 대본에 그렇게 쓰여 있을 것 같다. 그리고 노라는 어쩐지 자신이 그 중심에 있다는 것을 알게 된다.

다만 정확히 중심은 아니고 거기서 약간 왼쪽이랄까. 노라와 헤이든은 테아와 그녀의 남편 로먼의 맞은편에 앉았는데, 로먼은 보스턴 & 브로리지의 기업과 증권 관련 변호사다. 그 옆에는 코닐리아와 애셔가 있다. 노라는 애셔를 이미 만났지만 이제야 그가 치과의사에 일류 요리사고, 오리건주가 아니라 메인주 포틀랜드 출신이라는 것을 알게 되었다. 그 옆에는 알렉시스와 맥스가, 테이블 상석에는 페니가 앉았다. 비브상추, 사과, 블루치즈로 이루어진 첫번째 코스 위로 포크들이 달가닥거린다.

"자." 코닐리아가 무릎 위에 냅킨을 펼친다. "말씀해주시죠. 두 분은 어떻게 만났죠?"

노라는 헤이든을 습관적으로 쳐다보지만 먼저 대답한다. "온라인으로요." 그녀가 말한다.

코닐리아가 윙크하며 잔을 그들에게 기울인다. "솔직해서 좋네요."

"솔직하다고?" 알렉시스가 발끈한다. "무슨 감춰야 할 비밀인 것처럼 취급 좀 하지 마, 코닐리아. 온라인 데이트에 아직도 낙인이 존재하나?"

코닐리아가 느긋하게 손사래 친다. "나 옛날 사람이잖아. 네 말이 맞는 것 같아. 근데—뭐, 꼭 최고의 사연은 아니지 않니? 인터넷 데이트니 뭐니 하는 게?"

헤이든이 식탁 밑으로 손을 뻗어 노라의 무릎을 꼭 쥔다. "사실." 그가 말한다. "우린 사연이 좀 있어요." 그의 눈이 그녀의 허락을 구하고, 그녀는 허락한다. 기꺼이. 그 이야기는 헤이든이 훨씬 잘한다. 노라는 누가 듣고 있든지 그 사람이 고통스러운 치과 교정술을 받고 있다는 듯이 늘 서두르면서, 정말 미안하지만 이 부분은 꼭 이야기해야 하니 빨리하겠다고 약속하곤 한다. "노라와 저는 일주일 정도 메시지를 주고받았어요. 그러다가 마침내 첫 데이트 날짜를 잡았죠. 그냥 커피만 마시기로 했어요. 완전히 이상한 사람일 수도 있으니까."

"내가? 가장 좋아하는 책 장르가 자연재해에 대한 진지한 논픽션이라고 한 사람은 당신이야."

"그건 지금도 마찬가지야." 그가 진지하게 말한다. "그러고서, 그날이 되기 며칠 전에 제가 친구들을 만나고 있었단 말이에요. 근데 노라가 바에서 다른 남자와 데이트하고 있는 걸 우연히 목격했죠. 온라인으로 만난 다른…… 남자와." 헤이든이 손가락을 들어올린다. "이걸 어떻게 알았냐면 근처로 자리를 옮겨서 노라가 하는 모든 말을 엿들었으니까요. 당연히 그럴 수밖에 없었죠."

"노라 스팽글러." 오늘밤 테아의 머리는 땋은 머리에서 아프로 스타일로 풀려 있다. "선수일 줄은 몰랐는데요."

노라는 이렇게 말하듯이 어깨를 으쓱한다. 뭐 어쩌라고? "확률 게임이니까요. 그뿐이에요."

"그래서," 헤이든이 말한다. "저는 사진을 봤으니까 노라를 알아봤죠. 실물과 똑같더군요. 아름다웠어요, 당연히." 그가 팔을 그녀에게 두른다. 식탁의 여자들이 모두 부드러운 눈빛으로 변한다. "노라를 계속 지켜봤어요. 좋은 사람이라는 걸 알 수 있었죠. 어떻게 아냐고요? 그냥 알았어요. 질투심이 끓어올랐죠. 아직 만난 적도 없으면서, 질투가 난 거예요. 노라가 이 남자와 멋진 데이트를 할 것만 같은 참담한 두려움이 갑자기 밀려왔어요. 그래서 우리 데이트를 취소하고 나는 기회를 날려버릴 것만 같은—"

"잠깐, 잠깐, 잠깐." 페니가 식탁 반대편에서 끼어든다. "그때 그 데이트가 실제로도 좋았나요?"

"맙소사, 아니요." 노라가 눈을 동그랗게 뜬다. "지금도 생생하게 기억나는데 그 남자는 이런 말을 했었어요, 여자는 다른 사람들에 대해 이야기하고 남자는 생각에 대해 이야기한다고."

"안 돼!" 테아와 알렉시스가 함께 반응한다.

노라가 눈썹을 치켜올리며 이렇게 말하듯이 고개를 끄덕인다. 무슨 말인지 알아주셔서 고마워요. "바에 술을 한 잔 더 하러 갔는데 헤이든이 저를 기다리고 있더라고요. 저한테 한 첫마디가 이거였어요, '지금에야 깨달았는데, 일견 내가 스토커처럼 보일지도 모르겠네요.' 그 '일견'이라는 말 때문에 이 사람이 좋아지기 시작했죠."

"일견? 난 내 문신 때문인 줄 알았지."

웃음이 이어지는 사이 맥스와 눈이 마주치자, 노라의 웃음이 주춤한다. 그는 웃고 있다. 어깨가 적당한 수준의 즐거움으로 살짝씩 흔들리고 있다. 하지만 그의 눈길. 그의 눈길. 못 하나가 등줄기를 타고 내려가는 것 같다.

노라는 시선을 돌리려고 물 한 모금을 홀짝거린다. 그러자마자 바보 같다는 기분이 든다. 그래, 타이어 사건은 여전히 이상하긴 하지만 맥스는 지극히 살가운 사람 같다. 이 사람들 모두가…… 그렇다.

"그래서요?" 코닐리아가 노라의 상념을 깨뜨린다.

"아." 노라가 냅킨으로 입술을 닦는다. "어, 저는 데이트 상대를 버리고, 헤이든은 친구들을 버리고, 우리는 근처 바에서 문 닫을 때까지 함께 있었죠."

"공식적인 첫 데이트가 끝나갈 때쯤에는, 세번째나 네번째 데이트 같더라니까요." 헤이든이 말한다.

노라는 헤이든이 흘린 끈적한 레드와인 한 방울이 그의 크림색 천 냅킨에 번지는 것을 바라본다. 문득 그들이 얼마나 대화를 주도하고 있는지를 깨닫는다.

"로먼." 노라의 시선이 테아의 남편에게로 향한다. "이 지역 로스쿨 다니셨어요? 서로 아는 사람들이 있을 것 같은데."

"로스쿨 동창들과는 아무런 교류가 없어요." 한 점 유감도 없이 그가 말한다.

"노라도 사실 마찬가지죠." 헤이든이 덧붙이자 노라가 이맛살을 찌푸린다. "왜? 당신도 그렇잖아. 아냐?"

노라가 숨을 들이켠다. "그럴 시간이 거의 없어요."

"맞아요." 로먼이 동의한다. "일요일에는 식사 준비를 해야 하고, 딸들 바이올린 레슨이 화요일에 있고, 수요일에는 깨끗하게 빤 옷을 정리하고 애들 가방 챙겨주느라 초저녁 시간이 다 가니까요. 목요일에는—"

"아시겠죠? 저는 로먼 없으면 아무것도 못할 거예요. 이이는 지상으로 내려온 천사라니까요, 그렇지 않나요?" 테아가 그의 뺨을 엄지와 검지로 조이더니 키스한다.

"때로는 사람들이 하는 말이 정말 맞는 것 같아요." 코닐리아가 말한다. "아내가 행복해야 인생이 행복하다."

헤이든이 목청을 가다듬는다. "대단하시네요. 다들 현대적인 결혼생활을 하시는 것 같아 보기 좋아요." 노라의 상상인가, 아니면 남편이 실제로 목소리를 깔고 말하고 있나? "우리 부모님 세대와는 전혀 다른 것 같아요."

애셔가 일어나더니 샐러드 접시들을 치운다.

코닐리아의 눈가 주름이 깊어진다. "오? 무슨 뜻인가요?"

"요즘은 많이 동등해졌어요. 오십 대 오십 파트너 관계로 각자 절반의 집안일이나 육아 등등을 하죠." 헤이든이 손으로 곱슬곱슬한 머리를 쓸어넘긴다. "저는 제가 리브를 가까이서 돌보지 않는다는 건 상상할 수가 없어요. 그런데 우리 아버지가 저한테 목욕을 시켜주거나 그러지는 않았던 것 같거든요. 지금 생각하면 너무 이상하지 않나요?"

노라가 투덜거리는 소리를 낸다. 몸속 깊숙이 어디에 자리잡고 있었는지는 몰라도, 소리가 튀어나오는 순간 낚아채 다시 집어넣고 싶어진다.

헤이든이 어안이 벙벙해져서 천천히 그녀 쪽으로 고개를 돌린다. "왜 그래?"

노라의 목이 벌게진다. "난—흠—그 숫자는 좀 변조된 것 같아." 그녀가 말한다. "조작되었달까?" 놀랍게도 정말 놀리는 말처럼 들린다. 다 우스갯소리로.

헤이든이 사람 좋게 코웃음 친다. "아, 자. 남성분들, 저 좀 도와주시죠." 그가 식탁에 둘러앉은 다른 남편들을 향해 손짓한다. 노라는 비슷한 파티에서 비슷한 대화를 나눴던 지난 시절을 떠올릴 수 있다. 화성에서 온 남자, 금성에서 온 여자. 그런 것들. 각자 패거리를 지어 서로에게 맞서지만, 완전히 농담이기도 하면서 전혀 아니기도 한 말들. (여자들: 이해시키려면 같은 말을 다섯 번은 해야 한다니까! 남자들: 중요한 이야기를 할 때 항상 제일 불편한 때를 고르더라니까—출근하려고 막 나가려는 때, 휴대전화로 신문기사를 막 읽기 시작했을 때, 잠들려 할 때!)

애셔가 앙트레를 가지고 돌아온다—브라운 버터로 살짝 구운 가리비와 레몬소스를 끼얹은 따뜻한 리소토. 포크를 집어드는 노라의 입에 침이 고인다.

"알렉시스는 정말 열심히 일해요." 맥스가 헤이든에게 대답한다. 노라의 눈에는 맥스의 말이 농담인지 아닌지를 구별하기 위해 남편의 머릿속에 굴러가고 있는 바퀴가 보인다.

애셔가 만족스러운 함박웃음을 띠고 식사 자리에 다시 동참한다. "꼭 보셔야 할 좋은 웹사이트가 하나 있어요, 헤이든. '커밍 클린'이라는 사이트인데요. 집안 정리와 살림에 대한 환상적인 팁을 몽땅 알려주죠. 저는 그 사이트 없으면 못 살아요." 그가 가리비에 포크를 찔러넣어 입으로 쏙 가져간다.

"한번…… 찾아볼게요." 헤이든이 노라가 느끼기에는 조금 빈정대는 투로 대답한다.

"저도요." 로먼이 동의한다. "저는 '더티 리틀 시크릿'을 팔로우하는데요. 그 살림살이에 대한 글들, 정말 그게 제 인생을 바꿨다고 할 수 있죠." 그가 주먹을 가슴에 대고 누른다. "당신이 추천해줬던 라벨 프린터기 주문했다고 말씀드렸던가요, 맥스?"

"브라더 P-터치요?" 맥스가 몸을 기울이자 시야에 들어온다.

"기대하는 중이에요."

"죄송하지만, 이런 것들에 대한 웹사이트가 있다고요?" 헤이든이 음식을 자르면서 접시를 긁는다. "그리고 사람들이 실제로 그걸 읽는다고요?"

솔직히, 이렇게 혼자만 별나 보이는 것 좀 그만하면 안 되나? 그냥 자연스럽게 어울리는 게 최고다. 디너파티에 초대받은 건 좋은 신호라고 생각하지만, 아직 마음에 두고 있는 머제스틱 그로브의 집에 대해서 확정된 바는 아무것도 없으니까, 헤이든 제발. 게다가 노라는 자신의 뜻을 밀어붙일 만반의 준비가 되어 있다.

로먼이 포크를 내려놓는다. "더티 리틀 시크릿은 인스타그램 팔로워가 이백만 명이에요."

"전혀 몰랐어요."

노라가 식탁 밑에서 헤이든의 발목을 찬다. 그러자 버터 기름기가 있는 남은 가리비 조각이 그의 바지 위로 떨어진다.

"젠장." 그가 몸을 숙여 바지를 닦으며 말한다. 사타구니 바로 옆에 눈에 띄는 기름얼룩이 생겼다. 노라가 움찔하자 헤이든이 그녀를 째려본다.

"그거 아주 깨끗하게 없애는 법을 제가 알고 있죠." 맥스가 끼어든다. "레스토일. 여러 가지 다 써봤는데 얼룩을 확실히 제거해주는 건 그것밖에 없어요. 송유가 함유되어 있긴 하지만 일반적인 파인솔보다는 훨씬 강력합니다. 그래서 망설임 없이 구입하죠. 추천할 만한 다른 방법이 있나요, 애셔?"

"약간의 베이킹소다와 타이드 세제를 같이 쓰라는 말을 항상 들었는데 완벽한 해결책은 아니더군요. 말씀하신 레스토일을 쓰는 게 좋은 팁인 것 같아요."

"헤이든, 아마존에서 바로 주문할 수 있어요." 맥스가 말한다. "마법 같죠."

"고마워요." 헤이든이 천천히, 남자들을 유심히 뜯어보며 말한다.

"페니," 로먼이 몸을 앞으로 기울이면서 그녀를 대화에 참여시키려고 한다. "페니는 어때요, 제일 좋아하는 얼룩 제거제가 있나요?"

페니가 와인을 마시다가 마지막 모금을 뿜는다. "우리는 항상 샤우트 펜을 사용해서요." 와인을 더 따르려고 병을 들어올리면서 페니가 급작스럽게 말한다. "실례합니다만 저는 바람 좀 쐬고 올게요. 저 때문에 하시던 이야기 멈추지 마시고요." 페니가 식탁에서 물러나, 늘어진 카디건의 단추를 한 손으로 채운다. 그리고 노라에게 미안한 듯한 미소를 짓는다.

한동안 침묵이 흐르고, 마침내 바깥 파티오 문에서 차임벨소리가 들린다.

"부부끼리의 이야기가 많아서 부담이 컸던 것 같아요." 알렉시스가 입술을 깨문다. "미안해지네요."

"괜찮아질 거야. 시간이 걸리는 문제니까." 테아가 말한다.

"리처드를 많이 사랑했어." 알렉시스가 와인을 마신다.

대화가 서서히 다시 이어지면서 테아가 새로운 신경학센터에서 진행하는 연구로 화제가 옮겨간다. "우리는 최첨단 연구를 하는 중이에요." 그녀가 흥분하면서 말한다. "심리학과 신경학 사이에 다리를 놓으려는 작업이죠. 예를 들면, 우울증으로 온 환자가 정신과의사의 진단을 받는 거예요." 그녀가 설명한다. "대화 요법에서 처방하는 약물은 뇌의 구성을 바꾸는데, 오직 일시적으로만 그렇게 하죠. 단지 치료가 계속되는 동안에만 바꾼다는 걸 연구가 보여주고 있어요. 우울증과 불안 증세가 있는 사람은 약물을 중간에 끊는 경우가 허다해요. 옳지 않다는 생각이 드는 거죠. 부작용이 있을까봐 우려되고요. 심각한 문제죠. 회복에 주기가 생기게 돼요. 그런 환자들에게는 최종회가 없는 거예요. 우리는 정신의학계 동료들의 노고를 통해, 신경 통로를 만들어서 그런 변화를 굳히는 방법을 찾고 싶어요. 우리는 그 변화가 영구적이기를 바라고 있어요. 이전에는 아무도 한 적 없는 일이죠."

"어떻게 영구적으로 만든다는 거죠?" 헤이든은 와인을 세 잔째 마시는 중이다. 그의 접시 위에 놓인 초콜릿 타르트의 절반을 해치웠다. 페니는 아직 돌아오지 않고 있다. 노라는 걱정된다.

"외과적 개입으로요." 테아가 말한다.

"뇌 수술 같은 것 말씀이신가요?" 헤이든이 적당히 인상 깊다는 듯이 말한다.

"바로 그거예요." 테아가 나이프로 그를 가리킨다.

노라는 자기도 와인을 마시면 좋겠다고 간절히 바란다.

어쨌든 그녀는 편안하게 흐르는 대화의 일부가 될 수 있어 기쁘고, 대화의 날은 훌륭한 식사와 좋은 빈티지 와인으로 부드러워졌다. "당신은 심리학자잖아요." 노라가 코닐리아에게 말한다. "테아의 연구에 대해 어떻게 생각하시나요?"

코닐리아가 손바닥으로 턱을 괸다. "저는 테아의 열렬한 옹호자 중 한 명이에요. 테아가 하고 있는 연구는 이 세상에 무척 중요하고 수백 가지 방식으로 실생활에 적용될 수 있다고 봐요. 자랑스러운 엄마 곰이 된 기분이에요."

"사실 우리 모두가 그렇죠." 알렉시스가 코닐리아의 어깨에 머리를 기댄다. 코닐리아는 그녀의 머리카락을 애정을 담아 쓰다듬는다.

"계속 지켜보고 싶어요." 그녀가 말한다. "사실 저희 동네 주민 몇 분이 하는 일을 보시면 깊은 인상을 받으시리라 생각해요."

"제 이웃인 도나 헤지스는 최근에 주 상원의원으로 선출됐어요." 테아가 식탁 위의 디캔터에 손을 뻗는다. "그리고 마사는 교육감이죠. 너희 집 근처 사시는 분 말이야, 알렉시스."

알렉시스는 시간이 흐를수록—그리고 마시는 와인 양이 늘어날수록—명백히 활기를 얻어가고 있다. "오, 그분 꼭 만나보셔야 해요. 불우 아동들을 돕고 학급당 학생 수를 줄이고 교사 성과급제를 도입하려는 분이에요."

"그리고 데비도." 코닐리아가 크리스털 가장자리를 손가락으로 따라간다. "소아 종양학 분야에서 데비의 성공은 국내에서 타의 추종을 불허하죠."

"그런 분들이 다 여기 사신다고요?" 노라가 묻는다. 여기, 다이너스티 랜치에. 인상적인 곳이긴 하지만, 전통적으로 더 명망 있는 동네가 아니라 여기라니. 태리타운*처럼 조상 대대로 물려받은 자산이 있는 것도 아니고, 동부의 힙스터 벼락부자 같은 위상

---

* 미국 뉴욕주 동남부의 마을. 자동차, 기계, 의류 산업 등이 발달했으며 뉴욕 내에서 부촌으로 꼽힌다.

이 있는 것도 아닌데 말이다.

"살기 좋은 곳이에요." 테아가 이렇게 말하고는 잔을 들어 마지막 남은 와인을 단숨에 들이켠다. 여자들이 환호한다.

민망함 없이 입속에 떠넣을 만한 초콜릿이 노라의 접시에서 싹 사라지고 접시가 치워지자, 노라는 파티오로 살짝 빠져나갈 기회를 얻는다. 페니가 그곳에서 와인잔에 마지막으로 남은 4분의 1의 와인을 빙빙 돌리며 수영장의 푸른빛을 뚫어져라 응시하고 있다.

"오 이런, 제가 다 놓쳐버린 건가요? 시간 가는 줄 몰랐네요."

노라가 파티오 의자를 끌어다 페니 옆에 앉는다. "뭐하고 계셨어요?"

"앉아 있으면서 생각했죠. 제가 잘하는 거예요. 사실 가장 잘하는 거죠. 머릿속에 들어가 있기. 그게 항상 좋은 건 아니지만. 항상 좋은 것 같진 않아요."

노라도 고요한 물에 넋이 나간 채로 수영장을 응시하면서, 발가락을 담그고 싶은 충동과 싸운다. "적어도 항상 낙이 있으신 거 잖아요."

"하. 낙이 없어서 힘든 사람은 없잖아요. 그때 그 시절, 우리 애들이 어렸을 때가 생각나요. 흠, 어쨌든 그때의 느낌이 떠올라요. 좀 흐릿하긴 하지만. 내내 취해 있었나 싶네요. 다들 계속 이렇게 말했죠. 이 순간을 그리워할 거라고." 그녀가 손가락을 저으면서 근엄하게 말한다. "아이들을 아이들인 채로 놔둬라. 속도를 늦춰라. 안 그러면 눈 깜짝할 사이에 대학에 가 있을 거다."

"실제로 그렇지 않던가요?" 노라가 묻는다.

"그렇긴 했죠. 하지만 그런 말이 별 도움은 되지 않았어요. 자고로 충고란 도움이 되어야 하는데. 그게 충고의 본질인데 말이에요. 당신의 어머니가, 얘야 아이들에게 채소를 먹여야 한다, 라고 말한다 해도 당신이 와, 엄마, 고마워요, 그건 한 번도 생각 못했어요, 이러진 않잖아요."

"제 어머니는 돌아가셨죠." 무심코 이 말이 튀어나온다. 어머니가 더이상 실재하지 않는다는 현실이 언제 머릿속에 자리잡을지 그녀는 궁금하다.

"아." 페니가 손을 뻗어 노라의 팔뚝을 손가락으로 쓰다듬는다. "정말 유감이에요. 손녀는 만나보셨나요?"

"사실, 아니요." 순간 허스키해지는 목소리.

"가혹하네요." 페니가 손을 거둔다. "전 리처드가 놓칠 것을 생각하기 싫어요. 믿어지실지 모르겠지만, 그 사람과 함께 꼭 할아버지 할머니가 되고 싶었어요. 아직 그렇게 되려면 멀었다는 것도 알지만요. 그래도. 딸 줄리아와 함께 결혼식장에 입장하는 그의 모습을 보는 것. 결혼 오십 주년 기념 크루즈 여행. 제게 글쓰기 선생이 한 분 계셨는데 그분이 이야기란 '─라면 어떻게 될까'에서 시작한다고 하셨었죠. 하지만 나의 '─라면 어떻게 될까'는 아무 일도 일으키지 못한다는 생각이 계속 들어요. 끝난 거죠. 리처드는 죽었어요. 종결. 당신도 조금은 그런 기분을 느낄지도 모르겠네요."

"최소한 전 작별인사는 했죠." 더 생생한 페니의 슬픔에 자리를 양보하는 것이 당연하다는 생각이 든다. 인정하긴 싫지만 그녀 자신의 슬픔은 세월이 흐르면서 퇴색했기 때문이다.

"그게 꼭 상황을 받아들이는 데 도움이 되는지는 모르겠어요.

하지만—맞아요." 그들은 침묵에 빠지고 한동안은 그 또한 나쁘지 않다.

노라는 목소리를 낮춘다. "페니, 뭐든, 이전에는 지나쳤을 수도 있는 것 아무거나 기억나는 게 있나요?"

그동안 노라는 화재 당일 밤을 시간 순서대로 구성하려 애쓰고 있었다. 저녁 6:45, 코닐리아와 애셔가 페니를 그녀의 집에서 픽업했다. 리처드는 편두통으로 뻗어버린 후였다. 그들은 병원 그랜드 돔에 도착했고, 그곳은 새로운 신경외과 병동을 후원하기 위한 그날 밤 행사를 열고자 특별히 마련된 장소였다. 다이너스티 랜치에서 스물두 명의 주민이 참석했다. 대략 저녁 8:45에 테아가 짧은 연설을 했다. 디저트가 나올 즈음에 페니는 꽤 취해 보였고 혀 꼬부라진 소리로 말하는 게 또렷이 들렸다고 어떤 사람이 말했지만 이런 사실을 확인해줄 사람은 없다. 알렉시스가 저녁 9:50 직전에 구급차를 불렀다. 주차 티켓을 보면 애셔는 아마도 페니와 10:20에 자리를 뜬 것으로 되어 있다. 시간, 장소, 사람의 집합. 하지만 여전히 이야기는 이가 듬성듬성 빠져 있고 불완전하다. 리처드에게 무슨 일이 일어났으며 왜 일어났을까?

페니는 말이 없다. 노라는 페니가 자신의 말을 들었는지 확신할 수 없고, 그녀가 자기만의 생각에 너무 깊이 빠졌나보다고 생각한다. 하지만 그때 페니의 눈이 가늘어지고 볼이 옴폭 팬다. "리처드는 뭐랄까…… 그 집에 사로잡혀 있었어요."

"무슨 뜻인가요?"

"집착이었죠. 그렇게 말할 수 있을 것 같아요. 어느 날 집에 왔는데 가스레인지를 분해해놨더라고요. 나사를 다 풀어서 주방에

죄 펼쳐놓은 거예요. 뭔가 잘못됐다는 생각이 드는데 그게 뭔지 알아낼 수 없었던 거죠. 그렇게 몇 주가 흐른 후에, 리처드를 괴롭히고 있었던 게 뭐였는지는 모르지만 하여간 멈췄어요. 다행이었죠. 한동안은. 하지만 결국 되돌아왔어요."

"언제요?"

"바로 직전에. 집이 불타기 바로 직전에요. 세탁실 마룻널을 파 뒤집어놨더라고요."

"경찰에 이 이야기를 하셨나요?" 지금. 뭔가 나올지도 모른다. 집과 관련한 문제가. 화재로 이어졌던. 그것은 리처드를 미치게 만들었고, 그 말인즉슨 누군가 또는 어딘가에 반드시 불평했다는 뜻이며, 노라는 리처드의 불평이 누군가를 향했었는지를 알아내기만 하면 되는 것이다. 묵살당한 문제는 일반적인 문제보다 배심원단에 더 강력히 어필한다.

"그런 취지의 말을 하긴 했어요. 리처드가 무언가에 결함이 있는 듯하다고 생각했었다는 얘기를 했어요. 리처드가 그 얘기를 계속할 즈음에 저는 책의 초고를 쓰느라 정신이 없었죠. 저는 그 이의…… 혼란을 피하려고 했어요. 이기적으로 굴 생각은 없었지만 글쓰기라는 게 원래 그렇거든요. 이기적인 열정 같은 거죠." 페니가 손가락의 반지들을 하나씩 돌리면서 눈맞춤을 피한다. "저도 그날 밤 무슨 일이 일어났는지 알고 싶네요."

"그 마음 알아요." 노라가 말한다. "그래서 저는 그걸 알아내기 위해 할 수 있는 모든 일을 할 거고요."

헤이든과 노라는 '너무 재밌었어요' '꼭 또 만나야 해요' '와줘서 고마워요' '초대해줘서 고마워요'의 세례 속에 진입로로 빠져나간다. 어깨를 나란히 한 채 귀뚜라미 소리를 들으며 진입로를 걷는다. 머리 위에는 실제 별들이 맑은 밤하늘에 구멍을 송송 뚫어놓았다.

"자. 아저씨, 열쇠 주시죠." 노라가 헤이든의 바지 앞주머니를 뒤적거린다.

"흠." 그에게서 마늘와 알코올 냄새가 난다. "기분좋은데. 약간 왼쪽으로 움직여줄 수 있나?" 그의 코가 그녀의 머리를 스치고 지나간다.

노라는 열쇠를 자기 손바닥에 던지더니 활짝 웃는다. "뭐야 당신? 열다섯 살이야?"

그들은 차로 가서 각자의 문으로 향한다. 그가 코웃음치며 그녀 옆 좌석에 털썩 앉는다. "열다섯이라니! 난 열다섯 살 때 해보지도 못했다고!" 노라를 바라보는 그의 눈은 풀려 있고, 얼굴은 알딸딸하긴 하지만 고주망태가 된 건 아니다. 확실히 아니다. "당신은?"

노라는 의기양양하다. 뭐.

"노라!" 헤이든이 노라의 팔을 부드럽게 밀칠 때 그녀는 시동을 건다. 헤드라이트가 켜지고 실내등이 희미해진다.

"리브도 언젠가 열다섯 살이 될 거야." 안전벨트 매는 소리야말로 그녀에게 필요한 구두점이다.

"나의 리비도여 안녕, 고맙군." 헤이든이 창문에 팔꿈치를 괸다.

"어땠어?" 노라는 차가 주행 모드가 되기도 전에 묻는다. 그녀는 헤이든과 나누는 모임 뒷이야기를 항상 고대한다. 그거 봤어……? 믿어져……? 그 말 들었어……?

"페니와 이야기를 많이 못했네." 헤이든이 창문에 머리를 기댄다. "아쉬워. 당신이 그 사람을 얼마나 좋아하는지 아니까. 근데 코닐리아와 테아도 의외로 흥미롭더라고. 여자들이 어떤지 알지, 여자들은 흔히 다른 사람 이야기만 하고 생각에 대해서는 이야기하지 않지." 그가 손을 말하는 인형 모양으로 만든다. 어쩌고저쩌고. 그러고는 노라에게 지긋지긋하다는 듯한 윙크를 보낸다.

"그래, 코미디 클럽이었단 말이군. 남자들은 어땠어?" 노라는 파티에서 남자들이 하는 이야기가 이번만큼 흥미로웠던 적이 없었다. 단지 그녀가 스포츠를 싫어하기 때문만은 아니다.

그가 인상을 찌푸린다. "솔직히? 참을 수가 없더라고. 하는 이야기라고는 아내 이야기뿐이고. 아내들이 얼마나 열심히 일하는지. 자기는 그저 아내를 사랑할 뿐이라고 말이야." 그는 무언가 끔찍한 걸 맛보았다는 듯 혀를 이 밑으로 굴린다.

"그래서? 그게 뭐 어때서?"

"나도 잘 모르겠어, 당신은 그게 시발, 좀 이상하다고 생각하지 않아?"

노라는 운전대를 꽉 잡고 천천히 텅 빈 단지를 통과한다. "그렇다고 욕할 필요는 없잖아."

"굳이 물어봤으니 말인데, 그 사람들은 불알 두 쪽 달렸으면 그 값을 해야 한다고 봐."

"물어본 게 후회되네." 노라는 마치네 집의 타버린 잔해를 곁눈질로 흘긋거리며 지나간다.

"뭐? 솔직한 대답을 원하는 거 맞아?"

"물론 솔직한 대답을 원하지. 솔직히 좀 다른 의견을 가지면 좋겠어. 그게 여성혐오적이지 않으면 더 좋겠지."

"제발. 난 당신이 나한테 맞춰서 알랑거려주길 바라지 않아."

목구멍에 열이 차오른다. 현명하지 못했다. 술을 마신 헤이든과 이런 대화를 하지 말았어야 했다. 이건 브레이크 없는 운전이나 마찬가지다.

"헤이든." 다른 타입의 여성이었다면 이 말은 경고의 으르렁거림처럼 들렸겠지만, 이런 순간에 자신이 작고 캉캉거리며 짖는 강아지와 공통점이 더 많다는 사실에 그녀는 늘 실망한다. "당신은 나더러 치우라고 거실에 아무렇게나 양말을 벗어놓잖아." 가식적인 미소.

헤이든이 노라를 얼빠진 듯이 바라본다. "그게 무슨 말이야?"

"그 말은, 차이가 뭐냐는 거야."

"아, 또 시작이군." 그가 주먹을 자동차 천장에 대고 꾹 누른다. "알겠어, 당신이 파트너에게 바라는 모습이 그런 거야? 아까 거기서 본 것처럼? 알게 돼서 기쁘네."

"왜 이래, 그 사람들이 비참해 보인다고? 그 사람들은 행복해. 다정한 거라고." 그녀가 말한다. 솔직히 그녀가 남편을 위해 하는 그 모든 일을 생각했을 때, 한 톨의 진정한 관심을 보여주면 죽기라도 하는가? 어쨌든 노라는 로먼과 애셔가 추천했던 집안 정리 계정을 찾아볼 생각이었지만 그게 요점은 아니지 않은가?

"그런 말 좀 안 하면 어디 덧나나." 그가 중얼거린다.

그녀가 그를 노려본다. 그 말이 그녀를 도려내는 것 같고, 화가 북받쳐올라 물이 차오르듯이 분노가 빈 공간을 메운다.

"노라!" 그의 눈이 휘둥그레진다. "조심해! 노라ㅡ"

그녀의 머리가 앞으로 툭 꺾이고 오른발이 브레이크를 세게 밟는다. 타이어가 도로에 쓸리는 것이 느껴진다. 황금색 헤드라이트 빛줄기가 애먼 곳을 쏜다. 머리카락. 피부. 마주보며 반짝거리는 눈.

차가 덜덜거리며 멈추고 노라의 심장박동이 몸 전체에 떠나갈 듯이 울린다. 그녀와 헤이든은 도로 한중간에 꼼짝도 하지 않고 서 있는 십대 소녀를 입을 벌리고 멍하니 바라본다.

노라가 미안하다는 듯이 떨리는 손을 들어올린다. 사람을 거의 죽일 뻔했다기보다는 단순히 교차로에서 회전하려다가 끼어든 사람처럼.

상향등 불빛 속에서 소녀의 피부는 설화석고 같다. 거의 입은 것 같지도 않은 여름 원피스 밖으로 긴 다리가 뻗어나왔고, 어깨를 움푹하게 누른 브래지어 끈이 다 드러났고, 운동화 속으로 힘껏 욱여넣은 발과 무릎까지 오는 스포츠 양말이 보인다.

소녀는 얼어붙은 채 그대로 서 있다.

"저 아이 괜찮은 것 같아?" 노라가 속닥인다.

"그야 뭐. 우리가 친 건 아니니까." 헤이든이 앞으로 몸을 숙이자 안전벨트가 그의 가슴에서 팽팽해진다. "저애도 우릴 볼 수 있나?"

노라는 결코 완벽하게 작동법을 숙지하지는 못한 자동차 안의 스위치들을 이리저리 만지작거리다가 마침내 헤드라이트 불빛의 조도를 낮추는 데 성공한다. "뭐하고 있는 거지? 그대로 가려나?"

"조금 기다려봐." 헤이든이 중얼거린다. "충격을 받은 것 같아."

노라는 여전히 발을 브레이크에 단단히 댄 채 기다린다. "근데 충격받은 것 같지는 않은데."

밤에 부는 미풍에 흩날리는 소녀의 긴 금발 머리카락이 불빛에 반사된다. 아직 소녀는 움직이지 않고 있다. 그대로 있는 것 자체가 힐난 같다.

"저 아이를 둘러서 가봐." 헤이든이 손을 뻗어 운전대를 잡고 자기 쪽으로 돌린다.

"쟤가 길 건너는 소떼는 아니거든." 노라가 낮게 말한다.

하지만 그의 말도 일리는 있다. 천천히, 노라는 브레이크에서 발을 뗀다. 소녀는 그대로 서 있다. 창문을 내리는 노라의 손이 끈적끈적하다. 소녀로부터 간격을 넓게 띄워 커브를 돈다. "괜찮니? 도와줄까?" 노라가 가장 엄마다운 목소리로 묻는다.

소녀가 고개를 돌린다. 입꼬리 한쪽을 올리면서 손을 들어 내밀더니, 노라에게 보란듯이 가운뎃손가락을 세운다.

노라는 크게 한 번 씩씩거리면서 숨을 후 내뱉은 다음 액셀을 밟는다. 미친년, 그녀는 생각한다. 십대에게 모욕당했다는 수치심이 짜증스러운 쓴맛을 남긴다. 걱정은 엄하고 꼰대스러운 무언가로 굳어진다.

달콤 쌉싸래한 담배 연기 향이 바람결에 둥둥 떠다닌다.

"이 동네를 봐." 거리가 멀어지자마자 헤이든이 다시 머리를 좌석에 기댄다. "이런 데서 십대들이 저렇게 반항적일 이유가 대체 뭐가 있지? 인생의 쓴맛을 경험했나?"

열려 있는 창문을 통해 한바탕 웃음소리가 들려온다. 노라는 시선을 들어 백미러를 확인하지만 도로는 텅 비어 있다. 도로변에 출처를 알 수 없는 담배꽁초 부스러기가 팔랑거리면서 맴돈다. 어머니가 가장 좋아하던 속담이 검게 어두워진 창공에서 그녀에게 들려온다. 아니 땐 굴뚝에……

연구에 따르면 엄마들은 '내' 시간이 더 필요하다

웨슬리 데이비스 기자

"어머니들이 혼자 있는 시간이 부족하면 정신건강 위기를 초래할 수 있다. 엄마들은 자기 관리를 사치가 아닌 필수로 여겨야 한다고 연구자들은 제안한다."

———

댓글 보기

———

제나브릭스1212

안녕, 여러분. 정정 기사가 나와야 할 것 같네요. 기자 이름에 '당연한 말 하기 대장'이라고 적어서요. 수고하세요!

마더메일

우리 남편은 제가 충분히 '내 시간'을 가진다고 생각하는 것 같아요. 개인적으로, 나라면 '내 시간'이라고 하지 않을 것들을 그 사람은 거기에 많이 포함시키니까요. 예를 들면, 저는 구 개월 전에 애를 낳았는데 아직 임신 때 찐 살 7킬로그램을 달고 다녀요. 그런데 지금 내가 시간을 들여 운동하려는 욕구는 사치로 여겨지죠. 개인적으로, 내가 일 년의 대부분을 임신한 상태로 있겠다고 동의하는 순간 남편과 내가 함께 이 추가적인 살을 찌운 거나 마찬가지라고 생각하거든요. 그래서 그 살을 빼려면 그 사람도 나한테 시간과 공간을 내줘야 하는 거죠. 저는 사실 운동을 싫어해요. 그래서 그이가 마치 운동할 시간을 자기가 줄 수 있는 최고의 선물 취급할 때 진짜 짜증나요.

해나 레인

@마더메일 저는 사실 운동을 좋아하는데 운동 수업을 들으러 갈 시간이 없어요. 남편한테 포치에서 낮잠 자거나 마리화나 피울 기회를 주고 삼십 분만 홈 트레이닝하겠다고 하면, 저는 그 시간 내내 등에 아이 하나 업고 푸시업을 하고 허벅지에 다른 아이 하나 매단 채로 스쿼트을 하고 있다니까요. 남편한테 소리지르면 이 말이 다예요. "내가 봐주려고 해도 애들이 당신이랑 있고 싶대!"

컵케이크땜에일한다67

남편이 자기가 애들 '보는' 시간이 끝나기만 기다리고 있다고 느끼는 사람은 저 말고 없나요? 남편은 상황을 이렇게 이해하고 있는 것 같아요. '내 시간' 가질 수 있게 자기가 허락해준 육십 분에서 구십 분가량만 빼면 애들은 당연히 내가 돌봐야 한다고요. 근데 한번 따져보면, 그 시간에 대부분 저는 밀린 일을 하거든요. 내가 돌아오자마자 남편은 아이들을 나한테 떠밀고는 그게 끝이에요.

비나 서트커

운동하느냐 자느냐 독서하느냐 북클럽에 참석하느냐 화장실을 혼자 쓰느냐 온라인으로 쇼핑하느냐 치과에 가느냐. 진정한 소피의 선택.

켈리 엘리나

우리가 깨달아야 할 점은 남자들은 어떻게 해서든 혼자만의 시간을 가질 거라는 겁니다. 그 시간을 채갈 거예요. 따라서 여자들도 그래야 합니다. 제가 몇 가지 시작한 일이 있어요. 한숨소리, 짜증난 눈초리, 내 시간을 가질 때 남편을 내다놓는 느낌 무시하기. 저를 믿으세요. 왜냐하면 그 반대 상황일 때 남편은 아무런 문제 없이 내 짜증을 무시하니까요. 다 그가 감당해야 할 몫이고 저는 더이상 그런 개소리를 안 참을 겁니다. 남자들은 이기적으로 굴 줄 압니다. 우리도 억지로라도 그렇게 해야 합니다.

10

━━━

"너한테 집 보냈어. 받았어?" 노라가 아침 출근길에 앤디에게 전화로 말한다.

"우편 요금은 얼마였어?" 앤디는 방금 카페에서 일을 마치고 집에 왔다. 노라는 농담에 썰렁하게 반응한다. "알겠어, 잠깐만, 이메일 불러오고 있어." 기다리는 사이 앤디는 이슬라 웡의 웹페이지에서 머제스틱 그로브 안내 페이지를 불러온다. "오…… 멋진데. 마음에 든다. 정말 예쁘네. 와"─마우스로 클릭하는 소리가 노라에게 들려온다─"드레스룸까지 있다면 죽여버리겠어. 너무 불공평하잖아."

"그렇군. 그러니까 넌 괜찮다고 생각하는 거지?"

"백 퍼센트. 내가 잠잘 수 있는 소파를 둘 공간이 많네."

"그럼 헤이든한테 이야기 좀 잘 해줄 수 있니?"

커플이 결혼하면 남편 친구들이 있고, 아내 친구들이 있는데, 그사이 경계는 아주 드물게 침범된다고 노라는 항상 생각했다. 하지만 앤디는 거의 곧장 '우리' 친구가 되었다. 앤디가 미국에 살았을 때 헤이든이 노라만큼이나 자주 그녀를 만나자고 졸랐고,

베를린 여행도 이미 그가 주도하고 있었다.

"헤이든한테? 왜? 어떤 점 때문에 싫어하는데?"

"정말이지 멍청한 이유 때문이지." 앤디와는 완벽하게 반대로, 노라는 양손을 열시와 두시 방향에 두고 매우 책임감 있게 운전한다. "그 동네에서 어떤 여자들을 만났는데 다들 아주ー흠, 아주 성공한 사람들이야. 그리고 결혼생활도 완벽해. 정말 놀랍지. 난 그 사람들이 정말 좋은데, 헤이든은 회의적이야. 괴상한 여학생 클럽 같은 거라고 생각하면서 남편들은 불알 두 쪽 값을 해야 한대. 이거 직접 인용이야."

"그렇구나……" 수화기 반대편에서 바스락거리는 소리가 들린다. 침대 스프링이 삐걱대는 소리.

"너 '그렇구나'라고 하는 말투가 왜 그래?"

"헤이든도 나름대로 뭔가를 간파한 게 아닐까. 헤이든은 좋은 사람이니까."

"안 그렇다고 말한 적 없어."

"내 말은, 성공한 여자들한테 주눅 드는 타입은 아니란 거지. 너랑도 결혼한 사람인데."

"맞아." 노라는 오른쪽으로 꺾는다. 시내에 근접하면서 출구가 가까워지고 있다.

"밀실 뒤에서 비밀리에 무슨 말이 오가는지는 절대 모른다니까." 앤디가 말한다.

"그것도 알아."

"남의 떡이 항상 커 보이는 건 아냐."

"너 '하루에 하나씩 관용구 익히기' 달력 같은 거 걸어놨니?"

154

"젠장." 앤디가 말한다. "그런 거야? 결국 나 베이직 비치* 등 극이야? 근데 오늘 정말 캐러멜 마키아토 주문했는데. 맛있더라고." 친구가 히죽거리는 소리가 들리고, 노라는 고국에 있는 사람은 그녀인데도 향수에 잠기게 된다.

"그 사람한테 말 좀 해줄래?" 노라가 다시 묻는다.

"다른 사람 결혼생활에 끼어드는 건 좋은 생각 같지 않은데."

"난 다른 사람 아니잖아. 네 단짝 친구라고."

남편과의 우정도 아무 문제 없기는 하지만, 결정적 순간이 오면 앤디는 노라의 편을 들기로 되어 있다. 으레 그렇게 여겨진다.

"나도 그 관계를 유지하고 싶군."

"이제 회사에 다 왔어." 노라가 말한다. "꼭 부탁해. 그이도 뭐가 자기한테 좋은지 항상 잘 아는 건 아냐." 절박함이 묻어 있는 자신의 목소리에 노라의 기분이 전적으로 편치는 않다. 하지만 디너파티 이후로 그녀는 압박감을 느끼고 있다. 사건. 집. 그녀는 본격적으로 뛰어든 것인가, 아닌가? "그이가 신문배달원 모자 쓰고 싶다고 했을 때 네가 말려서 성공했던 거 생각나지?"

앤디가 한숨 쉰다. "알겠어. 이메일을 쓰거나 할게. 하지만 자연스럽게 화제가 흘러나왔을 때만 말할 거야, 됐니?"

"그래." 노라가 동의한다. "사랑해."

앤디가 그들만의 의식을 마무리한다―"죽을 때까지."

---

* basic bitch. 개성 없이 유행만 좇는 여성을 가리키는 속어. 아이폰, 레깅스, 어그 부츠, 스타벅스 등을 선호하는 것이 특징이며 그런 맥락에서 앤디가 관용구를 사용하거나 캐러멜 마키아토를 마셨다고 말한 것이다.

노라는 한 시간 반을 꼬박 업무에 집중하면서 보낸다. 몸의 아드레날린 반응—가슴이 답답하고, 동공이 점처럼 작아지고, 정신이 벌떡 일어나는—을 촉발할 만큼 업무량이 많은 날의 말미에는 흔치 않은 일이다. 일이 끝나는 지점은 감질나게 가까이에 있다. 본격적으로 덤빌 수 있다면, 충분히 오랜 시간 동안 방해받지 않는 상태를 유지할 수 있다면, 퇴근하고 오늘밤은 컴퓨터를 열지 않아도 될 것이다.

노라의 전화기에서 알람이 울린다. 화면에 뜬 메시지는—

심호흡 열 번으로 마음 진정시키기

—헤이든의 작품이다. 화면을 닫고 나서 읽고 있던 단락으로 되돌아가지만 양심의 가책을 떨칠 수 없다. 규칙을 깬 것 같다. 멍청하지만 버젓이 쓰여 있는 규칙. 전진하지 마시오, 200달러를 받을 수 없음……*

에라, 모르겠다, 그녀는 체념하고, 심통난 아이처럼 펜을 내려놓으며 눈을 질끈 감는다.

원 미시시피…… 깊게 들이쉬고.

투 미시시피…… 깊게 내쉬고.

---

* 보드게임 '모노폴리'에서 이 문구가 적혀 있는 카드가 나오면 바로 감옥에 가야 한다.

열 번? 헤이든, 이러기야? 심호흡 열 번? 빌어먹을, 영원히 이러고 있겠군. 노라는 몸을 뒤로 젖혀 의자에 기댄다. 상태가 엉망이 된 것이 바로 이런 태도 때문이다. 조심하지 않으면 의사의 지시로 침대 위에서 장기 요양하는 것으로 끝날지도 모른다. 그렇게 되면 곤란하지 않겠는가?

"여보세요." 노라는 스피커폰으로 흘러나오는 목소리에 깜짝 놀란다. 가전제품 고객센터와 통화하려고 대기하는 중이었다는 사실을 깜박하고 있었다. "수지라고 합니다. 도와드리게 되어 기쁩니다."

"안녕하세요. 네, 안녕하세요." 노라가 수화기를 가까이 가져온다. 가전제품 고객센터의 지휘계통을 따라 올라가느라 거의 한 시간가량을 보냈고, 마침내 팀장인—제발 팀장이길—수지에게 연결된 것이다. "몇 달 전에 리처드 마치 씨가 요청했던 고객센터와의 통화 건으로 연락드렸어요. 전 그분 변호사인데 어떤 불만으로 전화했는지 조사중이거든요."

"네, 스팽글러 씨. 저희 팀으로부터 이야기 들었습니다. 제가 지금 상담 일지를 갖고 있는데요. 무엇을 도와드릴까요?"

노라는 리처드가 가전제품회사의 고객센터에 총 일곱 번 전화했고, 그 회사는 리처드가 분해했던 가스레인지뿐만 아니라 그 집에 있는 세탁기, 오븐, 냉장고도 만든 회사라고 설명한다. 이 정도면 무엇보다 좋은 출발이다.

"마치 씨가 구체적으로 어떤 불만사항을 접수했는지 말씀해주실 수 있나요?" 노라는 답변을 기대한다.

"그 번호로 전화가 몇 번 걸려왔네요." 조심성 있는 말투가 화난 고객들을 종일 상대하는 데 익숙한 여성 같다. "그런데……" 숨을 쓱 들이마시는 소리가 수화기를 통해 들려온다. "거의 같은 이유 때문인 것 같아요. 불만사항을 한마디로 요약하면 이거예요. 딸깍거리는 소리."

"딸깍거리는 소리요?"

수지 팀장이 내용을 읽어준다. "어딘지는 정확하지 않지만 아마도 주방에서 들리는 듯한 딸깍거리는 소리에 대한 고객 불만사항. 이 고객은 딸깍거리는 소리가 지속되어 불만스러운 상태다. 이전에 집으로 수리 기사를 보냈지만 딸깍 소리가 전혀 들리지 않아 별다른 조치는 취해지지 않았다. 고객 말로는 딸깍거리는 소리가 하루 중 정해지지 않은 시간 아무 때나 들렸다 안 들렸다 한다고 한다."

"그래서 고객센터에서는 어떻게 했나요?"

"별개의 두 건에 각각 다른 수리 기사를 보냈습니다. 가전제품에서는 아무런 이상이 발견되지 않았습니다. 딸깍거리는 소리도 들리지 않았고요."

"들렸다 안 들렸다 해서 그럴 수 있겠네요."

"물론이에요. 그래서 제품을 교환해드리겠다고 했습니다."

"교환이요? 무엇을요?"

"세 제품 다요—가스레인지, 세탁기, 냉장고. 무상으로요."

"와, 그건—"

"마지막 전화를 받았던 저희 담당자는 그 남성—리처드—의 목소리가 거의 제정신이 아닌 상태였다고 주장했습니다. 그 사람이 진심이었다는 건 정말로 믿은 것 같아요. 딸깍거리는 소리가 확실히 들렸던 것 같다고요. 일지에 이렇게 적었네요. '고객이 미칠 것만 같다고 말한다.'"

"하지만 마치 씨 집에 있던 가전들은 새 제품이 아니던데요. 제가 확인했어요. 원래 설치된 그대로의 옛날 거였어요. 옛 모델요." 노라의 컴퓨터가 화면보호기 모드로 전환되어 결코 가볼 일 없을 유럽 산골 마을 사진이 화면에 뜬다.

"배송 시간대를 조율하려고 했어요. 고객에게 따로 세 차례 연락을 시도했고, 그때마다 모두 음성메시지를 남겼는데요, 답신 전화는 전혀 받지 못했습니다."

"그게 언제였죠?"

"3월 12일이 있던 주요." 수지 팀장은 자기 일에 꼼꼼하다.

"그럴 수밖에 없겠네요. 그때쯤이면," 노라가 말한다. "리처드는 이미 사망했을 테니."

❖

전화를 끊은 후에도 고객센터의 마지막 일지 내용이 아직 귀에 울리는 가운데, 노라는 누군가 다가오는 낌새를 알아차린다.

"똑, 똑." 개리가 머리를 빼꼼 내민다. 서류와 아코디언 파일이 온통 흩어져 있는 그녀의 사무실을 보는 순간 그의 얼굴에 스치는 혐오감을 노라는 놓치지 않는다. "노라, 오늘밤은 전원 출동해야 할 것 같아." 그가 말한다. "슈월 고객 중 한 명의 증거서류 마감이 다가왔어. 내일 아침에 맨 먼저 처리해야 할 일이야." 노라는 컴퓨터 화면의 시간을 흘긋 확인한다. 다섯시를 조금 넘긴 시각. "업무를 할당하는 중인데. 내 비서가 기본 법규와 필요한 파일을 보낼 거야." 노라는 머릿속으로 욕을 하는데 개리가 이렇게 묻는 걸 보니 그게 얼굴에 조금은 드러난 것 같다. "무슨 문제 있어?"

노라는 개리가 그녀의 답변에 실제로 관심이 있지 않다는 것을 안다. 그 질문은 완벽하게 수사적인 질문이다. 사실 개리가 이미 등을 돌리고 있을 때 "그게, 딸을 데리고 와야 하는데요"라는 말을 내뱉으면서, 그녀는 곧장 카펫 속으로 사라져 부패해버리고 싶어진다. 편히 잠드소서.

"자네 결혼하지 않았나?" 그는 발뒤꿈치에 무게를 싣고 말하면서 굳이 그녀에게 관심을 되돌리지 않는다.

노라는 코로 숨을 들이쉰다. "그이가…… 그이가 오늘 고객과 저녁 약속이 있는 것 같더라고요. 말은 한번 해볼—"그녀가 유선전화로 손을 뻗는다.

"보모한테 조금 더 봐달라고 해 그럼." 어조로 보아 개리는 남편을 이 문제를 해결해야 할 당사자로 보지 않는 게 분명하다. 더 최악은 노라도 딱히 달리 생각하지 않는다는 것이다. 하지만 그녀는 어떻게 해야 하나? 괜찮아, 스팽글러, 자네 없이도 이 문제는 해결할 수 있다네, 라고 말해주기를 바라는 희망을 품어보지만, 대신 개리는 다시 엘리베이터를 타고 자기 사무실로 가서 다른 백발의 고위급 파트너 변호사들과 이래서 여자를 고용하는 게 문제라며 한탄할 것이다. "보모는 있는 거지?" 그가 못 믿겠다는 듯 묻는다.

노라는 조용히 고개를 끄덕인다. 물속으로 가라앉는 기분이다.

수면의 아롱다롱한 빛이 점점 멀어진다.

베이비시터는 어차피 선택지에 없다. 그녀는 오늘밤 수업이 있고 노라가 한 번이라도 더 늦으면 그만둘 기세지만, 개리에게 이런 설명은 하지 않는 게 낫다는 것쯤은 그녀도 안다.

"방법을 찾아볼게요." 그녀가 말한다.

혼자가 되자 노라는 헤이든에게 전화한다. "왜?" 그가 응답한다. 뒤에서 유리잔이 쨍그랑거리는 소리와 웃음소리가 들려온다.

"개리가 오늘밤에 늦게까지 남으래."

"뭐?" 그가 전화기에 대고 소리친다. 그녀는 전화기를 귀에서 멀리 뗀다.

"야근해야 해." 그녀가 차근차근 말한다. 개인 용무를 로펌 복도 전체에 들리도록 소리치고 싶지는 않다.

"알겠어, 브리트니에게 전화해. 흔쾌히 더 있어주겠다고 할 거야." 노라의 직업과 다르게, 소프트웨어 영업사원이라는 헤이든의 직업은 실제로 '인간 상호작용'에 기대는 경향이 있다.

"안 돼. 브리트니는 더 있어주지 않을 거야, 헤이든. 수업이 있거든." 어떻게 이걸 지금껏 모를 수 있단 말인가?

"음. 무슨 말을 해야 할지 모르겠네. 그럼, 다른 보모들한테 연락해봐. 휴대전화에 번호 저장되어 있지 않아?"

"시간 맞춰서 구해질지 의문이야. 당신이 집에 가줄 수 있어? 고객하고 저녁 먹는 거 알고 있는데 거기에 당신이 유일한 영업사원은 아닐 거 아냐, 그치? 다른 사람이 당신을 대신해줄 수는 없어?"

"왜 이래. 직장 일에 빠질 수는 없어, 노라. 미안. 나도 도와줄 수 있으면 좋겠어. 정말이야, 알잖아. 근데—저기—뭐라고 요?—아, 네, 저기 지금 우리 계산하고 레스토랑으로 가고 있거 든. 뛰어야 할 것 같아. 나중에 문자 줘."

노라는 끊어진 전화기를 노려보면서, 수화기에서 들려오는 신 호음을 듣고 있다가 쾅 내려놓는다. 두 번. 이왕이면. 입 모양만 으로 아주 못돼먹은, 직장에서 쓰기엔 안전하지 못한 단어를 내 뱉는다.

"자자, 확실히 뭔가 좋은 일은 아니군." 캐머런 드러머가 그녀 의 사무실 문틀에 어깨를 기대고 한쪽 손을 모직 바지 주머니에 무심하게 찔러넣은 채 서 있다. 그가 활짝 웃자 입술이 크게 벌어 지면서, 어금니 사이에 퍼진 하얀 추잉 껌 덩어리가 보인다.

"지금은 빠져줄래. 신경쇠약 직전이라 조금 바쁘거든." 그는 노라가 사무실에서 그런 식으로 말할 수 있는 유일한 사람이다.

캐머런은 이 년 전에 그린버그 슈월에 들어왔다. 당시 아내이 자, 지금은 그의 이전 직장이었던 대넌, 모리스 & 젤러에서 최근 파트너 변호사가 된 엘리너와 대략 원만한 이혼을 한 후였다. 캐 머런은 노라보다 일 년 늦게 졸업했고, 그 말은 내년 여름까지 파 트너 변호사 물망에는 오르지 않는다는 것을 의미하며, 그마저도 그가 운이 좋을 때 얘기다. 노라가 들은 바로는, 엘리너가 그에게 대넌 모리스를 떠나라고 고집했던 것도 아닌데 그린버그에 자리 가 나자마자 그가 새 출발을 위해 냉큼 배를 갈아탔다고 한다. 노 라로서는 감사한 일이다.

캐머런에 대해서라면 이렇게 말해도 무방한데—전문용어로 뭐 였더라? 아, 맞아—존잘이다. 키가 족히 195센티미터는 되며 전직 텍사스주립대학 미식축구 와이드 리시버로서, 지역 자동차 판매 대리점 소유권을 버리고 법학을 택한 사람이다(형편없는 결정). 6번가에서 만난 스물세 살짜리가 아니라 엘리너 같은 그보다 몇 살 많은(그렇다, 노라는 그녀의 로펌 프로필을 몰래 살펴봤으니 고소하시든지) 똑똑한 여자와 결혼했었다는 사실을 보면, 노라가 판단하기로 완전히 네안데르탈인은 아닌 듯하다.

"어, 음, 복도를 지나치는 사람이면 누구나 뻔히 보여." 그가 들어와 문을 닫는다. 이 행동만으로도 그는 차별화된다. 그는 사내의 모든 여성 변호사를 악귀로 만드는 #미투 역풍 개소리를 신봉하지 않는 몇 안 되는 남자들 중 하나다. 조심해! 거기 들어가지 마! 가짜 성추행 주장으로 그 여자가 네 인생을 망치기 전에 죽어라 도망가!

노라는 이마를 책상 위로 떨어뜨리고, 책상 유리 덮개와 원목 사이에 꾸준히 증식하는 처치 곤란한 아침식사 대용 시리얼 바 부스러기를 애써 무시한다.

그가 맞은편에 놓인 손님용 의자에 풀썩 앉는다. "개리 요정이 이미 납신 것 같던데."

"헤이든도 안 되고. 베이비시터도 안 되고. 누군가는 리브를 데려와야 하는데—"

"네가 그 누군가구나." 그가 양 손바닥을 자기 허벅지 위에 문지른다. "그렇군. 난 뭘 하면 될까? 뭐가 필요해?" 그가 다리를 꼬고 몸을 뒤로 기대면서 그녀를 살핀다.

"낙하산이 있으면 좋을 것 같아." 노라가 자세를 고쳐 앉는다. "안전망. 아니. 그거 말고." 노라가 손가락을 튕긴다. "아내가 필요해. 너도 한 명 있었잖아. 조언 좀 해줄래?" 그녀가 푹 쓰러진다. "미안해, 너무 무신경했어."

캐머런이 의자 뒷다리에 무게중심을 싣고 의자를 뒤로 기울인다. 회사의 모든 남자가 항상 이렇게 하는데 그때마다 노라에게 상당한 불안감을 유발한다. 넘어질까봐 걱정되지도 않는 걸까?

"어디 보자. 고학력. 고액 연봉. 봐줄 만한 얼굴." 노라가 눈동자를 굴리자 그가 히죽거린다. "꽤 예쁜 여자 한 명은 쉽게 낚아챌 수 있을 것 같은데. 아, 아이구야, 근데 엄마들 자동차. 그건 너한테 불리할 수 있겠다."

노라는 캐머런이 쉐보레 타호를 빨간 포르셰 파나메라로 바꿨을 때 집요하게 비웃었던 적이 있었는데, 특히나 유아용 카시트가 뒷좌석에 부착되어 있었기 때문이다. 참고로 노라가 실제로 미니밴을 몬다는 것은 아니다. 비록 캐머런은 그녀의 SUV 좌석이 세 줄이고 끔찍한 회전 반경을 가지고 있다는 점을 고려하면 단지 용어상의 문제일 뿐이라고 하지만 말이다.

"신경쓰지 마." 그녀가 두 손가락으로 콧잔등을 쥐면서 생각하려고 노력한다. "나 괜찮아." 노트북 없는 밤에 대한 꿈은 물거품이 되어 사라졌다. 그녀는 괜찮지 않지만, 그 말은 언어적 틱장애가 되었다. 여자들은 '—인 것 같아요'라고 너무 많이 말해서 조롱받을지도 모르지만, 노라의 비루한 의견으로는 문제가 되는 건 '괜찮다'는 말이다.

난 괜찮아. 괜찮아. 걱정 마, 다 괜찮아. 미안해, 괜찮아, 괜찮아, 괜찮아. 괜찮아, 고마워.

"있잖아," 캐머런이 의자 앞다리를 다시 바닥에 쿵 내린다. "까짓거. 내가 할게."

"뭘 해?" 그녀가 잊고 있던 베이비시터를 우연히라도 발견할까 싶어 휴대전화 연락처를 스크롤하면서 말한다. 엄마 버전의 약소한 애인 주소록—성기 사진이 적은 대신, 그만큼 많은 답장 받지 못한 문자들.

"네가 해야 할 업무. 개리가 뭘 줬든. 내가 할게." 그가 말한다.

"아냐." 노라가 캐머런에게 눈을 부릅뜬다.

"난 어차피 늦게까지 여기 처박혀 있어야 해. 게다가 이번주에는 자라가 엘리너한테 가 있거든. 몇 시간 더 있는다고 뭐. 여기에는 무료 커피도 있고."

"하지만—"

캐머런이 두 손가락을 양쪽 귀에 꽂는다. "라—라—라—라, 안 들려. 라—라—라—라, 마음 바뀌기 전에 얼른 나가. 라—라—라."

노라는 주저하며 캐머런에게서 이렇게 엄청난 호의를 받아도 될지 갈등하고, 안도감으로 웃어야 할지 울어야 할지 갈등한다.

"썩 꺼져." 그가 손가락으로 문을 쿡쿡 찌른다. "얼른."

컴퓨터 로그아웃도 하지 않은 채, 노라는 핸드백을 움켜잡고 문으로 돌진한다.

�֎

그날 밤, 리브가 잠든 후 헤이든이 집으로 돌아오기 전에 노라는 컴퓨터를 켠다. 원격으로 그녀의 데스크톱에 들어가서 아웃룩 계정에 로그인한다. 캐머런과 주고받았던 기존의 이메일 타래에 움짤을 이어 보낸다. 백설 공주가 왕자에게서 구출받는 이미지다. 캡션에는 '네가 나의 영웅이야'라고 쓰여 있다.

삼 분도 채 되지 않아 캐머런의 볼드체 답장이 뜬다―격전의 페미니즘은 죽었다.

그래서, 어쩌라고? 머릿속에 이런 답장이 떠오른다.

왜냐하면, 솔직히, 어떤 면에서는 페미니즘을 죽이고 싶기도 하기 때문이다. 누구라도 제발 그녀에게 칼을 쥐여주시라. 그러면 노라는 그 까부는 년의 등에 기꺼이 칼을 정통으로 꽂아줄 테니. 반역자다!

리브가 태어난 순간부터, 노라는 공주 영화가 주는 메시지에 불필요할 정도로 조바심쳤다. 얘야, 구출받을 필요 없단다. 넌 완벽하게 스스로를 구할 수 있어. 좋은 어머니라면 이렇게 말하지 않나? 신문 해설기사와 자유게시판을 유심히 읽고, 여자아이들에게 단순히 예쁘다고만 말해주지 않는 엄마들, 아닌가? 여성혐오라는 사악한 사과를 먹지 않는 대신(이를테면, CEO와 결혼할 필요 없어, 네가 CEO가 되면 돼!), 이제 소녀들은 모험과 자유와 이십 대 때의 의미 없는 섹스를 약속받는다. 마법의 왕국 전역에 공주들이 아니라 서로의 왕관을 똑바로 씌워주는 여왕들이 거주하게 될 것이다. 인스타그램에 선포할지어다.

하지만 피로가 뼛속까지 스며들 때마다, 노라는 이렇게 소리치고 싶다. "주변을 둘러봐! 넌 너 자신을 구할 수 있을 뿐만 아니라, 글자 그대로 모든 것을 너 스스로 하게 될 거야!" 브라바! 얼마나 위대한 여성 종족의 승리인가!

노라에게 와인 한 잔만 주어질 수 있다면 좋겠지만, 물론, 새 생명을 키울 임무 또한 맡은 그녀는 그럴 수 없다. 지난한 현실……

그녀가 하고자 하는 말은, 오늘 같은 날에는 구출되는 것도, 자신이 구출되도록 허락하는 것도 기분이 꽤 괜찮았다는 것뿐이다. 그뿐이다. 그리고 만약에, 정말 만약에 말이지만, 여성들이 새롭고 화려한 직업을 가지는 것의 방정식 셈법이 기껏해야 더하기고 최악의 경우 곱하기라는 것을 알았다면, 그렇게 열심히 백마 탄 왕자를 내치려고 노력하지는 않았을 것이다. 물론 그 왕자는 해맑게 좋아, 이젠 당신이 할래?라면서 아이폰을 들고 한가로이 화장실로 가서는 한 시간 동안, 그후로도 영원히 행복하게, 처박힐 테지만 말이다.

노라가 답장을 입력하기 시작하는데 뒷마당에서 어떤 소리가 들려와 심장이 철렁한다. 집에 있는 불빛은 단 하나다. 바깥은 완전히 어둡다. 다시 한번, 창문에 비친 그녀의 그림자가 그녀를 응시한다. 다시 한번, 피부에 소름이 돋는다.

그녀는 그대로 가만히 앉아 상상일 뿐이라고 생각한다. 그리고 그때. 반대편에서 휙 하는 소리. 저편에서.

밤이 가까워진 것 같다. 문을 잠갔던가? 기억이 안 난다. 유치하게 왜 이래, 집에 혼자 있을 때는 늘 그러듯 혼잣말해본다.

효과가 없다. 다시 소리가 들린다. 저쪽에 누군가가 있다.

헤이든? 그녀가 문자를 보낸다.

답이 없다.

문손잡이가 돌아간다. 안 잠겨 있다. 안 잠겨 있다. 문이 끼익 열린다.

"노라?" 속삭임.

결국, 아무것도 두려워할 필요 없다. 그냥 남편이다.

11

노라는 한밤중에 잠에서 깨 혼자 쪽지를 끄적였는데, 그때는 펜과 안 쓴 종이를 찾아 침대 협탁을 뒤적거릴 만큼 충분히 중요한 일처럼 느껴졌지만, 아무것도 추정하지 마, 라고 거의 다 닳은 펜으로 꾹꾹 눌러쓴 메모를 지금 읽고 있자니 뭐가 그렇게 심오했었는지 전혀 모르겠다. 여전히 침대에 일자로 누운 채로 휴대전화 잠금을 푼다. 마지막으로 사용했던 브라우저 페이지에 그녀의 검색 목록이 열려 있다. 정신건강 경고 신호. 잠들기 전에 마지막으로 읽고 있던 것이다.

이제 기억난다. 그녀는 리처드 마치에 대해 생각하고 있었다.

고객이 미칠 것만 같다고 말한다. 그 문구―미칠 것만 같다―가 그녀에게 콕 박혀 피부 밑에서 꼼지락거렸다. 따라서 그녀는 검색해서 증상의 목록을 쭉 달아놓았다. 불분명한 의견. 과도한 공포, 걱정, 불안. 사회적 위축. 망상이나 환각, 헛것이 보이거나…… 들리는 것 포함.

그녀는 리처드 마치의 의료기록을 더욱 자세히 살펴봐야 할 것이다. 이게 아무것도 추정하지 마, 라고 썼을 때의 의도였을까? 지금 그녀가 상대하고 있는, 마치라는 성을 지닌 두 사람이 이성적인—심지어 명석한—인간이라고도 추정하지 말라는? 그녀는 사고의 흐름이 그런 식으로 작동하지 않기를 바라 마지않는다. 하지만 일단 그렇게 생각하고 보니, 그 생각을 하지 않은 것으로 되돌릴 수 없다. 그것을 대체할 만한 더 강력한 단서를 찾을 때까지는. 그것이 그녀의 뇌가 일하는 방식이다. 그래서 그녀는 자기 일에 유능하다.

다행히 노라는 그리 오래 기다릴 필요는 없을 것이다. 지금 이 순간 벌써 다이너스티 랜치로 달려가고 있으니까.

✦

"안녕하세요?" 노라가 외친다. "계신가요?" 한증막 같은 더위에 오 분 더 서 있느니 알렉시스의 집 초인종을 눌러보지만, 아무도 대답하지 않는다. 알렉시스가 지역사회 계획을 찾아놓았으니 다섯시에 와서 받아가라고 했고, 노라는 늦어도 여섯시까지는 집에 가야 한다. 물소리, 바닥을 지나다니는 발소리, 사람들 소리가 현관까지 들려온다. "들어갈게요." 이렇게 말하면서 겸연쩍고 남의 눈치를 보는 듯한 기분이 든다.

그때 목소리가 들려온다—"우리 여기 위에 있어요!"—멀리 모퉁이에서.

노라는 광택 나는 나무 난간을 손으로 잡고 위층 복도를 홀긋 올려다본다.

"위로 올라와요!" 노라가 직접 계단을 오르내리기 싫을 때 리브나 헤이든에게 소리치듯이 알렉시스가 외친다. 그래서 노라는 그 말을 따라, "우리"가 누구인지 확실히 알지 못한 채 올라간다.

계단은 개방 공간으로 이어진다―적어도 이슬라 웡 같은 부동산 중개업자는 그렇게 부를 것 같다. 포스터로스 집안 사람들은 실제로 그 공간을 느긋하게 TV 보기/프리 웨이트 기구 보관하기/당구 치기 용도로 꽤 유연하게 사용하고 있는 듯하다. 양쪽으로 복도가 갈라지는데, 마치 로버트 프로스트의 시에 나오는 양 갈래 길을 촘촘한 지역사회 종합 계획에 따라 깔아놓은 것 같다. 노라는 물소리를 따라 왼쪽을 택한다. 남자아이 방, 벽을 장식하고 있는 사랑스러운 숲속 동물들, 비어 있는 요람, 덩그러니 놓인 글라이더 비행기를 지나간다. 마음 한구석이 동요한다.

헤이든이 아기 요람을 해체했던 때가 벌써 까마득하다. 리브를 얼러 재우고, 딸의 속눈썹이 볼의 볼록한 부분에 보드랍게 닿고, 아이가 입술을 튤립처럼 오므린 채 제 어머니의 젖꼭지를 빤 지 수년이 흘렀다. 그녀는 손으로 배꼽 바로 밑에 생긴 조그만 혹을 문지르며 생각한다. 모두 너무 소중해. 모두 너무 무서워.

어느 쪽이든 거의 다 왔다. 그녀는 요란하게 울리는 수도꼭지 쪽으로 이끌려, 열려 있는 화장실 안으로 고개를 빼꼼 내민다.

"아, 미안합니다." 작은 아기가 스킵 홉 모비 스마트 슬링 욕조 (오, 그녀는 자신의 뇌가 더 중요한 것들을 위해 쓰이기를 얼마나 바라는가)에서 물장구를 치고 있는데, 그 옆에 무릎을 꿇고 있는 사람이 알렉시스가 아니라는 것을 노라는 이제야 깨닫는다.

여자가 고개를 돌린다. 그녀는 전혀 여자라고 부를 수는 없는, 소녀다. 긴 다리와 팔꿈치까지 내려오는 금발 머리의 십대 소녀.

그 소녀가 노라에게 친절하게 미소 짓는다. 노라는 도로 한중간에 서서 노라와 헤이든을 위협하던 악마 같은 소녀가 어떻게 이 소녀, 이 소녀와 같은 사람일 수 있는지 의아하다. 하지만 그 소녀가 맞는다. 위협이라는 단어는 너무 센 단어인지도 모르겠다. 자신이 심했던 것 같다. 그것만큼은 확실하다.

"다들 알렉시스 방에 있어요." 소녀가 양손을 손목까지 욕조에 담그고 부드럽게 물을 퍼서 아이에게 끼얹으며 말한다. 노라는 그 소녀가 자신을 알아보았다는 기색을 찾는다. 아닐지도. 하지만, 맞을지도. "다른 쪽 복도예요."

"고마워." 이 말이 노라가 할 수 있는 전부인데, 달리 무슨 말을 하겠는가? 넌 죽었어, 이 아가씨야? 아니면 나 때는 어린애들이 어른을 공경했거든? 절대로—아니. 노라는 다리 사이에 꼬리를 감추고 깨갱 물러나는 수밖에 없다.

알렉시스와 코닐리아가 안방 화장실에서 화장대 위에 세포라 화장품 세트 전체를 펼쳐놓고 있는 것을 발견하자 그녀는 마음이 놓인다. 코닐리아가 화이트와인이 담긴 보석 박힌 잔을 들고 욕조 가장자리에 걸터앉아, 금색 아이섀도를 주름 사이사이에 톡톡 두드리는 알렉시스를 지켜본다.

"특별한 약속이라도 있으신가요?" 노라가 들어가면서 묻는다. 화장실에서는 샴푸향이 나고 거울 가장자리에 김이 서려 있다.

"맥스와 데이트하는 밤이에요." 알렉시스가 허리를 세면대 위로 구부려 입을 한쪽으로 씰룩거리면서 광대뼈 아랫부분에 브론저를 바른다. "라마에 새로 생긴 스시 레스토랑에 그이가 예약을 해뒀어요. 코닐리아가 무슨 옷을 입을지 도와주고 있어요."

노라는 그 두 사람을 다시 보게 되어 기쁘다. 그게 일과가 된 것처럼 느껴지고, 기대하지 않았던 만큼 근사하다. 이들이 그녀가 진정으로 어울릴 수 있는 여성 집단인 것 같다.

"당신과 맥스가 외출해서 그런 시간을 보낸다니 너무 멋지네요." 노라가 말한다. 그리고 그것은 진심이다. "헤이든도 저녁 데이트를 더 많이 하면 좋아할 텐데."

하지만 종종 그녀 앞에는 베이비시터를 붙잡아두고 레스토랑을 예약하고 다음날 아침 일찍 리브와 일어나야 하는 문제가 놓여 있다. 인정하긴 싫지만 그녀의 삶은 하루하루가 젠가 같다는 느낌이 든다. 그 항목들 중 어느 하나라도 더 없으면 그녀를 무너뜨릴 것만 같다. 리브와 헤이든에게 각각 그녀의 어깨 한쪽씩이나 살이 많은 대퇴골, 육신 한 점을 제공하고 인육을 먹게 하는 편이 더 쉬울지도 모른다. 신나게 먹어. 자, 여기 있어, 사랑하는 이들아, 나의 일부를 먹어, 그저 더 달라고만 하지 마.

"오, 당신과 헤이든도 자주 그런 시간 보내지 않나요. 저녁식사 때 보니까 금실이 좋으시던데." 코닐리아가 와인을 홀짝인다.

그랬나? 노라는 생각한다. 위안이 된다. "고마워요, 뭐—우리끼리 하는 게 있긴 하죠." 그녀가 서둘러 덧붙인다. "지난주에 꽃을 선물하더라고요." 헤이든에 대해 이런 식으로 자랑하는 게 어찌나 기분좋은지 당황스러울 지경이다. 그에게 문자를 보내 꽃을 줘서 다시 한번 고맙다고 말하고 싶은 충동이 급작스레 인다.

알렉시스가 낮은 휘파람을 분다. "맥스가 나한테 꽃 사다 준 게 언젠지 까마득하네. 제 잘못이죠. 어쨌거나 제가 꽃 좋아하는 소녀 타입도 아니고. 제 사랑의 언어는 식기세척기에서 식기를 꺼내 정리하기인 것 같아요. 섹시함 측면에서 어떤가요?"

노라가 신음한다. "곧바로 침대로 뛰어들 것 같아요."

"맙소사." 알렉시스가 원통형 립스틱을 밀어올린다. "정말이에요, 전 정말 그래요."

잠시 노라는 세탁물을 개는 것이 전희인 아름다운 세상을 상상한다.

알렉시스가 거울로 그녀를 뜯어본다. "죄송해요, 제가 온통 달아오르게 만들었네요."

"그건 그렇고," 노라가 날카롭게 말한다. "여쭤보고 싶은 게 있는데, 다른 화장실에 있는 소녀는 누구죠? 아마도, 아드님이랑 같이 있는?"

"프랜신을 만난 것 같네요?" 코닐리아가 말한다. "제 막내딸이에요. 이번 여름에 열일곱 살이 되죠. 제가 엄청 늙은 것 같은 기분이네요."

알렉시스가 짙은 산딸기 색깔로 입술을 칠하고 위아래 입술을 맞부딪친다. "최고의 베이비시터죠. 그애가 있어서 우린 얼마나 행운인지 몰라요."

노라는 얼마나 말해야 할지 고민된다. "그날 밤 디너파티를 마치고 가는 길에 그애를 본 것 같아요."

코닐리아가 어깨를 으쓱한다. "그러셨을 수도요."

하지만 노라에게 다른 생각이 떠오른다. "프랜신이 베이비시터 일을 자주 하나요?"

대답하는 사람은 코닐리아다. "용돈을 벌고 싶어하거든요."

노라가 고개를 끄덕인다. "그런데 리처드가 죽던 날 밤, 알렉시스는 베이비시터를 보내주려고 집에 일찍 왔었잖아요." 그녀는 알렉시스와 눈짓을 주고받으며 그 사실을 확인한다. "그건 프랜신이 아니었—제 말은, 그날 밤에 프랜신이 베이비시터였나요?"

코닐리아가 일어나 거울에 비친 자기 모습을 세세히 살피더니 립스틱이 약간 번진 부분을 수정한다. "프랜신은 아이들을 침대에 재운 후 소파에서 잠들었지요. 그것 때문에 괴로워하고 있어요."

"그렇겠죠." 노라가 말한다. "이해가…… 돼요."

알렉시스가 한쪽 발로 몸의 균형을 잡으면서 금속 장식이 박힌 하이힐을 휘청거리며 신는다. "지역사회 계획 때문에 오셨잖아요. 제가 갖다드릴게요." 그녀가 왼쪽 힐을 손가락으로 잡아당겨 신으면서 껑충거린다.

"알렉시스, 잠깐 화장실 좀 다녀와도 될까요?"

"아이 방까지 안 가셔도 그 전에 손님방에 딸린 게 하나 있어요. 얼마든지 다녀오세요."

"고마워요."

알렉시스가 빠른 걸음으로 계단을 내려가면서 한쪽 귀걸이를 귓불에 쿡 찔러넣는 동안, 노라는 손님방으로 간다. 화장실은 모든 설비가 잘 갖추어져 있고, 편안한 느낌의 황록색으로 칠해져 있다. 그 숙명의 밤에 프랜신이 문제의 베이비시터였다면, 그들은 왜 그렇다고 이야기하지 않았을까? 왜 그녀를 그냥 '베이비시터'라고만 하는가? 확실히 자연스럽지 못한 구석이 있었다.

노라가 볼일을 마치고 손을 씻고 화장실을 나왔을 때, 바로 옆에 있는 아이방에서 낮지만 급박한 프랜신의 목소리가 들려온다. 제대로 안 들리긴 하지만, 노라의 주의를 사로잡은 단어는 시발이다. "시발 닥쳐." 프랜신이 말한다. 처음에 노라는 기겁하면서 프랜신이 아이에게 말하고 있다고 생각한다. 사이에 몇 음절을 놓치지만 꽤 분명하게 몇 마디 더 들린다. "안 돼" "말했잖아" "네가 여기 있었던 건 아무도 몰라—그러면 안 돼—"와 같은. "나도 잘 모르겠어. 그 여자가 페니 일을 묻고 다닌다고 들었어. 내가 알아볼게—괜찮아. 진정해." 노라는 오싹해지면서 문제의 "그 여자"가 자신이라는 것을 감지한다.

그녀는 아이방 문턱에서 발걸음을 멈춘다. 프랜신은 방금 아이 기저귀를 갈아주고 난 참이다. 프랜신이 고개를 돌리며 휴대전화를 뒷주머니에 집어넣는다.

"죄송해요. 받아야 하는 전화였어요. 수학 선생님이라서요."

거짓말이 너무 뻔해 화가 난다.

"그렇구나." 노라는 천천히 대답한다. 알렉시스와 코닐리아는 프랜신이 어떤 아이인지 모르지만 자신은 확실히 안다는 듯이. 하지만 프랜신은 그저 어깨를 으쓱하더니 아기를 허리 옆으로 걸치고 위아래로 어른다. 그러자 아기가 활짝 웃으며 그녀의 티셔츠를 한 손 가득 쥐고 작은 입속으로 잔뜩 밀어넣는다.

아래층에서 초인종이 울린다. 알렉시스의 하이힐에서 나는 또각—또각—또각 소리가 들려온다. "내려갈래요?" 코닐리아가 계단 맨 위에서 노라를 기다린다.

노라는 결혼반지를 돌린다. "네." 그녀는 대답하면서 프랜신에게서 천천히 고개를 돌린다. "지금 가요." 프랜신이 휴대전화에 대고 중얼거렸던 것을 알렉시스에게 조심스럽게 말하는 게 바람직할지 고민하고 있을 때 현관문이 열리고, 곧장 그들은 명백히 흐느끼는 소리와 맞닥뜨린다.

"루시?" 알렉시스가 한 여성을 안으로 들인다. 코닐리아가 황급히 내려가 그들을 맞이하고 노라는 어색하게 뒤에 남아 있는다. "루시, 왜 그래요? 자, 앉아요. 이런. 아, 자기야. 괜찮아."

루시는 자그마한 여자로, 키가 153센티미터도 안 돼 보이며 손목은 새처럼 가느다랗고 목은 실팍하다. 알렉시스가 루시의 어깨에 팔을 두르고 소파에 앉도록 안내하더니, 서로 엉덩이를 바짝 붙이고 앉는다. 루시는 큰 소리로 훌쩍거리지만, 코닐리아와 알렉시스가 곁에 있어주어서 상당히 안정되는 듯하다.

코닐리아가 두 사람 맞은편에 놓인 플러시 천으로 된 오토만 의자에 앉아, 좀더 진료를 보는 듯한 자세를 취한다. "무슨 일이에요, 루시?"

루시가 손가락 관절을 코끝에 대고 누른다. "에드 때문에요." 그의 이름이 높은 음조로 튀어나온다. 참을 수 없다는 듯이. 코닐리아의 태도 때문인지, 루시 남편의 이름이 일깨운 것인지는 모르겠지만, 문득 노라는 코닐리아의 서재에서 우연히 들었던 녹음 내용이 떠오른다—부부상담—그리고 이 사람이 그때의 루시와 동일 인물인 "섹시"한 루시가 확실하다는 생각이 든다.

노라는 티슈를 갖다주어야 할지 고민하지만, 그럴 수 있다 해도 루시의 광대뼈에서 점점 검어지고 있는 멍에서 시선을 떼기 힘들다. 붉은 손자국이 팔의 살집이 있는 부분에서 부풀기 시작해 난데없이 고개를 내밀고 있다. 마치 유령과 싸우다 온 사람 같다.

"쉿…… 쉿……" 알렉시스가 루시의 어깨를 부드럽게 쓰다듬는다. "이제 괜찮아요. 다 괜찮아요. 노라?" 그녀가 소파 너머로 손을 어쩔 줄 몰라하며 맴돌고 있는 노라를 본다. "냉장고에서 완두콩 봉지 좀 가져다줄래요?"

"완두콩이요. 네." 여자가 배우자에게 공격당한 것이 뻔한 상황에, 노라는 너무 열정적으로 대답한다. 하지만 할일이 생겨서 감사하다.

코닐리아가 상체를 기울여 루시의 막대기 같은 작은 손을 그녀의 손으로 쥔다. "에드를 자극할 만한 무슨 말이나 행동을 했나요?"

노라는 냉장고를 뒤지다 말고 귀를 기울인다. 그게 가정폭력 희생자에게 할 말인가? 이 문제에 관해 노라는 문외한이긴 하지만 적절한 말로는 들리지 않는다.

루시가 다시 훌쩍거린다. "그런 것 같지는 않아요. 아마도요. 제가―그랬을 수도 있다고 생각하시나요?"

"그러지 않았을 거라고 확신해요." 알렉시스가 위로하듯이 대답한다. 바로 그거죠, 알렉시스, 잘했어요. 노라는 완두콩 봉지를 찾아내고는 냉장고 문을 닫는다.

"아니요, 물론 아니에요." 코닐리아가 루시의 손가락을 부드럽게 잡고 흔든다. "당신이 문제인 게 아니에요. 근본 원인을 파악해야 도움이 된다는 뜻이었어요."

노라는 이미 근본 원인을 알고 있다. 루시의 남편이 개자식이라는 것. 여기, 그녀가 문제를 해결했다! "여기요." 그녀가 완두콩 봉지를 알렉시스에게 전달하자 그녀는 그것을 루시의 얼굴 옆에 대고 누른다. "티슈도 가져올까요?" 그녀가 팀의 일원, 해결책, 집단 노력, 이게 뭐든 간에 그 일부가 되고 싶어 묻는다.

"그래주시면 좋겠네요." 알렉시스의 목소리는 부드럽다.

노라가 주방 책상에서 티슈 상자를 가지고 왔을 때 루시가 작은 목소리로 묻는 소리가 들린다. "이게 정상인가요?"

불쌍한 루시의 입에서 정상이라는 단어가 튀어나올 때 아무도 노라의 얼굴을 보지 않고 있어서 다행이다.

"아니요." 이번에는 열성을 가지고 코닐리아가 끼어든다. "이런 일은 흔한 일이 아니에요. 그걸 알아야 해요. 상황은 나아질 거예요. 다 괜찮을 거예요. 우리가 여기 있잖아요. 알겠죠?"

루시의 아랫입술이 불안하게 떨리지만 그녀는 용감하게 고개를 끄덕인다.

알렉시스가 손목시계를 확인한다. "맥스가 곧 올 거야." 그녀가 등뒤로 루시의 머리를 쓰다듬는다. 위로가 되었을 것이다.

코닐리아가 일어선다. "우리집으로 데려가야겠어. 테아한테 전화해. 우리랑 거기서 만나자고. 걔가 필요할 것 같아. 노라, 죄송하지만 정말 가봐야 할 것 같아요. 곧 연락드릴게요."

"물론이에요. 얼른 가보세요." 노라가 그녀를 휘이 쫓아낸다. "얼른요."

코닐리아는 한번 더 미안하다는 듯한 눈길을 보내면서, 알렉시스와 마찬가지로 어깨에 팔을 두르고 루시를 안내한다. 자기 옆에 있는 여성의 무게를 실제로 떠받치고 있는 듯하다.

"이렇게 되리라곤 예상 못했어요." 루시의 말과 함께 그들 뒤로 문이 딸깍 닫힌다.

"경찰을 불러야 할까요?" 노라가 묻는다.

알렉시스가 주방 책상 의자에 털썩 앉는다. "코닐리아가 알아서 할 거예요. 그녀라면 안심할 수 있어요."

노라가 입을 꾹 다문다. 그 말에는 반박할 수 없다. "두 분이 계셔서 그분은 운이 좋네요."

"그렇게 말해줘서 고마워요. 음—루시는 서너 달 전에 옆집으로 이사왔죠. 정말 좋은 사람이에요. 정말 많은 걸 누릴 자격이 있는 사람이거든요?" 노라는 표면 아래 진정한 감정의 떨림을 감지하면서, 그것이 매우 부적절한 이유로 전염성이 있다는 사실을 깨닫는다. 가령 루시인가 뭔가 하는 사람은 매 맞는 여자이며, 그것만큼은 절대적으로 확실하고, 너무 확실해서 아무도 입 밖으로 소리 내어 말할 필요가 없다. 따라서 노라가 지금 경험하고 있는 감정은 확실히 질투는 아니다(그리고 명백히 그럴 리도 없기 때문에). 하지만.

하지만.

곤란한 시기에 주변에 모여드는 좋은 친구들을 바라보는 것도 꽤 괜찮은 일이다. 그것도 새로운 친구들을. 소위 말하는, 쥐구멍에 볕들 날을 맞이하는 것도 완벽하게 괜찮은 일인지도 모른다. 그런데 지금 바로 그 광경을 목도하고 있는 것이다. 누가 그녀를 비난할 수 있을까? 노라 또한 곤란한 시기를 겪고 있기 때문이다. 일주일 이십사 시간 내내 불철주야로 시간과 돈과 지원과 인내가 필요하다. 무엇보다 가장 필요한 것은 친구일지도 모른다는 생각이 문득 든다.

"하여간, 다른 좋은 날에 그녀를 만나보셔야 해요." 알렉시스의 미소는 자그맣다. "우리 뭐하려던 중이었죠? 아 맞아, 그래요." 그녀가 앞에 있는 서랍을 열어 마커로 제목을 단 마닐라 파일 폴더를 꺼낸다. "지역사회 계획."

✪

노라는 오래 머무르지 않고 기껏 십 분 더 있다 나오면서, 아기 성별 공개 파티를 곧 열 예정이니 모두 초대하고 싶다고, 부담 가질 필요 없다고 무심히 전달한다.

"휴대전화 잊지 말고 가져가세요." 알렉시스가 알린다. "위층에 두고 오셨더라고요." 노라는 깜짝 놀라지만 그 말을 감사히 받아들인다. 휴대전화의 행방이야말로 그녀가 절대 놓치지 않는 것인데. 팔이나 발가락이 제대로 붙어 있는지 모르지 않는 것과 같은 원리다. 노라는 그것을 어떤 신호로 받아들인다—아마 그녀에게도 결국 희망이 있으리라는.

✪

노라는 차를 몰고 나오는 길에, 작은 털복숭이 개를 산책시키는 로먼을 목격한다. "이렇게 우연히 뵙다니 반가워요." 그녀가 창문을 내리면서 말한다. 개 궁둥이가 그녀를 향해 씰룩거리고, 로먼은 직장에서 입는 옷을 여전히 단정히 차려입고 있다.

그가 활짝 미소 짓는다. "우리 동네로 오신 걸 환영해요."

"아, 고마워요. 근데 그냥 볼일이 있어서 온 거예요. 페니 담당 변호사여서. 사실, 그래서 이렇게 마주쳐서 반갑기도 해요. 언짢아하지 않으시길 바랍니다만, 남자분의 시각을 알고 싶었거든요." 노라가 음모라도 꾸미듯이 말한다. "아직 정보를 수집하는 중인데요, 리처드 마치가 어떤 사람이었는지 말씀해주실 수 있나 해서요."

"리처드요?" 그가 눈을 껌벅거린다.

"네, 리처드." 대답을 기다리는 그녀의 얼굴 전체에 물음표가 가득 쓰여 있다. "그런 거 있잖아요, 페니와의 관계는 어땠는지? 그냥 일반적으로 봤을 때요. 다른 남편분들과는 어땠는지, 축구를 보거나 맥주를 마시거나—잘은 모르겠지만—남자들이 하는 일들 있잖아요, 그런 거면 뭐든요." 이크, 너무 단순화시킨 말이어서 사과를 해야 하나 노라는 갈등한다. 대개 언어를 사용하는 데 조심하는 편이지만, 리브의 울음을 그치게 하려고 할 때 '남자다움을 추켜세우는' 말이 몇 번 저절로 튀어나온 적이 없다고 하면 거짓말이고, 그게 특히 거슬렸다고 주장한다면 그 또한 거짓말일 것이다.

"리처드와는 최근에 거의 안 만났어요."

"정말요. 왜요?" 노라는 운전석 창문에 팔꿈치를 내놓고 발은 단단히 브레이크를 밟고 있다. 로먼을 너무 곤혹스럽게 만들지는 않기를 바란다. 그저 그녀 생각에는…… 음—

"비슷한 관심사가 별로 없었어요." 그가 대답한다. 그녀는 좌절감을 내비치지 않으려 노력한다. 하지만 항상 이런 식이지 않나? 헤이든에게 하루가 어땠는지 말하게 하기란 이를 빼는 것처럼 힘든 일이다가, 삼 주 후 알고 보니 그가 십 년 동안 소식이 끊겼던 대학 시절 룸메이트와 점심을 먹었는데 굳이 그런 건 이야기할 만한 가치가 없다고 여겼다는 사실을 알게 되는 것이다. 그녀는 남자들을 절대 이해하지 못할 것이다.

"흥미롭네요." 그녀가 그를 살살 구슬려보려 한다. "그래서 사이가 멀어졌나요?"

로먼이 조용한 거리 저편을 쳐다보는데, 차라리 거기 있고 싶어하는 듯하다. 작은 개가 그의 발 곁에 앉아서 꼬리를 흔드는데도, 목줄을 쥔 그의 손가락에 더욱 힘이 들어가는 것이 보인다. "네. 멀어졌죠."

"어떤 식으로요?"

"네?" 로먼이 묻는다.

"비슷한 관심사가 없다고 하셨잖아요. 어떻게 달랐죠?"

"저의 우선순위는 가족에게 있죠." 거의 자랑하듯이 그가 말한다. "가족의 욕구가 우선적으로 충족되도록 제가 항상 곁에 있는 게 중요하다고 생각해요. 저는 집안의 모든 일이 원활하게 돌아가도록 돕는 걸 좋아합니다."

"그런데 리처드는요?"

그가 고개를 약간 젓는다. "리처드에 대해 나쁘게 말하고 싶지는 않아요. 하지만 최근에 힘든 시간을 보냈죠. 결국 같이 할 만한 이야기가 별로 없었던 것 같아요."

"그렇군요. 그리고 다른 남편분들은요?"

"다 비슷한 생각이었을 거예요. 죄송합니다." 표정이 정말 진심인 것 같다. "근데 오븐에 저녁을 넣어놔서요, 저는 지금—"

"아, 네, 얼른 가세요." 노라가 창문 안으로 다시 팔꿈치를 집어넣으면서 말한다. "붙잡아두려는 생각은 없었어요." 하지만 창문을 올리고 브레이크에서 발을 뗐을 때, 로먼이 집 쪽으로 방향을 틀지 않고 그대로 계속 걷는 것이 보인다.

아무것도 추정하지 마. 그녀의 갈겨쓴 손글씨 쪽지가 다시 떠오른다. 이를테면, 모두가 진실을 말하고 있다고도 추정하지 말 것.

12

━━━━

노라가 수사의 다음 단계를 발견하게 되는 종이 한 장은, 너무 많은 것들이 그렇듯 책상 위 읽지 않은 다른 문서들 속에 족히 일주일은 파묻혀 있었다. 거기서 그녀는 어떤 이름을 알아보고 놀랐다─젱킨스.

그리고 혼자 되뇌었다. 젱킨스. 그 젱킨스?

리처드 마치의 병원비 청구서에는 '신경의학 진료'에 '젱킨스, T.'라고 적혀 있었으며, 그가 죽기 몇 달 전에 마치의 의료보험으로 청구서가 보내졌다.

이제 이 종이는 중요한 것이었다. 다시 종이 더미 밑으로 밀어넣고 싶은 유혹이 들지만 그럼에도 중요한 것. 사실 하고 싶은 대로 그냥 밀어넣을 수도 있지만, 이런 것들은 다시 떠오르는 재주가 있었다. 주로 보험회사와 그 회사의 믿음직한 변호인단이 개입했을 때.

따라서 노라는 힘을 낸다. 열두 명의 배심원단 앞에서보다는 지금 난국에 맞서는 것이 낫다.

"제가 먼저 안내라도 해드릴게요." 테아는 지나가는 다른 많은 의사들처럼 하얀 의사 가운을 입고 있지만, 보통 때와 마찬가지로 그녀를 눈에 띄게 하는 것은 메이크업이다―아른아른하게 빛나는 밝은 분홍빛 섀도와 완벽하게 그린 고양이 눈 아이라인. 테아는 자신의 병동을 자랑스러워한다. CT 촬영 기계 두 대, 정위 임팩터, MRI, 뇌파 기록계를 갖추고 있는데, 노라가 추측하기로 모두 감탄할 만한 것들이리라.

테아가 가운에 부착된 신축성 있는 줄에 걸린 배지를 스캔하자 문이 딸각 열린다. 문을 통과하니 인간 머리 모형과 마주치는데, 석고 두피에는 모자 같은 것이 딱 맞게 씌워져 있다. 어머니가 머리를 부분 염색하려고 편의점에서 사곤 했던, 금속제 도구로 쿡 찔러서 머리카락을 몇 가닥씩 구멍으로 빼내던 플라스틱 모자와 비슷하다.

"뇌-기계 인터페이스예요." 노라가 쳐다보는 것을 알아차린 테아가 말한다. 턱 아래에 자전거 헬멧에 달린 것과 비슷한 똑딱이 버클이 있다. 두개골 모양 부분에는 센서가 부착된 수많은 구멍이 있다. "신경 통로를 만드는 것을 도와주죠. 신경 통로는 뇌 안에 형성되는 인과적 관계를 말해요. 예를 들어, 아침 일찍 일어나기 같은 좋은 습관을 들이면 새로운 신경 통로를 생성한 것이죠. 손가락 관절 꺾기 같은 나쁜 습관도 마찬가지예요. 그런 것들은 없던 걸로 하고 싶은 신경 통로죠. 가령 뇌졸중 환자들은 사지의 기능을 잃을 수 있는데, 신경 통로가 간섭을 받았기 때문이에요. 우회가 필요한 잃어버린 연결고리죠. 그럴 때는 의지력 통제를 되찾기 위해 뇌로 조절하는 기능적 전기 자극을 활용할 수 있어요."

노라는 설명의 대부분이 머리 위로 휘발되는 느낌이다. 아마도 그녀가 신경 통로에 간섭을 받았나보다. 과학은 항상 그녀를 얼간이로 만든다. 하지만 열심히 반응해주면서 계속 이야기하며 다음 복도에 다다른다. 그곳에는 양옆으로 닫힌 문들이 일렬로 늘어서 있다. 북적북적한 일반 병동과 다르게 이곳은 조용하다. 그들은 컴퓨터 화면과 역광 엑스레이로 가득한, 하얗게 벽을 칠한 작은 방에 들어간다. "이쪽은 트레버예요." 테아가 가운을 입은 다른 의사를 향해 손짓한다. 그는 나이가 더 어리고 말끔하며, 뭐라고 딱 설명할 순 없지만 북동부와 아이비리그 분위기를 풍긴다. "그리고 저건 트레버의 뇌고요." 테아가 화면에 고정된 이미지들 중 하나를 가리킨다. "비교 기준을 위한 것일 뿐이에요." 테아가 지나가면서 설명한다. 하지만 노라는 불가해한 덩어리들이 모여 있는 흑백의 형태들을 뒤돌아본다.

마침내 테아의 사무실에 도착한다. 코닐리아의 서재와 마찬가지로, 여러 개의 학위가 벽을 장식하고 있고 그 외 자랑스러워할 만한 것들이 책장 위에 다수 놓여 있다. 한번 흘긋 보는 것만으로 노라가 이미 추측했던 사실들이 눈에 들어온다. 테아는 학술지로부터 공인되었고, 동료들에게서 인정받았으며, 직업적으로 보상받았다. 그러고 보니 그건 노라가 스스로에게 바라는 모든 것이다.

테아가 복고풍의 사각형 돋보기안경을 쓴다.

백라이트 보드에 더 많은 뇌 이미지가 걸려 있다. 검회색 덩어리들이 각각 인간 두개골의 하얀 후광 속에 들어앉아 있다. 스펀지 같은 중심부를 통과해 흐르는 더 짙은 움푹한 구멍이나 개울들에, 여기저기를 가리키는 화살표가 보인다. 그녀는 자기도 모르게 로르샤흐테스트를 할 때처럼 그것들을 읽고 있다. (저건 나비처럼 보이는군. 저기는 바나나. 저 부분은 웃는 얼굴 같은데.) 그러니까 이 화면들로부터 아무런 의미도 해독해낼 수 없다는 뜻이다. 그 뇌들이 건강한지 아픈지, 똑똑한지 멍청한지, 행복한지 우울한지 알 수 없다. 그러나 아랫부분에 가지런하게 쓰인 이름들은 알아볼 수 있다. 윙. 배질리. 로스. 에이킨스. 마치.

"마치." 노라가 소리 내어 읽는다. "리처드인가요? 실은 제가 그 문제 때문에 온 거라서." 그녀가 자세히 보려고 앞으로 다가간다.

"아. 실험 쥐 역할에 기꺼이 자원해주는 친구가 있어서 운이 좋은 거죠."

"자원요? 뭘 위해서요?"

"이것들은 그냥 사진일 뿐이에요. 저는 가능한 한 많은 측정점을 얻고 싶어요. 사실상 모은다고 할 수 있죠."

"하지만 실제로 리처드를 치료하셨잖아요." 핸드백에서 노라가 보험금 청구서를 꺼낸다. "이 청구서에 따르면 당신은 리처드가 죽기 전에 한 달 넘게 여기서 그를 치료했어요." 항목은 피상적이다. 치료 날짜. 담당 의사. 내용 설명.

테아는 챕스틱을 덧바르더니 인체공학적으로 설계된 의자에 기댄다.

"이건 중요한 문제예요." 노라가 말을 잇는다. "시체 상태로 보았을 때, 부검으로 밝힐 수 있는 건 많지 않았어요. 당신은 신경과전문의시잖아요. 만약 리처드가 여기 진료를 받으러 온 게,

잘은 모르지만 수명을 단축시킬 수도 있는 뇌종양 때문이거나 아니면 다른 문제 때문이었다면요. 그러니까 화재 전에 의식불명이 되거나 사망했을 수도 있는 기저질환이 있었다면—예를 들면 동맥류 같은 거요—그걸 지금 알아야 합니다. 피고측에서 꺼내들기 전에요."

"리처드의 사인을 알아야 한다는 거죠?" 이제는 노라에게 익숙한 테아의 웃음이 그녀의 눈에서 사라진다.

"리처드는 산 채로 타 죽었어요. 그 문제가 저한테 계속 마음에 걸리면, 배심원들한테도 그럴 거예요. 피고측에서는 건설 업체의 과실이 아니라 리처드 본인의 건강 문제가 죽음의 원인이라고 주장할 수도 있어요." 다시 말해, 그쪽에서 먼저 방화라고 주장하지 않는다면 말이다. 그래도 노라는 가능한 모든 반론을 능력껏 최대한 저지해야만 한다. "페니가 보호를 받으면 좋겠어요." 노라가 조심스럽게 말한다.

테아가 양볼을 부풀리더니 보험금 청구서를 노라에게 돌려준다. "그런 건 전혀 아니었어요. 리처드는 동맥류나 다른 신경적 문제 때문에 죽은 게 아니에요. 적어도 제 생각으로는 그래요."

"확실한가요?"

"완전히 확실합니다."

"그럼 리처드는 왜 당신에게 왔던 거죠? 뭔가 있었을 것 같은데요."

테아가 의자를 돌려, 푹푹 찌는 날 창밖의 분주한 주차장 풍경을 내다본다. "리처드는 연구에 참여할지 고려중이었어요." 본능적으로 노라는 자신의 두개골 아랫부분을 손가락으로 쓸어내린다. "후보자는 아니었지요. 리처드가 왔을 때 수마트립탄이라고, 아주 기본적인 편두통약을 처방해주었죠. 편두통이 있었거든요. 찾아보셔도 되지만 아이들도 먹는, 아무것도 아닌 약이에요. 정말로."

"그거…… 다행이네요." 노라가 몸을 움직인다. 개인 상해 변호사 일의 가장 이상한 부분 중 하나는, 불편하지만 꼭 필요한 질문들을 하는 것이 이 직업에 불가피하다는 점이다. 그런 일이 너무 빈번하기에 노라는 어색함에 면역이 되었다는 생각이 종종 들기도 하지만, 결국에는 취약점을 발견한다. 바로 지금처럼. "한 가지 더." 그녀가 말한다. "만약 누가 환청을 듣는다고 한다면, 뇌를 스캔해서 알 수 있나요?"

"그런 일이 있어요?"

"환자가 다른 사람은 아무도 듣지 못하는 것을 듣는다면, 알아낼 수 있나요? 뭔가 잘못됐다는 것을 알 수 있나요?"

"조현병처럼요? 뇌량에 기형이 있을 수 있죠, 네 맞아요."

"그러니까 알 수 있다는 말씀이시군요."

"지금 말씀하시는 것 같은 모든 지각장애가 신경적 질환인 건 아니에요. 어떤 것들은 심리적인 문제일 뿐이죠. 그렇다면 그건 코닐리아의 전문 분야일 거고요."

"고마워요." 노라가 말한다. "큰 도움이 되었어요." 그러나 미궁 같은 병원을 빠져나오는 동안, 새로운 가능성이 그녀 앞에 떠오른다. 테아가 옳다면 어떻게 될까? 리처드에게는 아무 잘못된 것이 없었다면? 가전제품회사 역시 옳다면 어떻게 될까? 집에는 아무 문제가 없었다면? 모두 리처드가 꾸며낸 거라면 어떻게 될까? 모든 이야기는 늘 '─라면 어떻게 될까'로 시작한다던 페니의 말이 사실이라면 어떻게 될까? 그렇다면 그 이야기를 어떻게 끝맺을지 알아내는 것은 이제 노라에게 달렸다.

13

    토요일에 그린버그 슈월의 복도는 조용한 편이지만 죽은 듯이 고요하지는 않다. 들어가는 길에, 사람이 있는 사무실들에 모션 센서 등이 켜져 있는 것이 보이고, 오늘 그녀의 사무실도 그중 하나라는 사실이 반갑다. 적어도 누군가는 알아채게 되어 있다. 어떻게든 더 주기적으로 주말에 사무실로 나온다면, 성공할 가망이 있을지도 모른다.

    굳이 밝히자면 노라는 남성의 출산휴가를 저주한다. 더 정확히 말하면 그게 없다는 사실을 저주하며, 그것이 여성의 출산휴가가 정확히 사기인 이유다. 사기라는 측면에서 보자면 완전히 천재적이며, 그녀는 배포가 두둑한 사람이기에 공을 인정받을 만한 사람에게 공을 기꺼이 돌리겠다.

    사정은 이러하다. 한 회사가 아량을 베풀어, 가령 십이 주의 휴가를 아기를 낳은 어머니에게 준다. 얼마나 멋진가, 얼마나 대단한가! 노라는 파자마 차림으로 넷플릭스를 보면서 사랑스러운 신생아를 돌보며 십이 주를 보낼 생각에 꽤 흥분되었다. 그렇다, 잠은 부족했지만, 리브가 잘 때 그녀도 잘 수 있었다. 하루하루가 눈 깜짝할 새에 지나갔고, 이전에는 한 번도 끼니를 거른 적 없던 노라는 고개를 들어보면 아침도 먹지 못했는데 벌써 정오라는 것을 깨닫곤 했다. 며칠씩 샤워하지 않고 지냈다. 약간의 화장을 후다닥 하고 자신과 리브에게 깨끗한 옷을 갈아입힌 뒤, 막 다섯시가 지나 헤이든이 일을 마치고 돌아오면 맞이하는 것을 즐겼다.

그녀를 가장 놀라게 했던 것은 그 세 달 동안 시간은 그저 멈춰 있더라는 것이었다. 세상은 그녀 없이도 살아남았다. 그녀는 기껏해야 자기 아이를 살려둔 일밖에 하지 않았는데, 나중에 밝혀졌듯이 그것만으로도 딱 충분했다. 모두가 그녀를 훌륭한 엄마라고 생각했다. 그녀는 '아기를 잘 아는 엄마 연대기' 블로그를 휴대전화로 읽었고, 리브를 위한 일정을 짰으며, 수면 훈련을 시키고, 여분의 모유를 짜고, 아기를 엎드려 눕혀놓은 내내 리브 곁에 있었다.

그렇게, 시작되자마자 끝났다.

다시 출근하는 첫날은 힘들 거야, 사람들은 노라에게 경고했다. 실제로도 힘들었지만 견딜 수 없을 정도는 아니었다. 노라의 세상에서 시간이 다시 째깍째깍 가기 시작했을 때에야, 헤이든의 세상에서는 시간이 진정으로 멈춘 적이 없다는 것을 깨달았다.

책임분담의 재편성은 유기적으로 이루어질 줄 알았다. 하지만 노라가 여전히 모유 수유를 하는 동안, 둘 다 다음날 아침 출근해야 하는데 헤이든을 한밤중에 깨우는 건 말도 안 되는 일로 여겨졌다. 그녀가 이미 일어나 있다면, 당연히 그녀가 기저귀를 갈고 리브를 얼러 도로 재우고는 다음날 아침에도 제일 먼저 일어나는 게 나을 듯했다. 굳이 성인 두 명 다 피곤해질 필요는 없으니까.

리브를 먹이고 재우는 일정은 노라가 미리 짜두고 실행했는데, 그 일정이 헤이든에게 번역될 때는 어떤 이유에선지 그가 혼자서는 결코 이해할 수 없는 언어로 쓰인 듯했다. 기저귀 가방 싸기는 말할 것도 없었다. 리브가 집밖에 있는 시간을 더한 뒤 간단한 나눗셈을 통해 필요한 기저귀의 수를 알아내는, 노라는 직관적으로 알 수 있었던 기술—이렇게 거창하게 부를 수 있을지 모르겠지만—말이다. 노라는 아기 보육 분야에서 고급 학위를 따고 출산휴가를 졸업한 반면, 헤이든은 자신을 부적격자로 느껴서인지 그 일에 지원하지 않았다.

집안일 책임분담 분야에서, 노라가 시멘트가 부어졌다는 것을 알아채기도 전에 시멘트는 굳어버렸다.

그리고 사 년 후 뱃속에서 두번째 출산휴가가 태동하고 있는 지금, 책상 앞에 앉은 그녀는 헤이든이 토요일에 딸 돌보는 일을 '베이비시팅'이라고 부를 만큼 빡빡하게 굴지는 않는다는 사실에 감사하긴 하지만, 가정생활에서 자신의 부재를 여전히 필요 이상으로 실감한다.

통화하면서 받아적은 해독 불가 메모를 구체적인 고객의 말로 변환해 사십오 분 동안 송장을 작성하고 있을 때, 휴대전화가 진동하며 헤이든에게서 첫번째 문자가 온다.

리브가 변기에 안 앉으려고 해.

노라는 한숨을 쉬고, 손가락으로 화면을 톡톡 두드리며 생각하고는, 곧바로 답장을 쓴다.

> 괜찮아. 이따 다시 해봐.

리브의 변기 보이콧은 일상적으로 일어나는 일이지 헤드라인 뉴스가 아니다.

오늘밤은 아기의 성별 공개 파티가 있는 날이다. 이미 예정되어 있는 그 위협이 노라를 소스라치게 한다. 그녀는 생산적인 사람이 되어야 한다.

> 앉아야 하는데. 고집부리네.

헤이든도 마찬가지로 곧장 답장한다.

> 변기에 앉지 않으면 집을 나설 수가 없는데.

> 그럼 보상을 줘봐. 당신 전화기 사용하게 해줘.

최고의 육아 조언은 아니지만—원하는 걸 줘! 뇌물을 먹여!— 오히려 어머니라는 사실이 그녀를 훨씬 더 원칙 없는 사람으로 만들었다. 이상주의적이고 열렬하고 고집 센 젊은이들에게 요즘은 종종 이렇게 말해주고 싶다고 생각한다, 그래 다 좋아, 근데 아이는 가지려고 해봤니?

해봤어.

나도 몰라. 거기 있는 건 당신이잖아.

　답장한 후 노라는 휴대전화 화면을 아래로 해서 눈에 보이지 않게 놓는다. 헤이든이 알아서 할 수 있다. 맙소사, 십대들도 아이를 가진다. 따라서 헤이든 스팽글러는 말 잘 듣는 네 살짜리를 확실히 다룰 수 있다. 다들 긴장 푸시지, 중대한 인질 협상 상황에 놓인 것처럼 그녀가 혼잣말한다. 휴대전화 내려놔.

　노라는 다시 일에 집중해보려고 마음을 다잡지만, 흐름을 찾았는데 너무 빨리 깨졌다는 데 분노가 일어서 괴롭다. 그래도 스포티파이에서 백색소음 플레이리스트의 재생 버튼을 누른 후로는 키보드를 두드리는 노라의 손가락 속도가 빨라진다. 고객 관련 서식 하루 치, 그다음 이틀 치, 그다음 일주일 치를 해치운다.

　손목을 스트레칭하고 있을 때 캐머런이 사무실에 불쑥 들어온다. 파타고니아 티셔츠에 회색 스니커즈 차림인 그는 다른 사람처럼 보인다.

　"이번달은 어느 정도 될 것 같아?" 그가 노라의 답이 어떻든 상관 없다는 듯한 태도로 한 달 동안의 근무시간을 물어본다. 실망감에 그녀의 입술이 부들부들 떨린다—오 제발, 너만큼은 아니길, 캐머런. 이 회사에 서로 먹고 먹히는 어쏘 변호사는 더이상 필요 없다.

　"운이 좋으면 이백 시간 간신히 넘을 것 같아." 그녀는 지금도 근무시간을 쌓아나가는 중이다.

그가 활짝 웃는다. "'운'에 대한 정의가 다른 것 같네, 너랑 나는. 그 정도면 대략 치과 신경치료 정도의 운 아닐까."

"아산화질소도 소량 함께하면 훨씬 재밌을 거야."

"그 화재 사건에서 누굴 잡아낼지 알아냈어?" 노라는 페니 소송 사건을 맡기로 함으로써 어떻게 개리의 허를 찔렀는지에 대한 전말을 캐머런에게 들려주었던 터였다. 따라서 이제 그에게는 "상황이 어떻게 돼가고 있는지 알려주는" — 그의 말이다 — 그녀의 역량에 대한 합당한 권리가 있다.

"그랬으면 좋겠지만. 아직 조사중인데, 명백한 범인은 안 보이네."

"모든 수사관에게 맹점은 있다는 걸 꼭 기억해. 너도 네 맹점이 뭔지 확인해봐." 캐머런이 그녀의 책상을 훑어보더니 고개를 갸웃거린다. "어, 저거 네 거야?" 그가 가리킨다. "계속 울리는데."

사실이다. 노라는 진동하는 휴대전화를 충실하게 무시하고 있었고, 휴대전화는 지금 매끄러운 책상 표면을 가로질러 유영하는 중이다. 진동이 멈추자마자 그녀는 휴대전화를 뒤집는다. 헤이든이 보낸 읽지 않은 문자메시지 여섯 개와 전화 한 통.

"너무하네."

"무슨 문제 있는 거 아니지?" 캐머런이 묻는다.

"응." 노라가 엄지손톱을 두 앞니 사이에 끼운다. "아니. 제기랄." 노라가 미간 주름을 엄지손가락으로 누른다. 어디선가 읽었는데 그게 주름을 예방하는 방법이라고 했다. 물론 더 좋은 방법은 스트레스를 덜 받는 것이겠지만.

"남녀 동석인데 욕이라. 음, 나라면 절대하지 않겠어." 그가 과장된 남부 억양으로 말한다. 노라는 그 장난을 받아쳐줘야 한다는 걸 알지만, 헤이든과 주고받은 문자 타래에 뜨는 영상의 섬네일에 정신이 너무 팔려 있다. 영상이 로딩되자마자 헤이든의 번호로 다시 전화가 걸려온다.

그녀는 캐머런에게 잠시 기다리라고 손짓한다.

"여보세요?" 노라가 전화를 받으며, 짜증난 얼굴을 감출 수 있도록 사무실 의자의 각도를 돌린다.

"봤어?" 헤이든의 목소리는 팽팽하다. 그 목소리를 안다. 차가 꽉 막혔을 때의 목소리다.

"뭘 봐?"

"내가 방금 보낸 동영상. 미칠 것 같아, 노라. 리브가 떼를 쓰네."

"당신…… 나한테 리브가…… 떼쓰는 영상을…… 보낸 거야?" 몸속에서 열이 뻗친다.

"왜냐면, 노라, 정상적으로 평범하게 떼쓰는 게 아니야. 엄청난 떼쓰기야. 대체 어떻게 해야 할지 모르겠어. 너무 답답해. 화장실에서 지금 진정시키려는 중인데. 애가 엑소시스트 같아."

"그래서 당신은 그 상황에서 할 수 있는 최선이 아이 영상을 찍는 거라고 생각했구나. 휴대전화로."

눈가에 캐머런이 어렴풋이 보인다. 그가 거기 있다는 사실을 거의 잊을 뻔했다.

"그래야 당신이 내가 무슨 말 하는지 알 거 아냐. 뭔가 잘못된 거 같아." 헤이든이 노라의 모욕에 맞대응한다. 그녀는 말다툼할 때 이 부분이 싫다. 각자의 최악의 본능을 억눌러주고 있는 실밥에 누가 녹슨 가위를 가져다대는 것 같다. "정상이 아니야."

"실은, 헤이든, 그건 정상이야. 걔는 네 살이야. 떼를 쓰는 건 확실히 네 살짜리의 정상적인 행동에 해당한다고."

"내 말이 그 말이야. 지금 보통 떼쓰는 게 아니라니까. 영상을 봐."

"안 볼 거야." 노라는 몸을 구부린 채, 배경에 아무 소음이 없는데도 손끝으로 한쪽 귀를 누른다. "끊을게." 그녀가 말한다. 심장이 쿵쿵거린다. 일 초만 더 있어도 그녀는 저절로 연소할지 모른다. 엄지손가락으로 빨간 버튼을 누르고 전화기를 내려놓는다. 남자친구와 통화하다가 갑자기 전화를 끊는 십대 같은 기분이다.

노라가 의자를 돌려 캐머런을 마주본다.

"미안해. 우리 무슨 이야기중이었더라?" 노라의 눈빛이 타오른다.

"정말로…… 괜찮은 거야?" 캐머런이 말꼬리를 빼는데 글자 수가 두 배는 되는 것 같다.

"괜찮아. 집에 일이 생겨서. 가봐야 할 것 같아." 이미 노라는 떨리는 손으로 폴더와 노트패드를 핸드백 안에 쑤셔넣고 있다.

"어이, 어이, 어이." 캐머런이 몸을 숙여 그녀의 눈을 마주본다. "진정해. 그 핸드백이 무슨 잘못을 했다고."

노라는 가방끈을 축 늘어뜨리며 기가 푹 꺾인다. "네 말이 맞아. 미안해. 너도 딸이 있는데 넌 절대 이렇지…… 않겠지." 그녀가 자기 자신과 주변 모든 것을 가리킨다.

그가 끙 신음한다. "응, 뭐, 나는 〈투데이 쇼〉에 나가려는 게 아니니까."

"〈투데이 쇼〉?"

"응, 흑인 아빠가 딸 머리를 빗겨주는 요즘 난리 난 영상인데, 우와아아, 이 남자가 머리를 빗길 수 있다고? 이런 소리가 절로 나오지." 그가 목소리를 두 옥타브 올려서 말하자 노라는 거의 웃을 뻔한다. "그 남자 인터뷰해봐야 한다니까!"

"난 감동할 것 같아. 헤이든은 우리 딸 머리 빗길 줄 모르거든."

"응, 그야 네가 딸 머리를 빗겨주니까. 너를 고려 대상에서 빼고, 네 남편이 할 수밖에 없는 상황이라면 어떻게든 해낼걸. 나는 요즘 머리 땋기, 지네 머리, 지그재그 가르마 다 할 줄 알아." 그가 할 줄 아는 머리 모양을 손가락으로 센다. "좌우간에, 유튜브란 자고로 그래서 발명된 거지. 근데, 네가 운전대를 잡고 있잖아. 그러니까 네 남편은 게으른 여행자가 되는 거야." 노라는 멍한 눈으로 캐머런을 바라본다. "게으른 여행자. 커플에 관한 이론인데. 두 사람이 함께 여행해. 두 사람의 성격이 어떻게 다르든, 한 사람이 뭔가를 하기 시작하겠지, 그렇지? 지하철역으로 어떻게 가야 하는지, 하루 일정이 어떻게 되는지, 환전은 어떻게 하는지, 그런 모든 일을 그 사람이 해결하기 시작하고, 다른 한 사람은 그냥 기대고 앉아 있는 거야." 그가 실례를 보여주기 위해, 양손을 머리 뒤로 깍지 끼고 뒤로 기대면서 가슴을 부풀린다. "모든 일이 알아서 다 처리되니까. 어디로 가는지에 아무런 관심을 기울이지 않지. 사실상 같은 출발점에 다시 혼자 뚝 떨어지면, 제일 가까운 지하철역조차 찾지 못할 거야. 그냥 따라다니는 거야. 그래도 되니까. 그 사람이 게으른 여행자가 되지."

"알겠어. 그러니까 내 잘못이라는 거구나."

이 말이 옳을까? 만약 헤이든이 다른 어떤 선택지도, 안전망도, 낙하산도 없다면, 기꺼이 등판해 집안일의 50퍼센트를 하고, 그녀는 추가로 삼십을 하느라 죽기 직전인 상태를 면할 수 있을까? 오히려 그녀가 조력자의 탈을 쓴 조장자라면? (전화가 정말로 집안에서 걸려오고 있는 거라면?)*

"네 잘못이란 뜻은 아니야."

그녀는 주저한다. 여러 가지를 처리하기 위해 그녀가 집에 있어야만 한다는 거부할 수 없는 감각에 저항하려 해본다.

"가지 마." 훈련중인 개를 바라보듯 캐머런이 노라의 시선을 붙든다. "헤이든은 괜찮을 거야. 리브도 괜찮을 거야. 정확히 네가 원하는 대로, 너라면 했을 방식으로 되지는 않을지 몰라도, 괜찮을 거야. 장담해."

그러는 동안 헤이든에게서 온 문자메시지가 화면에 뜬다.

> 그냥 말하는 건데. 비난하는 거 아닌데, 정말 오늘 아침에 꼭 일하러 가야만 하는 거였어?

"가봐야 할 것 같아." 노라가 말한다. 저항은 부질없기 때문에.

캐머런은 노라에게 실망했지만 놀라지는 않은 듯 보인다.

또 도착한 문자—

---

* 〈낯선 사람에게서 전화가 올 때〉라는 1979년 영화의 인용. 아이를 돌봐주던 고등학생이 계속 아이의 안부를 묻는 전화가 걸려오자 경찰에 신고하지만, 알고 보니 전화는 집안에서 걸려오고 있었다는 이야기로, 위협이 되는 존재는 외부에 있지 않음을 의미한다.

> 오늘밤에 집에 손님들이 오니까 맞이할 준비를 하려는 중이야. 식료품점에도 가야 하고.

그녀가 볼 안쪽을 물어뜯자마자 피맛이 돈다.

> 그럼 그렇게 해.

리브를 보면서 다른 일을 동시에 처리할 수 없는 헤이든의 무능함이 노라에게는 원초적 불만의 진원지다. 그는 노라가 설거지하고 빨래를 갤 때마다 네 살짜리가 다리에 매달려 있지 않다고 진정으로 믿는 것 같다. 그녀는 괴성을 질러도 나쁘지 않을 것 같다고 생각한다. 하지만 그러는 대신에 재채기처럼 묻어둔다.

"너 엘리너랑 결혼했을 때," 노라가 천천히 말한다. "넌 어떤 종류의 여행자였니?"

그가 아랫입술을 위로 올리자 볼에 보조개가 팬다. "게으른 여행자." 그가 대답한다. "확실히 게으른 쪽이었지."

❖

노라가 집에 도착했을 즈음 집이 잿더미가 되어 있지는 않다. 딸이 구속복에 속박되어 있지도 않다. 그녀는 차고를 통해 들어가, 미니어처 테이블 앞의 의자에 앉아 엘사 그림에 색칠하고 있는 리브를 발견한다. 경보음을 울려라. 이 아이는 누가 봐도 통제 불능이니까.

"나 왔어." 노라가 식료품 저장실 주위에서 빈둥거리고 있는 헤이든에게 말한다. 분노는 운전하는 동안 대부분 새어나갔다. 다시 채워넣을 생각은 없다. 오늘은 아니다. 오늘은 '즐거운' 날이어야 한다.

결국 노라가 리브와 함께 집에 남아서 청소를 하는 동안, 헤이든이 혼자 식료품 쇼핑을 갔다가 한 시간 후에 와인, 맥주, 감자칩, 소스를 사서 돌아온다. 그들은 서로의 주위를 마치 자석의 반대 자장처럼 움직인다.

헤이든이 얼음 한 봉지를 아이스박스에 쏟아넣는다. "있잖아," 그가 말한다. "어떤 국외 거주자께서 최근에 우연히 발견한 '훌륭한 새집' 링크를 이메일로 보내줬어. 완전히 우연히."

"오?" 노라가 천진스레 묻는다. "흥미롭네."

"정말로. 근데 진짜 이상한 건, 그 집이 우리가 오픈하우스 때 가봤던 집과 정확히 같은 집이더란 거야." 헤이든은 노라에게 장난을 걸고 있다. 어떻게 그토록 빨리 긴장된 상황을 누그러뜨리는지 그녀는 전혀 알 수 없기에 그가 고맙기도 하고 부럽기도 하다. "어떻게 이런 우연이 있을 수 있지?"

"그 말은," 노라가 수긍한다. "우리가 범죄 주모자는 결코 아니란 거네."

"내 생각에는 무난했던 것 같아. 그리고 앤디도 몇 가지 좋은 점을 강조했어."

"그랬어?"

"두 가지." 헤이든이 아이스박스에 맥주를 옮긴다. "예를 들면 친구들이 방문했을 때 방이 충분하고. 재산세가 낮고."

"당신 아내가 좋아하는 건 말할 것도 없고." 그녀가 와인잔을 진열한다.

"대화를 나눠보는 게 좋을 것 같아."

"대화?"

"응." 그가 말한다. "대화."

"알겠어, 좋아. 오늘밤 코닐리아, 알렉시스, 페니가 오니까 그 사람들과의 대화부터 시작하는 게 좋을 것 같아."

14

━ ━ ━

　이름이 정말로 메리와 조지프*인 노라의 시부모가 하얀 아이싱을 입힌 케이크를 가지고 십 분 일찍 파티에 도착한다. "오는 길에 어찌나 손을 찔러넣어보고 싶던지." 메리가 고백하면서 세탁실 건조기 위에 케이크를 내려놓는다. "속이 파랑인지 분홍인지 알아볼 수 있을까 싶어서 계속 들여다보게 되더라니까." 간호사실에서 빵집에 결과를 알려줬고, 노라는 메리가 파티 전에 케이크를 찾아온다고 해서 기뻤다. "네 시아버지는 나더러 자제력이 없다고 그러더라고. 그래서 난 그 말을 부정한 적 없다고 말해줬지."

　메리는 노라가 있는 주방으로 오더니 스툴을 끌어당겨 앉는다. 노라는 물어보지 않고 메리의 잔에 샴페인을 따른다. 메리는 헤이든처럼 얼굴이 둥글고 혈색이 좋다. 헤이든은 어머니를 닮았는데, 그 이목구비는 남자 얼굴에 더 잘 어울린다. 메리는 딱히 신경쓰는 것 같지 않다.

---

* 메리(Mary)와 조지프(Joseph). 예수 그리스도의 어머니 마리아와 남편 요셉.

"그래서," 메리가 샴페인을 홀짝거린다. "직장에 아기 이야기는 했니?"

옆에서 헤이든이 본인과 조지프를 위한 맥주를 들고 동참한다.

"공식적으로는 아니요." 노라가 종지를 꺼내 병에서 살사소스를 붓는다.

놀란 메리의 눈이 커진다. "헤이든은 직장에 말했는데. 그렇지 않니, 얘야?" 그가 토르티야 칩을 으드득 씹으며 고개를 끄덕인다. "쟤는 너무 신나서 그런 이야기는 속에 담아두질 못하지."

초인종이 울린다. "음, 헤이든은 운이 좋은 게," 노라가 가볍게 대답한다. "아내가 임신했고 그에게 곧 아이가 생긴다고 해서 그가 일을 못하리라고는 아무도 생각 안 하거든요. 제 경우엔 파트너십 투표가 걱정이라서요."

코닐리아와 알렉시스가 포치에서 기다리고 있다. 메리와의 대화에서 빠져나갈 수 있는 좋은 탈출구다. "어서 들어오세요, 들어와요." 노라가 그들을 맞아들인다. "페니는요? 오시는 줄 알았는데."

노라는 바쁘게 그들의 핸드백을 받아들면서 두 여자 사이에 휙 오가는 표정을 알아챈다. 두 사람이 외국어로 이야기하는 것을 듣는 기분이다. 어조에서 확실히 뭔가가 감지되기는 하는데 적절한 배경지식이 없는 그녀는 해독할 수가 없다. "휴식이 필요한 것 같더라고요." 알렉시스가 말한다. "저녁을 망치고 싶지 않대요."

"전혀 아닌데." 노라는 너무 실망한 것처럼 들리지 않도록 애쓴다.

"이 어여쁜 아가씨는 누구죠?" 코닐리아가 리브가 나타난 쪽으로 쪼그리고 앉는다. 리브는 벽 뒤에 반쯤 숨어서, 노라가 파티를 위해 골라준 분홍과 파랑 배색 드레스를 뽐내고 있다. 노라는 자기 옷에 돈을 펑펑 쓰고 싶은 욕구는 별로 없지만 리브의 옷에 관해서라면 주체하기 힘들어진다.

"케이크가 있어요." 리브가 위엄 있게 선언한다.

"내가 여기 왜 왔게?" 코닐리아가 윙크한다.

초인종이 다시 울린다. 노라가 바삐 돌아본다. 헤이든은 뭘 하고 있길래 손님을 맞이하는 임무가 갑자기 모두 자신에게 떨어진 걸까.

"리브." 코닐리아가 일어나 노라의 딸에게 손을 내민다. "너희 엄마가 네 동물 봉제 인형에 대해서 아줌마한테 말해줬는데, 얼른 만나보고 싶더라. 우릴 소개해줄 수 있겠니? 부드러운 강아지 인형을 만나고 싶네. 혹시 리브가 가지고 있을 리는 없겠지?"

"고마워요." 노라가 두 사람에게 말한 후 이웃 부부를 현관 포치에서 데리고 들어온다. 남편은 헤이든과 가끔 온라인으로 비디오게임을 하는 사이고 부인은 약간 따분한 사람이다.

곧이어 노라는 음료 주문을 받고 손님들에게 화장실을 안내하느라 진땀을 뺀다. 자리만 채우는 사람 네 명이 더 들이닥친다.

"괜찮아요?" 노라가 지나갈 때 알렉시스가 팔꿈치를 잡는다. "정신없어 보이는데. 도와줄까요?"

노라는 약간 게슴츠레한 눈으로 주위를 둘러본다. 현재로서는 모두가 손에 음료를 들고 치즈와 크래커를 우물거리는 걸 보니 자리를 잘 잡은 것 같다. 그녀는 숨을 깊이 들이마신다. "아니요, 아니요. 걱정 마세요, 고마워요, 정말. 어쨌든 좀 쉬엄쉬엄해야 할 것 같아요." 알렉시스의 집에 비하면 그녀의 집은 얼마나 비좁고 어수선한지 계속 의식하게 된다. "여쭤보고 싶은 게 있었는데," 노라가 말한다. "입주자협회에 신청 절차가 있다고 하셨잖아요. 청약하기 전에 해야 하나요, 아니면 후에 해야 하나요?"

알렉시스의 눈썹이 위로 치켜올라간다. "입주자협회요? 정말이에요?"

"백 퍼센트는 아니지만—" 그녀는 리브가 코닐리아와 즐겁게 바닥에서 놀고 있는 모습을 지켜보고 있다. 앤디도 항상 아이와 잘 놀아주었다.

"저희는 공동체에 일정 수준 참여하는 걸 중시해요." 알렉시스가 사려 깊게 말한다. "말이 나와서 얘기지만, 리처드와 페니 사건에 뭐 새로 나온 거라도 있나요?"

노라는 이 화제 전환에 약간 채찍질을 당한 느낌이다. "노력하고 있어요." 해야 하는 만큼 열심히는 아니겠지만, 아마도. 가장 최근에는 마치 부부의 금융 기록을 검토했으나 이상한 점은 발견하지 못했다. 리처드 마치가 무너지기 일보 직전이었음을 암시하는 것은 확실히 아무것도 없었다. "몇 가지 유망한 단서들이 있는데—"

"쉽게 해결될 줄 알았는데. 하지만 전 변호사가 아니니까." 알렉시스는 그 말에 진정으로 궁금할 따름이지 비난할 의도가 없다는 것을 용케 담아내지만, 노라는 사실상 그 사건이 다른 모든 것에 대한 선행 조건으로 의도되지 않았나 하는 의문이 든다. "빨리 사건이 정리되면 좋겠네요." 그녀가 미소 짓는다.

"그 신청 절차는……?"

"이런 문제는 곧장 뛰어드는 게 좋죠. 근데 솔직히 제가 받은 인상으로는 헤이든이 —" 그들의 시선이 함께 그에게 떨어진다. 그는 조리대에 기대어 있고, 땀을 전혀 흘리고 있지 않다.

"아니요. 그이도 아주 관심이 많아요." 노라가 너무 크게 말한다. "파티 전에 그렇게 말하더라고요. 사실 그이가 두 분을 뵙기를 고대하고 있었는데, 잠시만요" — 다이너스티 랜치에 어울리는 사람들이라는 것을 보여줄 수만 있다면야 — "기다려주세요."

"헤이든?" 그녀의 남편은 찾기 쉬운데, 처음에 헤어졌던 그 자리에 그대로 있기 때문이다. 노라가 온 집안을 뛰어다녔던 것이 마치 다른 시공간 속에서 일어난 일만 같다. 역시 그녀는 틀리지 않았다.

"이젠 시절이 많이 달라졌어." 시어머니가 저렴한 샴페인 반잔에 볼이 발그레해져서 말한다. "내가 네 나이였을 때는 남자들이 기저귀를 갈지 않았지. 분만실에 감히 들어가지 못하는 아빠들이 여전히 있었어! 네 세대 남자들은 말이야, 많이 관여하고 싶어하지. 실제로 더 많이 돕고 있고. 좋은 변화야. 자랑스러워할 만해."

헤이든은 노라가 대화에 끼게 되어 기쁜 듯 보인다. 노라는 이 대화에서 그를 빼내려는 신호를 보내지만 오히려 그는 이렇게 말한다. "담당의 퍼레즈는 노라가 직장 일에 여유를 가져야 한대요."

"정확히 그렇게 말한 건 아니지." 노라가 참지 못하고 대꾸한다. "그냥 여유를 가지라고 했지." 이 두 가지는 서로 다르다는 것을 왜 아무도 이해하지 못할까?

"맙소사." 메리가 샴페인잔을 내려놓는다. 조지프로 말하자면,

휴대전화로 야후 기사를 스크롤하고 있다. "괜찮은 게냐? 아기는 어때?"

헤이든이 노라에게 팔을 두른다. "네, 아기는 괜찮아요. 노라의 혈압이 약간 높은 편이긴 하지만요. 그래도 우린 여전히 잘 헤쳐나갈 수 있어요." 다시 "우리"라는 말. 노라가 미친 걸까, 이날 아침 일 좀 해보려는 노라에게 리브가 떼쓰는 동영상을 보냈을 때는 혈압 걱정이 확실히 결여되어 있지 않았나?

"아, 노라." 메리의 처진 눈꺼풀이 걱정으로 획 올라간다. 노라는 이 대화에서 빠져나갈 방법을 궁리하며 주방에서 이리저리 몰려다니는 작은 무리의 사람들을 흘긋 본다. "네 몸을 잘 돌봐야지. 헤이든한테 항상 하는 말이지만 넌 너무 열심히 일하는 것 같아."

사실이다. 메리는 헤이든에게 항상 그 말을 한다. 하지만 노라를 걱정해서 하는 말이 결코 아니다. 하필 이런 때 술을 마실 수 없다니.

"여러모로 중요한 해여서요." 노라가 이를 악물고 겨우 말한다. "헤이든?"

"왜?" 헤이든이 그녀의 포니테일을 만지작거린다.

"네 건강보다 중요한 건 없단다." 메리가 말을 잇는다. "늙은이 말을 새겨들으렴. 자꾸 뒤돌아보며 사무실에서 더 많은 시간을 보내면 안 돼." 메리가 강조를 위해 화강암 조리대 위를 반지 긴 손가락으로 톡톡 두드린다. "내가 여기 더 자주 와줄 수 있다." 메리가 제안한다. "도움을 줄 수 있어."

"정말요, 엄마? 끝내주는 생각이에요. 그렇지 않아, 노라?"

노라의 표정은 그대로 굳어버린다. 그녀는 전혀 그녀답지 않은 명랑하고 쾌활한 목소리로 말한다. "잠시만요, 오븐에 뭘 넣어야 하는데 깜박했네요."

예를 들면 그녀의 머리라든가.

노라는 담소를 나누고 있는 지인들 사이를 누비며 냉장고까지 간다. 오븐에 넣어야 할 음식 따위는 없다는 것을 알지만, 시원한 공기가 뺨을 식혀주기에 파티 음식을 찾는 척하면서 잠시 서 있는다.

헤이든의 손이 그녀의 등허리에 닿는다. "괜찮아?" 그가 묻는다. "앉아 있을래?"

노라는 돌아서며 냉장고 문을 닫는다. 분노의 표정이 얼굴 전체에 후드득 튀기는 것을 느끼지만 자신이 어디 있는지를 상기한다. "아니, 헤이든. 괜찮지 않아." 그녀는 퉁명스럽게 그를 지나쳐 세탁실에 혼자 들어가 계속 서성인다. 거기 숨어 있는 데는 타당한 이유가 필요하기에, 케이크 박스에서 케이크를 꺼내고 접시와 포크를 준비한다.

노라는 헤이든이 거기까지 따라오지 않기를 바라지만 물론 그는 따라온다. 그게 좋은 남편들이 하는 일이니까. 그들은 임신한 아내를 마음 졸이게 내버려두지 않는다.

그들은 노력한다. 그들은 보살핀다. 헤이든은 좋은 남편이다.

"내가 또 뭐 잘못했어?" 그가 묻는다.

노라는 등을 그에게서 돌린 채로, 양손을 세탁기 위에 벌리고 고개를 늘어뜨려 목을 쭉 뺀다.

자기도 모르게 아무것도 아니야, 라는 말을 시작하려는 게 느껴져서, 혀가 익숙한 모음과 자음 주위로 굴러가는 것을 막는다.

"당신도 알다시피 내가 많은 걸 요구하는 게 아니잖아." 그녀가 말하는데, 문장에 떨림이 또렷하다.

뒤에서 헤이든이 씩씩거린다. "노라, 제발, 당신 뭐 때문에 이러든 간에, 그보단 당면한 문제부터 해결하자. 이건 제발 심각하고, 포괄적이고, 두루뭉술한 언쟁으로 만들지 않으면 안 될까?"

그녀가 바짝 힘준다. "이게 당면한 문제야."

헤이든은 항상 이런 식이다. 구체적인 사안에 대해 이야기해야만 공평하다며 그녀의 주장을 대수롭지 않고 맥락 없는 것으로 만들어버린다.

"그렇군." 그가 체념했다는 것을 강조하면서, 인정 못하겠다고 분명히 표시한다. 그녀가 아무리 바보라도 이해할 수 있도록. "뭔데? 무슨 말이 하고 싶은 건데?"

노라는 천천히 말을 이으면서, 화났을 때 언제나 그러하듯이 한마디 한마디를 지나치게 또렷이 발음한다. 과하긴 하지만, 멈출 수 없다. "오늘 할일이 있어서 사무실에서 몇 시간 있어야 했어. 난 당신 눈에는 아예 안 보이는 너무 많은 일을 하고 있어. 몇 분의 일이라도 돌려받아야 완전히 질식당한다는 느낌을 그만 받을 수 있을 것 같아."

"그래, 그래서 엄마가 더 도와주시겠다잖아. 문제 해결이네."

"당신 엄마가 도와주는 건 원치 않아. 난 당신 엄마와 아기를 가진 게 아니야. 당신을 원해."

노라는 여전히 그를 돌아보지 않는다. 둘 사이의 전하가 그가 정확히 어디 서 있는지 파악될 만큼 충분히 흐르고 있다.

"날 이렇게 끔찍한 남자처럼 취급하는 당신한테 진절머리가 나, 노라. 상황을 똑바로 봐. 내가 만취해서 다니거나 술집에 들락거리는 것도 아니야. 여자들과 흥청거리지도 않아. 아, 그러고 싶다는 건 아니고, 내 말은—"

"그런 것으로 자기한테 정말 추가 점수를 주고 싶은 거야? 어느 엄마가 이렇게 말하는 걸 상상할 수 있겠어, '나를 봐! 난 훌륭한 엄마야. 난 술에 취해 있지도 않고 술집에 가지도 않아! 나는 바람도 안 피워!' 정말? 그럴 수 있겠어?"

"파트너 변호사가 되려는 게 이토록 당신한테 스트레스를 준다면, 그럴 가치가 없지."

노라는 눈을 질끈 감는다. "누구한테 가치가 없다는 거지?"

"당신한테. 우리한테."

노라가 손가락을 말아 쥔다. "당연히 그게 당신 생각이겠지. 당연히 그게 당신이 당신 어머니한테 불어넣은 생각이겠지. 근데 왜 그런 줄 알아?" 그녀는 자신이 숨을 쉬고 있는지 더이상 알 수가 없다. "내가 직장에서 일을 더 하려면 당신이 집에서 일을 더 해야 하는데 당신은 그걸 싫어해. 난 고작 두 달을 요구하고 있는 거야!" 그녀가 소리친다. "내가 빌어먹을 그토록 열심히 해왔던 일의 마무리를 그래야 좀 할 수 있으니까. 근데 나한텐 아침 시간 한 번조차 안 주어져. 단 한 번의, 쥐꼬리만한 아침 시간마저도!"

노라에게 헤이든이 손바닥으로 청바지를 찰싹찰싹 때리는 소리가 들린다. "당신 지금 통제 불능 상태야. 이건 너무 불공평해. 아무리 임신했다지만, 당신 퍼레즈가 했던 말을 벌써—?"

노라는 좌절의 비명을 지르다가 목이 메는 동시에 주먹으로 케이크를 으스러뜨리고 만다. 거의 아무런 소리도 나지 않는다. 가슴이 위아래로 들썩거린다.

"대체 무슨 짓이야?" 오, 헤이든의 목소리에서 승리의 기운이 감지된다. 냉정을 가장 오래 유지해야 이기는 게임에서 그녀는 지고 말았다.

노라의 손 한쪽 면이 손가락 중간 관절부터 손목까지 바닐라 아이싱과 케이크 부스러기에 뒤덮여 있다. 세탁실은 쥐 죽은 듯 고요해진다. 그녀가 뭉개진 케이크에서 주먹을 빼낸다. 남편이 휘둥그레진 눈으로 그녀를 뚫어져라 응시하는 모습이 마치 외계인이 아내 몸을 강탈이라도 한 것 같다. 사실상 다른 어떤 설명보다 그럴듯한데, 지금은 아무것도 실제처럼 느껴지지 않기 때문이다. 귀가 멍해져서 그녀는 팔을 들어올려 손가락 옆면을 핥는다. 이제 케이크 속 색깔이 눈에 들어온다.

"음, 실례합니다." 알렉시스가 제자리에 얼어붙은 채 열린 문틈으로 어색하게 말한다. "방해해서 죄송해요. 리브가 다른 주스를 먹어도 되는지 알고 싶어해서요."

"사내아이인가보네." 헤이든이 단조롭게 말하며 코닐리아와 알렉시스를 지나 성큼성큼 문밖으로 걸어나가고, 가소로운 케이크만큼이나 모든 순간은 엉망이 되어버린다.

❖

케이크에 입힌 아이싱 크림이 노라의 입에 쓰다. 알렉시스가 세탁실로 슬쩍 들어오고, 코닐리아가 그 뒤를 바짝 따른다.

"세상에, 노라." 알렉시스가 남은 부분을 살펴본다. "헤이든이 어쨌길래 애먼 케이크를 이렇게 망가뜨릴 만큼 화가 났나요?"

"아무것도 아니에요." 노라가 빠르게 고개를 젓는다. 굴욕감으로 얼굴이 화끈 달아오른다. "딱히 특별한 이유가 있는 건 아니고요. 정말로." 노라는 그녀의 결혼에서 뭐가 문제인지 명확하게 꼬집어 설명할 수가 없는데, 그러려고 해봤자 헤이든은 완벽한 찌질이에 자신은 철저히 못된 년만 될 뿐이다.

"그러니까 전형적인 아내의 분노였군요." 코닐리아가 진단한다.

"아내의 분노요?" 노라가 말을 반복하는데 이미 익숙한 느낌이 든다.

"네, 맞아요." 코닐리아는 이런 경우를 수십 번은 봤다는 듯 고개를 끄덕인다. "엄마의 분노, 아내의 분노처럼, 여성 종에 생득적인 모든 다양한 분노요."

분노. 이 단어가 그녀에게 어울린다고 생각해본 적은 없었다. 분노는 폭력적이고, 제멋대로고, 통제 불능이고, 속을 뒤틀리게 하고, 남성적이다.

하지만 시험해보니 자신에게 딱 들어맞는다는 것을 깨닫는다. 노라는 실제로 격분했다.

"어떤 때는 너무 답답해요." 딱 걸렸으니 솔직하게 고백하는 수밖에 없다. "저 혼자 너무 많은 일을 해요. 그리고 제가 완벽하지 않다는 것도 알아요. 정말로. 하지만 파트너의 역할은 동등해야 한다고 잔소리하느라 지쳐요. 매번 듣는 소리라고는 행복한 결혼의 열쇠는 소통이라는 건데, 전 정말 뼈빠지게 소통하고 있거든요. 근데 그게 우리를 죽이고 있는 거예요. 그때 당신들이 나타났죠. 놀라운 커리어와 가족과 함께. 그런데 그게 당신들에게는 너무 쉬워 보이는 거죠." 노라는 드레스에 묻은 아이싱을 무심하게 마저 닦아낸다. "저희가 만신창이라고 생각하시겠죠."

"헤이든과 헤어지고 싶어요?" 코닐리아가 완곡하게 묻는다.

노라가 고개를 홱 쳐든다. "전 임신했어요." 그녀가 말한다. 그러고는 조금 더 부드럽게―"그리고, 아니요. 저는 헤이든을 사랑해요." 이것이 문제의 핵심이다. 그녀가 같이 있을 사람은 그 말고는 아무도 없다. 백만 년, 일조 년이 지난다 해도. 그녀는 머리끝에서 발끝까지 그를 사랑한다. 단지⋯⋯

코닐리아가 노라를 한참 동안 바라본다. 무언가에 반대하는 결정을 하려다가 그러기를 재고하는 듯 보인다. 그러고는 무슨 말인가를 하려고 입을 열더니 생각을 고쳐먹는다.

"무슨 말씀을 하시려던 건가요?" 더이상 견딜 수 없어지자 노라가 말한다.

"부부상담을 받아보는 건 어때요?" 코닐리아가 묻는다.

이 말을 들은 노라의 얼굴엔 실망하는 기색이 역력하다. 헤이든과 함께 상담을 받으면 어떻게 될지 그녀는 이미 알고 있다. 형편없을 것이다. 노라 역시도 상담치료 타입은 아니다. 시도는 해보았다. 그 사고 후에. 하지만 누군가와, 심지어 심리치료사와도, 진실을 말할 만큼 충분히 진득한 시간을 보내본 적은 한 번도 없었다.

"그냥 평범한 부부상담 말고요." 알렉시스가 안심시킨다. "코닐리아와 함께 하는 부부상담이요."

마치 그 단어를 추가해서 그 제안이 더 나빠지지는 않는다는 것처럼. "나쁜 뜻은 없지만, 좀 이상하지 않을까요?" 노라가 얼굴을 찡그린다.

알렉시스가 볼을 부풀린다. "그렇게 생각하실 수도 있는데, 우리도 전부 했거든요."

잠시만. "무슨 뜻이죠?" 노라가 묻는다.

"우리 전부 다 코닐리아가 부부상담을 해줘서 도움을 받았어요. 코닐리아는 천재예요."

"그만해. 얼굴 화끈거리잖아." 코닐리아는 노라의 메이태그 건조기에 팔꿈치를 기대기에는 너무 세련되어 보인다.

"알렉시스도 맥스와 부부상담을 받았나요?"

"저기요. 맥스와 저는 코닐리아를 만나기 전까지 서로 목조르기 일보 직전이었어요. 사실 저는 이를 갈다가 이에 씌운 것도 나갔어요. 맥스는 가끔 사람을 너무 화나게 만들어요. 코닐리아가 관계의 역학을 아예 바꿔버렸어요. 지금은 결혼을 새로 한 것 같죠."

노라는 방향이 보이기 시작하는 기분이다. 그들도 노라처럼 부부간 불화를 겪었다고 말하고 있다. 유일한 차이는 그들은 그걸 고칠 수 있다고 말한다는 것이다.

"헤이든과 다시 싸움을 일으키고 싶지 않아요." 그게 부부상담이라고 하면 그녀의 머릿속에 그려지는 모습이기 때문이다. 노라는 갈등을 싫어한다. 헤이든은 동의하지 않을지도 모르지만. 그가 가장 좋아하는 어구는 '난 싸우고 싶지 않아'이다. 마치 노라는 좋아한다는 듯이. 마치 노라가 데이트용 프로필을 작성한다면 취미란 첫째 줄에 '싸우기'라고 적으리란 듯이.

"흠, 한번 생각해보세요." 코닐리아가 노라의 등을 어머니가 그랬던 것처럼 쓰다듬는다. 노라는 문득 이런 대화는 앤디와는 할 수 없었으리라는 생각이 든다. 헤이든의 입장을 어느 정도 이해하려는 노력 없이는 말이다. "무엇이든 구원받을 수 있다고 진심으로 믿어요." 그녀가 말한다. "이 케이크만 빼면."

이 말과 동시에, 알렉시스가 아이싱을 한 움큼 퍼서 그대로 자기 가슴에 마구 바른다. "세상에." 그녀가 말한다. "난 너무 칠칠치 못해." 그녀가 또 한 움큼 푼다. "너무 미안해요. 제가 어쩌다 케이크를 떨어뜨린 것 같네요."

인기 게시물

책 팝니다!

21개의 댓글이 이웃에 의해 등록되었습니다

소피아 레이먼드 1일 전

안녕, 동네 주민 여러분, 남아용 책인데요, 큰 상자로 다섯 상자 있는데 상태 좋아요. 한 상자당 10달러에 팔게요(거저죠!). 선착순.

———

이전 댓글 보기

———

줄리 카네스키

"남아용" 책이라는 게 정확히 무슨 뜻인가요?

하비 캐브너

오 이런, 시작되었네요. 사회 정의 투사들 호출하세요.

노니 라미레스

소피아, 사랑을 담아서 하는 말인데, "남아용 책"이 무얼 뜻하는지 생각해보세요. 남자아이들은 "여아용 책"을 읽지 않을 거라는 생각은 남자아이들과 여자아이들 모두에게 피해를 줍니다. '여자애 같은' 것들은 남자아이들에게 창피한 것이고 소비하기에 전혀 어울리지 않는다고 여기는 것은 남자애들이 커서 '여성들의 일'에 무관심한 남성이 되도록 만드는 낙인이 됩니다. 생각해보세요—설거지, 빨래 개기, 학부

모 대표 자원하기. 의식하지 못하더라도, 그런 사고방식이 알게 모르
게 배어버립니다.

캐슬린 제이컵스

우리 딸들은 트럭, 기차, 해적, <스타워즈>에 대한 책을 좋아해요. 이
런 구별은 너무 구식인 것 같네요.

로리 레이크

저는 노니의 의견에 동의하고 싶네요. 소녀들이 <마이 리틀 포니>와
무지개와 유니콘과 공주와 어여쁜 드레스와 요정을 갖게 합시다. 하
지만 그런 것들이 여자애들이 좋아하는 것들이라고 해서, 트럭과 기
차보다 덜 흥미롭고 덜 멋지다는 듯이 행동하지 맙시다. 진짜 문제는
관습적으로 '소녀스러운' 것들은 1. 본래 소녀스러우며 2. 거칠지 않다
는 메시지를 주는 거라고 생각합니다.

멀린다

세 상자 25달러에 살게요.

15

┌─────────┐
│ ─ ─ ─ │
└─────────┘

노라는 세탁실에서 울화통을 터뜨린 후 성별 공개 파티가 완전히 재앙이 되리라 예상했을지도 모르지만, 물론 그렇지는 않았다. 당연히 입에 침도 안 바르고 거짓말을 하고자 하는, 커플로서 그들이 지닌 의지 때문이었다. 그 문제에서 선택권이 별로 없는 헤이든은 알렉시스가 실수로 케이크를 떨어뜨린 것으로 하자는 데 동의했고, 참석한 모두가 그들을 명랑하게 위로했다. 그러고 나서 모두 그들의 아들을 위해 건배했고 망가진 케이크는 행운을 위해 산뜻하게 먹어치웠으며 모든 것은 작살나게—이중적 의미에서—대성공이었다. 마침내 마지막 손님이 떠나고 둘만 함께 덩그러니 남겨졌다.

리브를 재우고 헤이든이 계단을 내려올 때 노라는 마지막 쓰레기봉투를 다 채웠다. "도와줄 거 있어?" 저녁식사 후 접시를 어떻게 치우는지 방금 배운 어린 소년처럼 그가 묻는다—그게 관례임을 알기 때문에 자동적으로, 그리고 아무런 감흥 없이.

그렇게 되었다. 그녀의 남편은 그녀를 두려워한다. 아니, 더 최악이다. 그녀의 남편은 그녀에게—뭐?—복종한다. 그는 '좋은 남편'을 연기할 의무가 있다. 사실상, 식료품 저장실에 있는 리브의 집안일 보상 차트 옆에 그의 것을 걸어야 할지도 모르겠다.

갈비뼈 뒤가 욱신거린다. 그들은 이렇게 있으면 안 된다.

그들은 소파에 앉는다. 노라는 발가락을 따뜻하게 하려고 발을 헤이든의 허벅지 밑에 밀어넣는다.

헤이든이 긴장을 풀지만 완전히는 아니다.

"사랑해." 노라가 말한다.

헤이든의 눈에 행복감이 번진다. 그는 커다랗고 행복한 눈을 가졌다. 그녀는 그 눈이 항상 그렇기를 바란다. 그 행복을 유지하기 위해 그녀는 기꺼이 무엇을 할지, 얼마나 자신을 희생할지, 얼마나 부담을 짊어질지 생각해본다.

그게 정확히 노라가 해온 일이다, 그렇지 않은가? 그게 그녀의 공격 작전의 전부였다. 그녀는 모든 것을 하려고 노력하겠지만, 그러면 그녀의 눈은 뭐라고 말할까? 행복하지는 않을 텐데, 그것만큼은 확실하다. 헤이든은 그녀가 행복하기를 원한다. 노라는 이 사실을 손톱 큐티클까지, 머리카락 모근까지 깊이 알고 있다.

적어도 지금으로서는 그렇다.

왜냐하면 어떤 날에는 이런 생각을 하기 때문이다. 어떻게 이 남자가 날 아직도 사랑할 수 있지? 그녀는 거울을 볼 때면 반쯤은 납골당 묘지기가 보이는 것 같고, 그 묘지기는 타깃 신용카드와 함께, 보낸문자함에 다음과 같은 메시지가 서른아홉 개 차 있는 휴대전화를 갖고 있다.

> 잊지 마!

그리고

> 오늘 애 데려와야 하는 거 잊지 마!

그리고

> 저기요! 왜 답이 없어?!

아마 헤이든은 절대 납골당 묘지기처럼 느껴지지 않을 것이다. 그녀가 먼저 불행하지 않으면 그는 절대 불행하지 않다는 것이 명백한 사실이고 그 사실이 그녀를 매우 불행하게 만든다! 그렇게(!) 인생은 돌고 도는 것이란다, 심바.*

노라는 어떻게 말을 꺼내야 할지 생각해왔고 이렇게 말하기로 결정했다. "헤이든, 부부상담을 받아보는 거 어떻게 생각해?" 왜냐하면 "얘기 좀 할까?"는 심각하고 불길하게 들리기 때문이고 '—하게' 들릴 수 있는 것은 뭐든 현재로서는 대체로 피하고 싶다.

"정말?" 노라는 헤이든이 움찔 놀라는 것을 알아챈다.

"주로 나 때문에." 그녀가 서둘러 그를 진정시킨다. "솔직히,

---

* 〈서클 오브 라이프(Circle of Life)〉는 심바를 주인공으로 한 디즈니 애니메이션 〈라이언 킹〉의 주제가 제목이다.

내 소통 방식이 나아져야 할 것 같고…… 달라져야 할 것 같기도 해. 나도 잘 모르겠어. 혹시 도움이 될까 싶어서. 우리도 이제 결혼생활을 오래 했잖아. 복습도 나쁘지 않을 거야."

그가 눈썹 뼈를 문지른다. "당신 아마 놀랄 텐데. 나 고통을 참는 한계점이 아주 낮아." 그녀는 울 것 같은 기분이 든다. 이 대화를 노라가 울고 마는 또하나의 대화로 만들고 싶지는 않다. "에이, 뭐야." 그가 말한다. "농담이야, 농담!"

노라가 숨을 깊이 들이쉬며 터져나오려던 눈물을 눈꺼풀 뒤로 다시 밀어넣는다. "그럼 갈 거야?" 그녀가 묻는다. 너무 절박하게 들렸나? 만약 그렇다면 아마, 흠, 실제로 그렇기 때문이다.

"나 야만인 아니야. 나도 내 감정에 대해서 이야기할 수 있어." 그가 놀린다.

이것은 헤이든이 어떤 유형의 남자인가와 관련된 문제다. 노라가 아는 여성들의 80퍼센트는 아빠 버전 2.0을 다운로드했다. 그들은 아이들을 목욕시키고 학교에 데려다주고 자기 전에 책을 읽어주고 젖병을 물린다. 그러면서 심히 뿌듯해하는데 그들의 아버지들이 그런 일들을 하나도 하지 않았기 때문이다. 뿐만 아니라 그들은 페이스북에서 힐러리 클린턴에 대해 폭언을 쏟아내는 고등학교 동창 남자 한둘을 꼬집을 줄도 안다.

그러는 동안 그들은 페미니스트들이 쓰는 전문용어를 과시한다. 심지어 연애 리얼리티 쇼 〈배첼러〉에서도 이렇게 말한다. "결혼에서 저는 동등한 파트너를 원해요. 저에게 진정으로 도전할 수 있는 사람." 헤이든과 마찬가지로, 노라는 생각한다, 정말? 100퍼센트가 어떻게 생겼는지도 모르는데 오십 대 오십을 어떻게 안단 말인가? 그건 초등 산수다.

따라서 노라가 몸을 기대고는 남편의 머리에 키스하면서 "웅, 자기야, 자기 많이 발전했어"라고 말할 때, 그녀는 부분적으로는 장난삼아 말하고 있는 것이다. 그는 발전했다. 다만 충분한 정도가 아닐 뿐.

이를 닦은 다음 머리를 틀어올리고 세수하면서—물이 세면대에 철벅거린다—그녀는 희망을 가진다.

코닐리아는 천재다. 알렉시스도 그렇게 말했다. 그녀의 결혼을 보라. 모두가 나름의 문제를 가지고 있다. 노라도 알고 있다. 하지만 자신의 문제를 그들의 문제와 기꺼이 맞바꿀 수 있을지 의심스럽다.

상황은 변할지도 모른다. 헤이든은 변할지도 모른다. 그게 정말 노라가 원하는 전부인가? 변화만이 유일하게 합리적인 선택지라고 누군가가 남편에게 말하는 것이?

부부상담이라는 게 그런 식으로 작동하지 않는지도 모른다. 코닐리아가 교장선생님이라도 되는 것처럼 그 앞에 헤이든을 대령하는 건 아닐 것이다—여기 데려왔어요, 얘 좀 바로잡아주세요. 아니, 그들은 그들의 문제를 이야기해야 할 것이다. 너무 늦게 깨달았지만, 삶이 눈 깜짝할 새에 완전히 그리고 철저히 되돌릴 수 없는 것으로 변할 수 있음을 배웠던 그날, 그녀에 대한 그의 감정은 어땠는지, 그날에 대해 그가 어떻게 생각하는지를 까발리기가 그녀는 두렵다.

16

"이전에 부부상담을 받아보신 적 있나요?" 코닐리아의 사무실은 깔끔하다. 그들이 앉아 있는 매끈하고 현대적인 의자는 쿠션이 없는데도 의외로 편안하다. 노라는 자기도 모르게 사람이 어떻게 서랍 없는 책상에서 일할 수 있는지에 정신이 팔린다.

노라가 꼼지락댄다. "음, 글쎄요……" 그녀가 말한다. "아마도 한두 번이요? 결혼 초반에, 신혼 때요. 아마 엄청 크게 싸우고 나서 갔었을 거예요. 어떻게 논의해서 결론을 내려야 할지 배우러요. 계속하진 못했어요."

"별 필요성을 못 느꼈어요." 헤이든의 목소리는 사려 깊고 온화하다. "흔한 문제였죠. 일반적으로 겪는 관계에서의 성장통 같은. 잘 해결했어요." 그가 손을 뻗어 노라의 손을 꼭 쥐는데, 마치 둘 중 한 명은 누워서 수술실로 실려갈 준비를 해야 하는데도 아직 그게 누군지는 못 들은 것 같다.

놀랍게도 그 주 코닐리아의 일정에 빈 시간이 있었다. 노라는 공항에서 무빙워크에 올라타서야 기대한 것보다 훨씬 빨리 가고 있다고 알게 된 느낌이었다.

"잘됐네요." 코닐리아가 책상 뒤에서 환하게 미소 짓는다. "이 상담은 이전에 받은 상담과는 조금 다르다는 걸 알게 되실 거예요. 저는 더 낫다고 생각하지만, 저야 객관적일 수 없으니. 어쨌든 들어가는 마당에 알아두시는 편이 좋을 거예요. 제 요법은 몰입적인 경험이고, 어쩌면 혼란스러울 수도 있어요. 일부 기술은 조금…… 음, 색다르다고 느끼실 수도 있어요."

몰입. 혼란스러운. 코닐리아의 말은 그들이 디즈니월드에 있는 시뮬레이션 놀이기구라도 타는 것처럼 들린다.

헤이든이 중심을 옮겨 고쳐 앉는다. "어떤 식으로 그렇단 말씀이신가요?"

코닐리아가 팔꿈치를 펴고 평평한 책상 위에 팔을 내려놓는다. "고객이 날것의 상태에서, 선입견 없이 임했을 때 최상의 결과가 도출되죠. 줄거리를 몰라야 영화도 더 재밌지 않나요? 마찬가지라고 생각하시면 돼요. 자, 자, 죄송합니다, 헤이든, 두 발 다 떼고 완전히 뛰어들기 전에 약간의 정보를 알고 싶어하는 이성적인 분이라는 생각이 드는데, 충분히 이해합니다. 중요한 건 이거예요." 그녀가 그들 쪽으로 상체를 구부린다. "이 점을 고려하시면 좋겠어요. 대부분의 치료사들은 여러분들에게 이 일을 맡길 겁니다." 그녀는 이 말을 중요한 비밀인 것처럼 말한다. 말하면 안 되는 것처럼. "네가 얘기해라, 나는 듣는다. 그런 식으로요. 그렇게 돌파구를 찾는 거죠." 그녀가 손가락을 들어올린다. 아—하! "여기는 반대입니다. 저는 여러분들을 위해서 힘든 일을 맡으려고 합니다. 제가 그렇게 하도록 허락하시겠습니까? 제가 돌파구를 뚫도록? 이 방식이 덜 고통스럽다는 것은 약속드려요. 하지만 자세한 건 다른 날, 다른 시간에 이야기해드리죠." 노라뿐만 아니라 남편도 고개를 끄덕인다. 실제로, 이런 상황에서 그것 말고 다른 무얼 할 수 있겠는가? 법적 책임 포기 각서를 받았을 때의 기분이다. 본 실내 트램펄린 파크 방문시 본인과 자녀의 사망 및 사지 절단의 위험을 감수하겠습니까? 내성 발톱 치료는 탈모, 출혈, 심장마비, 영구적 폐 손상을 가져올 수 있음을 인지하고 있습니까? 본 급류 래프팅 여행중 보트에서 떨어져 심한 머리 부상을 입고 아무도 절대로 구해주려 하지 않는다 해도 확실히 괜찮습니까? 좋아요! 계속 진행합시다.

"먼저, 몇 가지 기본 규칙이 있어요." 코닐리아가 매우 기쁜 소식처럼 전한다. "모든 상담은 품질 관리 목적으로 녹음되지만, 여기서 말하고 행동하는 모든 것에 대한 비밀은 저뿐만 아니라 법으로 철저히 보장해드린다고 장담합니다. 두 분 중 한 분이 저와 따로 소통하시는 내용도 역시 마찬가지로 보호됩니다. 헤이든, 노라가 제게 무슨 말을 하든, 그녀의 치료사로서 저는 당신께 말씀드릴 수 없습니다. 반대도 마찬가지고요. 이해하시리라 믿습니다. 다음으로, 그리고 아마 가장 중요할 것 같은데, 상담시간 도중에는 상담을 중단할 수 없습니다. 시작하기 전에 화장실에 다녀오세요. 휴대전화는 밖에 있는 사물함에 놓아두세요. 완전히 집중하셔야 합니다. 오, 얼굴이. 두 분 다 긴장돼 보이시네요. 저 때문에 겁먹으셨네요. 죄송해요. 법적으로 필요한 부분이라. 물론 노라, 당신한테 이 말을 할 필요는 없겠죠. 명심하셔야 할 중요한 건 말이죠, 이것 하나만큼은 반드시 기억하셔야 하는데요, 저는 돕고 싶다는 거예요. 진심으로. 정확히 여러분들 같은 부부가 무슨 일이 있어도 이혼은 피하도록 돕는 데 제 평생을 바쳤어요."

헤이든이 뒤로 몸을 홱 젖힌다. "저흰 헤어지는 것에 대한 얘기는 전혀 안 한 것 같은데요. 헤어지는 이야기 한 사람이 누굽니까?"

"압니다. 제 실수예요. 다 됐습니다. 이제 형식상 필요한 것들은 완료되었으니 마지막으로 치료에 대한 여러분의 동의가 필요합니다. 녹음이 잘될 수 있도록 큰 소리로 또박또박 말씀해주세요. 헤이든, 먼저 하실래요?" 코닐리아가 묻는다.

"노라, 동의하시는 거 맞죠?"

솔직히 말해서 부부상담은 그녀에게 항상 무의미하게 느껴졌다. 사실 그것은 누가 치료사의 지지를 얻는가를 두고 벌이는 경쟁이다. 제게 투표해주세요, 전 절대 목소리를 높이지 않아요, 전 타협에 박사학위를 갖고 있어요. 저는 지극히 합리적인 사람이에요. 그리고 위험성이 높다. 누가 이기든 집에 가서 "치료사도 내 말이 맞는다고 하잖아!"라고 말할 수 있고, 어느 배우자라도 거기에 대고 반박할 수는 없다. 그 조언이란 무려 250달러짜리이고 보험 처리도 안 되기에.

그 결과, 부부상담을 받는 모두가 자신의 미친 면을 감추려고 초인적인 노력을 쏟는다. 독감에 걸려서 병원에 갔는데 의사가 어디가 아프냐고 물으면 "아니에요, 아무것도 아니에요"라고 답하지만, 타미플루 처방을 받아서 나가기를 희망하는 것과 같다.

따라서, 그렇다, 노라는 한숨 한번 쉬고 모든 것을 취소하고 싶지만, 이것은 그녀의 아이디어였다. 무례하면 안 된다. 그들은 문제가 있다. 어쩌면, 정말로 어쩌면, 최소한 고치려고 노력해야 할지도 모른다.

그녀가 고개를 끄덕인다. 한 번. 그거면 그에게 충분하다.

"알겠어요. 좋습니다. 어, 저 헤이든은 동의합니다."

노라는 자세를 바르게 고쳐 앉는다. "저도요." 그녀는 남편을 바라본다. 그녀의 다정하고 다정한 남편은, 정말 좋은 남편은, 정말로 나아질 수 있을 것이다. "저도 동의합니다."

❖

노라는 상담 후 더 맑은 정신으로 생각을 하고 있다. 플라세보 효과라고 할 수도 있겠지만 그렇게 생각하면 무슨 재미겠는가? 마치 사건에 관한 한 그녀는 본론으로 들어가야겠다고 마음먹는다. 더이상 변명은 없다. 더이상 변죽만 울릴 수는 없다. 알렉시스는 성별 공개 파티에서 결과를 기대한다고 분명하게 말했다. 과연 노라가 그러한 결과를 내놓을 수 있는 사람인가에 관한 의문이 있다면, 그녀는 그 의문에 응답하고자 한다.

늘 산란한 노라의 머릿속에도 개별 사례에 대해 적절하다고 여겨지는 방법론은 존재한다. 하지만 특히나 이 사건은 어쩐지 명확한 범주화에 저항하려 안간힘을 쓰고 있다. 그날 저녁 코닐리아와의 첫번째 상담을 마치고 노라는 일종의 들썩이는 에너지를 느끼는데, 팔 길이가 아슬아슬하게 모자란데도 어깻죽지 사이의 가려운 곳을 긁으려 하는 기분이다. 발산할 구멍을 찾지 못하자 그녀는 페니에게 문자 한 통을 보낸다.

딸이 잠든 후에 댁에 들러도 될까요? 일의 진척 상황을 알려드리고 몇 가지 미진한 부분에 대해 이야기를 나누고 싶어요.

응답은 빠르며 고맙게도 긍정적이다. 결혼한 이후로 노라의 삶은 아귀가 딱딱 들어맞은 적이 한 번도 없었지만, 하루 열다섯 시간의 노동을 견디게 해주었던 힘과 의지력으로 헤쳐나갈 수 있었다. 오랜만에, 다시 그렇게 해볼 만하다는 생각이 든다. 리처드 마치의 죽음 문제도 그 기하학의 일부다. 방정식을 풀기 위해서는 올바른 각도에서 문제에 접근하고 있다는 확신이 필요하다.

❖

도시 중심부에서 몇 마일만 벗어나도 밤은 더 어둡다. 이는 노라에게 교외의 덜 매력적인 요소 중 하나다. 가장 무서운 뉴스는 항상 '조용한 동네에서'로 시작하는 것 같다는 생각이 그녀의 뇌리를 떠나지 않는다. 비록 뉴스거리가 생겨나는 이유 자체가 희귀성 때문이고 그 밖에 결코 하찮지 않은 구조적인 인종차별주의가 있다는 걸 알지만, 다이너스티 랜치의 일렬로 늘어선 인형의 집들과 박스형 퇴창들을 보니, 진심으로 순수에 대한 평화로운 허식을 깨부수고 싶다는 무서운 유혹이 든다.

마치의 집에 흩어져 있는 잔해에서 움직임이 감지되었을 때, 노라는 눈이 농간을 부린다고 확신한다. 자동차를 천천히 몰면서 창문을 내린다. 바람결에 연기가 떠다닌다. 뭔가가 타면서 나는 연기가 아니다. 그보다는 역겨운 화학약품냄새가 나는 담배 연기다. 뒤따라 언뜻—그녀 생각에는—목소리가 들려오는 것 같다. 노라는 안전벨트를 풀고 조심스럽게 차에서 내려, 주저하며 어둠 속에서 잔해를 헤치고 나아간다. 멍청하거나. 결의에 찼거나. 아니면 둘 다거나.

"넌 이곳에서 떨어져 있기가 힘든가보구나, 프랜신?" 소녀는 얼룩덜룩한 벽난로를 등진 채, 팔꿈치를 무릎에 괴고 오버사이즈 롤링 스톤스 티셔츠 차림으로 앉아 있다. 가까이에 보드카 병이 놓여 있다. 옆에는 십대 소년이 그녀를 보호하려는 듯 일어서서 어깨를 곧추세우고 가슴을 부풀리는데, 십대 남자애들이 사이즈를 확인하려고 옷을 입어볼 때 꼭 저런 모습이다. 그럴 필요 없어, 라고 아이에게 말해주고 싶다고 생각하면서 노라는 눈으로 그곳을 빙 둘러 훑는다.

"저희는 마을방범대예요. 잘 지켜봐야 해요." 프랜신이 두 손가락으로 이런 제스처를 취한다. 널 지켜보고 있어.

노라가 휴대전화의 손전등을 켠다. 빛줄기가 프랜신이 앉은 곳 부근의 작은 담배꽁초 무덤 위를 지나간다.

"난 노라야." 그녀가 소년에게 말한다. "처음 만나는 것 같구나." 소년은 보이밴드에서 가장 순진한 멤버처럼 아기 같은 외모인데, 그걸 만회하려고 헬스장에서 긴 시간을 보낸 것이 틀림없다. 그리고 정말 효과가 있다. 이 정도면 적지 않은 소녀들이 수년 동안 그의 이니셜을 노트에 끄적거릴 것 같다고 생각한다.

프랜신의 목소리는 어떤 교감도 끊어버리는 칼 같다. "아무 말도 할 필요 없어." 그가 대답하기 전에 프랜신이 말한다. "경찰이 아니니까. 아니죠, 그죠?"

"아니야." 노라가 대답한다. 소년이 눈에 띄게 긴장을 푼다. "변호사야."

그가 프랜신에게 고개를 휙 돌리면서 눈썹을 치켜올린다. 둘 사이에 뭔가가 지나간다.

"흠, 전 그냥 프랜신 친구예요." 그가 말한다. 두 친구가—아니, 그냥 친구 사이일 뿐인 아이들이—불타 무너진 집에서 노는 것, 자 여기서 걱정할 만한 것이란? 리브가 이 나이가 되면 노라는 진정제를 맞아야 할 것이다.

"만나서 반가워." 노라가 가장 어른다운 어조로 말한다.

아무리 열여섯이라도 그녀라면 최근에 누가 죽은 장소 근처에서 어슬렁대지는 않을 것이다. 예의가 아니라고 생각하는데, 솔직히 이런 생각이 어른답다기보다는 꼰대처럼 들리긴 한다. "좋아, 프랜신, 마을방범대라니까 몇 가지 질문 좀 할게. 우선, 이 집이 불타던 날 밤에 어떤 이상한 점을 발견한 게 있니?" 노라는 프랜신에게만 말하는데 아이는 담배를 빨아들이면서 지루한 척을 하고 있다. 아니면 실제로 지루하거나—이 나이대 아이들은 구분하기 힘들다.

"그날 밤 비번이었어요."

"네가 집에 '태워 다 태워버려'라는 메시지를 썼지?"

"그런 거 하지 말라고 했잖아." 소년이 중얼거린다.

"네, 뭐, 제가 디스코 인페르노 노래를 좋아하거든요." 프랜신이 벽난로 선반의 남은 부분에 담배를 비벼 끈다.

"화재가 났을 당시 넌 알렉시스의 집에서 아기를 보고 있었어."

"오, 보세요. 알리바이가 있네요." 프랜신이 말한다.

소년은 탁구 경기 관람객처럼 두 사람을 지켜보고 있다.

"난 알리바이에 대해서는 아무 말도 안 했어." 노라의 전화기 불빛 속으로 날개 달린 벌레들이 휙휙거리며 들락날락한다. "그래서, 그날 밤에 알렉시스의 집에서 안 나갔니?"

"그게 책임감 있는 거죠. 아닌가요?" 프랜신이 다리에 앉은 모기를 찰싹 때린다.

"아무 소리도 못 들었고. 아무 냄새도 못 맡았고. 동네 사람이 아닌 사람은 아무도 못 봤단 말이지."

"프랜시." 소년이 입을 열더니 주저한다.

프랜신이 소년을 향해 날카롭게 눈을 흘긴다. "소파에서 잠들었어요."

소년이 목뒤로 손가락 깍지를 낀다.

"어머니에게 네가 그렇게 말했지." 노라가 말한다.

"다음날 학교 가는 날이었어요." 프랜신의 태도에서 뭔가가 변하면서, 이 마지막 말은 아까 같은 허세 없이 나직하게 나온다. 그녀가 보드카 뚜껑을 돌려서 열더니 꿀꺽꿀꺽 마신다. 알코올로 인해 불콰한 기운이 얼굴에 올라온다.

노라가 어조를 누그러뜨린다. "난 그날 밤 무슨 일이 일어났는지, 뭐가 잘못됐는지 알아내려는 것뿐이야. 만약에—만약에 네가 말하지 않는 게 있다면—"

소년이 프랜신 옆에 앉았다가 빠르게 다시 일어난다. 그는 어느 쪽이 좋은지 결정하지 못한다. 여기서 누가 권력자인지는 분명한데, 그는 아니다.

"제가 왜 말해야 하는데요?" 프랜신이 묻는다.

코닐리아를 엄마로 두어서 이 소녀가 이렇게 질문이 많은 건지 노라는 궁금하다. 부모가 치료사라는 건 아이에게 어떤 영향을 끼칠까? 프랜신이 그 지표라면 전부 햇살과 무지개 같지는 않은 것 같다.

"그게 내 일이니까. 그러려고 내가 고용됐으니까—"

"아줌마도 그 사람들 중 한 명이죠?" 프랜신이 세게 발음한다.

"누구 말하는 거야?"

"우리 어머니 친구들."

"아니야. 꼭 그런 건 아니야." 아직도 〈마이 리틀 포니〉를 본다고 방금 프랜신이 비난이라도 한 것처럼 노라가 방어적으로 대답한다—여담이지만 보긴 본다, 하지만 리브와 함께. "아직은 아냐." 아직 확신할 수 없기에 그녀가 정정한다.

"아줌마가 여기 온 거 알아요?"

"누가?"

"우리 어머니가요."

"나도 너희 둘한테 똑같은 질문을 할 수 있겠네." 노라는 프랜신과 그녀의 '친구'를 번갈아 훑는다. 두 사람이 그녀가 나타나기 전에 〈쿰바야〉*나 부르면서 함께 앉아 있었을 리가 만무하다.

"가야 할 것 같아." 소년이 목소리를 낮춘다. 그는 눈맞춤을 피하고 있다는 사실을 감추려 하지만 실패한다.

---

* 흑인 영가로, 미국 민권운동이나 캠프파이어에서 즐겨 부르는 노래로 유명하다.

노라와 프랜신은 좀더 머뭇거리면서 서로를 탐색한다. 노라는
여기서 자신의 역할이 무엇인지 가늠하려 애쓰면서, 코닐리아와
애셔에게 말하기와 말하지 않기 중에 어느 쪽이 더 최악일지 계
산해본다. "반항아가 되려고 갖은 재주를 부리고 있는 것 같은데,
그만두지 않으면 진짜 곤경에 처하게 될 거야." 그녀가 술과 다른
모든 것을 향해 손짓한다.

하지만. 노라는 먼저 발걸음을 돌린다. 거기서 빠져나올 수 있
어서, 맑은 공기 속으로 다시 발을 내딛게 되어서 기쁘다.

거의 그 집을 벗어났을 때 대답이 들려온다. 밤공기에 높고 청
량하게 울리는 프랜신의 목소리. "소녀들은 마음먹은 대로 무엇
이든 될 수 있어요."

❖

노라가 풀하우스 문을 두드렸을 때, 밤에 주로 활동한다고 주
장하던 페니는 이미 파자마를 입고 있다. 노라가 그녀를 기다리
게 한 것이다.

"앉으세요." 페니가 소파에 자리잡는다. "살면서 겪을 만큼 겪
었다고 생각했는데, 이제 자비 없는 허리밴드가 달린 바지까지
더해진 것 같네요." 그녀는 경쾌한 수박 무늬가 들어간 전형적인
단추 달린 파자마를 입고 있다.

노라는 안락의자에 앉아서 노트와 얇은 마닐라 파일 폴더를 꺼
낸다. "리처드에게 무슨 일이 일어난 건지 잘 모르겠어요." 그녀
가 직설적으로 주저 없이 말한다. "아직은요."

"아." 페니가 아주 약간 풀이 죽는다. "그럼 어쩔 수 없죠." 그녀가 순응한다. "제가 그렇게 간절해 보이나요?"

노라의 입술이 일직선 속으로 사라진다. 그녀는 가전제품회사와 나눈 대화와 지역사회 계획을 검토한 내용을 자세히 설명하고, 공식적인 의료기록에는 없을 수도 있는 리처드의 정신건강 이력 세부사항에 대해 가볍게 몇 가지 물어볼 계획이었지만, 그러는 대신에 자기도 모르게 맞잡은 손을 폴더 위에 얹는다. "코닐리아의 딸 프랜신에 대해서 알고 계신 게 있나요?"

그 여자아이는 '출입 금지'라고 쓰인 표지판이 달린 벽을 세운 것이나 마찬가지인데, 노라가 보기에는 적어도 가능한 두 가지 시나리오가 있다—프랜신이 그날 밤 무언가를 보았는데 말하고 싶지는 않은 경우로 이 경우에는 왜 그런지가 관건이다. 또는 자신의 행방을 감추려 하는 경우다. 어느 경우든, 프랜신과 그녀의 수수께끼 같은 친구 사이에서 이루어진 조용한 협약과 골문 수비를 알아차리지 못하기란 불가능했고, 그게 노라에게 잘 수긍되지 않는 부분이다. 긁지 않은 채 남겨두었기에 당연히 가렵기 마련이다.

페니의 얼굴이 찌푸려진다. "잘 안다고 봐야겠죠. 제 대녀니까요. 뭘 알고 싶으시죠?"

"대녀라고요? 몰랐네요." 이곳에 대해 노라가 아직 배워야 할 것이 많다.

"진짜로 공식적인 건 아니고요. 코닐리아가 가톨릭신자거나 그런 건 아니라서. 프랜신이 세례를 받을 당시에는 아는 사이가 아니었어요. 하지만 맞아요. 일곱 살 때쯤부터 쭉. 전 좋았어요.

특히 줄리아와 셰이가 대학에 간 이후로는."

"그럼 가까우시겠네요." 노라는 조심스럽게 접근한다. 이런 종류의 취조는 이미 가시가 박혀 있다. 사실 그녀는 어디를 향해 가고 있는지조차 완전히 확신하지 못한다. 어둠 속에서 계속 더듬거리다보면 언젠가는 쓸 만한 것을 건드리겠지 싶을 뿐이다.

페니는 진짜 웃음 대신에 하, 하고 한 음절을 내뱉는다. "십대잖아요. 연락 안 한 지 꽤 됐죠."

"얼마나 됐죠?"

페니가 한쪽 눈을 꾹 감고 계산한다. "최소 몇 달은 됐네요. 정확한 일수는 모르겠어요."

"그럼 리처드가 죽기 이전부터였겠군요."

"네."

"왜 그렇게 됐죠?" 노라는 과욕을 부리며 밀어붙이고 있는 걸까봐 걱정된다. "균열이 생긴 데는 뭔가 이유가 있지 않겠어요?" 그녀는 프랜신이 왜 그렇게 행동하는지 알고 싶다.

"아, 그애는 제가 고자질쟁이라고 생각해요." 페니가 소파 쿠션 가장자리에 삐져나온 실밥을 뜯는다. "돌려 말했지만 그게 요점이에요. 제반 상황을 생각하면 이젠 좀 우스꽝스럽죠. 프랜신한테 남자친구가 있었어요." 이 말에 노라는 정신이 번쩍 든다. "데빈. 처음 하는 진짜 연애 같은 거였죠. 아주 귀엽게 생긴 애였어요. 뭐, 저는 늙긴 했지만 눈은 있으니까요. 프랜신이 그애를 진짜 좋아했어요. 아니, 사랑했죠. 내 말이 너무 거들먹거리는 것처럼 들리네요. 프랜신은 데빈을 사랑했어요. 십대들 사랑이 진짜 사랑인데, 멍청한 사람은 저군요. 그런데 걔들은 약간 불안했어요. 솔직히 자기감정을 다루는 법을 배워가는 중이었던 것 같아요, 연애 관계를 지속하는 방법이요. 그 자체가 하나의 기술이 거든요. 많이 싸웠어요. 코닐리아는 그게 프랜신의 목표 등등을 향한 집중력에 영향을 미친다고 생각했고 그래서 커플상담을 받아보라고 제안했죠."

"커플상담이요?" 노라가 믿지 못하겠다는 표정을 짓는다. "코닐리아와요? 하지만 아직 어린애들인데요." 그녀의 고등학교 남자친구들 중 하나를 커플상담에 끌고 가는 상상을 해본다. 수백만 년이 흘러도 결코 있을 수 없는 일이다.

"코닐리아는 그 연구에 무척 흥미가 커요. 특히 좋아하는 프로젝트예요. 코닐리아 말로는 이른 시기에 개입하면—십대 시절이나 심지어 그전에요—결과가 더 좋다고 하더라고요. 성인들의 행동 변화처럼요. 과학 용어 같은 건 저는 잘 모르니 묻지 마세요, 하지만 근본적으로는 말이 된다고 생각해요. 절 보세요, 전이미 제 방식에 너무 굳어져버렸잖아요."

"그렇죠, 하지만 제정신이라면 어느 열여섯 살짜리 소년이 동의할까요?"

"그렇긴 해요. 저는 그 나이에 학교 주차장에서 손으로 해주고 있었으니까. 그런데 프랜신 세대는 완전히 다른 종족이에요. 자기감정과 그 원인을 가까이 들여다보죠. 십만 명이 동의하는 청원 같은 걸 대부분 재미있어하더라고요. 적어도 그런 걸 계획해요. 대부분은 당연히 허튼소리죠. 아무리 그래도 젊은 애들은 아직 젊은 애들이니까요."

"그래서 데빈이 커플상담을 받았다는 거군요." 노라는 조금 놀란다. 데빈. 그녀가 보았던 소년이 데빈일까?

"프랜신과 헤어지기 전까지요."

"아." 그렇다면 아닐 것이다.

"적어도 프랜신이 코닐리아에게는 그렇게 말했으니까." 페니는 이야기를 이어가며 점점 탄력을 받는다. "제가 어느 날 대낮에 코닐리아 집에 들러야 할 일이 있었는데, 프랜신과 데빈이 낮 뜨거운 자세로 있는 걸 목격했어요." 그녀가 고개를 손안으로 떨군다. "당황스러웠죠. 프랜신은 학교에 있어야 할 시간이었어요. 당연히 어머니에게 말하지 말아달라고 저한테 간청했지만, 전 말해야 했죠. 코닐리아한테는 원칙이 있으니까."

"코닐리아 반응은 어땠죠?"

"당연히 좋지 않았죠. 둘이 자기 몰래 숨어서 만나고 돌아다닌다는 사실을 싫어했어요. 어머니로서 어떻게 하겠어요? 그 사건만으로도 데빈은 유해한 존재라는 게 입증되었다고 말했죠. 따라서 그 아이들 연애의 역학관계가 코닐리아가 느끼기에 불편하지 않을 때까지 상담을 계속하거나, 그게 아니라면 더는 만나지 말라고 했죠. 프랜신은 저를 탓했어요. 저는 그애와 이야기해보려 했지만 걔는 너무 고집불통이에요. 코닐리아는 순진하다는 표현이 더 맞는다고 생각하지만. 적어도 저랑은 풀 수 있을 줄 알았죠. 근데 그애는 아직 준비가 안 되어 있었고, 그러다가 화재가 일어났고, 모든 것은 후순위로 밀려나게 되었어요. 표현이 너무 튀나요."

노라는 지금까지 프랜신과 나눈 짧은 소통을 생각해본다. 결국 데빈이라는 인물이 여전히 연관되어 있을 수도 있다. 노라가 그 목격자고. 말해야 할까? 프랜신이 옳았다는 것을 증명해 보이고 싶지 않다. 그 사람들 중 한 명, 프랜신은 상당량의 조롱을 담아 그녀를 그렇게 불렀고 이제 노라는 이해가 된다. 하지만 왜 이 중 무언가가 프랜신으로 하여금 페니의 집이 불타서 재가 되던 날 밤에 벌어졌다고 믿는 일을 말하지 못하게 막고 있을까? 정말로 대모에게 그렇게까지 화가 났을까?

따라서 아니, 그럼 퍼즐은 완전히 맞춰지지 않았다. 전혀. "그런데," 노라가 말한다. "그애가 데빈을 만나는 걸 코닐리아가 실제로 막을 수는 없지 않나요? 제 말은, 그애가 하는 일을 완전히 통제할 수는 없지 않냐는 거예요."

페니의 표정이 뭔가 수상쩍은 기운을 띤다. "그렇게 생각하신다면, 코닐리아를 잘 모르시는 것 같네요."

17

━━━

그날 밤 노라는 침대에 누웠지만 잠들지 못했다. 결혼생활도 그렇고 그녀는 뭐든 꼭 긁어 부스럼을 내고 마는 것만 같았다. 지금 노라를 괴롭히는 것은 또다른 맥락이다—프랜신, 페니를 싫어하는 소녀. 코닐리아와 테아가 알렉시스의 베이비시터의 정체를 조용히 숨기려 했던 것을 보면, 노라는 이게 단지 자신만의 생각은 아니리라는 의심이 강하게 들었다.

어떤 느슨한 실을 따라가야 할지 노라가 어떻게 결정할 수 있을까?

몇 시간 동안 어머니의 졸피뎀 약통이 약장 안쪽에서 소중한 망각의 시간을 약속하며 그녀에게 손짓했다. 그러나 그녀는 저항했다.

지금, 아침 햇살 속에서, 노라는 그 의지력을 발휘한 걸 후회한다.

그녀는 자동차 안에서 너무 작은 백미러에 의지해 부은 눈꺼풀 위에 아이라인을 그리려 애쓴다. "초록불은 가라는 뜻이야, 엄마." 리브가 조수석을 발로 민다. "빨리, 엄마. 지각하기 싫어. 원숭이반은 오늘 레모네이드 만든단 말이야."

뒤에서 빵빵거리자 노라가 움찔하고는 휘청이는 발로 액셀을 밟는다. 아이라이너 끝이 위로 홱 솟아 애먼 부위에 검은 자국을 남긴다. 어린이집 주차장으로 진입하면서 침을 발라 지우려 해보지만, 결국 밤새 메이크업을 안 지우고 잔 얼굴처럼 되어버린다.

사실은 정말 안 지우고 잤다. 잡지에서 어떤 연예인 인터뷰—하여튼 어떤 놀라운 피부를 가진 사람—를 읽은 적이 있는데 그 연예인이 꽤 권위적인 어조로, 여성들이 메이크업을 안 지우고 밤에 잠들 때마다 피부가 한 달씩 늙는다고 했다. 이 계산법에 따르면 노라의 얼굴은 나이가 거의 육십에 육박하는데, 일반 사람들 달력이 아니라 제니퍼 로페즈 달력으로 육십이리라 나름대로 확신한다. 그 경우라면 별로 나쁘지 않다.

차를 주차하자마자 이메일을 확인한다. 셀룰라이트 없애기와 강박적인 이메일 확인 그만두기 중에 하나를 선택해야 한다면 그녀는 십중팔구 후자를 택할 것이다. 하지만 이번만은 기쁘다. 어린이집에서 메시지가 와 있어서다. 제목에는 이렇게 적혀 있다. '확인 요망: 교사와의 만남일이 이번주 금요일입니다!!'

메일을 연다.

학부모님들께.

본원에 내년 학기 등록을 마치셨다면, 지난주에 귀 아동의 학급 친구들과 교사 목록을 받으셨을 겁니다. 이번 학기가 끝나가고 여름으로 진입해가는 시점에, 올해에는 학부모님들께 아이들의 가을학기 선생님과 만나서 요청사항과 새로운 교육 방식에 대해 알아보실 기회를 제공하고자 합니다.
질문을 많이 준비해 오세요. 오직 학부모님들만을 위한 행사
입니다. 아이들은 창의활동실에 맡기실 수 있습니다.

사랑과 평화가 가득하길 바라며,
TFCP 직원 일동

노라가 좌석에 앉은 채 딸에게 고개를 돌린다. "리브, 가방 안
에 종이 받은 거 있니?"

"아니."

"정말? 태라 선생님이 주셨는데 집에 가져오는 거 깜박한 거
아니야?"

"아냐. 엄마, 내 말을 들어주는 귀를 열어줘."

노라는 안전벨트를 풀고 시간을 확인한다. 교실에 아이를 데려
다주면서 태라 선생님에게도 같은 질문을 해보는데, 태라 선생님
은 리브에게 서류를 줬는지 기억이 잘 안 나지만 주지 않은 것 같
다면서, 그래도 줬을 수도 있는데, 다시 생각해보니 기억이 잘 안
난다고 말한다.

따라서 노라는 계단을 터벅터벅 올라가 사라진 서류를 받으러
행정실 건물로 간다. 사실 리브의 킨더브리지 선생님이 누군지
알고 싶었다. 지난 연도와 다르게 올해는 전열을 가다듬었기 때
문이다. 사전조사를 해서 선생님 요청을 넣었다!

그녀는 신중하게 샌드라 선생님을 골랐다. 가장 오랜 기간인
이십사 년 동안 이곳에서 학생들을 가르쳐온 교사이자 모든 사람

들이 이구동성으로 무조건 최고라고 하는 교사이기 때문이다. 노라는 자신이 이제 이런 것들을 아는 엄마라는 사실을 흠뻑 즐긴다. 화룡점정으로 크리스마스 축제에 100달러를 기부하기까지 했다. 스팽글러 가족은 골드 등급 후원자다. 야호.

노라는 일단 모든 것을 정리한 후에야 돌아갈 것이다. 그녀는 끼적거려놓은 드로잉들과 움직이는 플라스틱 눈과 모루가 붙은 종이 접시 수십 개로 장식되어 있는 행정실 현관 복도로 성큼성큼 다가간다. 오랫동안 모루를 까맣게 잊고 있었다. 어떤 이유에선지 어린 시절의 중요한 일부였던 것 같은데도 말이다.

"안녕하세요." 책상 뒤에 앉아 있는 한 젊은 여성이 인사한다. 어린이집 행정실 직원이 팔에 저렇게 문신이 많다고? 요즘은 모두가 팔에 문신을 하는 것 같다.

"저희 딸이 내년 교사 배정 문서를 잃어버린 것 같은데요, 다시 한 부 받아 갈 수 있을까 해서요. 너무 죄송합니다."

"따님 이름이 어떻게 되죠?"

"올리비아 스팽글러요." 노라가 대답한다. 여자가 알고 있어야 한다고 생각했지만.

직원이 컴퓨터 쪽으로 당겨 앉아 타이핑한다. 펑키한 무늬가 날염된 레깅스를 신은 한 엄마가 도넛 두 상자를 들고 두 살짜리 아이들 교실을 향해 지나간다. 컴퓨터 앞에서 올리비아의 이름을 찾던 여자가 흘끗 올려다본다. "오, 제이크 생일이라서 가져오신 건가요? 너무 다정하시네요!"

노라는 뜨끔한다. 그 순간이 빨리 지나가기를 기다리면서 전단지 하나를 살펴보는 척한다.

"흐으으음······" 직원이 화면으로 몸을 기울인다. "하나만 확인해보고 올게요." 그녀가 일어서더니 뒤편 사무실로 사라진다.

노라는 이메일을 열어보고 싶은 충동이 일지만 교내에서 학부모는 휴대전화를 치워야 한다는 사실을 이내 상기한다. 그녀는 휴대전화를 바지 주머니에 찔러넣는다.

어쨌든 그만큼 노라는 받은 편지함에 심하게 중독되어 있다. 전화기가 가방 안에 있으면 분리불안이 생긴다.

"노라?" 문신을 한 행정실 직원이 얇은 마닐라 폴더를 가지고 되돌아온다. "리브가 내년 등록이 되어 있다는 기록이 안 보이네요."

"등록되어 있을 거예요." 노라가 살펴보던 전단지를 옆으로 치운다.

"제출된 서류가 없어요. 바로 유치원으로 보내지 않기로 한 거 맞으시죠?"

말도 안 된다. 이제는 아무도 아이를 바로 유치원으로 보내지 않는다. 아이들을 잡아두는 게 요즘 대세다.

"네." 노라가 고개를 젓는다. "확실해요. 리브는 킨더브리지에 남을 거예요. 태라 선생님께서 그렇게 하라고 추천하셨어요."

그 여자—노라가 아마도 이름을 기억하고 있어야 할—는 미안해하는 표정이다. "문제는, 등록 마감일이 두 달 전이었단 거예요."

"맞아요, 그래서 그때 제출했어요."

"수표도요."

"그것도 그때 냈고요."

희미한 희망의 기운이 여자에게서 솟아난다. "좋아요. 그게 도움이 되겠네요. 계좌를 보시고 수표가 언제 현금화되었는지 알아봐주실 수 있나요?"

당황한 노라는 알겠다고 한다. 손가락을 더듬거리며 휴대전화를 찾는다. 온라인 뱅킹 앱을 열어서 지난 몇 달간 썼던 수표를 꼼꼼하게 훑어내린다. 많지는 않다. 어린이집이나 가사도우미를 제외하면 기본적으로 이제는 아무도 수표를 쓰지 않기 때문이다. 작은 화면 위로 스크롤을 내렸다 올렸다, 내렸다 올렸다 하는데 입이 바짝바짝 탄다. 컴퓨터 앞에 앉아 있기만 하다면 바로 찾을 수 있을 것 같다. "그게…… 안 보이네요, 근데 정말 냈거든요. 그쪽 기록이 잘못된 것 같아요." 노라는 직원의 얼굴에 다시 떠오른 실망의 표정을 알아차린다. "당신이 그랬다는 건 아니고요." 황급히 정정한다. "누군가가 그랬겠죠. 누군가가 기록을 누락한 게 틀림없어요. 신경쓰지 마세요, 중요한 게 아니니까. 수표를 새로 쓸게요. 서류를 다시 작성할게요." 노라가 핸드백을 뒤적거린다.

"킨더브리지 자리가 완전히 꽉 찼어요."

노라의 얼굴이 얼어붙는다. "그럴 리가."

"사실입니다."

"그래도 학생 하나는 끼워넣을 수 있잖아요. 우리 아이는 이미 여기 다니고 있는데. 리브는 아직 작기도 하고요." 그녀가 손을 허리 밑까지 내려 보인다. "나이에 비해 작아요. 그래서 초등 과정에 진학하기 전에 더 다니려는 거예요."

가슴이 조여온다. 헤이든. 리브의 어린이집 등록을 노라가 망친 걸 알면 헤이든이 뭐라고 할까? 넌덜머리나는 절박함이 그녀를 압박해온다. 다시 핸드백을 광적으로 샅샅이 뒤지기 시작한다. 기부하면 될 것이다. 큰 금액을. 그러면 곧바로 플래티넘 등급이다. 얼싸.

여자는 유치원 선생님 같은 어조로 노라에게 말한다. "할 수만 있다면 예외를 만들어드리고 싶지만, 국가에서 교사 대 학생 비율을 맞추라고 요구하고 있고 원생 수도 이미 꽉 찼습니다."

"꽉 찼다고요." 노라가 미련스레 반복해 말한다.

"이 부근에 있는 다른 훌륭한 어린이집을 소개해드릴 수 있어요."

안 돼! 노라는 고함치고 싶다. 이곳이 리브의 어린이집이다. 아이는 이 어린이집을 사랑한다. 리브는 아무거나 사랑하지 않는다. 아이는 까다롭다. 아주, 아주, 까다롭다. 따라서 내년에는 기린반에 들어갈 것이고 〈셰퍼드 셔플〉을 부를 것이고—

일정 알림이 울린다. 개리의 사건들 중 하나에 대한 증거개시 서류가 방금 들어왔다.

노라는 깊고 떨리는 숨을 들이쉰다. 달리 무엇을 해야 할지 전혀 모르겠다. "제가 자세히 알아볼게요. 제가—음, 또 연락드리겠습니다. 음—감사드립니다!" 목소리가 어색하게 흔들리면서 그녀는 180도 태도를 바꾸어 과도하게 친절한 엄마, 트리니티 필즈가 한 해 더 있어주기를 강력하게 원하는 엄마, 교사들에게 막바지에 급하게 산 선물이 아니라 정말 좋은 감사의 선물을 주는 엄마, 스콜라스틱 북 페어 봉사에 자원하는 엄마가 되려 한다. 그런 종류의 엄마. "도와주셔서 정말 감사합니다. 또 봬요!"

노라는 혼비백산하여 어린이집을 나선다. 당연히 100퍼센트 이런 일이 일어날 리 없다. 리브는 내년에도 트리니티 필즈 크리스천 어린이집에 다녀야만 한다. 노라의 속은 계속 타들어간다.

쏟아지는 햇빛 속에서 그녀는 주차장에서 맴도는 어머니들, 아마도 내년도 어린이집 등록을 모두 마친 어머니들을 서둘러 지나친다.

사무실로 돌아와, 노라는 개리의 증거개시 서류를 무시하고 대신에 문을 닫고는, 책상 위에 쌓인 당혹스러운 쓰레기 무더기들을 불도저처럼 밀고 나가기 시작한다. 〈아메리칸 법률 저널〉, 캠페인 전단지, 최신 전화번호 명부 같은, 읽으려고 생각해본 적이 한 번도 없는 것들이 책상 위에 어지러이 놓여 있다. 인정사정없이 쓰레기통에 처넣는다. 다음은 리걸 패드, 끼적거린 메모들, 지난 급여 명세서, 드라이클리닝 영수증.

책상 표면이 보여 기분이 괜찮아진다 싶을 때 그것을 발견한다. 윗부분에 트리니티 필즈 로고가 박힌 명백한 증거. 노라는 의자에 털썩 주저앉아 태곳적 좌절감의 비명이 터져나오는 것을 막지 못한다.

버겁다.

그 생각뿐이다. 버겁다.

모두 다. 빌어먹을 것들 다.

여기다 애를 하나 더 추가한다니 얼마나 천재적인 생각인가?

정말로 이 모든 것을 헤이든 탓으로 돌리고 싶지만 애초에 그에게 등록 서류를 작성하라고 요청했던 적이 없다. 등록 마감일이 지났다는 사실도 그는 모르고 있을 거다. 이뿐만이 아니다. 그녀가 어머니 역할에 최악이라는 사실을 보여주는 목록은 얼마든지 생각할 수 있다. 리뷰 사이트 옐프에 모성애 항목이 있다면 그녀는 별 하나짜리 리뷰를 수도 없이 받을 것이다.

좋은 리뷰도 확실히 꽤 있긴 하겠지만. 예를 들어 생일을 성대하게 챙긴다든가, 어린이집 파티에 항상 참석한다든가. 리브가 아프면 벌떡 일어나며 심지어 귀찮아하지도 않는다. 게다가 믹서기로 밀크셰이크를 만들 수 있는데 목이 아플 때 정말이지 최고의 치료법이 되어준다. 운전할 때 동요를 듣는다. 말할 때 고운 말을 하려고 매우 진심어린 노력을 기울인다. 따라서, 그래, 다 나쁜 건 아니라고, 스스로를 다독이려 해본다.

하지만 아직 오전이고 벌써 하루가 화려한 대재앙이 되려는 조짐이 보인다.

❖

노라가 가만히 앉아 있는 동안 코닐리아가 가슴 윗부분과 복부에 끈을 고정한다.

"여성들은 가슴으로 호흡하는 경향이 있어요." 코닐리아가 설명하면서 혈압계 밴드를 노라의 팔에 두르고 고정한다. "반면에 남자들은 배로 호흡하죠."

소파 맞은편에 앉은 헤이든이 그녀를 향해 웃긴 표정을 지어 보이는 사이 그에게도 필요한 코드와 피부 센서가 장착된다. 앉은 자세로 보아 그는 자신이 움직이면 안 된다고 생각하고 있는 게 틀림없다. 불쌍한 사람, 가려울 텐데.

코닐리아는 마지막 센서를 노라의 넷째 손가락 끝에 부착한다. "자, 편안하신가요?" 코닐리아는 다시 자신의 책상 의자로 거침없이 돌아간다.

사실, 좀 과한 것 같아요, 라고 노라는 말하고 싶지만 선생님의 총아 기질이 내면에서 대거 튀어나오면서 네, 라고 대답한다. 부부상담에 오신 것을 환영합니다. 두번째 상담시간입니다. 첫번째 상담은 본격적인 뭔가가 시작되기 전에 그들을 안심시키기 위해 의도적으로 고안한 소프트볼이었다는 강력한(아마도, 정확한) 회의가 들었던 터였다.

코닐리아가 앞에 놓인 노트북을 클릭한다. 헤이든과 노라는 코닐리아의 컴퓨터 포트에 USB 케이블로 연결된 키보드를 각자 갖고 있으며, 그 옆에는 그들의 호흡 보조장치로부터 나오는 와이어가 있다. 노라는 그것이 어떻게 작동하는지 전혀 모르겠다.

"자." 코닐리아가 손깍지를 끼더니 스테인리스스틸 책상 위에 내려놓는다. "여러분이 받기로 동의하신 치료 과정은 PACT의 한 분파에 기초하고 있습니다. PACT란 '부부상담에 대한 정신생물학적 접근법'의 약자죠. 이 단련법은 제가 가장 존경하는 멘토이신 네하 비타 박사의 연구에서 파생되어 완성되었죠. 오늘은 동반자 관계의 유대감에 초점을 둘 텐데요, 두 분의 결혼생활의 강점을 조감도적인 시선으로 살펴볼 겁니다. 뭔가 무겁게 들리지만 긴장하실 필요는 없어요. 이건 다원 기록기 테스트, 즉 흔히 거짓말 탐지기라고 알려진 테스트입니다. 간단해요."

젠장, 노라는 갑자기 공황 상태에 빠진다. 실질적인 해결책이 눈에 보이기 전까지, 헤이든에게 리브의 어린이집과 관련해서 무슨 일이 있었는지 사실대로 말할 생각은 추호도 없기 때문이다. 이 부부상담에서 승인될 만한 전략은 아니겠지만, 특히 그녀에게 부착된 거짓말 탐지기로는 더더욱 그렇겠지만, 노라도 나름의 이유가 있다.

그렇다고 그녀가 거짓말을 즐긴다는 것은 아니다. 솔직히 거짓말도 피곤하다. 하지만 거짓말은 과한 오명을 쓰고 있다. 노라가 거짓말을 한다면, 오직 진실이 오해를 낳을 수 있기 때문이다. 표면적으로, 그녀의 실수는 리브에게 영향을 주기 때문에 그의 실수보다 훨씬 심각하다는 것을 그녀도 알고 있다.

코닐리아가 화면을 확인한다. "괜찮아요, 노라?"

"괜찮아요." 노라가 대답한다. "시작하려고 하니까 긴장될 뿐이에요."

"좋아요. 준비는 다 됐어요. 제가 예―아니요로 대답하는 질문을 여러 개 드릴 텐데요, '예'일 경우는 Y, '아니요'일 경우는 N을 입력해주세요." 코닐리아는 의자에 기대면서 황금색 펜을 손가락 사이에 끼워 균형을 잡는다. 잉크가 묻은 펜촉이 밖으로 나오면서 만족스러운 딸깍 소리를 낸다. "곧바로 시작합시다, 어때요? 첫번째 질문. 파트너에게 거짓말한 적 있나요?"

정적이 흐른다. 노라가 헤이든의 얼굴을 흘긋 본다. 혀가 이 사이로 빼꼼 나와 있다.

Y, 그녀가 타이핑한 후 엔터키를 누른다. 그녀와 헤이든의 눈이 마주친다. 그가 얼굴을 찡그린다. 그녀는 가까스로 웃음을 참는다. 코닐리아의 시선이 두 사람 사이를 왔다갔다한다. 노라는 생각한다. 좋아, 코닐리아에게 우리가 서로 사랑하고 있다는 것을 보

여주자. 우리는 이 문을 열고 들어오는 다른 엉망진창인 커플과 다르다. 단지……

"갈등을 피하기 위해 파트너에게 거짓말한 적 있나요?" 코닐리아가 묻는다.

노라의 이마 근육이 잽싸게 중앙으로 모인다. 그녀는 망설이며 생각한다. 질문에 거짓말로 대답하고 싶지는 않지만 질문의 의도에서 벗어나지 않는 것도 중요하지 않을까? 노라가 헤이든 몰래 바람을 피웠다든가 신용카드를 너무 많이 쓴다든가 그랬다는 것이 아니다. 코닐리아에게 어떤 단초도 제공하고 싶지 않다.

N, 그녀가 타이핑하면서 숨죽인다.

코닐리아가 메모를 적으면서 펜을 두 번 딸깍거린다. "아주 좋아요, 헤이든." 그녀가 말한다.

어, 뭐지? 헤이든이 뭐라고 한 거지?

코닐리아가 의자를 책상 가까이 당기자, 의자가 책상에 부딪히면서 피라미드 모양의 문진이 맞은편, 헤이든에게 가까운 쪽으로 굴러떨어진다.

"죄송해요. 헤이든, 그것 좀 주워주시겠어요?"

그가 미소 지으며 몸을 수그려 문진을 원래 자리에 가져다 놓는다.

"신사적이시네요." 코닐리아가 마구 칭찬한다. 그녀의 펜이 딸깍거리면서 펜촉이 들어갔다 나왔다, 들어갔다 나왔다 한다. 그게 점점 노라의 신경을 거스르기 시작한다.

코닐리아가 이어서 질문을 던진다. "결혼생활의 테두리 안에서, 중요한 세부 내용을 말하지 않는 것은 거짓말을 하는 거라고 생각하나요?"

노라는 이 새로운 질문에 얼굴이 화끈 달아오른다. 이제 꽤 막다른 골목으로 스스로를 몰았다는 것을 깨달았기 때문이다. N, 그녀가 입력한다. 이상한 사람이 되기보다는 일관적인 게 낫다. 또한 말하고 싶었어도 헤이든에게 트리니티 필즈 등록에 대해 말할 기회가 없었으므로 그건 빼야 한다. 그렇지 않은가?

"훌륭해요." 코닐리아의 따뜻한 목소리가 기운을 북돋운다. 이번에는 그의 이름을 말하지 않았지만 코닐리아의 칭찬은 명백히 헤이든을 향해 있다.

다시 시작된 펜이 딸깍대는 소리에 노라의 입이 씰룩인다. 코닐리아가 휘갈겨적는다. 노라가 무엇을 잘못하고 있는 것일까? 마음 편히 가져, 이건 시합이 아니야.

다만 이것은 시합이 맞고, 어쩐 일인지 다른 사람도 아니고 헤이든이 이기고 있을 뿐. 그의 뺨 위쪽이 부풀어 있는 것으로 보아 그는 웃음을 참고 있다. 그도 알고 있다.

"배우자에게 분노하시나요?" 코닐리아가 묻는다.

Y, 노라가 재빠르게 대답하며 엔터키를 누른 다음 흘긋 올려다본다. 우리가 여기 온 이유가 이것이다. 그와 문제가 있는 사람은 그녀다.

딸깍—딸깍—딸깍. "헤이든, 미안하지만, 이쪽으로 와서 블라인드 좀 닫아줄래요? 얼굴에 햇빛이 정면으로 들어와서요."

"물론이죠, 문제없어요." 그는 기꺼이 일어나 와이어를 당기지 않으려고 조심하면서 다가가 줄을 세게 잡아당긴다.

"훨씬 낫네요." 코닐리아가 활짝 웃는다. "정말, 정말, 고마워요."

초조한 기색을 띤 노라의 손가락이 키보드 위를 맴돈다.

"엄청난 액수의 현금을 물려받았다면, 배우자와 나누겠습니까?"

Y. 노라가 대답한다.

다시금 코닐리아가 헤이든을 칭찬한다. 노라는 오랫동안 잊고 있던, 시험을 너무 일찍 끝마쳐서 다른 사람들도 똑같은 시험지를 받은 게 맞는지 궁금해했던 감정이 되살아난다.

코닐리아가 황금색 펜을 한 번, 두 번, 세 번 딸깍거리더니 다음 질문을 한다. "살면서 했던 최악의 일을 떠올려보세요. 배우자가 그게 뭔지 알고 있나요?"

노라가 마른침을 꿀꺽 삼킨다. Y. 타이핑 한 번. 멈춤. 글자를 지운다.

N.

"시간을 거슬러 배우자와 다시 결혼할 수 있다면, 지금의 상대를 택하시겠습니까?"

노라는 헤이든과 눈을 마주치려 하지만, 그는 놀랄 만한 집중력으로 코닐리아를 주시하고 있다. 나쁘지 않은 방식으로. 결국 그녀는 남편이 열심히 참여하기를 원한다. 노라는 이것이 효과가 있기를 진심으로 원한다. Y. 그녀가 타이핑한다. 당연히 Y.

"배우자가 살인을 저지른다면, 상대를 덮어주겠습니까?"

세상에. 무슨 질문이 이렇지? 어떻게 살인이 여기 포함될 수 있지? 그녀는 손을 들어 말하고 싶은 충동을 느낀다. "실례합니다만, 코닐리아, 커리큘럼에서 사람을 죽이는 부분은 빼도 될 것 같네요. 저는 아시다시피 리브의 옷가지를 군말 없이 치우는 그이를 바랄 뿐이에요. 그런 것들요. 지극히 평범한 기혼자들의 문제들."

그러나 코닐리아는 그들에게 다시금 이렇게 고지하면서 상담을 시작했던 터였다. 프로그램은 어떤 상황에서도 중단될 수 없다는 것. 화장실에 가는 것 또한 예외가 아니다. 노라는 규칙을 따르고 싶다. 따라서 그녀는 입을 꾹 다물고 자신의 대답을 타이핑한다.

18

"네 생일을 놓쳤네." 노라는 마치의 집을 건설한 회사인 스틸 헤리티지의 연혁을 한창 바쁘게 읽고 있다가, 이 생각이 문득 들자 달력을 후다닥 확인한다.

"네가 알아채는 데 얼마나 걸릴지 궁금하던 차였어." 앤디가 패기 있게 대답한다.

"나를 수렁에서 꺼내줄 수도 있었잖아. 자그마치 사흘이라고." 노라는 '안 보면 멀어진다'는 옛말이 앤디와의 관계에 조금이라도 들어맞는다는 생각이 드는 게 싫다. 하지만 어쩔 수가 없다.

"기록을 깬 것 같네."

"정말 미안해." 책상 뒤에 앉은 노라의 자세가 이상하다. "지금 내 모습을 네가 봐야 하는데. 완전 굽실거리고 있다고." 그러고 있지는 않다.

"흠. 뭐. 음란할 정도로 케이크를 많이 먹었어. 정말 포르노처럼. 등급은 트리플 X."

"상상하게 해줘서 고맙군."

"어쨌든." 앤디가 말한다. "단짝 친구 생일을 잊을 정도로 어디에 그렇게 정신이 팔려 있었던 거야?"

노라가 목을 쭉 편다. 눈이 따끔거린다. "담당한 사건 때문에 좀 제정신이 아니야."

"어떤 사건인데?" 앤디에게 일반적인 사무직 근무란 항상 이국적이다.

"화재 사건." 노라의 눈이 페니 사건 조사의 일환으로 꼼꼼하게 확인해가며 살펴보고 있는 각종 아코디언 폴더를 훑는다. "남자 한 명이 죽었어. 실은 다이너스티 랜치에서 알게 된 여자들 중 한 명의 남편인데, 내가 좋아하게 된 집이 있는 동네 알지? 아 참, 헤이든도 우리 쪽으로 기울고 있어."

"그 집하고 너무 가까운 사건 아니니?"

"그런 건 아니야." 노라는 중력처럼 끌어당기고 있는 일 때문에 산만해지기 시작한다. "리처드라고, 그 집 남편인데, 화재 때 산 채로 타 죽었어. 끔찍해."

"산 채로 타 죽었다고? 그런 일이 정말로 일어났다고? 너무, 뭐랄까, 이교도 같은데. 인신공양. 그런 걸 뭐라고 하지? 위커맨?* 세상에. 미안. 이교도는 다름 아닌 나인 것 같네. 그건 그렇고 헤이든은 집에 대해 뭐라고 하는데?"

노라가 한숨 쉰다. "아직 결론은 안 났어."

"그래도 많이 발전했네."

"사실 우리 부부상담을 받고 있어." 부끄러워할 일은 아니라고

---

* 고대 켈트 이교도의 사제인 드루이드들이 인신공양을 할 때 사용한 구조물. 고리버들 가지로 만든 커다란 사람 모양의 우리에 산 제물들을 가두고 불을 붙였다.

생각해서 노라는 덧붙인다. 많은 부부들이 도움을 필요로 한다. 오히려 꽤 성숙한 행동이다.

"왜?"

"코닐리아가 제안했어. 우리가 얻을 게 많을 거라고 생각했대. 그 사람은 천재야. 분명." 그 말이 알렉시스가 아니라 노라의 입에서 튀어나오자 바보스럽게 들린다.

"그 사람도 그 동네 할망구들 중 하나인 것 같은데, 맞지?" 이 말에 노라는 짜증이 살살 끓어오른다. "너 좀—뭐랄까—이 모든 상황에 관해서 복음 전도사같이 구네. 너도 실제로는 알고 있지, 그 사람이 정말로 천재는 아니라는 거?"

"네가 어떻게 알아?"

"모르지. 당연히. 단지 난 네가 그들의 인정 같은 걸 받으려고 안달하지 않으면 좋겠다는 뜻이야. 너도 동등한 사람이야, 노라. 맞추려고 노력하지 않아도 돼." 또 시작이다, 엄마 노릇.

"알아." 노라는 이렇게 대꾸하지만 진정으로 앤디가 입을 다물어주었으면 좋겠다. 애당초 이 이야기를 꺼내지 말았어야 했다.

"그래서 다들 생리주기도 똑같아졌어?" 앤디가 놀린다.

노라가 싱긋 웃는다. "이제는 이웃에 대해 알고 싶어지고 그러는 것도 괜찮다고 생각해." 방문 전에 집을 치울 필요가 없는 친구를 어른이 되어서 만들려면 무슨 일까지 하게 되는지 알려주는 사람은 아무도 없다.

"응, 그런 말도 있잖아? 친구를 가까이해라, 적은 더—"

휴대전화 연결이 뚝뚝 끊긴다. 노라는 휴대전화를 귀에서 떼고 알렉시스의 전화가 걸려오고 있다는 것을 확인한다. 가슴이 살짝 철렁이는 걸 무시한다. 앤디가 좋아하지 않을 것을 빤히 알기 때문이다.

"앤디—" 노라가 말을 끊는다. "미안한데, 다른 전화가 걸려와서 말이야. 받아야 할 것 같아. 사랑해." 앤디가 그들만의 세 글자짜리 의식을 마치기도 전에 노라는 대기중인 전화로 넘어간다.

"노라, 오늘 저녁에 우리랑 함께 요가할 수 있는지 물어보려고 전화했어요."

"요가요? 어디서요?"

"매주 하고 있거든요. 이번에는 코닐리아 집이에요. 강사도 있어요. 마니카라고. 몸을 삶은 스파게티 면처럼 만들어줄 거예요."

"매주? 정말로요?" 노라가 믿을 수 없다는 듯이 묻는다. 또한 딱히 스파게티 면의 세계로 입장하고 싶었던 적도 없다. 하지만.

"그렇게 놀라지 말아요. 딱 한 시간이에요, 노라." 알렉시스가 꼬드긴다. "푸에르타 바야르타로 이 주 동안 휴가 가는 거 아니니까요." 노라의 삶에서는 전자나 후자나 일어날 가능성은 매한가지로 적지만. "거봐요. 너무 바짝 긴장하고 계신다니까. 당신이 우리랑 만나서 얼마나 다행인지."

헤이든이 같은 말을 했다면 노라는 '꼬장꼬장하다'는 뜻으로 알아들었을 것이다. 하지만 알렉시스가 그런 말을 하니 사람 좋다는 소리로 들리는데, 헤이든도 항상 자기는 그런 의도로 말한 거라고 한다.

"올 거예요?" 알렉시스가 타이핑하고 있는 소리가 배경으로 들리는데, 정확히 노라도 그러고 있다. 스타트업 CEO보다 노라가 바쁘지는 않을 텐데, 그렇지 않나?

그녀는 평소처럼 볼 안쪽을 세게 깨문다. 며칠씩 그것 때문에 아파하고 뭘 먹을 때마다 이가 닿아서 고통스러워할 것이다. 알렉시스가 옳다. 그녀는 꼬장꼬장하다.

"노라? 듣고 있어요? 끊겼나?"

"미안해요. 생각중이었어요. 브리트니한테 오늘 늦게까지 있어줄 수 있는지 물어봐야 할 것 같아요. 오늘은 브리트니가 수업이 없거든요. 그리고 안 그래도 주신 서류를 돌려드리러 곧 들러야겠다고 생각하던 차였어요." 이제 노라의 비서가 지역사회 계획을 모두 복사해서 전자 파일로 만들어두었으니.

따라서 가기로 결정한다. 노라는 요가 강습에 참석할 것이다. 다만 그 강습이 초보자에게도 적합한지 물어봤어야 했다는 것을 알렉시스와의 전화를 끊고서야 깨닫는다.

❖

애셔가 은쟁반을 든 채 현관문을 연다. "노라, 다시 만나서 반가워요. 주스 한 잔 드릴까요? 당근-사과-생강 주스예요. 방금 만들었어요. 제 개인 레시피죠."

"정말로요?" 한 번도 요가복으로는 입은 적 없는 요가 바지와 땀을 흡수하는 상의를 입은 노라가 쟁반 위에 놓인 차가운 유리잔들 중 하나를 든다. 애셔는 금박 테두리를 두른 칵테일 냅킨까지 준비했다. 그녀가 한 모금 홀짝인다. 주스는 신선하고 아주 맛있다. 오렌지색 콧수염이 입가에 남지 않았기를 바라면서 입술을 핥는다. "이걸 직접 만드셨다고요?" 노라는 주스를 더욱 유심히 살펴본다.

애셔가 눈길을 끄는 골동품 거울들을 지나 그녀를 집안으로 안
내한다. "코닐리아가 야채를 충분히 섭취했으면 해서요. 너무 열
심히 일하니까."

너무 열심히 일하니까. 코닐리아야 당연히 그렇겠지만, 노라는
왜 이렇게 허를 찔리고 마는 걸까? 애셔는 자랑스러워해야 마땅
하다. 브라보.

"여성분들은 여기 있어요." 그가 닫혀 있는 문밖에서 맴돈다.
"노라를 위한 수건과 매트는 이미 준비되어 있답니다. 강사 마니
카는 매우 훌륭하죠. 즐거운 시간 보내세요." 애셔가 빈 주스 잔
을 받아들더니 노라를 위해 문을 열어 잡아준다.

좋아. 그래, 참 친절하군.

그러니까─내 말은, 참 친절하다는 거다…… 그렇지 않나?

노라는 어두운 방안으로 들어간다. 방 주위에 놓인 아로마세러
피 향초들이 간닥거리고 있다. 테아, 코닐리아, 알렉시스, 페니의
어슴푸레한 윤곽을 알아볼 수 있는데, 다들 허리를 곧추 펴고 책
상다리를 한 채 각자의 매트에 앉아 있다.

"어서 와요." 그 방의 앞쪽에 있는 목이 긴 여성, 마니카가 양
팔을 우아하게 파도처럼 움직이며 노라에게 안으로 들어오라고
손짓한다. "시작은 명상으로 하니까 같이 하세요."

공기가 훈훈하다. 노라는 신발을 벗고 뒤쪽의 비어 있는 매트
에 자리잡는다. 주뼛주뼛하면서 주위를 둘러보지만, 여자들은 각
자 눈을 감고 손등을 무릎에 올린 채 앉아 있다. 노라도 그들의
자세를 따라 하면서 눈을 질끈 감는다.

처음 몇 분 동안은 심장이 너무 쿵쿵대는 바람에 다른 이들에게 방해가 된다는 생각이 든다. 맥박을 늦출 수가 없다. 마사지를 받을 때 빠져들곤 하는 똑같은 내적 독백이 마음을 가득 메운다. 즐겨, 노라! 즐기고 있어? 그렇다면 미안하지만, 왜 손가락이 갈고리발톱처럼 오그라드는 것 같지? 틀렸어. 잘못하고 있는 거야. 잘못, 잘못, 잘못, 노라!

별로 도움이 안 되는 것 같은데?

조금이라도 심호흡하면서, 리브의 어린이집 문제를 어떻게 할지 그리고 헤이든에게 이를 어떻게 설명할지에 대한 생각을 떨칠 수 있기를 바랐었다. 별로 그렇지는 않은 것 같다. 그녀는 매우 많이 그 생각을 하고 있다. 아마 더 많이.

그러거나 말거나, 괜찮아. 선禪을 깨닫는다는 것의 온전한 비밀이란 선을 깨닫기를 포기하는 것인지도 모른다. 그러자 뜻밖에도 서서히 정신이 실제로 편안해진다. 호흡 사이의 간격이 느껴지기 시작한다.

알렉시스와 눈이 마주치자, 그녀는 평온한 미소를 보내더니 전사 자세로 돌입한다. 나머지 시간은 물 흐르듯이 지나간다. 노라가 아기 자세로 몸을 접자 근육에 욱신거림이 살살 뻗쳐오지만 기분좋은 욱신거림이다. 그녀는 몸이라는 것을 가지고 있는데, 그 몸엔 아이를 들어올려 카시트에 태우는 것 이상의 용도가 있다는 것을 상기시키는 종류의 욱신거림.

"나마스테." 한 시간이 지나고, 마니카가 양손으로 가슴을 누르며 조용히 코닐리아의 스튜디오를 빠져나간다.

"와줘서 기뻐요." 모두가 요가의 무감각 상태에서 빠져나와 움직이기 시작하자, 코닐리아가 몸을 굽혀 노라의 손을 잡는다. 다섯 여자는 복도로 쏟아져나간다. 노라는 에어컨의 세계에서 다시 태어난 기분으로, 눈을 껌벅거리며 어찌할 바를 모른다.

"멋졌어요." 노라가 자기도 모르게 테아에게 말하는데, 그 말은 대략 진심이다. 테아는 핫핑크 상의에 엉덩이를 강조하는 형광 노랑 바지를 입고 있다.

"따뜻한 수건 드릴까요?" 애셔가 나타나 모두에게 김이 나는 수건과 허브티 한 잔씩을 건넨다. 노라가 수건을 쥐고 목과 귀 뒤를 톡톡 두드린다.

여자들은 응접실에 주저앉아 팔다리를 축 늘어뜨리고 무릎 사이로 찻잔의 균형을 잡는다. 코닐리아가 만족스러운 미소를 띠는 동안 테아는 고개를 빙글빙글 돌리며 마음껏 길게 숨을 내쉰다.

"난 요가가 싫어." 페니가 말한다.

"설마." 알렉시스가 자신 있게 대꾸한다.

"정말이야."

"그럼 왜 매주 오는 거야?" 알렉시스가 차를 마신다. "누가 오라고 머리에 총을 겨누고 있는 것도 아닌데."

"나만 버려지기 싫어서, 아니겠니? 너희들이 나만 빼고 비밀을 공유할지도 모르잖아."

비록 그저 가상의 비밀일지라도, 여기에 있음으로써 그 비밀을 나눠도 되는 사람으로 자신이 선택되었다는 사실이 노라는 마음에 든다.

"노라는 어때요?" 페니가 찻잔을 커피 테이블에 올려놓으면서 시큰둥한 표정을 한 채 혀로 이를 훑는다. "요가 잘했어요?"

"제대로 못했어요." 노라가 웃음을 터뜨린다. "생각이 꼬리에 꼬리를 물고 이어져서요. 오늘은 딸 어린이집 문제 때문이었죠." 그녀는 뇌리를 사로잡고 있는 생각들 중 다른 것들—프랜신, 리처드, 가전제품회사, 기다리고 있는 데이브의 조사 결과—은 편집해서 말한다. 그 누구의 열반도 그렇게 빨리 깨뜨리고 싶지는 않다. "계속 계속 계속." 그녀가 말한다. "짐작되시겠지만, 정말 짜증나죠. 겨우 멈추겠다 싶을 때, 강습이 끝나더라고요."

"맞아요." 모두 주목하라는 듯이 페니가 그녀를 가리킨다.

"리브가 어느 어린이집 다니죠?" 테아가 차를 호호 불면서 묻는다.

"트리니티 필즈요." 노라가 반사적으로 대답한다. "아니, 다녔었죠. 너무 좋아했어요. 그러니까 제가 제시간에 등록 서류를 제출하는 걸 깜박하기 전까지는. 굳이 따지자면 이제 아예 못 다니게 됐죠."

"저런." 알렉시스가 얼굴을 찡그린다.

노라는 카밍 카모마일보다는 훨씬 강한 것을 바란다는 듯이 남은 차를 단숨에 들이켠다. "그렇죠."

노라는 속이 약간 울렁거려 손바닥을 옆구리와 배꼽 아래 완만한 부분에 대고 누른다. 아기가 자신의 존재를 알리고 있다. 처음이 아닐지도 모른다. 정말로 아기에게 관심을 더 기울여야 한다.

"잠깐 실례할게요." 노라가 말한다. "화장실에 가야 해서. 계속 이야기 나누세요." 노라의 찻잔 바닥이 도자기 접시에 다시 내려앉자 섬세한 달그락 소리가 난다. 결혼식 이후로는 그녀가 가지고 있는 도자기 그릇들을 거들떠보지도 않은 것 같다.

프랑스산 비누로 깨끗이 씻은 노라가 다시 돌아갈 채비를 완전히 마쳤을 때, 응접실의 일부가 보일 만큼 높이 달린 커다란 골동품 거울 중 하나에 비친 형상이 눈에 들어온다. 그 속에는 프랜신이 있다. 노라는 머뭇거리다가, 천천히 다른 여성들에게서 멀어져 노라를 의식하지 못하는 프랜신 화이트의 거울 이미지에 다가간다.

앞으로 살금살금 움직이자, 손이 계단 발치에 있는 매끄러운 마호가니 난간 끝의 부드럽게 구부러진 곳을 스친다. 시야에서 사라진 여성들의 목소리는 들리지만, 그들의 대화는 제대로 알아들을 수 없다.

긴 페르시아 러그가 노라의 발소리를 죽인다. 가까이 다가가자 프랜신의 중얼거리는 목소리가 들린다. "아빠." 그녀가 말한다. "그만해, 그럴 필요 없어."

더욱 가까이 다가가니 노라의 시야에 더 또렷한 장면이 들어온다. 애셔가 바삐 움직이며 키친타월을 들고 커피 테이블 위로 몸을 구부리고 있다.

"깨끗해. 괜찮아 보여." 프랜신의 긴 금발이 등을 커튼처럼 덮고 있다. 플러시 카펫에 둔탁한 쿵 소리가 난다. "이건," 프랜신이 부드럽게 말한다. "내가 할게." 그녀가 몸을 굽혀 작은 도자기 고양이를 들어올려 커피 테이블 위의 원래 자리에 놓는다. 프랜신이 아버지의 어깨 위에 손을 얹더니 상체를 숙여 그의 볼에 키스한다. "사랑해, 아빠."

노라는 뒤에서 들리는 소리에 깜짝 놀란다. 복도를 따라 한바탕 웃음소리가 들려온다. 그녀가 다시 프랜신에게 주의를 집중했을 때, 두 사람은 거울 속에서 눈이 마주친다. 프랜신은 표정을 찌푸린다. 그렇게 침입한 것이 스스로도 당황스러워 노라는 재빨리 왔던 길로 되돌아간다. 볼은 분홍색으로 상기되고 조마조마한 채로 사람들에게 돌아간다.

"노라." 알렉시스가 고개를 기울인다. "방금 당신 얘기 하던 중이었어요."

"좋은 이야기였기를 바라요." 노라는 머리카락을 한쪽 귀 뒤로 넘기고 찻잔을 다시 집는다.

"당신이 냈던 입주자협회 지원서를 방금 받았는데, 좋은 소식이에요. 당신과 헤이든을 후원하고 싶다고 자원한 사람이 벌써 나타났어요."

"정말요?" 노라가 페니를 힐긋 보니 그녀는 안절부절못하고 있다.

테아가 손을 든다.

"감사합니다." 노라는 달리 무슨 말을 해야 할지 모르겠다.

"좋아요." 알렉시스가 손뼉 친다. "그럼 이제 공식적으로 청약하는 일만 남은 거네요."

19

일주일쯤 후, 헤이든이 냉장고에서 맥주를 꺼내면서 싱긋 웃는다. "있잖아," 그가 말한다. "이 말은 해야 할 것 같아서 말이야. 오늘 상담에서 내가 A 플러스를 받은 것 같아."

노라는 달군 프라이팬에 올리브오일을 붓는다. 헤이든이 가장 좋아하는 음식인 팬에 구운 포크 촙을 요리하고 있는데, 세번째 커플 상담을 마치고 나면 남편이 기운을 좀 차려야 할 것 같아 그날 아침 내린 결정이다.

하지만 노라는 또 한번 상황을 잘못 판단했다. 코닐리아는 계속해서 헤이든을 총애한다. 헤이든, 그거참 흥미롭네요. 헤이든, 그런 솔직함에 감동했어요. 헤이든, 저 문을 열고 들어오는 남자들한테는 그게 꼭 기정사실인 건 아니에요. 오늘 노라와 헤이든은 콩꼬투리 같은 모던한 의자에 등을 맞대고 앉으라는 요청을 받았는데, 그녀는 눈가리개가 씌워진 기분이었다. 게다가 코닐리아가 상담 내내 그녀가 아니라 그의 앞에 서 있었다는 사실 때문에 벌받는 듯한 느낌이 들었다. 이는 그녀의 경쟁심을 최고속 기어로 높였다.

그들은 각자 열 살 이전에 일어난, 엄청난 충격을 주었던 사건을 말해보라는 주문을 받았다. 노라는 놀이공원에서 부모님을 잃어버린 경험을 말했고 코닐리아에게서 후속 질문을 거의 이끌어내지 못한 반면, 헤이든은 롤라라는 이름의 말에서 떨어져 대퇴골이 부러졌던 경험을 이야기했다. 노라는 생각했다. 음, 나한테 얘기해줄 만큼 재밌는 이야기는 아니라고 생각했단 말이지. 이 역시 그녀를 짜증나게 했다. 하지만 코닐리아는 세부적인 내용들을 은수저―음, 수저는 아니고, 황금색 펜으로 게걸스레 파고들었다. 뼈가 쪼개지는 기분은 어땠나요? 어떤 소리가 나던가요? 그때 느꼈던 고통을 저한테 털어놔보세요.

이제 노라는 탄수화물이 필요하다. 될 수 있으면 초콜릿도. 둘 다 아주 많이.

대신 그녀는 회유를 위한 포크 춉을 프라이팬에 올려놓고 거실에 있는 리브를 보러 간다. 헤이든이 뒤따른다.

"다음에는 나한테 비법 노트 좀 빌려줘." 헤이든이 잘하고 있다는 사실에 기뻐하는 모습을 보여야 한다고 노라는 명심한다― 승복하지 못하는 패자가 되지는 말자. 코닐리아는 일반적인 부부 상담하고는 다를 거라고 경고했었다. 그래도 노라는 조금 더 많은 꾸지람을 기대했던 것 같다. 당연히 헤이든을 향한.

"당신이 뭘 해주느냐에 달려 있지." 헤이든이 말하면서, 현관문을 열고 들어온 지 오 분도 지나지 않아 운동복 바지로 갈아입은 그녀의 엉덩이를 가볍게 툭 친다.

사실 노라는 남편이 남성적인 돼지일 때가 좋다. 사람들이 흔히 생각하는 것과 달리, 그를 거세해서 고환을 목걸이로 만들어 목에 걸고 싶다거나 하지는 않다.

리브는 러그에 앉아 핫핑크색 플라스틱 전화기를 쥐고 있다. 네 살짜리치고 굉장히 심각한 표정이다. "뭐하고 있어?" 노라가 옆에 무릎 꿇고 앉는다.

"일하고 있어." 리브가 고개도 들지 않고 대답한다. "기다려. 이게 내 직업이야."

"이런." 헤이든이 빙그레 웃는다. "네 직업이 뭔데?"

그를 올려다보는 리브의 눈썹이 여전히 주름져 있다. "컴퓨터."

"컴퓨터 일을 한다고? 정말 중요한 일 같은데." 그가 말한다. "그 일을 해서 돈을 엄청 많이 벌 것 같구나."

"엄청." 리브가 동의하더니 어깨를 으쓱한다. "이거 끝내야 해. 중요한 거야."

"음." 노라가 말한다. "저녁식사 전까지 확실히 마쳐야 해. 그때까지 엄마 책상에 올려놓을래?"

리브의 아름다운 금빛 고수머리가 귀 위로 흘러내린다. 확실히 보스 기질이 있는 아가씨다. "엄마. 나 바빠. 내가 바쁜 건 신이 날 그렇게 만들어서 그래."

아멘, 노라는 생각한다.

헤이든은 소파에 털썩 앉아 TV에서 서로에게 고함치고 있는 패널들을 집중해서 바라본다. 몇 분이 흐르고 노라는 앉은 채로 자세를 벌떡 바로 세운다. "무슨 냄새 안 나?" 그녀가 쿵쿵거린다. 타는 연기 냄새가 난다. 연기. "이런." 그녀는 허둥지둥 일어선다. 기억난다.

주방에는 프라이팬에서 불꽃이 깜박거리면서 튀고 있다. 노라의 눈이 휘둥그레진다.

"소화기 어디에 뒀지?" 그녀가 소리치면서 싱크대 밑 서랍장을 열어보지만 그곳에는 스펀지, 클로록스 물티슈, 윈덱스 빈 통밖에 없다. "헤이든!"

연기 탐지기가 계속해서 고막을 찢을 듯이 요란하게 울린다. 그녀는 식료품 저장실로 돌진해 어수선한 선반 상자들의 행렬을 손가락으로 더듬거리면서 마침내 베이킹소다를 찾아낸다.

불길이 더 높아진다.

이제 리브도 주방에 있다. 헤이든이 손으로 아이의 가슴을 막고 다가가지 못하게 저지한다.

노라가 불이 난 곳에 베이킹소다 상자를 흔든다. 불길이 팔뚝의 하얗고 희부연 부분을 날름거리자 그녀가 홱 물러난다. 헤이든은 리브를 뒤로 밀치면서 엄한 아빠의 목소리로 제자리에 있으라고 명령한다. 움직이면 안 돼. 우렁차게 고함친다. 그는 행주가 가득 든 서랍을 열고 행주들을 불이 난 곳 위로 힘껏 던진다. 불길은 그녀가 가장 좋아하는 크리스마스 행주―어머니가 손수 산타클로스 그림을 그려준―에 옮겨붙는다. 가장자리가 말리면서 까맣게 타들어간다. 헤이든이 소리지르면서 그 행주를 싱크대에 던지고 수돗물을 튼다―탁, 탁, 탁―마침내 나머지 불도 꺼진다.

천장을 따라 검은 구름이 올라간다. 행주는 망가졌다.

리브가 귀를 막는다. 연기 탐지기 소리가 그치지 않는다. 노라가 팔을 수도꼭지 밑에 댄다. 차가운 물이 살갗을 때릴 때 그녀는 공기를 스읍 들이켠다.

헤이든이 문을 열고 연기를 팔로 휘저어 내보낸 다음 기다란 빗자루로 경보음을 끄려고 하는 동안, 노라는 상처가 벌겋게 일어나 팔에 퍼지는 것을 지켜본다. 피부의 일부에는 이미 물집이 잡히기 시작했다.

그녀는 이를 갈면서 공기를 쏙 들이마신다. 우주가 경고를 보내는 것 같지 않은가? 사건을 해결하라고.

그녀가 노력하지 않는다는 것은 아니다. 하지만 사건이란 자고로 시간이 흐를수록 해결하기가 쉽지 않다. 대개 그 반대다. 그리고 노라가 빼앗기고 있는 것, 항상, 항상 빼앗기고 있는 것은, 시간이다.

✦

그날 밤 노라는 자기 집에 불을 지르는 꿈을 꾼다. 견목 바닥, 빨지 않은 침대 시트, 세탁실에 쌓인 수건들, 지저분한 벽장들이 모두 타버린다. 너무 더워 땀흘리며 깨어났을 때, 덧창으로 쏟아져들어오는 빛을 보고 놀란다. 노라의 쇄골이 번들거린다. 가슴이 들썩거리더니, 느닷없이 공포가 바이러스처럼 폐에 들어찬다.

헤이든과 리브가 집안에 있었나?

기억이 안 난다. 정신은 탐색한다. 막막한. 공포.

다음 순간 마침내 뇌가 정신을 차린다. 노라는 그들의 이름을 나직이 부르면서 벌린 두 무릎 사이에 펼쳐진 이불에 고개를 넣다. 지금까지 최악의 꿈은 항상 리브의 사고와 관련된 것이었다.

노라는 헤이든이 침실로 들어오는 소리에 뒤로 움찔한다. "달걀 요리 했어." 남편이 말한다.

그녀는 고개를 들어 달걀이 가득한 접시를 그녀의 무릎에 놓는 헤이든을 바라본다.

식욕이 없다. "리브는?"

"아침 먹고 있어."

노라는 포크를 집어들어 끈끈한 흰자를 가른다. "고마워." 아침이어서 목소리가 걸걸하다. 계속 꿈을 흔들어 흩어버리려는 중이지만 꿈은 그녀를 아주 꽉 움켜쥐고 있다.

"별말씀을." 그는 음모라도 꾸미는 듯한 미소를 짓는다. 리브가 태어나기 전 아침마다 그랬던 것처럼 노라를 덮칠까 고민이라도 하듯이. "익숙해지지만 마."

헤이든이 나가자 노라는 휴대전화를 더듬거리며 찾는다. 눈뜨면 가장 먼저 하는 일이다. 손가락이 자기도 모르게 받은 편지함을 찾고, 그곳에는 제목이 볼드체로 표시된 읽지 않은 메일이 제일 상단에서 그녀를 기다리고 있다. 그것을 한 번, 두 번, 세 번 읽은 후에야 눈이 가까스로 초점을 맞추고 뇌가 허둥거리며 글자를 번역한다. 흑백으로 이렇게 적혀 있다.

다이너스티 랜치의 진실

20

보통 때였으면 노라는 지금 커피숍에서 맞은편에 앉아 있는 여성, 뭉툭한 일자 앞머리에 인기가 식을 줄 모르는 엣시 쇼핑 사이트 스타일 글씨체로 '엄마. 아내. 보스'라고 가슴에 세로로 쓰인 티셔츠를 입고 있는 이 여성을 두 번 돌아보지 않았을 것이다. 모르는 사람 눈에 노라와 실비아 램은 아이들을 학교에 보내놓고 시간을 때우고 있는 두 엄마 친구들처럼 보일 텐데, 그 점이 이 만남의 현실을 더욱 암울하게 만든다.

"시간 내주셔서 감사드려요." 노라가 말한다. 만남은 명백히 실비아가 요청하긴 했지만. 도착하자마자 노라는 실비아가 칼리지 스테이션 외곽의 작은 마을 출신으로 A&M대학교에서 수석을 하고 이어서 컬럼비아 경영대학원에서도 마찬가지였으며 후에 짧은 기간 뉴욕에서 오프브로드웨이 뮤지컬의 재정 조달 문제를 관리하다 이곳으로 돌아와 결혼하고 아이를 가졌다는 것을 알게 된다. 처음 얼핏 봐서는 이중 아무것도 알아채기 힘들다.

"몇 주 동안 다이너스티 랜치에 대해서 누군가는 제 말을 들어주었으면 했어요." 실비아가 차를 홀짝거리더니 멈칫한다. 너무 뜨겁다. "무엇보다도 먼저 말씀드려야 할 것 같은데, 저는 페니를 좋아해요. 그분에게 악감정은 없어요, 정말이에요, 전혀." 그녀는 속사포처럼 말한다. 마구 흔든 탄산수 병의 뚜껑을 지금 막 딴 것 같다. "어떻게 생각하실지 모르겠지만, 어쨌든, 페니에게 일어난 일에 대한 건 죄다 읽었어요. 정말 끔찍한 일이에요. 그런 일을 겪어야 할 사람이 아닌데. 찾을 수 있는 모든 기사는 다 읽었어요. 구글 알람을 해두고 다 읽었는데, 그러던 차에 당신 이름이 뜬 거예요."

노라는 대화를 잘 이끌어가려는 노력의 일환으로 심호흡한다. "죄송하지만, 이해가 안 돼서요. 조금 더 자세히 설명해주세요. 왜 악감정에 대한 말을 하시나요?"

노라가 커피잔 아랫부분을 양손으로 둘러싼다. 정말 델 정도로 뜨겁다. 커피숍들은 맥도날드가 어느 할머니의 다리에 화상을 입혔다는 이유로 고소당한 사건으로부터 아무 교훈도 얻지 못한 듯하다. 그렇다, 노라 같은 개인 상해 변호사들은 그 사건으로 평판이 나빠졌지만, 그녀 생각에 중요한 것은 변호사들이 옳았다는 사실이다―커피는 실제로 위험할 정도로 뜨거웠다.

"차별 때문에요." 뻔하지 않냐는 듯.

"누가 누구를 차별했다는 건가요?" 노라는 일방적 판단을 하지 않는 중립적인 어조를 유지하려 애쓴다.

"입주자협회요." 실비아의 목소리가 높아지자 노라는 눈에 띄게 움찔한다. 카페는 도시 창고 같은 분위기를 지닌 공간이라 콘크리트 바닥에 목소리가 울린다. "전업주부에게는 집을 팔려고 하지 않았어요."

"다이너스티 랜치에 집을 사고 싶어하셨어요?"

"계약을 했었어요. 2913 머제스틱 그로브 주택을요." 노라는 그대로 굳어버린다. "그 집이 정말 마음에 들었죠. 아이들이 그곳에서 자라는 걸 상상했어요, 아시겠죠?" 알고 있다. "그런데 계약을 마치기 직전에 판매자가 일방적으로 계약을 파기한 거예요. 휙! 날아갔죠."

노라가 마른침을 삼킨다. "어떻게 그럴 수 있죠?"

"증서 보셨나요?"

노라는 지금 참가하게 된 게임에 인내심이 바닥났지만 선택권이 없다. 따라서 조심스럽게 묻는다. "무슨 증서요?"

한 가지 분명한 것이 있다면 실비아는 누군가가 자기 입장의 이야기를 들어주길 기다리며 애태우고 있었고, 무심코 노라가 그 이야기를 들어주는 귀가 되었다는 것이다.

"다이너스티 랜치의 집에 대한 주택 권리증이요. 청약했을 때, 제 부동산 중개업자가 이상한 조항 하나를 짚어줬어요. 누구나 못 보고 넘어갈 수도 있는 조항이죠. 제한적 계약이라고, 그렇게 부르더군요. 그게 뭔지 아시나요? 당연히 아시겠죠, 변호사시니까." 노라는 로스쿨 1학년 때 들었던 부동산법 수업을 기억 속에서 더듬는다. 제한적 계약이란 주택의 모든 새로운 소유주가 이행해야 할 조건이 달린 계약을 말하는데, 해당 부동산의 소유주로 하여금 특정 방식으로 주택을 사용하지 못하도록 하는 것이다. 예를 들어, 주거 지역의 부동산 소유자는 자기 집에 사업체를 세울 수 없고, 180센티미터가 넘는 담장을 지을 수 없는, 그런 조건들. "다이너스티 랜치의 모든 집은 증서에 서면으로 제한사항이 명시되어 있는데, 입주자협회가 새로운 소유주에 대한 최종 승인을 한다는 내용이에요."

노라는 블랙커피가 담긴 잔을 찬찬히 호호 분다. 확실히 하기 위해서 문서들을 확인해보는 것은 어렵지 않지만, 주택 권리증에는 온갖 종류의 고대 유물들이 서면으로 따라붙기 마련이다. 입주자협회의 승인 절차에 대해 노라는 이미 경고를 받은 바 있다. 그녀의 흥미를 돋우는 것은 그 절차가 실제로 어떻게 실행되는가를 들어보는 것이다.

"저는," 실비아가 말을 잇는다. "판매자가 아예 집을 팔지 않기로 한 줄 알았어요. 그런데 기껏해야 이 주쯤 지나서 그 집이 다시 매물로 나온 거죠. 고작 오천 달러만 더 붙어서요. 아니, 이게 말이 되나요? 집을 팔고 싶지 않았던 게 아니었던 거죠. 저한테 팔고 싶지 않았던 거예요."

노라가 2센티미터 정도 의자를 당겨 앉는다. 모두가 각자 나름의 진실을 갖고 있다. 그렇다는 걸 노라는 누구보다도 잘 안다. "하지만 왜 그랬을까요?" 노라는 실비아를 부추긴다. 청약 의사를 밝힌 다른 사람이 대기하고 있었다면, 판매자는 윤리 따위 엿이나 먹으라며 더 나은 거래 쪽으로 옮겨가기 마련이다. 하지만 그게 아니라 판매자는 단순히 처음부터 새로 시작했던 것으로 보인다. 뚜렷한 이유 없이 집을 다시 매물로 내놓은 것이다. 왜 다시 운에 맡긴 걸까?

실비아가 몸을 앞으로 숙인다. "두 달 전까지만 해도, 저는 대형 은행의 자산관리전문가였어요. 유능했지만 업무 스트레스가 많았고, 어쨌든 아이들이 어리기도 했어요—여섯 살과 여덟 살이거든요. 아이들하고 시간을 더 많이 보내고 싶었죠. 항상 그럴 계획이었어요. 저희는 웨스트레이크에 살고 있었는데, 재산세가 미치도록 높은 곳이죠. 그래서 남편과 저는 형편에 맞는 곳으로 이사하기로 결정했고, 저는 직장을 그만두고 한동안 전업주부가 되기로 했죠. 청약이 이루어지자마자 사직서를 냈어요. 계약이 타결되기 직전에, 어쩌다 페니에게 자산관리사 일을 그만두기로 했다고 언급했어요. 사이가 꽤 가까워졌거든요." 이 부분—이 부분이 실비아가 한 말 중에 처음으로 노라의 허를 찌른다. "거기 여자들과 많이 가까워진 상태였어요. 며칠 후, 계약이 불발됐고요. 보증금은 돌려받았지만 그게 중요한 건 아니죠."

"잘 이해되지 않는 부분이 있어요." 노라는 여전히 실비아가 그 여자들과 가까워졌다고 말한 부분에서 막혀 있다. 그게 뭐 어떻단 말인가? 노라는 페니나 코닐리아나 알렉시스나 테아와 독점적인 관계를 맺고 있지 않다. 설령 그렇다 하더라도 실비아와는 확실히 사이가 틀어지지 않았는가.

여기는 중학교가 아니다.

"그들은 전업주부에게 집을 팔고 싶어하지 않아요." 실비아가 말한다. "영향력이 큰 직장 여성들만 원해요." 말도 안 되는 비난이라고 생각한다는 사실이 노라의 얼굴에 나타났는지 실비아가 웃음을 터뜨린다. "그 사람들 이력에서 눈치채지 못했다고는 하지 마세요. 사실 전—" 실비아가 노라를 살핀다. "—그들이 당신을 좋아한다고 확신해요. 그 동네 집을 사게 할 사람은 당신 같은 사람일 거예요." 노라는 이 대화를 다른 곳에서, 아무쪼록 그녀가 선글라스를 쓸 수 있는 곳에서 하고 있었으면 싶다. "오. 오.

잠시만요. 와우." 실비아가 '내 그럴 줄 알았다'고 하는 듯한 미소를 짓는다. 노라는 얼굴이 붉어지는 것을 느낀다. "입주를 생각하고 계신 건가요? 그들이 당신을 고용했죠, 그렇죠?"

"오픈하우스에 갔었어요." 노라는 말이 술술 튀어나온다.

"이슬라 웡? 그럴 줄 알았어요. 그 여자가 인재 채용 담당이죠."

"그분은 부동산 중개업자예요."

실비아가 코웃음친다. "그래서 제가 지역 신문에 연락한 거예요." 그녀가 테이블을 철썩 친다. 너무 세게. 대형 테이블에 앉은 학생들이 소음 차단 헤드폰을 끼고 있는데도 알아차린다. "차별이에요. 명백하고 노골적인 차별."

"그게 당신이 신문사에 연락한 이유군요. 당신이 집을 사도록 그들이 허락하지 않는 이유가…… 일하지 않기 때문이라고 생각해서." 솔직히, 노라는 웃음을 터뜨리고 싶다. 실비아는 발광하는 한밤중의 음모이론가 같다. 이 여자에겐 취미가 필요하다.

실비아의 캐러멜색 눈이 번뜩인다. "당연하죠. 그런, 뭐랄까, 형편없고 영리적인 태도를 드러내는 저해 요인이 입주자협회를 끌어내릴 거라고 생각했어요. 근데 그런 일은 발생하지 않을 것 같더라고요. 그래서 그 사람들을 폭로하고 싶었을 뿐이에요. 그게 다예요. 그런데 아무도 저한테 연락을 주지 않더라고요."

"당신 관점도 이해가 갑니다." 이 팩트 찾기 미션이 긴 고충 들어주기 시간이 되지 않기를 간절히 바라며 노라가 말한다. 그녀의 눈에 실비아는 근거 없는 소문을 퍼뜨릴 가능성이 매우 큰 사람으로 보인다. "그런데 말씀하신 내용 중에 어떤 것도 리처드 마치를 살해한 화재와 관련이 있지는 않은 것 같은데요, 저는 그 조사를 하기 위해 고용되었거든요."

"저는 이 모든 걸 호의에서 말씀드리는 거예요. 너무 늦기 전에 당신이 무엇에 휘말렸는지 알고 싶을 거라 생각했어요."

노라가 일어서서 나가려 하자 실비아가 멈춰 세운다. "말씀해주세요." 그녀가 말한다. "그 집 청약하셨나요?"

"아니요." 노라가 대답한다. "아직요."

실비아가 눈을 찌푸린다. 예쁜 얼굴인지 아닌지 노라는 갈피를 못 잡겠다. 그렇게 화만 내지 않는다면 아마도 예쁠 것이다. "하지만 하시겠죠. 음. 흔히 하는 말로, 본업에 충실하세요. 명단은 이미 보셨겠죠."

노라는 어쩔 수 없이 묻게 된다. "무슨 명단요?"

실비아는 고소해하는 듯한 어조로 대답한다. "그들이 수집한 여성들 목록요."

노라가 의자를 민다. 전부 엄청난 시간 낭비였다고 혼자 중얼거린다. 실비아는 그녀에 대해 아무것도 건드리지 못했다고도 중얼거린다.

"있잖아요." 노라가 실비아에게 차분히 말한다. "계속 자문하게 되는데, 그곳이 휘말리면 안 되는 그토록 끔찍한 곳이라면 왜 그렇게 휘저어놓으려고 애를 쓰시죠?"

문제는 여성들이 승진하지 못하는 것이 아니라, 일하고 있지 않다는 것이다

제시카 패드마 기자

"많은 일류 기업들은 여성들을 리더의 위치로 승진시키기를 간절히 바라고 있지만, 중간 직위까지 올라온 여성층이 너무 얇아 직장 내 성차별이라는 잘못된 인상을 주고 있다며 불평한다."

———————

댓글 보기

———————

크리스틴 오브라이언

저는 사십오 세에 직장을 그만뒀습니다. 솔직히, 직장에서 더 많은 중책을 맡도록 훈련받고 있다는 인상을 받았고 그건 흥미로운 일이었죠. 하지만 한편으로는, 더 많은 책무를 어떻게 처리해야 할지 계산이 되지 않았어요. 이미 능력을 총동원하고 있는 상태였거든요. 그래서 관뒀어요. 어떤 면에서는 끝까지 포기하지 말 걸 그랬다는 생각도 들어요. 십 년도 더 된 일이죠. 만약 직장으로 돌아간다 해도 사다리 맨 아래부터 다시 시작해 모든 단계를 반복해야 한다는 걸 알고 있어요. 어쨌든 전 정말로 행복해요. 가족과 보내게 된 시간을 사랑해요. 축복이죠.

쌍둥이맘

저는 죄책감을 느꼈어요. 모두 생각하듯이 '엄마로서의 죄책감'이 아니에요. 직장 동료들에게 공평하지 못했다는 생각이 들었어요. 다들 저보다 훨씬 열심히 일하는 것 같았고, 제가 아이가 있어서 저 자신을 덜 몰아붙이지 않았나 걱정도 됐어요. 제게는 훌륭한 상사가 있었고, 그는 제가 성공하기를 바랐다고 진심으로 믿어요. 하지만 전 일과 동료들에게 최선을 다하지 못해서 느끼는 죄책감에 진력이 났을 뿐이에요.

비키 샌체즈

아예 노동인구에서 벗어난 건 아니지만 저는 로펌에서 파트너 변호사로 일하다가 모교의 취업지원센터 상담원이라는 수월한 일로 갈아탔죠. 돈은 예전의 3분의 1 정도를 벌지만 좋은 혜택을 받고, 여름에는 휴가도 갈 수 있고, 아홉시에 출근해서 다섯시에 칼퇴근해요.

전업주부

오늘날 여성들이 이렇게 감당하기 힘든 짐을 지고 있다니 슬프네요. 여성들은 할일이 너무 많아요. 과학, 학계, 정치, 예술, 그 밖의 모든 분야에 여성들이 훌륭한 공헌을 할 수 있다고 생각하지만, 그럴 수가 없죠. 햄샌드위치를 만들고 있으니까요.

태미 장

완전 어이없는 건, 꼭 엄마들만 '엄마 벌점'을 받는 게 아니라는 거예요. 사람들은 전부 당신이 아이 낳는 데 관심 있다고 간주해버려요. 그렇지 않다고 말하면, 거짓말을 하고 있거나 아직 생체 시계가 작동하는 걸 느끼지 못해서 그렇다고 생각하죠.

아들맘32

남편과 이야기해봤는데, 살면서 아이들에게 종일 보육이 필요한 시기가 있잖아요. 그동안에는 제가 일하는 데서 발생하는 비용을 메울 수가 없다고 생각해요. 아이들을 탁아소에 보내는 데 드는 비용보다 아마 가까스로 조금 더 벌 거예요. 아이들이 더 크면 그래도 다시 돌아갈 계획이에요.

크리스티나 팩스턴

저는 전업주부가 너무 필요한 존재라는 걸 알게 됐습니다. 일하면서 아이들 교육과 과외 교육에 힘쓰려 해봤지만, 전업주부들이 얼마나 많은 일을 하고 있는지 깨달았어요. 그분들이 없었다면 운동장에 새로 잔디 깔 돈을 모금하거나, 제대로 된 현장 학습을 조직하거나, 시대에 뒤떨어진 교칙에 대해 교장과 논쟁하거나, 축구복을 맞추지 못했을 거예요. 전 운이 좋은 편이에요. 남편이 충분한 돈을 벌기 때문에 저는 그 일원이 되기로 했어요. 그들은 도움이 필요해요. 그리고 참고로, 저는 정말로 일하는 엄마들이 이해하리라 생각해요. 여기서 '엄마들'을 강조하고 싶네요. '엄마 전쟁'*에 대한 미끼성 기사를 하나라도 더 읽으면 소리지르고 말 거예요. '아빠 전쟁' 같은 소리 들어본 적 있나요? 흠, 왜 그런 얘기는 없을까요?

---

* 1980년대 후반 미국에서 벌어진 논쟁. 엄마가 아이를 돌보는 것이 최고인가에 대해 전업주부와 일하는 엄마가 서로 격렬한 토론을 벌였다. 지금도 이 문제는 뜨거운 감자다.

21

노라는 알렉시스에게 음성메시지를 남긴다. 실비아는 탐탁지 못한 사람이었지만 그 대화는 노라에게 해답보다는 많은 의문을 남겼다. 다이너스티 랜치에 대한 진실? 노라는 믿지 않지만 그렇다고 뭔가를 숨기고 있는 사람이 없다는 건 아니다. 직업적으로나 개인적으로나 지뢰를 밟기 전에 그게 누군지 알아내는 게 좋을 것이다.

적어도 앤디만큼은 문자로 좋은 소식을 알렸다.

> 깜짝 소식! 생각지도 못하게 미국에 가게 됐어. 엄마 만나러 가려고. 일요일에 오스틴에서 네 시간 경유하는 비행기로 예약했어. 빨리 만나고 싶다 쪽쪽

그것 말고는, 하루는 매우 월요일스럽게 흘러간다. 리브의 새 어린이집에 전화해봤지만 좋은 프로그램은 다 차 있다. 점심 챙겨오는 걸 잊었다. 세시까지 속이 메스꺼웠다. 한 주를 무사히 통

과할 수 있다면, 오늘 아침 아웃룩 캘린더를 열어서 약속, 실행 과제, 업무 마감일을 확인한 후 혼자 이렇게 중얼거렸다. 하지만 궁금하다, 통과한 다음의 목적지는 어디일까?

이미 파묻혀 있는 매일매일의 고역에 더는 파묻힐 수는 없다는 생각이 들 때마다, 우주는 그녀가 틀렸다고 증명해준다. 그것은 끊임없이 거듭될 뿐이다. 하지만 리브의 성장 과정 중 지금 이 시기도, 자신이 죽어라 쉼없이 일해야 하는 것도 레이더의 일시적인 깜박임이라고, 통과해야만 하는 무언가라고 생각하기로 한다.

노라가 가장 좋아하는 동화는 '평범한 한 주'라는 믿음이다. 아주 사랑받는 옛날이야기로, 긴장을 풀기 위해 스스로에게 해주는 이야기다. 다음주에는 모든 게 평범하게 흘러갈 거야. 어린이집 방학도 없고, 리브는 아프지 않고, 일은 안정되고, 노라의 감기는 다 나았고, 헤이든의 형이 이 도시에 있지 않고, 청소부가 올 일도 없어. 웃기긴 하다. 평범한 한 주란 절대 오지 않기에, 거기에 정말 평범한 것이란 아무것도 없다.

하지만 노라는 그런 상상을 좋아한다.

오후 다섯시 육분, 개리가 화장실에서 나오는 노라를 복도에서 목격한다. "노라." 그가 너무 멀리서 우렁차게 외친다. "우리 증거개시 서류가 어떻게 돼가는지 간단히 얘기 나눌 수 있을까?"

노라의 속이 조여온다. 데리러 가야 할 아이가 있다는 사실에, 개리와 전에 이에 대해 나눈 이야기가 있지만 그럼에도 이 일은 여전히 그녀가 해야 할 일이라고 인정한다는 사실에 부적절한 점은 아무것도 없다고 되새긴다. "지금 리브 데리러 나가는 중이에요."

"일 분이면 돼." 그가 안심시킨다. "내일 내가 늦을 것 같아서 지금 모여야 해."

노라는 전화기가 발명되었다는 사실을 그에게 살짝 알려주는 게 어떨까 생각한다.

"그러죠." 실은 여분의 시간이 있기는 하지만, 아이를 달지 않고 식료품점에 잠깐 들르려고 남겨둔 시간이다.

개리는 그녀의 시간 중 일 분 이상을 가져간다. 몇 분을 몇 움큼씩 가져간다. 분은 저녁식사로 먹어버리고 초까지 한 그릇 더 요구한다. 그녀가 증거개시 서류 검토 결과를 상세히 설명해주고 질문에 진득이 대답해주고 나자, 그는 완전히 다른 사건으로 넘어가더니 러벅에 있는 아는 판사 이야기까지 나아간다. 이야기 자체는 길지도 않고 불쾌하지도 않지만, 그 모든 잃어버린 초들이 목뒤에 쌓여 압박해오면서 의사 페레즈가 떠오른다. 마침내 노라는 목구멍 밖으로 말을 비틀어 짜낸다. "죄송하지만, 개리, 리브 데리러 가야 해서요."

개리의 첫 반응은 자애롭다. "오, 이런, 정말 미안해, 완전히 잊고 있었어." 그가 손목시계를 확인하더니 눈썹을 찌푸린다. 뻣뻣하고 허연 눈썹 털이 애먼 방향으로 삐친다. "내가…… 자네 멘토로서 해주는 말이니까, 새겨듣는 게 좋아. 자네도 알다시피, 일이 끼어들 때도 있는 법이야—가정에 말이야. 회사에서 맡은 책무가 막중해질수록, 그에 대해 준비해야 하는 거야. 물론 감당할 수 있지. 우리 회사는 일과 가정의 균형을 소중히 생각하니까. 많은 변호사들이 콕 집어 바로 그 이유로 우리 회사에 들어오고 싶어하지. 하지만 더 발전하려면 이 점을 유념해야 해."

어느 변호사가 그 이유로 회사에 들어오고 싶어하지? 그녀는 정말로 알고 싶다.

식료품점은 얼마나 자주 가나요, 개리? 아이 학교 100일 기념일은 언제죠, 개리? 올해 학급 파티 계획에 몇 번 자원했죠, 개리? 집에서 수리 기사가 오기를 기다렸던 때와 식탁 밑에 떨어진 부스러기를 쓸 었던 때와 아내 세탁물을 정리했던 때가 마지막으로 언제였죠, 개리?

말이 안 되는 게, 두 사람은 같은 일을 하지만 개리는 본인이 더 잘한다고 생각한다는 것이다. 현실에서는, 노라가 같은 일을 하는 것은 사실이지만 그가 쓰는 시간의 3분의 2 시간 만에 일을 해치우는 동시에 아내와 엄마라는 완전히 다른 직업을 유지하고 있는데다가―그렇다―호주머니 없는 정장을 입고 일하고 있단 말이다.

가장 끔찍하고 음흉한 점은, 어떻게 개리가 그런 결론에 도달 했는지를 노라는 안다는 것이다. 그녀가 무슨 일에 당면해 있는 지, 가사를 꾸려나간다는 게 심지어 어떻게 생겨먹었는지 그는 전혀 모른다는 사실을 그녀는 안다. 또한 서른다섯 살인 노라 스팽글러에 대한 개리의 인식은 육십 살 아내에 의해 좌우되며, 그 아내는 그의 양말짝을 맞춰놓지 않는다는 것은 상상도 못하는 사 람이라는 것도 안다.

"잘 알겠습니다." 그녀가 말한다. "집에도 좋은 장비들이 많이 있습니다. 노트북 도킹스테이션, 대형 모니터, 스캐너도 있고요, 아주 효율적이에요."

"듣던 중 반가운 소리군. 때로는 면 대 면으로 일하는 시간을 대체할 만한 건 없긴 하지만 말이야." 그가 온화하게 미소 짓는다. "저녁 잘 보내게."

차에 탄 노라는 이 대화를 흘어버리려 노력한다. 핵심은 스스로 그것을 받아들이지 않는 것이다. 그녀는 키친타월이 아니다. 흡수하지 않을 것이다. 개리는 아침쯤이면 노라와 그런 대화를 나눴다는 사실조차 기억하지 못할 것이다. 잊어버려.

우연의 일치인지, 리브를 뒷좌석에 버클로 꽉 채워 태우고 드디어 식료품점으로 향하는 내내 바로 그 후렴구를 수도 없이 듣게 된다.

엘사가 힘차게 노래한다. 다 잊어, 다 잊어어어어어.

마침내 그들이 차에서 허둥대며 내린다. 노라는 핸들이 달린 자동차 모양 카트를 찾아 필사적으로 두리번거린다. 그 카트는 항상 모두에게 하나씩 돌아갈 만큼 충분하지 않다.

"카트에 탈래, 리브?" 그녀가 묻는다.

"아니, 엄마가 미는 거 도울래."

"그냥 타지?"

"싫어, 아줌마. 밀 거야."

싸워봤자 아무 이득이 없다. 아니, 있을지도 모르지만 노라는 너무 게으르다. 리브가 손을 카트의 핸들로 뻗는다. 카트 조종을 돕기 위해 노라는 딸의 다리를 벌려 함께 밀 수 있도록 한다. 천천히 전진.

농산물 구역으로 들어가기도 전에 리브는 간식이 필요하다. 왜냐하면 오늘은 신이 그녀를 배고프도록 만든 것 같으니까(리브의 말에 따르면). 그래서 그들은 적당한 것을 찾아나서 마침내 골드피시 크래커 한 통을 따기로 합의한다. 리브가 만족해하자 노라는 계산대에서 계산하려고 크래커를 챙긴다.

이제 리브는 더이상 걷고 싶지 않지만 앉고 싶지도 않다. 안겨서 다니고 싶다. 다 큰 언니처럼 걸어야 한다고 설득하기 위해 한참을 구슬린다. 이미 노라는 꼭 필요한 필수품만 사기로 단념한 상태다. 이번주에 다시 와야 할 것이다. 머릿속으로 언제 올 수 있는지 계산한다.

"노라! 세상에, 잘 지냈어?" 에밀리 코언이 미는 카트가 통로를 따라 느릿느릿 굴러온다. 노라는 미소 스위치를 켠다.

"안녕, 에밀리. 너무 오랜만이야." 졸업 5주년 동창회 이후로 에밀리를 본 게 십삼 년 만이다.

에밀리는 가슴에 가로질러 맨 아기띠에 아기를 차고 있다. 금발 머리는 포니테일로 높이 묶었다.

리브가 팔에서 내려와 노라의 손을 잡으며 지켜본다.

"요즘 어떻게 지내?"

"시내에 있는 그 로펌에서 아직 변호사로 일해."

"그렇구나. 나는 첫째 렉스가 두 살 되었을 때 컨설팅회사 그만뒀어. 더는 못 견디겠더라고. 넌 어떻게 해내는지 모르겠다, 다 네가 잘해서 그런 거겠지. 얘는 메이블이야. 육 개월 됐어." 에밀리가 몸을 돌려 아기띠 안에 있는 통통한 작은 여자아이를 보여준다. 뺨이 어머니의 가슴에 눌려 있고 연분홍색 머리띠 리본이 살짝 삐져나와 있다. "얘는 누구?"

에밀리가 리브의 키에 맞추어 무릎 꿇고 앉는다. 리브는 노라의 다리를 꽉 잡지만 손가락을 구부려 흔들며 인사한다.

"얘는 리브야." 새로운 사람에게 딸을 소개할 기회가 있을 때마다 노라는 자부심이 부풀어오른다. 그녀의 어머니가 이렇게 했을 때는 신경이 쓰이곤 했다. "머리 좀 빗는 게 어때?"라든지 "피터슨 씨 가족이 저녁 먹으러 올 때까지만 있어라" 같은 말이 노라를 자랑하기 위한 얄팍한 핑계라는 것을 알아차릴 만큼 나이가 찼을 때는 말이다. 하지만 이제 노라는 이해한다. "네 살이야."

"그리고 반." 리브의 작은 목소리가 갈라진다.

에밀리가 손뼉을 치더니 손으로 입을 막는다. "너무 귀여워, 어머나 세상에, 너랑 똑 닮았다. 어머." 에밀리는 반사적으로 손가락을 뻗지만 리브의 얼굴을 건드리지는 않는다. "넘어졌니? 아야 했어?" 퍼피 구조대 밴드를 수도 없이 붙여본 사람의 숙달된 공감력으로 에밀리가 엄마들의 전형적인 찡그린 얼굴을 한다. 노라의 심장이 흉곽을 사다리처럼 타고 올라간다.

리브가 고개를 젓는다. 에밀리가 노라를 쳐다본다.

노라는 헛기침을 해서 심장을 밀어내린다. "이 년 전에. 최근 일은 아니야."

리브의 오른쪽 눈을 가로지르는 선홍색 흉터나 뺨에서 시작해 턱까지 내려가는 흉터가 평소 노라의 눈에는 거의 들어오지 않는다. 너무 익숙해졌다. 항상 그런 것은 아니었다. 사고가 나고 몇 달 동안 노라는 물리적으로 욱신거리는 고통 없이는 리브를 쳐다볼 수 없었다. 틀림없이 없어지리라 믿었다. 몇 주 지나서 보세요, 몇 달 지나서 보세요. 성형외과의사는 리브가 자랄수록 흉터들이 눈에 덜 띨 거라고 약속했다. 노라는 그 시일에 온전한 정신을 모두 걸었다.

에밀리가 무릎을 펴고 일어선다. "아주 공평하게 병원 신세를

졌네. 렉스도 작년에 팔이 부러졌거든." 에밀리가 말한다. 노라는
숨겨진 의미를 안다. 누구한테나 일어날 수 있는 일이야.

하지만 그렇지 않다. 그녀에게만 일어날 수 있는 일이다. 심지
어 그녀에게가 아니라, 그녀 때문에.

"얘가 아직 저녁을 안 먹었어. 지금 터지기 일보 직전의 시한폭
탄이야. 가봐야 할 것 같아." 노라의 어조가 인위적으로 경쾌하다.

에밀리가 곤혹스러워하는 미소를 짓는다. "나도 마찬가지야.
또 만나자!"

노라는 리브를 안아올려 옆구리에 걸쳐 안고, 배변 훈련 기저
귀와 어린이집 간식거리를 서둘러 추려 계산대에서 계산한다. 계
산원에게 리브를 위한 스티커가 있는지 묻는 것을 깜박한다. 리
브는 카시트에 앉고 나서야 그 말을 해주고 노라는 미안함을 느
끼지만 이미 너무 늦었다.

너 자신을 탓하지 마.

이 말이 마음속에 자리잡는 사이 노라는 차를 빙 돌아 운전석
으로 간다. 때로는 이 목소리가 어디서 오는지 알고 싶다. 자기
자신의 것은 아니다. 헤이든도 아니다. 심지어 그녀의 어머니도
아니다. 그 모두의 집합체이리라고, 그녀는 추측한다. 꼭대기 좌
석에 앉아 시시한 비평이나 하는 꼰대들. 어머니는 종종 '사람들
이 그러는데'라는 말을 앞에 붙여서 권위적으로 들리도록 사실을
나열하길 좋아했다. "사람들이 그러는데 저녁식사 때 레드와인
한 잔을 곁들이면 몸에 좋대." "사람들이 그러는데 요즘은 아이
들한테 숙제가 너무 많다더라." "사람들이 그러는데 한 살까지는
모유를 먹여야 한다더라."

그 '사람들'이 누군데요, 어머니? 〈투데이 쇼〉에 나오는 사람들? 어쨌거나 노라의 머릿속 목소리도 정확히 그와 같아서, 누구인지 모르고, 배경지식이 형편없으며, 잘난 척이 심하다.

사람들이 그러기를, 너 자신을 탓하지 말라고 한다. 하지만 가장 커다란 비밀이자 아무도 생각하지 못한 비밀은, 그 일에 대해 노라가 자신을 탓하는 데 보낸 시간과 동일한 분량의 시간을 자신을 탓하지 않고 헤이든을 탓하는 데 썼다는 것이다.

"엄마, 나 목말라." 리브가 뒷좌석에서 몸을 배배 꼬며 징징거리는 사이 그들은 주차장을 빠져나간다. 스티커를 사줬어야 했다. "나 우유 마시고 싶어."

그제야 노라는 빌어먹을 우유를 사는 걸 잊었다는 사실을 깨닫는다.

22

코닐리아의 사무실 로비에서 노라를 기다리던 헤이든이 자리에서 일어나 운동복 바지와 추레한 티셔츠를 보여준다. "운동복 입고 오라고 한 거 농담이었나?" 그가 묻는다.

상담시간 확인 겸 코닐리아가 이메일을 한 통 보냈는데, 격렬한 신체 운동을 할 테니 이에 대비해 준비하라고 적혀 있었다. 노라는 그런 이메일은 못 본 척하고 싶다는 유혹이 일었다. 이런 특별한 상담은 한 달에 한 번이면 족한 듯하니, 그만.

그녀는 남편을 끌어안는다. 그의 티셔츠는 이십여 년간 세탁해온 덕에 보드랍다. "아니, 나도 화장실 가서 빨리 갈아입고 올게." 노라는 노트북 가방을 그에게 맡기고 몇 분 후, 요가할 때 입었던 짝퉁 룰루레몬 복장으로 갈아입고 돌아온다. "나 괜찮아?"

"신뢰 쌓기 운동을 할 건가봐." 헤이든이 엘리베이터 버튼을 누른다.

"여긴 여름 캠프가 아냐." 그리 나쁘지 않은 추측이었지만.

노라는 상담시간을 고대하고 있다. 이번에는 그녀 마음속 생각은 뭔지, 가정과 직장 일을 모두 책임지는 것이 어떻게 그녀를 맥빠지게 하고 미치게 하는지 말할 수 있으리라 기대하고 있다. 코 닐리아가 그 자리에서 지켜보고 있을 것이므로, 헤이든도 이번에 는 노라의 말을 들을 것이다. 그도 자기방어만 할 수는 없을 것이 다. 오, 여보, 그녀는 말할지도 모른다. 너무 감당이 안 되어서 말이 야, 우리 딸을 어린이집에 등록 못 시켰어, 그러니까 이 문제 좀 당신 이 해결해줄래? 그렇다. 그녀는 아직 몇 가지 비밀을 혼자 간직하 고 있지만, 대략 준비는 되어 있다.

하지만 도착했을 때, 코닐리아는 러닝머신 두 대가 나란히 놓 여 있는 다른 방으로 그들을 안내한다.

"코닐리아," 노라가 말한다. "전 진짜로 저질 체력인데요."

"걱정 마세요. 상담 전에 활동적인 명상을 조금 해보려고 해 요. 자, 헤이든, 관리를 잘하신 것 같네요—정말이지, 체격 좀 보 세요, 이 흉근하며—최상의 결과를 얻어내기 위해서 더 어렵게 해볼 건데요, E-스팀이라는 걸 사용할 거예요." 코닐리아가 말을 잇는다. "전기 근육 자극을 가리키는 신조어예요. 여러 상황에서 사용되는 완벽하게 안전한 방법이죠. 달리기선수들도 쓰고, 작업 치료사, 많은 헬스장도 추가적인 칼로리를 태우기 위한 방법으로 쓰고 있어요."

"아픈가요?" 코닐리아가 가리키는 방향을 따라 SS 러닝머신으 로 올라가면서 헤이든이 묻는다.

"전혀요." 코닐리아가 앞주머니에서 황금색 펜을 꺼내 윗부분 을 딸깍거리더니 몇 가지를 빠르게 메모한다.

노라는 자신이 차지한 러닝머신의 컨베이어 벨트 위에 다리를 벌리고 선다. 이번주에 추가 시간을 들여 샤워하고 머리를 드라이기로 말려야 하는 활동을 하느니 차라리 대수학 시험을 치겠다. 머리 드라이의 저주와 그에 맞춰 운동 계획을 전략적으로 짜야 한다는 것을―아니면 아예 그럴 일 자체를 피하거나―충분히 이해하는 남자는 아마 거의 없을 것이다.

이내 코닐리아가 헤이든의 복부, 종아리, 가슴에 전극 센서를 부착한다. 이 모든 게 그럴 만한 가치가 있어야 할 텐데, 노라는 생각한다.

그녀는 이 결혼을 원하고 남편과의 파트너십을 원하기에, 익숙한 길을 약간 벗어날 필요가 있다면 그렇게 한대도 큰 해는 없을 것이다. 척추지압사나 침술사 같은 거라고 생각할 수도 있지 않을까? 그게 통한다면 오히려 좋다.

"이거 쓰세요." 코닐리아가 각자에게 소음 제거 헤드폰을 건넨다. 노라가 귀에 꼭 맞게 쓴다. 러닝머신이 작동하기 시작하고, 그녀와 헤이든은 경쾌한 걷기 속도로 러닝을 시작한다.

잠시 후 컨트리 음악이 그녀의 헤드폰에서 흘러나온다. 명상 음악이 아니라서 오히려 안심된다. "네가 더 나은 남자면 좋겠어." 여자가 나지막이 노래한다. 코닐리아를 바라보자 그녀가 윙크한다. 노라는 작은 농담이 좋다. 모든 것을 너무 심각하게 받아들이지 않는 것이 좋다. 맙소사, 그냥 결혼일 뿐이다, 암도 아니고.

헤이든을 흘긋 보니 얼굴에 기분좋게 당혹스러운 표정이 떠올라 있다. 그의 헤드폰에서는 무슨 노래가 나오는지 궁금하다. 그녀에게는 별로 달갑지 않은 몇 가지를 생각해볼 수도 있을 것 같다. 네 아내는 잔소리꾼이야. 이 노래를 맞혀라!*

노라는 헤이든이 그녀보다 더 빨리 달리지 않는데도 땀을 꽤 많이 흘리고 있다는 것을 알아챈다. 팔 밑에서 스며나오는 검은 동그라미로 시작해, 첫 1킬로미터를 다 끝냈을 때쯤에는 티셔츠의 목 근처에 축축한 삼각형이 퍼지고 있다. 그는 신경쓰지 않는 듯하다. 사실 근사하다. 한낮에 운동하기. 그래, 노라, 대발견이야! 몸을 움직이니 기분이 나아지는구나. 네가 이걸 처음 발견한 사람이야. 핫한 정보.

하지만 열성적인 수많은 인스타그램 계정의 메시지를 보면 왠지 '무시' 버튼을 누르고 싶어진다. 식단을 짜고 메이크업 프라이머를 잊지 않고 사용하며 해질 무렵 요가를 하고 매크로 영양소를 계산하고 긍정적인 확신의 메시지를 거울에 적으며 착장을 모자로 완성하는 여성들을 보면서 노라는 생각한다—옷들이 옷장 바닥에 지난 육 개월간 널브러져 있는 판국에 뭐하러 그렇게 피곤하게 살겠어?

노래가 반복 재생되고 세번째로 흘러나오자, 농담은 시효를 다한다. 남은 하루 동안 이 곡조가 줄곧 머릿속에 박혀 있을 것이다. 하지만 아슬아슬하게 때를 맞추어 코닐리아가 그만해도 된다며 노라와 헤이든이 헤드폰을 벗을 수 있도록 허락한다.

코닐리아는 바퀴 달린 의자에 기대앉아 다리를 꼰다. 펜을 두 번 딸깍거리고, 손목시계를 확인한 다음 메모하고, 이미 펼쳐놓은 접이식 의자 두 개에 앉으라고 그들에게 손짓한다. "자, 기분 좋지 않나요?" 코닐리아는 헤이든에게 가장 자애로운 미소를 보낸다. "몸을 푸셨으니, 이제 핵심으로 들어갑시다. 시작할까요?"

---

* Name That Tune. 참가자들이 노래 제목을 맞히는 미국의 TV 프로그램명.

노라가 자세를 고쳐 앉는다. 게임은 시작되었다.

"노라부터 시작하는 게 어떨까요. 단도직입적으로 가장 어려운 질문부터 해보도록 합시다. 그게 핵심이니까요. 이전 상담에서 배우자에게 분노하는지에 대한 물음에 그렇다고 대답하셨죠. 그렇다면 그 부분에 대해 상세히 말씀해주세요. 왜 헤이든 때문에 분노하시죠?"

화끈거림이 노라의 뺨으로 울컥 솟구친다. 분노라는 말보다 더 나은 말이 있으면 좋겠다.

"음." 노라가 가슴으로 숨을 들이마신다. "때로 제가 느끼기에는—" 치료사들은 사람들이 문장을 '제가 느끼기에는'으로 시작하는 것을 좋아한다는 이야기를 언젠가 들은 적이 있다. "제가 느끼기에는, 헤이든은 훌륭한 아빠고 많이 도와주지만—전혀 도와주지 않는다는 게 아니에요. 단정적으로 말하지 않는 게 중요하다고 생각해요. 그이는 항상, 제가 당신은 아무것도 하는 게 없다고 말한대요. 오, 미안해, 또 그랬네. 항상은 아니고요. 제 말뜻은, 그가 충분히 도와주지 않는다는 거예요. 상대적으로요."

"제가 느끼기에는 노라가 득점판을 계산하고 있는 것 같거든요." 헤이든도 '제가 느끼기에는' 수법에 대해 들어본 적이 있는 게 분명하다. "하지만 제가 하는 일들에 대해서는 까맣게 다 잊어버려요. 아내 차 엔진오일을 제가 교체해줘요. 제가 차고를 청소하고요. 잔디도 깎아요."

"하지만 그런 것들은 어쩌다 하는 일이잖아." 노라는 이렇게 말할 때 징징거리는 것처럼 들리지 않도록 조심한다.

"그게 무슨 뜻이야?"

"하고 싶을 때 하면 되는 일이라는 말이야. 매일같이 해야 하는 따분한 일이 아니라고, 내 말 알겠어? 내가 리브에게 어린이집에 입고 갈 옷을 입히고 설거지하고 아이 도시락 싸고 머리 빗겨주고 옷을 깨끗이 세탁해두지 않으면, 말 그대로 하루가 굴러갈 수 없다는 말이야." 하루를 주기로 반복되는 이러한 임무들의 끈질긴 리듬 때문에, 노라는 리브의 완구 세트에 들어 있는 나무못이 되어 한 번에 1센티미터씩 고무망치로 타격당하는 느낌이다. "그렇다고 나한테 어쩌다 하는 일들이 없는 것도 아니야. 병원 검진 예약도 잡아야 하고, 댄스 강습도 신청해야 하고, 그런 것들을 한다고. 하지만 이런 건 매일매일 하는 일 외에 부가적인 일이거든."

헤이든이 자기 활을 당겨 되쏘기 전에, 코닐리아가 손을 들어 그를 저지한다. 그녀는 뒤로 기대앉아 생각에 잠긴 채 펜 끝을 무릎에 톡톡 때린다. "노라, 헤이든이 자기 역할을 충분히 다한다고 느껴지려면 그가 뭘 하길 원하는지 말해주세요."

머릿속에 종일 재생되는 끈덕진 내적 독백에도 불구하고 이 부분이 노라에게는 가장 힘들다. 정확히 어떻게 해야 상황이 나아질지 말로 표현할 수가 없다. "내가 도시락 싸기를 원하는 거구나." 헤이든은 이렇게 말할 것이다. "그럼 내가 도시락 쌀게."

그러면 노라는 말을 더듬을 것이다. "응, 당신이 점심 도시락을 싸면 좋겠어. 하지만 점심만 싸라는 건 아니야." 그러면 그는 구체적으로 말하라고 할 테고, 합당한 지적이지만 그녀는 그게 잘 안 된다고 말할 것이다. 이런 식이어서는 안 된다.

그녀가 "점심 도시락을 싸" 그리고 "리브의 새 양말을 주문해"

298

라고 헤이든에게 말하자마자 그걸로 끝이라는 것을 그녀는 알고 있다. 그는 그것만 할 것이다. 그리고 만족할 것이다. 성취감을 느낄 것이다. 노라가 참을 수 없는 한 가지가 있다면, 그녀가 하는 일의 팔 할만 하는데도 헤이든은 성취감을 느낀다는 사실이다.

"중요한 건…… 그이가 할일을 알아서 하면 좋겠어요. 저처럼요." 노라는 뜸들이며 코닐리아나 헤이든 중 한 명이 뭐라도 말하기를 기다린다. 그러니까, 헤이든이 당신 마음을 읽기를 바라는 건가요? 하지만 두 사람 다 아무 말이 없다. "그게 뭐 그렇게 어려운지 이해가 안 가요."

"더 자세히 말씀해주세요."

"한번은, 어린이집 파티 때 어떤 엄마가 친구에게 하는 말을 들은 적이 있는데, 이렇게 말하더라고요. 남편한테 지시하니? 이러이러한 걸 해달라고 요청하니? 그렇게 안 한다면 네 잘못이야. 그 사람 잘못이 아니라. 네가 항상 먼저 해버리니까. 그 엄마는 정말 그렇게 말했어요. 아무도 지시하지 않는 것. 그게 제가 원하는 거예요. 베킷의 생일파티가 토요일이라는 것을 그이가 알면 좋겠어요. 그래서 타깃 마트에 가서 미리 선물을 사야 한다는 것도요. 아마존에서 주문하면 더 좋고요. '이번 주말에 우리 할일 있어?' 제가 이렇게 먼저 물어보게 만들기보다는 말이죠. 저는 헤이든이 어린이집에서 사진 찍는 날이 언제인지 알면 좋겠고 리브의 소아과 정기검진 예약을 잡았으면 좋겠어요. 제가 다 기억해야 하는 일들이거든요. 너무 지쳐요. 제가 항상 대리자이고 싶지는 않아요. 대리자는 대리로 처리해야 하는 일들을 늘 알고 있어야 하니까요. 가사일에 대해서라면 저는 동등하다고 생각하지 않아요.

그에게 설거지를 하라고 말하고 싶지 않아요. 설거지하라고 말하는 게 싫어요. 그에게 설거지를 하라고 말해야 한다면, 대개는 차라리 그냥 제가 하죠. 자기 책무 범위가 지금보다 넓다는 걸 남편이 알았으면 좋겠어요. 몇 주마다 세차하거나 개미집 없애는 게 다가 아니라는 거죠. 그런 것들도 물론 누군가는 해야 하고, 헤이든이 대부분 해주어서 고맙긴 하지만, 그건 전체 그림의 작은 일부일 뿐이죠." 노라는 갑자기 입을 꾹 다물고 양손을 무릎 위에 포갠다. "죄송해요. 제가 너무 흥분했네요."

코닐리아가 노라를 뜯어본다. "아니요, 중요한 문제라고 생각해요."

"잘 모르겠어요." 노라는 헤이든을 보고 있지 않다. "제 말은―헤이든은 똑똑한 사람이에요. 그이가 똑똑하다는 걸 알아요. 그래서 그런 사실이 더 절 괴롭히는 것 같아요. 이 사람은 이런 것들을 저만큼 할 능력이 있고, 머리로 다 알아낼 수가 있죠. 그런데, 왜 그렇게 안 하는 걸까요?" 노라는 당혹스러워하며 마지막 부분을 얼버무린다. 너무 많이 요구했다. 뭔가 중요한 것을 빠뜨리고 있다. 그녀는 지금 공정하지 않다. 헤이든은 다른 많은 남자들보다 훌륭하다. 노라는 그것을 감사히 여긴다. 감사히 여겨야 한다. 그래야 하지 않은가?

코닐리아가 이제 헤이든에게로 고개를 돌린다. 그녀의 엄지손가락이 펜 끝을 만지작거린다. "헤이든," 명료하고 단호한 목소리로 말한다. "잠시 절 봐주셨으면 좋겠어요. 좋아요. 이제 근육을 느껴보세요. 편안한가요? 피곤하시리라 생각해요. 러닝머신에서 힘들지 않았나요? 좋아요. 그럼 이제, 기분좋고 쾌적하고 만족스러운 느낌이 자리잡도록 해봅시다. 그렇게 되었나요? 아주 잘했어요. 헤이든, 아내의 말을 들으셨죠, 그렇죠?" 헤이든이 고개를 끄덕인다. "가사일 처리를 위해 해야 할 일을 당신이 다 알고 있다면 어떨까요?" 그가 빤히 바라본다. "가사와 관련된 행사 일정을 당신이 관리하는 건 어떨까요? 즐겁지 않을까요? 그리고, 그렇게 하는 김에, 한번 생각해보세요, 당신이 생일 선물을 사고 병원 예약을 잡고 설거지하고 점심 도시락 싸고 자기 전에 해야 할 일을 항상 챙긴다면, 이런 종류의 모든 일을 한다면, 어떨 것 같아요?"

"네." 그가 침을 꿀꺽 삼킨다. "그렇게 할게요."

"기꺼이 할 수 있겠어요?" 코닐리아가 고개를 기울여 헤이든이 미술관에 걸려 있는 추상화인 것처럼 그를 바라본다.

노라는 엄지손가락 끝의 울퉁불퉁한 큐티클을 물어뜯다가 불현듯 뭘 하고 있는지 깨닫고 손을 허벅지 사이 따뜻한 곳에 찔러 넣는다. 헤이든의 관점에서 보면 어떨까? 코닐리아의 방법론은 전부 허튼소리이기 때문에 나가떨어져 죽은 척하는 것이 최선이라고 결론 내리지 않았을까 예상해본다. 노라는 머리를 손안에 파묻고 싶지만, 그렇게 하면 무례한 행동일 것이고 노라가 가장 무서워하는 것이 무례함이다.

"네, 물론이죠. 저는 돕고 싶어요." 헤이든이 말한다.

그는 적어도 겉으로는 그런 척한다.

"좋아요. 반가운 대답이네요." 코닐리아가 노트를 탁 닫는다. "오늘은 진전을 이룬 것 같아요. 다음 약속을 잡아봅시다. 일주일 후는 어떤가요? 개선의 여지가 있는지 그때 한번 살펴보죠." 그녀가 손바닥을 바지에 문지르며 자세를 똑바로 고쳐 앉는다.

노라의 눈길이 남편과 치료사 사이를 왔다갔다한다. "근데, 잠깐만요. 헤이든에게도 물어봐야 하지 않나요?" 그녀가 말한다.

"헤이든에게 뭘요?"

노라는 주저하지만, 상담이 한쪽으로 치우쳐서는 안 된다고 확신한다. 헤이든은 처음부터 회의적이었으며 여자 치료사는 노라의 관점에 쏠리게 마련이라는 식의 언급을 두어 번 이상 했었다. 그녀는 그가 옳기를 바라지 않는다. "본인은 무엇에 분노하는지요."

코닐리아는 잠시 검지손가락을 입술에 가져다댄다. 그러더니 얼굴을 찡그린다. "그러죠, 그럼. 원하신다면. 헤이든, 노라에 대해 분노하는 게 뭔가요?"

헤이든은 노라의 눈을 똑바로 바라보며 한 번도 그녀를 원망한 적 없었다고 맹세하던 바로 그 일을 말한다. 삼 년간의 결혼생활이 거짓이었다고, 사기였다고 폭로한다. 하지만 그녀는 다른 말을 혼자 되뇌었던 터였다. 그는 날 탓하지 않아. 그들의 결혼을 받치고 있던 판자가 그때 이후로 수년 동안 젖어서 썩고 있었던 것 같다.

그 순간에 전광석화와 같은 명료함으로 그녀는 왜 그의 대답을 들을 필요가 있었는지 깨닫는다.

준비는 되었다.

진실을 해명하고 그날 무슨 일이 일어났는지 똑바로 마주할 준비가 되었다. 그 결과가 그들이 위태위태하게 타고 있던 구명부표에 임시로 덧댄 조각을 벗겨버린다고 할지라도, 심지어 부표를 가라앉힌다고 할지라도. 그녀는 말할 것이다.

"그 사고요."

23

다음날 아침 노라가 복도에서 한쪽 다리로 선 채 총총거리며 하이힐을 신으려 하고 있을 때 헤이든이 말한다. "리브 파란 원피스 빨아놨어."

"정말?" 그녀는 데오도런트를 잊지 않고 발랐는지 확인한다. "왜?"

그가 뭔지 모를 것을 찾느라 잡동사니 서랍을 뒤적거린다. "오늘 사진 찍는 날이라서."

"젠장." 노라는 리브가 자기 말을 듣지는 않았나 확인한다. "맞네. 난 사진 찍는 날이 싫어." 매년 노라는 어린이집에 도착해서, 무리를 이룬 작은 소녀들이 머리를 풀어 내리고, 리본을 꽂고, 스모크 드레스를 일제히 뽐내고 있는 것을 보고서야 그날임을 기억해내곤 한다. 노라는 자신이 잘 잊어버리는 어머니에 속한다는 것을 확인하는 게 일상인데, 아이들이 하도 입어서 닳아빠진 반바지와 안 어울리는 티셔츠 차림으로 문을 열고 들어올 때에야 스스로에게 눈동자를 굴리는 사람들 말이다. 지갑 투명 칸에 들어가는 20달러짜리 사진을 이 '매우 특별한 해'를 기념하

304

기 위해 사지 않는다면, 일주일 후로 시간을 돌려보건대 노라는 개자식이 된 기분이 들 것이다. "사진 찍는 날이란 걸 당신이 어떻게 알았어?"

"어린이집 일정표에서 보고 기억해뒀지." 헤이든이 이렇게 말하며 서랍 속에서 아직 안 낸 것이 분명한 접혀 있는 청구서를 찾아낸다.

"그렇군. 당신이 잘도 그랬겠군." 노라는 비꼬고 나서 남편의 표정을 보지만 금세 후회한다. "아, 당신 정말이구나."

"내가 뭐하러 농담하겠어?" 그녀는 이것이 수사적인 질문이리라 추측한다. "어쨌든," 헤이든이 이어 말한다. "오늘 저녁에 리브 데리고 새 신발 사러 가야 할 것 같아. 돌아오는 길에 저녁 사올게. 어때?" 노라는 그를 물끄러미 바라본다. 그녀는 아직 커피도 마시지 못했다. "그러면 회사에서 개리를 도와주는 데 시간을 조금 더 쓸 수 있지 않겠어?" 그녀는 이해가 느린 사람이라는 듯이 그가 대화를 주도한다.

"응. 그렇긴 한데—난 당신이—"

"내 일정은 좀 조정할 수 있어." 이게 작전인지, 헤이든이 그들 사이의 어떤 조용한 무언의 언쟁에서 이기려 하는 것인지, 노라의 가장 나쁜 본능이 분석해보려 하지만 아니, 그러고 있는 쪽은 오히려 그녀다.

노라는 커피 머그와 그 안으로 쏟아져들어가고 있는 김 나는 갈색 액체를 바라본다. "그래." 그녀가 한참 후 말한다. "알겠어, 고마워. 그래주면 좋을 것 같아."

이것으로 해결되었다.

노라는 적당한 시간에 책상 앞에 도착했으며 카페인은 충분히 섭취한 상태다. 뭐 어때? 헤이든은 어제 상담에서 사고 이야기를 꺼낸 것에 가책을 느끼기 때문에 이상하게 행동하고 있다. 당연히 그렇겠지. 그녀는 까다롭게 구는 성격은 아니다. 취할 수 있는 것은 취할 것이다. 따라서 그날 몇시까지 일을 반드시 마쳐야 한다는, 뇌리를 떠나지 않는 강박 없이 하루를 보낸다. 얼마나……신기한지.

❖

헤이든의 타이밍은 이보다 더 좋을 수 없다. 개리에게 제출해야 할 프로젝트에 상당한 진척을 이룬 노라는 한참 후―그렇게 느껴진다―마침내 알렉시스가 답신 전화를 해왔을 때 자유로이 풀려난다. 여자들은 알렉시스의 집에 모여 있다―코닐리아, 페니, 알렉시스. "안녕하세요." "안녕하세요." "안녕하세요." 사방에서 포옹. 노라는 그들에게 둘러싸인 채, 짧은 시간 만이지만 어쨌든 그들과 다시 만나게 되었다는 사실에 예상치 못하게 파도처럼 밀려오는 안도감을 느낀다.

"미안해요. 며칠 걸렸어요." 그들이 조립식 소파에 오래된 친구들처럼 느긋하게 자리잡는다. "우리 중 일부가 지난 주말에 커플 휴양 여행을 다녀왔거든요. 정말 좋았죠." 알렉시스가 말한다. 그녀가 종이접기하듯 다리를 접어 발꿈치를 밑으로 밀어넣자 찢어진 청바지 위로 무릎이 쑥 나온다. "언젠가 가보세요." 두툼한 금팔찌가 손목에서 쩔그렁거린다.

페니가 조용히 앉는다.

코닐리아가 잔에 담긴 소다수를 홀짝인다. "제 환자들 중 일부에게 제공하는 거죠." '일부'라는 단어가 노라에게 서로 잡아먹고 먹히는 상황 같은 찌릿한 통증을 일으킨다. 모두가 참여하는 '정말 좋은' 것에서 혼자 제외되기는 싫다. "휴식을 취하고 다시 소통하는, 아시다시피 그런 좋은 것들을 할 기회예요. 몇 번의 상담을 더 거치고 나면 당신과 헤이든도 참여하는 데 관심이 생길 거예요. 약간 더 발전한 방식인데 충분히 감당 가능해요."

"세상에, 당신도 정말 좋아할 거예요. 훌륭한 음식과 와인이 있고, 인터넷 연결 속도도 빠르고, 한번 해보실 만해요." 알렉시스가 이렇게 말하려는 듯이 양손을 들어올린다. 신을 찬양하라.

사실 함께 떠나기는 노라와 헤이든이 꽤 잘하는 것 중 하나다. 결혼하고 나서 몇 년 동안 태국, 도쿄, 베트남, 케냐, 크로아티아에 다녀왔다. 리브가 태어난 이후로는 주로 국내를 다니게 되었지만 그래도 여전히 여행을 다녔다. 세도나로 간 이틀 여행. 잭슨홀에서 보낸 긴 주말 연휴. 바 하버로 떠난 짧은 휴가. 그들은 핀터레스트 게시판을 공유하면서 항상 다음 여행 계획을 짠다. 그때가 되면 좋은 호텔에서 최상의 상태로, 플러시 천 가운을 입고 커다란 커피 머그를 든 채 이불 속에 둥지를 튼 어린애들 같다. 두 사람은 완벽하게 조화를 이루는 정확히 같은 유형의 여행자인데―모두가 그런 건 아니니―아기를 낳으면 이 여행들이 중단될까봐 노라는 당연히 걱정된다. "정말 좋을 것 같아요." 그녀는 완전히 따돌림당하지 않기 위해 좀더 과장하면서 위로가 된다는 듯이 말한다.

코닐리아가 긴 목을 뺀다. "꼭 필요하다고 생각해요, 특히—최근 상황을 고려했을 때."

노라는 페니를 보며 말한다. "많은 일들이 있었죠."

"당신이 그중 많은 부분을 감당해주어서 제가 얼마나 감사한지 알아주면 좋겠어요." 페니가 말한다.

노라가 숨을 돌린다. 그녀는 생각보다 더 긴장하고 있다. 직접 대면으로 하자니 그 질문이 훨씬 더 우스꽝스럽게 들린다. 전화로 물어봤어야 했는지도 모른다. 하지만 그러기에는 너무 늦었다. "그래서 말인데요. 여러분들한테 여쭤볼 게 하나 있어요. 주로 알렉시스에게요. 개의치 않으시길 바라요. 근데, 다이너스티 랜치 입주자협회에서는 전업주부들이 이곳에 집을 사는 걸 막고 있나요?" 이 말이 나오자마자 노라는 그들이 그녀를 비웃으며 내쫓으리라 예상한다.

"세상에나. 그 기자가 당신한테 접근했나요?" 알렉시스는 웃음을 터뜨릴 기미가 보이지 않는다. 목소리는 정말 화난 듯 들린다. 노라에게 화난 건 아니지만, 어쨌든 그렇게 된 것 같다.

하지만.

실비아가 기자를 언급하긴 했었다. 실비아가 생각한 것보다 심각하게 받아들여졌던 것일까? 그렇다면 노라도 그래야 하나?

"이름이 기억이 안 나네요." 알렉시스가 생각한다. "카일인가 크리스인가 뭐였는데."

"아니요, 실비아 램이었어요. 그녀가 집을 사려고 했던 것 같아요"—노라가 헛기침한다—"머제스틱 그로브에 있는 집이요."

알렉시스와 코닐리아가 똑같은 표정으로 시선을 마주친다. 페니도 노라처럼 그 일부가 되고 싶은지 아니면 신경써야 할 자기 문제만으로도 너무 지쳐 있는지 노라는 궁금하다.

그러나 그때 알렉시스의 여덟 살짜리 아들 크루즈 때문에 이야기가 중단된다. "엄마, 과자 먹고 싶어."

"엄마 이야기중이잖아." 알렉시스가 엄마 목소리로 말한다.

크루즈가 식료품 저장실 앞으로 가서 선다. "맥앤치즈 있어? 조금 만들어주면 안 돼?"

"맥앤치즈 있단다." 그녀가 참을성 있게 대답한다. "아빠는 어딨니?"

노라가 움찔한다. 방금 무언가를 느꼈다. 놀람, 익숙함, 호기심이 완벽하게 뒤섞인 맛. 결국 알렉시스에게도 믿을 수 없이 잘 사라지는 남자가 있는 것 같아서. 하지만 입에서 혀로 오래 굴리고 있으면 남는 뒷맛이란 실망감일 것이다.

"위층에서 잭스를 요람에 누이고 있어."

알렉시스가 손목시계를 확인한다. 아이는 무릎을 덮는 운동복 반바지를 입고 있다. "음, 그렇구나."

아무도 부르지도 않았는데 신호라도 받은 듯이 때맞춰 맥스가 계단을 내려온다. 이 상황이 스팽글러 집안에서 벌어지고 있다면 고함을 쳐야 내려오겠지만. "간식 만들어줄까?" 그가 말한다. 크루즈는 맥앤치즈를 달라고 한다. "건강에 좋은 걸 먹어야지." 맥스가 크루즈의 머리를 헝클면서 대답한다. "종일 영양가 없고 칼로리만 높은 음식만 먹으면 안 돼. 영양소를 섭취해야지. 사과를 잘라주면 어떨까?" 크루즈가 투덜거리면서 알겠다고 한다.

노라는 곁눈질로 맥스가 사과 껍질을 벗겨 길쭉길쭉하게 써는 모습을 지켜본다. "그 여자 이야기는 왜 하지 않으셨죠?"

알렉시스의 관심이 곧바로 돌아온다. "당신을 친절하게 대하고 싶었어요. 우리는 여성을 '미쳤다'고 표현하는 데 익숙지 않아서요. 숨은 뜻이 불경하죠."

"그래도 들어맞을 때가 있을 수는 있죠." 페니가 불친절하지는 않은 투로 말한다.

"그 여자 말로는 그 집 계약이"—내 집이지, 하고 노라는 생각한다—"직장을 그만두자 날아갔다고 하더라고요. 타이밍이 이상하다고요." 노라는 외줄을 타는 기분이지만 단호하게 밀고 나간다. 그날 밤 무슨 일이 일어났는지 알 수만 있다면…… 하고 페니는 그녀에게 말했었다. 아니 간청했다고 해야 맞을 것이다. 노라는 알아내기 위해 최선을 다하겠다고 장담했다. 그녀는 굳게 약속했다.

코닐리아가 깍지 낀 손을 무릎에 얹는다. "정말 우리가 여성이 직장이 없다고 해서 차별한다고 생각하시나요?" 그녀가 당혹해하지 않으려고 열심히 노력중인 노라를 살핀다.

"제가 묻고 있는 게 바로 그거예요."

알렉시스가 긴장을 깬다. "여기 다이너스티 랜치에 본업이 없는 여성들이 몇 명 있어요. 예를 들면 셰럴 앤. 그녀는 슈퍼맘 같아요. 진짜로, 존경해요. 엄마들 블로그도 운영한다니까요. 인기가 정말 많아요. 그리고 대니카. 원래 간호사였는데 그만두고 지금은 기금 모금 등을 하는 자원봉사 일을 하죠. 하지만 직장다운 직장은 없어요. 무슨 말인지 아시겠지만. 요점은 실비아의 주장이 터무니없다는 거죠."

노라가 뒤로 기대앉는다. 기분이 훨씬 낫다. "근데 무슨 명단 이야기를 하던데요."

이 사소한 말이 머릿속을 파고든 이유는 알렉시스가 그들에게 아직 변호사가 없다고 불쑥 말했기 때문이다. '그들'이라고 했을 때, 노라는 다이너스티 랜치를 하나로 묶어 가리킨다는 인상을 분명히 받았었다.

"주민 전화번호부 말인가요?" 알렉시스가 자기 허벅지를 철썩 친다. "그게 실비아가 명단이라고 부르는 건가요? 전화번호부에 딱히 불법적인 면은 없는 것 같아서요. 그렇지 않나요?"

"전화번호부에 주민들의 직업이 포함되어 있나요?" 노라가 묻는다.

"주민들의 직장 전화번호가 있죠. 제공하기로 동의했다면요. 그걸로 직업을 추측해볼 순 있겠지만, 그걸 명단이라고 하기는 힘든 것 같아요."

주민 전화번호부. 노라의 부모도 그런 것을 하나 갖고 있었다.

"그 여자 우리를 가만히 놔두지를 않네." 코닐리아가 말한다. "처음엔 그 여자 변호사가 보낸 한심한 정지명령서가 날아오더니, 그다음에는 그 기사를 퍼뜨리려 했죠."

"정말 심각한 원한을 품고 있는 것 같았어요." 노라가 누그러진다.

"페니가 실비아의 후원자였어요." 코닐리아가 말한다.

"그랬어요?" 노라가 지원서를 냈을 때는 페니가 후원자를 자원한다며 손을 들지 않아서 약간 상처받았다. 이게 그 이유를 설명할 수 있을지도 모른다.

"실비아의 요청을 받아서 그랬을 뿐이에요." 페니가 방어적으로 말한다.

"그런데 후원자는 무슨 일을 하나요?" 노라는 이제 진심으로 궁금하다.

알렉시스가 눈동자를 굴린다. "굳이 물어보신다면, 진하게 키스하는 건 아니랄까요. 주로, 새로 들어오는 이웃이 참된 통합의 과정을 거치게 해주는 우리만의 방식이랍니다."

"참된 통합." 노라가 중얼거린다.

"말처럼 그렇게 거창한 건 아니고요." 알렉시스가 그녀를 안심시킨다. "우린 사람 사이의 연결 같은 것을 중요시하거든요. 기술 관련 일을 하는 제가 이런 말을 하다니. 어쨌든 그게 이유랍니다. 좋은 기업 문화가 성공의 열쇠라는 말은 항상 들어보셨을 거예요. 우리 동네가 그랬으면 좋겠거든요—성공적인 동네. 여기서는 모두가 행복하면 좋겠어요. 따라서 후원자가 우리는 소위 불평 많은 이웃은 들이지 않는다는 걸 확실히 해주는 거예요. 예를 들면 아이들에게 '우리집 마당에서 꺼져'라고 소리치는 사람요."

노라는 그것도 나쁘지 않다는 생각이 든다. "두 분이 가까워졌다고 하던데요." 노라가 천천히 말한다.

"실비아가 제 책을 읽었죠."

"페니한테는 그걸로도 충분하죠." 코닐리아가 말한다.

"제가 허영이 많거든요." 페니가 어깨를 으쓱한다. 그 말은 사실이 아니지만.

"그래서—당신의 후원을 철회했나요?"

"그럴 수밖에 없다고 생각했어요."

"말씀드렸듯이, 어울리는 사람이 아니었어요." 알렉시스가 황급히 덧붙인다. "노라와는 달랐어요. 그런데…… 저, 혹시나, 이 말은 정말 하고 싶지 않지만, 실비아가…… 화재 사건과 관련이 있다고 생각하시는 건 아니죠?"

코닐리아가 날카롭게 숨을 들이쉰다. 오늘 처음으로 페니가 관심을 갖는 듯하다. 모두가 노라를 쳐다본다.

"모든 가능성을 고려해보는 게 중요하다고 생각해요." 노라가 얼버무린다.

"하지만 궁금해서 그런데," 코닐리아가 말한다. "만약 당신이 화재 사건의 책임이 한 개인에게 있다는 것을 밝힌다면 어떻게 되나요? 예를 들면 실비아 같은?"

"무슨 뜻이죠?" 노라가 묻는다.

"그러니까, 그래도 페니는 보상을 받게 되나요. 금전적으로?"

"오. 아, 네. 그 부분이 꼭 바뀌는 건 아니에요. 민사재판이 열릴 거고 보험회사뿐만 아니라 그 개인에게 책임을 묻겠죠. 우리가 지금 이야기중이듯 뭔가 고의적인 사건이었다면, 경찰은 범죄 수사를 다시 시작할 거고요. 저는 경찰과 긴밀히 협력하겠죠."

"저는 항상 말했었거든요." 페니가 말한다. "형사들이 왜 그렇게 빨리 수사를 중단했는지 모르겠다고. 이상하다는 생각 안 드시나요? 무슨 일이 일어났는지 왜 알아내려고 하지 않을까요?"

"저희 화재 전문가에게서 들은 바로는, 경찰한테는 적당한 동인이 없는 거죠. 우리끼리 얘기지만, 경찰은 느슨해서 속이기 쉬워요. 가차없는 쪽은 보험회사들이에요. 결코 포기하는 법이 없거든요. 알아요. 답답하시겠죠. 하지만 걱정 마세요. 제가 내일 아침에 제일 먼저 서에 연락해서 실비아를 제대로 조사하고 있는지 알아볼게요. 일단 우리 쪽 화재 전문가로부터 조사 결과가 나오면, 형사들이 저와 수사 기록을 공유할지 말지까지도 알 수 있어요. 뭔가 수사를 계속 진행할 만한 거리를 던져주면, 더 동기부여가 될 거예요. 우리가 가진 유일한 다른 단서는 페니가 이야기했던 딸깍거리는 소리예요. 그와 관련해서 가전제품회사와 관련된 일련의 문서들이 있는데—"

"딸깍거리는 소리요?" 코닐리아가 노라를 바라보고, 노라는 말문이 막힌다. 그녀는 페니가 다른 여자들에게도 모두 말했으리라고 생각했다. 하지만 아무도 타인에게 전부 다 말하지는 않는다. 노라는 알고 있다.

최근 노라의 머릿속에 누수가 생긴 것 같다. 사고의 서막이 되었던 순간들에 대한 기억이 그녀의 일상생활 속으로 스며들 기회를 찾아가고 있다. 그 이유는 아기 때문이라고 생각한다. 둘째를 낳는 다른 엄마들에게 회상이란 분홍 잇몸과 부드러운 숨결, 첫 번째 미소와 가슴 위에 누워 잠든 따뜻한 무게감이라는 그리움으로 가득찬 덜 난처한 경험일 테지만, 노라에게는 그것이 한 겹의 수치와 죄책감과 그리고, 그리고 거짓말 아래에 놓여 있다.

그날 그 사고의 공식적인 버전에서 노라는 오직 일순간 동안만 자리를 비웠다. 그것은 단 일 초간의 부주의였다. 누구에게나 일어날 수 있는 일이었다. 그 버전에서 노라는 소름 끼치는 우지끈 소리를 들었고, 좋은 어머니가 그러하듯 딸에게로 순식간에 뛰어갔고, 선혈냄새를 맡았다. 새로 고친 이야기는 원래의 이야기보다 훨씬 깔끔했다. 실화에 기반했습니다, 할리우드라면 이렇게 묘사하지 않을까. 가장 최근에 임신할 때까지 충분히 가까이에서 화해해왔던 이야기.

따라서 페니 역시, 특히나 변호사에게 무엇을 말할지에 관한 한, 선택해야 한다. 그녀는 리처드가 미친 사람 같았다고 말했다. 아마 미쳤다는 것은 고인이 된 남편에 대해 그녀의 친구들이 머릿속에 가지기를 원하는 이미지가 아닐지도 모른다. 노라는 암류를 감지하고 그 견인력에서 빠져나오고 싶다.

코닐리아가 페니에게 고개를 돌린다. "리처드가 딸깍거리는 소리를 들었다고 말했어?"

"그이가 어떤 소리를 듣고 있었다는 걸 언급했지, 응. 관련이 있는 것 같아서." 페니가 말한다. "나도 머리를 쥐어짜봤거든."

"제가 말씀드렸듯이," 노라가 도와주기 위해 끼어든다. "모든 가능성을 검토하는 중이에요. 구석구석 살펴서 놓치는 곳이 없도록. 종종 법정에서 가장 중요해지는 건 가장 사소한 사항이니까요."

"그래서 노라가 우리 쪽에 있어주셔서 다행이라는 거예요." 노라는 알렉시스의 칭찬을 가슴에 새긴다.

그후 몇 분 동안 재잘거리며 느긋한 수다가 이어진다. 일과 아이들과 이웃과 레시피와 연예인 소문에 대한 새로운 사실들을 공유한다. 평범하고 편안하고 서두름이 없다. 노라가 여자 친구들과 점심 먹을 때처럼, 친구들과 그녀 모두 열정적이어서 사십오 분간 샐러드를 먹으며 각자의 사 개월 치 삶을 다운로드하는 듯한 기분이다. 크루즈나 맥스 때문에 한 번도 방해받지 않는다. 여분의 화장실 휴지가 어디 있는지, TV를 봐도 되는지, 알렉시스가 첵스믹스 과자를 더 많이 사둬야 하는 걸 잊지 않았는지 묻는 사람은 아무도 없다. 따라서 만남은 강제로라기보다는 자연스럽게 종료된다. 모두 갈 곳과 만날 사람과 해야 할 일이 있다.

코닐리아가 노라와 함께 나간다. "괜찮으시다면, 경찰과 연락하시기 전에 제가 페니의 치료사로서 그녀와 잠시 이야기하고 싶은데요."

바깥의 열기가 노라의 얼굴에 끼치면서 모공까지 와닿는다. "왜요?"

"페니는 더이상 취조받고 싶지 않을 거라고 생각해서요. 사건이 일어났을 때 사람을 아주 쥐어짰거든요."

"아무것도 모른다는 사실 자체가 페니를 힘들게 하는 것 같은데요." 노라가 말한다.

"그런 말을 직업상 많이 듣지만, 사실이 아닐 때가 매우 많아요. 모든 걸 알았으면 좋을 것 같다고 사람들은 생각해요. 정확히 무슨 일이 벌어졌는지 알았으면 좋겠다고요. 하지만 그건 비현실적이죠. 그건 아무도 알 수 없어요. 그럴 경우, 얼마나 많은 지식이 충분한 지식인가요? 사실은 앎이 상황을 악화시킬 수 있지 않을까요?"

희한하게도 마음속에 떠오르는 사람은 노라의 아버지다. 아버지가 일 년 넘게 같이 잔 여자 때문에 어머니를 떠났다고 말했을 때. 이유가 뭔지 너무 궁금해하지 않기를 바랐단다. 너 자신을 탓하지 않기를 바랐단다. 노라는 그 방식이 딱히 더 좋았다고는 생각지 않는다. 부모의 결혼생활이 파탄 났다고 해서 그녀가 스스로를 비난할 위기에 처했던 적은 없었기 때문이다. 그녀는 무조건 아버지를 비난했을 것이다.

"여기 온 김에 다시 들어가서 페니와 이야기해봐야겠어요." 노라가 제안한다. 그리고 다시 들어가려고 하자 코닐리아가 정중하게 길을 막는다.

"오늘은 적절한 날이 아닌 것 같아요. 전 그저 페니가 마음의 준비를 할 수 있게 시간을 좀 달라는 거예요. 그뿐이에요."

"이해해요." 노라가 말한다. "하지만 전 이 사건을 낱낱이 파헤치기 위해서 여기 온 걸요."

"정말요? 그 이상으로 여러 가지를 위해 여기 온 거라고 생각하는데."

노라는 더이상 뭘 해야 할지 몰라서 망설인다. 여기서 잘못된 일을 하고 싶지는 않다. 그렇다고 그게 꼭 옳은 일을 하는 것과 동의어는 아니다.

어쩌면 코닐리아가 맞는지도 모른다. 이것은 집을 사고 싶다는 욕망에서 시작되었다. 기대보다 훨씬 많은 것을 얻었다는 데는 의심의 여지가 없다. 따라서 그래, 그 이상이다. 하지만 결국 가장 중요한 것은 무엇일까? 리처드 사건의 해결? 승소? 아니면 완전히 다른 무언가?

"말 나온 김에," 코닐리아가 말한다. "물어보고 싶었어요. 어머니의 날에 뭐할 계획인가요?"

노라가 당황한다. "어머니의 날요? 그게 언제죠?"

"이번 일요일요. 그날 오셔야 해요. 항상 굉장하답니다. 여기서는 어머니의 날이 최고고, 그다음이 크리스마스, 그다음이 추수감사절이에요." 코닐리아가 순위를 실례로 들어 보여준다. 노라는 농담인지 아닌지 구분할 수가 없다. "노라하고 가족들 몸만 오고 아무것도 가져오지 마세요. 다이너스티 랜치에서의 삶이 어떨지 맛볼 기회라고 생각하세요. 마음에 들 거예요."

24

노라는 체념하고 페니를 만날 차선의 기회는 어머니의 날이라
는 생각을 받아들이기로 한다. 이미 열성적이 되어서, 짧지만 쾌
활한 메시지를 앤디에게 휘갈겼다―

> 여행 준비하느라 이래저래 바쁜 거 아니까 전화
> 안 할게. 우리 만나기로 한 거, 나 좀 늦을 것 같아.
> 선약이 하나 있는데 그것만 끝나면 난 완전히 네
> 거야. 운 텄네. 쪽쪽

'선약'이란 다른 약속을 하기 전에 이미 존재하는 약속을 의미
한다고 언제나 생각했지만, 그 정의는 너무 좁고 솔직히 불편한
것 같다. 지금으로서는 주말이나 수사나 어린이집과 관련한 일은
잊고 다른 문제에 온전히 집중하려 한다.

"이 집 문제를 논의해봐야 할 것 같아." 그녀 취향에는 너무 어
른스럽게 들리는 말이다. "관심 가는 다른 매물은 알아봤어?" 노
라가 유도 질문이라는 것을 너무 잘 알면서도 거리낌없이 묻는다.

"사실, 아니." 헤이든의 뻔한 대답이다.

"난 훌륭한 집이라고 생각해." 그녀가 프레첼 크리스프 과자를 아작아작 씹는다. 그녀가 행동을 취하게끔 박차를 가한 것은 코닐리아와의 대화였다. "리브에게 좋은 동네일 거야. 성장의 여지가 많을 거야. 우리 예산 범위 내에 있고. 알아, 당신이 거기 남자들과 처음부터 딱히 잘 맞았던 건 아니지만, 그 사람들하고 꼭 단짝 친구가 될 필요는 없잖아. 그냥 친절한 이웃이면 족해." 지금 이 말이 보통의 노라가 하는 말처럼 들려서, 어른 놀이를 하는 그녀가 아니어서 안심된다.

헤이든이 고개를 갸우뚱하더니, 입꼬리가 올라간다. "나도 좋아, 노라."

노라가 봉지에서 과자를 한줌 더 꺼낸다. "당신은 그 사람들 지루하다면서." 헤이든을 놀리고 있지만, 아주 살짝일 뿐이다.

"내가?"

남편이 노망들었나? 그들은 아직 마흔도 안 되었다. "확실히 그랬어." 노라가 주장한다. 지금 생각하면 당시에 너무 심각하게 받아들였나 싶긴 하지만. 헤이든에게 깊이 박힌 인상은 아니었던 것 같다. 아주 작은 것에도 벽돌 1톤의 무게를 싣는 방식이 매우 노라답다. 그토록 지치는 것도 당연하다.

"음." 그가 노라의 요점을 수긍한다.

"음…… 청약할 때가 됐다고 생각해." 노라는 여성 리더십 계획에서 배웠던 대로 직접적인 언어를 사용한다. "그 집이 영원히 매물로 올라와 있지는 않을 거야. 당신이 눈치 못 챘을까봐 말하는데, 배도 점점 불러오고."

다른 것도 있다. 노라는 청약하고 차라리 일찌감치 계약을 성사시키고 싶다. 리처드 마치의 죽음에 대해 밝혀낸 사실이 그녀를 불리한 길로 이끌 경우, 승복할 수 있도록. 어떤 어려움이 있어도.

헤이든이 조리대 위로 몸을 들어올려 발로 수납장 문을 쿵 차면서 앉는다.

"그리고." 순전히 긴장할 때의 습관대로 그녀는 키친타월 한 뭉치를 풀어 윈덱스 세정제로 조리대를 닦기 시작한다. "칠 일의 유예기간이 있어서 그동안 여전히 마음을 바꿀 수 있어. 잘 협상하면 십 일도 받을 수 있고."

코닐리아의 부부상담이 낳은 쉽게 사라지지 않는 부작용은 두 사람 다 서로에게 지나칠 정도로 친절하다는 것이다. "그 집 마음에 들어?" 헤이든의 손가락이 차가운 화강암 위에서 오므라든다.

"그 집이…… 믿음직스러워. 응." 속에서는 심장이 절벽 가장자리에 앉은 것처럼 쿵쿵거린다.

"그럼……" 그가 말한다.

"그럼……?" 그녀가 말한다.

"청약하자."

"그럴까?" 노라가 닦기를 멈추고 고개를 든다.

"당신 말대로, 언제든지 철회할 수 있으니까."

"우와, 그래." 노라가 젖은 키친타월을 버리고 손목을 이마에 가져다댄 채 물러선다. "좀―놀라운데." 그녀가 시인한다. "뭐랄까…… 시련이 더 있으리라고 예상했거든."

입장이 뒤바뀌어 만약 삶의 중요한 문제에 있어서 그가 그녀에

게 한쪽으로 결정을 내리도록 몰아붙였다면, 그녀는 분명 큰 문
젯거리로 삼았을 것이다.

하지만 헤이든은 아내를 사랑스러운 눈길로 바라본다. 눈가에
별의 광휘처럼 잔주름이 잡히고 털북숭이 가슴이 셔츠 아래에 봉
긋이 솟더니 그가 양팔을 벌린다. 그녀가 어색하게 다가가 허리
에 팔을 두르고 바짝 포옹하는 동안 그가 그녀의 귀에 부드럽게
속삭인다. "당신은 자격이 있어." 그가 말한다. "정말이야, 노라.
당신 정말 열심히 일하잖아."

<hr />

이후, 노라는 사무실의 질서 속에서 위로받는다. 이곳에는 늘
냉장고 속에 차가운 소다가 들어 있고 내려놓은 커피와 잉크가
든 여분의 펜과 여분의 스테이플러 심이 있다. 정말 혼자가 아니
면서 혼자가 될 수 있다. 비서에게 메일을 보내달라고 할 수 있고
그것을 그녀의 개인 계정에 돌려놓으라고 할 수 있다. 이메일을
읽었다고 표시할 수 있다. 전화를 받으면서 온라인 쇼핑 사이트
를 돌아다닐 수 있다.

담보대출 중개인에게 이메일을 보낸 다음 이슬라 윙에게 연락
한다. 그녀는 많은 느낌표와 함께 신속히 답장한다. 이 모든 것이
겉보기에는 좋은 뉴스인 것 같다. 발전. 올바른 방향으로 한 발
짝, 두 발짝.

비록 헤이든에게 확실히 뭔가 있다는 생각은 들지만. 그가 너
무…… 친절하게 굴고 있다.

심하게 친절하다. 그게 가능한가? 그런 생각을 하는 그녀가 미친 걸까? 피해망상? 하지만 정말 생각해봐야 할 부분이다. 결국 그가 뭔가 나쁜 일을 저질렀다면 어떡하지? 바람을 피우고 있을 수도 있다. 젠장, 그 생각은 못했다. 남자들은 숨기는 게 있을 때 선뜻 협조해준다는, 그런 말을 전에 분명 들은 것 같다. 남편이 누구와 바람을 피우고 있을까? 그녀가 알게 될까?

정말 그러리라고는 생각지 않는다. 너무 순진한가? 그의 모든 결점에도, 헤이든은 그녀를 사랑하고, 가족을 사랑한다. 그뿐이다. 그게 중요한 점이다.

그렇다면 금전적인 문제일 수도 있다. 돈 문제가 있는데도 노라가 너무 자기 머릿속에만 살아서 모르고 있나? 그게 사실이라면, 남편은 더욱 날카로워질 테고 다정해지지는 않을 텐데. 그렇지 않나?

노라는 새로운 구글 검색창을 열어 상담 초반에 코닐리아가 말했던 두문자어를 입력한다. 'PACT 요법.' 그녀는 소리 내어 발음해본다. 결과가 즉각 뜨자 그녀는 안심한다. 부부상담에 대한 정신생물학적 접근법. 하지만 〈심리학 투데이〉와 PACT협회와 심지어 메이오 클리닉 페이지들을 읽어봐도, 그녀와 헤이든에게 적용되었던 요법은 어떤 저자도 언급하고 있지 않다. 러닝머신도, 거짓말탐지기도, 어린 시절의 가벼운 트라우마도 없다. 코닐리아가 멘토라고 했던 네하 비타 박사를 찾으려 해봐도 나오는 것이 더 없다. 그녀가 인터넷에 남긴 활동 정보는 사실상 없는 것이나 마찬가지며, 나오는 거라곤 그녀가 진료권을 가진 병원 웹사이트의 작은 섬네일 사진이 전부다.

노라는 화면의 X를 눌러 인터넷 창을 끈다.

근사하군. 그게 정말 노라가 불평하고 있는 거라고? 남편이 그녀가 바라던 대로 해주자 이제는 의문을 제기하고 있다.

하지만 어떻게 보면 선례가 있다.

어느 날 밤에 마티니를 몇 잔 마시면서 노라는 앤디에게 시인했던 적이 있다. 예감이 들었다고. 정확히 말하면 세 번. 구체적이지 않은. 마치 나쁜 일이 일어나리란 것을 알고 있다는 듯이, 불길하다는 막연한 느낌. 첫번째는 당시 고작 세 살이었던 남동생 톰이 어른들이 아무도 지켜보지 않는 사이 수영장에 걸어들어갔던 날 아침 일어났다. 일곱 살이었던 노라는 철벅거리고 숨이 막히면서도 동생을 물속에서 꺼냈다. 톰은 아무 이상 없었지만 노라와 어머니는 그후로 한 시간 가까이 울었다. 두번째는 노라가 마침내 권유에 못 이겨 커피 마시러 나갔던 반시간 동안 그녀의 어머니가 세상을 뜬 날이었다. 그리고 세번째, 세번째는 노라가 어린아이만한 작은 핏물 웅덩이 속에 있는 다친 딸을 발견했던 날이었다. 이 각각의 사건들이 노라를 괴롭게 하는 이유는, 직감을 애써 무시하지 않았더라면 전부 막을 수 있었던 것들이기 때문이다.

예술가치고 성가실 정도로 이성적인 앤디는 말도 안 된다고 그녀를 안심시켰다. 노라는 모종의 초자연적 능력을 가진 적도 없고 가질 일도 없을 것이다. 단서를 잡아냈거나, 사건이 벌어진 후에 노라가 이상한 기분에 대한 기억을 단순히 추가했거나 둘 중 하나다. 사건을 멈추기 위해서 그녀가 할 수 있었을 만한 일은 없었다. 그게 전부다. 그게 인생이다.

앤디가 옳을지도 모른다. 아무것도 아닌지도 모른다. 다만 그 이론의 문제점은 리브가 다치는 것을 노라가 막을 수도 있었을 거라는 점이다. 그 점에 대해서는 의문의 여지가 없다.

그녀가 그렇게 하지 않았을 뿐이다.

그리고 다시 찾아왔다. 그녀에게 조심하라고, 뭔가 이상하다고 말하는, 두피를 기어오르며 스멀스멀 다가오는 감각, 내장의 내려앉음, 뼈의 진동. 만약 그녀가 주의를 기울이기만 한다면, 이번에는 막을 수 있을지도 모른다.

궁극의 어머니의 날 쇼핑 가이드
당신의 목록에 있는 모든 엄마를 위하여

체스 로빈슨 기자

"모든 어머니와 어머니나 마찬가지인 존재들은 이 특별한 날에 여왕처럼 대우받을 자격이 있습니다. 개인적인 선물부터 급히 준비하는 선물까지 실패 없는 완벽한 선물 목록을 만나보세요."

———

댓글 보기

———

리사 옌

아. 어머니의 날. 가장 좋아하는 부분은, 저는 침실에 갇혀 있고 애들은 밖에서 "나오지 마"라고 필사적으로 외치고 있고 이미 한 시간 전에 일어난 저는 커피 한 잔이 간절하고 남편은 팬케이크 재료가 있는지 찾고 있는 그 부분이죠.

미란다 바첼리스

아침에 기프트카드를 이메일로 받는 부분으로 바로 넘어갑시다.

존경하는어머니

좀 쩨쩨하게 들릴지도 모르겠는데, 어머니의 날을 앞두고 우리 엄마, 시어머니, 할머니, 시할머니를 위해 뭔가를 준비하려고 애쓰느라 완전히 스트레스 받는 것 같아요. 그러고 나서 한 달 후에 아버지의 날이 다가오면 이 모든 일이 똑같이 반복되죠. 우리 아버지, 시아버지 기타 등등 기타 등등.

LS1986

솔직히 남편이 어머니의 날에 아주 잘해요. 특별한 기분이 들게 해줘서 좋아요. 항상 마사지를 해주고 꽃을 주고, 아이들이 카드를 쓰게 도와주고, 내가 이날을 보내고 싶은 대로 보내라고 하죠. 조금 더 많은 어머니의 날의 마력이 나머지 364일에도 뻗쳐가면 좋으련만……

알리 F

행복한 어머니의 날로 가는 열쇠는 간단합니다. 기대를 낮추세요.

사미르데이브

솔직히, 성인 아들로서 최대한의 존경만을 담아 말씀드리자면, 엄마들아, 당신들은 어머니의 날에 대해 너무 **광적이에요**, 아시겠어요?

25

　일요일 아침이 오고, 리브를 다른 아이들과 함께 맡길 수 있다. "즐거운 어머니의 날 보내세요!" 알렉시스에게 받은 주소에 도착하니 그곳에 있는 남자가 말한다. 길을 조금 내려가면 지역 수영장 클럽하우스가 있는데 그곳에서 일종의 축하연이 열릴 것이라고 했다―아이들은 입장 불가. 알렉시스는 그 점을 명확히 했다. "저는 마커스라고 하고요, 오늘 아침에 오마르와 제임스가 같이 근무하고 있으니 안심하시고 저희에게 모두 맡겨주시면 됩니다."

　"잠깐만 들를 거야." 노라는 헤이든에게 말했던 터였다. "얼굴만 비추자고."

　세 사람은 침대에서 이미 도넛을 먹었고, 리브는 노라의 손가락에 묻은 끈적끈적한 글레이즈를 핥아먹어도 되냐고 물었다. 그녀는 허락해주었다. 리브가 어린이집에서 왕관을 만들어서 주었는데, 비록 눈 밑에 마스카라가 번진 상태일 거라고 확신하긴 했지만 노라는 지저분한 머리 위에 그 왕관을 썼고 헤이든이 사진을 찍어주었다. 모든 것이 매우 근사했다. 아침식사 테이블에는 백합과 헤이든이 미리 사둔 카드가 놓여 있었다. 대체로, 그녀는 운이 좋다.

아버지가 어머니의 날을 완전히 깜박했던 해가 기억난다. 그 말은 어머니가 잠긴 화장실 문 뒤에서 그들에게 고함치면서 그날을 보냈다는 뜻이다. 하지만 그때 어머니는 아버지가 깜박하리라는 것을 알고 있었고, 어쨌거나 그러도록 내버려두었다. 그도 그럴 것이, 노라의 엄마에게 결혼은 남편이 낙제하기를 바라는 시험 같은 것이었다. 엄마는 기념일을 딱히 호들갑스럽게 챙길 필요 없다고 말해놓고 몇 주 동안 뒤끝이 남아 있었는데, 아버지가 정말로 아무것도 준비하지 않았기 때문이었다. 노라는 결혼했을 때 자기 자신과 이렇게 약속했다. 수수께끼 금지, 유도 질문 금지, 암호 금지. 그리고 실제로 그렇게 하려고 한다.

"아이를 맡길 수 있다니 괜찮네." 그녀는 헤이든과 손잡고 걸으며 말한다. 충격적으로 아름다운 하늘은 청록색을 띠고 태양빛은 부드럽다. 클럽하우스 뒤편의 골프장 페어웨이 잔디가 총천연색으로 보인다. "여보." 그녀가 말한다. "실제로 골프 치고 있는 사람은 없다는 거 눈치챘어? 문 닫았나?"

"문 닫은 것 같지는 않아." 헤이든이 대답한다.

"우리도 골프 칠까?" 그녀가 말한다. "복장이 마음에 들더라고." 생각만 해도 미소가 절로 지어진다─새로운 시작. 그들은 클럽하우스 정문을 통과한다.

헤이든이 감탄하며 낮게 휘파람을 분다. 사실 당황했다고 하는 게 더 맞을지도 모른다.

"세상에, 이게 전부 어머니의 날을 위한 거라고?" 노라가 남편의 어깨에 대고 속삭인다.

"나는 꽃으로도 충분했다고 생각했는데."

"나도." 노라가 그의 갈비뼈를 장난삼아 쿡 찌른다. "그런데 이건……"

헤이든이 노라의 엉덩이를 꼬집자 그녀가 꺅 소리지르면서 본 사람이 아무도 없는지 황급히 확인한다.

곧이어 검은 옷을 입은 출장뷔페 직원이 미모사 칵테일을 내밀고, 노라는 아주 약간은 참담한 기분으로 거절한다. "귀여운 녀석으로 태어나는 게 좋을 거야." 그녀가 뱃속 아기에게 경고한다.

"우린 그래도 그런 녀석들을 만드는 데 능하잖아." 헤이든이 불룩한 그녀의 배를 토닥거린다. "귀여운 아이들."

그녀는 아쉬운 대로 샴페인잔에 라즈베리 장식을 얹은 생과일 포도주스를 받는다. 게다가 뷔페에 시선을 돌렸을 때 실망감은 완전히 사라진다. 말하자면, 세상의 모든 뷔페다. 흰 천을 두른 연회 테이블 맞은편에는 갖가지 인기 많은 달달한 아침식사들이 모여 있다—튀긴 도넛, 주문 제작한 와플, 크루아상, 초콜릿 덮인 딸기, 시나몬 롤. 그리고 더욱 풍미 있는 요리들도—할라페뇨 맥앤드치즈, 시금치 하우다치즈 키시, 에그 베네딕트, 케이퍼를 곁들인 훈제 연어, 감자튀김.

"저거 게 다리인가?" 은쟁반 위로 몸을 기울이며 헤이든이 묻는다.

그렇다.

노라는 침이 고인다. 시내에서 최고의 브런치 예약을 잡았는데 계산은 안 해도 되는 기분이다. 그녀는 접시를 크게 당혹스럽지 않을 정도로만 채우고, 헤이든에게 그녀가 좋아하는 음식을 조금

담게 해서 공유하기로 한다. 그때 알렉시스를 발견한다.

"정말 놀라운데요." 노라가 말한다. "제가 보고 있는 저기 저 사람들이 목 마사지를 해주고 있는 게 맞나요?"

"게다가 솜씨도 훌륭하죠." 투명 뿔테 안경 뒤에서 알렉시스의 눈에 힘이 들어간다. "세포라 복주머니도 꼭 받아가세요. 무료 상 담권도 들어 있어요. 그리고 시간 되시면 스타일리스트한테 드라 이 해달라고 하세요. 제대로 하는 것만큼은 아니어도 오늘 하루 를 위한 환상적인 스타일을 만들어줄 거예요." 그녀가 자신의 머 리를 예시로 보여준다.

"준비를 누가 다 했죠? 당신인가요, 알렉시스?" 헤이든이 동네 남자들과 여자들이 섞여 있는 연회장을 둘러보며 묻는다.

"아, 세상에, 아니요. 저는 파티 플래너가 아닌걸요, 정말이에 요. 올해는 로먼이 맡아서 했죠. 로먼!" 그가 민트그린 넥타이를 매고 지나가자 그녀가 손을 흔든다. "매년 남자들이 돌아가면서 해요. 너무 다정하지 않나요? 행사 비용은 입주자협회에서 대죠. 그만한 가치가 있다고 생각해요. 때로 사람들이 말하는 게 사실 인 것 같아요. 엄마가 행복하지 않으면 아무도 행복하지 않다. 하 지만 전 행복하니까요." 그녀가 수줍게 한쪽 어깨를 으쓱한다.

노라가 곧바로 알아본 몸집이 작은 여자가 끼어들더니 알렉시 스에게 상냥하게 포옹한다. "루시! 노라를 제대로 만난 적이 없 을 것 같은데." 알렉시스가 뒤로 물러서서 공간을 만든다.

"안녕하세요." 노라가 루시와 악수하고는 헤이든을 소개한다.

"노라는 이 동네로 이사 올 예정이에요." 알렉시스가 환하게 웃는다.

"음. 아직 공식적으로는 아니고요. 유예기간을 거쳐야 해서."

"자잘한 것들만 남았어요." 알렉시스가 무심히 손을 젓는다. 약간의 전율. 그 말은 승인되었다는 뜻인가? 후원자인 테아에게 이에 관해 물어봐야 할까?

루시가 청바지에 버튼다운 셔츠를 넣어 입은 남자를 향해 손짓한다. "이쪽이 제 남편 에디예요. 에디, 노라라고, 이웃이 되실 분이래."

"에디." 노라가 대꾸한다. 당신을 때린 남자 말하는 건가요? 노라의 머릿속 목소리는 가혹하다.

그가 루시에게 팔을 두르고 몸을 숙여 그녀의 머리 위에 키스한다. 그러면서 고개를 돌릴 때 머리를 크게 밀어버린 부분이 보인다. 두개골을 둥글게 감싸며 꿰맨 끔찍한 수술 흉터.

"아이들에게서 벗어나 오후를 보내니 너무 좋네요, 그죠?" 에디가 말한다. "애들한테 신경을 안 쓴다는 말은 아니고요. 우리 둘만 이렇게 있다는 게 말이에요. 루시는 정말 열심히 일하거든요."

노라는 흉터에서 시선을 돌려 주의를 집중하려고 노력한다. 그의 목소리에서 감지되는 것은 진정한 애정일까? 그게 중요하다는 것은 아니다. 노라는 학대 가해자를 부드럽게 대하고 싶지 않다. 에디는 학대 가해자로 보이지는 않지만. 맙소사, 노라, 외모만으로 판단할 수 있는 건 아니잖아.

"루시가 그러는데 당신이 올해의 하이라이트로 루시를 위해 아주 훌륭한 홈 무비를 만들었다면서요. 정말 멋지네요. 보고 싶어서 못 견디겠어요." 알렉시스가 이 말을 너무 살갑게 해서 노라는 어떻게 자기만 아직 원한을 품을 수 있는지 의아하다. 만약 앤디의 파트너가 앤디를 때린다면 노라는 그 사람을 평생 증오할 것이다. 이 대화 전체가 노라를 약간 미친 사람처럼 만들고 있다. 그녀가 뭔가를 놓치고 있는 게 분명한데 그 사실이 그녀를 괴롭힌다.

음, 남자의 머리에 무슨 일이 일어났든, 루시를 위해서라도 무척 아팠기를 바란다.

대화에서 빠져나갈 궁리를 하고 있을 때, 행사와 전혀 어울리지 않는 찢어진 검정 청바지에 닳아빠진 브이넥을 입고 페니에게 다가가는 프랜신 화이트를 목격한다.

"노라?" 알렉시스의 목소리가 들린다. "그 얘기 들었나요—"

"실례해요." 노라는 정신이 다른 데 팔린 채 말한다. "페니에게 인사해야 할 것 같아요."

하지만 노라가 동네 여자들 사이를 뚫고 지나가면서 시선을 고정하는 쪽은 프랜신이다. 그 소녀는 몸을 숙여 페니의 귀에 뭔가를 속삭이고 있다. 오, 노라는 어찌나 도넛 만들어보기 구역에 앉아 있는 파리라도 되고 싶은 심정인지.

연회장을 가로지르는 데 끽해야 일 분이 걸리지만, 노라가 도착했을 즈음 프랜신이 페니를 밀고 지나가면서 원래 있던 자리에서 벗어난다. 노라는 분노의 대못이 가슴을 할퀴고 나오려는 듯한 기분으로, 공기 중에 퀴퀴한 향수처럼 맴돌고 있는 분위기를 읽는다.

"저애가 뭐라고 하던가요?" 노라의 어조는 그녀가 누구 편인지 확실히 보여준다.

페니는 바로 고개를 들지 않는다. 페니의 밤색 머리카락이 어깨 위에 느슨하게 흘러내려와 있다. 그녀는 노란 물방울무늬의 귀여운 에이라인 원피스를 입었다.

"페니?" 노라가 몸을 기울인다. "페니, 괜찮아요?" 페니의 눈이 벌겋게 젖어 있다. "미안해요." 노라가 이를 앙다문다. "아무리 십대라도 그렇지, 저애는 통제 불능이네요. 코닐리아에게 제가 대신 뭐라고 말 좀 할까요?" 노친네처럼 들리든지 말든지 상관없다. 버르장머리 없군, 페니에게 이런 짓을 하다니. 자신의 대모에게. 그것도 오늘 같은 날.

노라는 어깨 너머로 헤이든이 잘 있는지 힐끗 확인한다. 그는 치즈 스프레드를 슬쩍하고 있다. 노라가 목소리를 낮춘다. "그애 말은 듣지 마세요. 다 연기하고 있는 거예요. 무슨 일까지 해도 되는지 시험하고 있어요." 상담이 프랜신에게 영향력을 발휘하고 있는 것이 틀림없다. "사실, 따로 말씀드리고 싶었어요. 프랜신은—"

"그만하세요." 페니가 노라의 말을 갑자기 중단시킨다. "프랜신 얘기는 하고 싶지 않아요."

노라가 어안이 벙벙해져서 물러난다.

"그러죠." 화이트가 사람들과의 관계를 생각할 때, 노라는 그 소녀 이야기를 꺼내기만 해도 민감도 수준이 높아진다는 것을 충분히 인지하고 있다. 하지만 프랜신은 뭔가를 알고 있다. 뭔가를 보았다. 코닐리아의 일은 물론이고 경찰을 연루시키지 말라는 그녀의 요청까지. "우리끼리 조용히 얘기할 수 있으면 좋을 텐데요." 노라는 중얼거린다.

하지만 페니가 대답하기도 전에, 테아가 그들을 발견하고 어렴풋이 익숙한 얼굴의 남자를 데리고 온다. 그가 페니에게 아주, 아주 가까이 선다. 개인 거리 유지, 노라는 이런 생각부터 들면서 페니의 눈빛을 살피려 한다.

노라는 페니의 날카로운 어조 때문에 상처받지 말자고 스스로를 다독인다. 리처드 없이 맞이하는 페니의 첫 공휴일이다. 그녀가 최고의 컨디션이 아닐지라도 이해할 수 있다.

"저희는 잠시 자리를 뜨려던 참이었어요." 노라가 테아에게 말한다.

"여기 계세요. 로먼이 곧 연설할 거예요." 테아가 신나서 이 사이로 혀를 살짝 내민다. "오늘 아침에 연습하는 소리가 들리더라고요."

노라의 시선이 페니와 남자 사이를 옮겨다닌다. 그녀는 대개 이런 문제에 밝지는 못하지만 무언가가 읽히긴 한다. 어떤 낌새. 그는 페니보다 꽤 어리다. 데이트? 아니다. 분명 아닐 것이다. 그렇지 않은가? 보통 어머니의 날에 연인을 데리고 오나? 호화로운 쇼라면 몰라도, 그녀는 생각한다. 그러고 보니 이게 호화로운 쇼다. 부정하지는 않는다.

맙소사, 노라가 페니와 데이트와 그래, 리처드, 노라가 한 번도 만나보지 못했기에 진정한 충심은 느껴지지 않는 그 사람에 대해 생각하고 있을 때, 남자와 페니가 그녀를 마주 바라보고 있다는 것을 깨닫는다. 노라도 활짝 웃어준다. "안녕하세요!"과하게 열정적으로 들린다. "처음 뵙는 것 같네요. 노라! 노라 스팽글러예요!"

"이쪽은 트레버예요." 테아가 말하면서 로먼을 찾아 목을 길게 뺀다. "저희 센터에 오셨을 때 잠시 만났을 거예요. 제 신경학과 레지던트들 중 한 명이에요." 이제 기억난다. 그래서 낯이 익었다. 노라는 마음이 놓인다. "노라는 훌륭한 변호사예요. 실은 페니 문제를 맡고 계시죠."

"그 문제로 말씀드리자면……" 노라가 운을 뗀다.

페니가 퉁명스럽게 고개를 젓는다. "나중에요."

나중에? 노라는 끙 하는 신음을 삼킨다. 늦게라도 하는 게 아예 안 하는 것보다 낫긴 하지만. 그녀는 휴대전화로 시간을 확인한다. 더이상 머무를 수는 없다. 이제 몇 분 정도만 더 지체할 수 있다. 꼭 그래야만 한다면. 하지만 그 이상은 불가능하다.

"멋진데요." 트레버는 매우 하얗고 매우 고른 이를 가졌다. "정말 열심히 일하시겠네요." 그가 페니에게 팔을 두른다. 아까 그 낌새.

오버하지 마, 노라. 정말로, 놀라서는 안 된다. 애도의 방식은 제각기 다르다. "그럼 테아를 통해서 두 분이 만나신 거예요?" 지금 노라는 페니의 애정생활에 대해 아무렇지 않게 굴려고 노력중이다. 제발 진정하자.

"자리를 마련해줬죠. 내가 바쁘게 지낼 필요가 있다고 생각해서." 페니가 도넛 하나를 헤집는다.

"아직도 글을 못 쓰고 계세요?" 노라는 정중하지만 정신은 약간 다른 데 팔려 있다. 그녀의 관심을 사로잡은 것은 창밖으로 프랜신이 지나가는 모습이다. 그리로 신경이 확 쏠리면서 페니가 뭐라고 대답하든 노라의 귀에는 들어오지 않는다. "잠깐만요." 그녀가 말한다. "정말 죄송해요. 저기, 잠시─잠시만 자리를 비웠다가 곧 돌아올게요."

본능이 그녀를 점령한다. 노라가 어깨로 문을 밀치고 출장뷔페 직원들을 지나 환히 밝은 낮 한가운데로 나갔을 때, 금실 같은 머리카락 가닥들이 막 클럽하우스 모퉁이를 돌아 사라지는 것을 포착한다. 노라는 뒤따라가며 거리를 유지하고 주시하면서, 양쪽을 살피고는 작은 주차장을 건너 클럽하우스 철문을 빠져나가는 프랜신을 몰래 쫓아간다. 노라는 전화를 받는 척한다. 휴대전화는 늘 최고의 위장술이다.

그녀는 주변의 산울타리 가까이에서, 공회전하고 있는 자동차로 걸어가는 프랜신 화이트를 지켜본다. 회색 머스탱의 보닛이 파티가 벌어지고 있는 곳에서 아슬아슬하게 안 보이는 자리에 서 있다.

프랜신이 다가가자 운전자가 창문을 내린다. 노라는 화재 현장에서 보았던 그 앳된 얼굴의 소년을 즉시 알아본다. 열린 창문으로 얼핏 보이는 모습으로는 분홍 폴로셔츠를 말끔하게 차려입고 있는데, 마치 교회에서 바로 나온 것 같다. 실제로 그런지도 모른다. 프랜신이 몸을 숙이고 긴장하더니, 어깨가 벌게지면서 갑자기 주먹으로 때릴 듯한 동작을 취한다. 사랑에 빠진 커플로는 보이지는 않는다. 몸으로 욕하기. 타블로이드라면 그렇게 표현했을 것이다. 노라는 파파라치가 된 기분이다. 사진을 찍을까 고민할 지경이다.

한편으로는—맙소사, 몸짓 언어 전문가가 때때로 그녀와 헤이든을 본다면 뭐라고 할까를 생각하며 진저리친다. 하지만 그녀는 나이 사십이 다 되어간다. 그녀야말로 화낼 만한 이유가 있다.

대화가 오가지만 노라는 아무것도 알아들을 수 없다. 마침내 예고도 없이 프랜신이 자동차 문을 벌컥 열더니 쾅 닫고, 안에 있는 소년은 흠칫 놀란다.

그것이 대화의 끝이다. 노라는 몸을 오그리고 태연히 있지만, 프랜신은 자기 머릿속 생각에만 갇힌 채 작은 주차장을 가로질러 클럽하우스를 향해 먼길을 되돌아가면서 그녀 쪽을 쳐다보지 않는다. 노라는 기다린다.

자동차는 움직이지 않는다. 노라는 움직인다. 통화하는 척하기를 그만두고 정문 밖으로 나와, 다리 스트레칭을 하러 짧은 산책을 나온 것처럼 보이게 한다. 그녀가 테아와 페니를 떠나 있었던 시간은 도합 오 분을 넘기지 않을 것 같지만, 낭비할 시간은 없는 듯한 기분이 든다.

노라는 의도적으로 자동차—예스러운 멋이 있지만 세련되게 멋있지는 않은 머스탱—에 접근해 창문 쪽으로 고개를 기울인다. 소년이 휴대전화로 문자를 보내고 있다가 바로 고개를 든다. 그는 기어를 잡으려고 손을 뻗지만 노라를 다치게 하지 않고 움직이기에는 너무 늦었다. "데빈?" 그녀가 묻는다.

그는 부정하지 않는다. 이제 빼도 박도 못한다. 혼자 있을 때 그녀에게 딱 걸렸다.

"그때 그 변호사시네요." 데빈이 말한다. 사춘기여서 특히 튀어나와 있는 목울대가 울렁거린다.

노라의 태도는 친절하다. 어머니처럼. "프랜신과 말다툼했니?" 그녀가 인정어린 어조로 말한다.

"아무것도 아니에요." 그의 턱에 힘이 들어간다. 금빛이 도는 초록빛 눈이 자동차 앞유리로 이동하더니 보닛 너머를 응시한다.

"데빈, 내가 여기 온 이유는 지난밤에 네가 나한테 할말이 있는 것처럼 보였기 때문이야. 뭔가 속에 비밀을 간직하고 있는 것 같았거든. 아니니?" 노라가 숨죽인다. 승산 없는 시도일지도 모르지만, 노라는 프랜신이 뭔가 알고 있고 그것을 감추고 있다고 생각한다. 그게 무엇이고 왜 감추는지 모를 뿐이다.

그는 말이 없다.

"누구를 곤경에 빠뜨리려는 게 아니야." 그녀가 말한다. "진실을 알고 싶을 뿐이야."

"저도 프랜신한테 그렇게 말했어요."

"그랬어?" 노라는 그가 빠져나갈 생각을 하지 못하게 손을 문에 계속 대고 있지만, 허벅지가 쉬어야 할 것 같아 웅그리고 앉는다. 아이를 낳은 후에는 다시 몸매 관리를 해야 한다. 그 일을 우선적으로 해야 할 것이다. 빌어먹을. "잘했구나. 네가 진실을 말하지 않으면 진정으로 곤란에 처하게 될 테니까. 이런 사건이 재판으로 가면, 모든 게 다 밝혀지기 마련이란다. 항상 그래. 프랜신은 선서를 하고 증언해야 할 수도 있어. 만약 그렇게 되면, 너도 해야 할 수 있고." 그 말을 곰곰이 생각해보도록 그녀는 시간을 준다. "프랜신이 뭔가 말했니? 화재에 대해서?"

"아무 말도 안 했어요." 데빈이 대답한다.

"정말이니?"

그가 고개를 끄덕인다.

"데빈." 노라의 경고는 부드럽지만 확고하다.

"프랜신은 아무것도 못 봤어요. 아무 소리도 못 들었고요. 왜

냐하면 저랑 같이 있었거든요." 노라는 잠자코 있는다. 이 대화가
방해받기 전까지 시간이 얼마나 남았을까? 몇 분? 그보다 적을
까? "아이들이 잠든 후에 제가 로스 부인의 집으로 갔어요. 우린
같이 있었어요." 노라의 무릎이 비명을 지른다. 이건 너무 완벽하
게 들어맞는다. 그동안 내내 프랜신 화이트가 뭔가 알고 있을까
안달해왔지만, 실은 부모에게 둘이 노닥거렸다는 사실을 숨기려
는 아이일 뿐이었던 것이다. 미스터리는 풀렸어, 노라. 됐니. "저
는 그게 별문제 아니라고 프랜신에게 말했어요. 차라리 솔직하게
말하는 게 낫다고. 근데 그애는 엄마가 미쳐 날뛸 거라고 했어요.
저는 뒤로 몰래 빠져나가서—" 그가 갑자기 말을 멈춘다.

노라는 잽싸게 정신을 차린다. "그래서 어쨌는데?"

데빈이 고개를 머리 받침대에 대고 뒤로 젖히며 눈을 감는다.
"아무것도 아니에요." 그러고는 어깨를 으쓱하더니 원래대로 돌
아온다. "몰래 빠져나갔다고요."

노라의 심장박동이 빨라진다. "데빈. 이게 얼마나 심각한 문젠
지 알아줬으면 좋겠구나. 이건 어린애 장난이 아니야. 실제로 돈
이 걸려 있는 문제야. 실질적인 대가가 따라올 거라고." 그는 몸
을 움직이지만, 여전히 입을 꾹 다물고 있다. "그래." 그녀가 자
동차 문 상단을 두드린다. "무슨 생각이 나면, 여기 내 명함이
야." 그녀가 명함을 건넨다. "여기로 전화해, 이메일 보내도 되
고, 언제든지."

"잠깐, 잠깐만요." 그가 손바닥 끝으로 운전대를 쿵 친다. "프
랜신 엄마한테 말할 거예요?"

노라가 일어서자 무릎이 따끔거린다. 그녀는 허리 아래쪽을 주

무른다. "상황에 따라 다르겠지. 며칠 동안 생각해볼게." 그녀가 대답한다. "우리 둘 다 그래보는 게 어떨까?"

✦

노라가 뒤로 다시 몰래 들어오니 뭉툭한 칼날이 유리잔에 부딪치는 소리가 들려온다. 팅 팅 팅! 그리고 쉿!

그녀가 남편을 찾으려고 사람들을 훑어보는데 로먼이 마이크를 쥔다.

"어머니의 날을 축하합니다." 로먼의 목소리가 스피커 시스템을 통해 우렁우렁 울려 나온다. "이날이 많은 사람들에게 힘든 날일 수 있다는 것을 알고 있습니다." 노라는 손바닥을 원피스의 치맛자락에 문질러 닦고 나서 떨리는 호흡을 깊게 들이쉰다. "누군가는 어머니를 잃었고, 누군가는 어머니가 되려고 힘겹게 노력했고, 누군가는 어머니와 복잡한 관계에 놓여 있습니다." 로먼은 말하고, 노라는 귀기울이려고 노력한다. "하지만 오늘 저는 우리 지역사회에서 훌륭한 모성애를 보여준 놀라운 여성들을 축하할 기회를 가진 데 깊이 감사합니다." 노라는 야외 서빙 카트와 막 구운 프렌치토스트 한 무더기를 나르고 있는 두 명의 출장뷔페 직원 사이를 뱀처럼 꿈틀꿈틀 헤치고 나아간다. 헤이든이 보이지 않는다. "여러분 모두는 아름다운 동반자 관계와 가정을 꾸리는 데 우리 모두에게 도움을 주었습니다. 여기 계신 다른 남편분들에게 물어보아도 같은 대답을 반복해서 들을 수 있습니다. 우리는 아내를 단순히 사랑하는 게 아니라, 깊이 사랑에 빠져 있다고요. 우리와 삶을 함께하기로 선택해주셔서 감사합니다."

"당신 없이는 해내지 못했을 거야!" 테아가 두 손을 모아 그 사이로 환호성을 지른다.

로먼이 잔을 들어올린다. "매일이 어머니의 날 같기를—"

그의 염원은 쉰 목소리의 고함으로 가로막힌다.

"맙소사." 알렉시스가 노라를 지나쳐 황급히 달려가며 주빈석의 미모사 칵테일을 툭 친다. 잔이 깨지면서 오렌지주스가 철벅튀긴다. "페니. 안 돼. 안 돼. 페니!"

"그 사람한테서 떨어져, 페니." 갑자기 코닐리아의 목소리가 들린다. "페—니!"

확실히 한 박자 늦은 노라는 자신이 무엇을 보고 있는지 정리가 되지 않는다.

"마침내 미친 거지." 테아가 뒷걸음질로 물러나더니 샴페인을 느리게 삼키면서 고개를 젓는다. "취했다고. 내가 말했는데."

알렉시스가 페니를 뒤에서 안아 양팔을 잡는다. 트레이—아니트레버였나?—가 자기 얼굴을 와락 움켜쥔다.

"아, 아, 아, 화끈거려, 따가워. 대체 이게—?"

"트레버." 코닐리아가 그의 손을 살짝 잡아 아래로 내린다. "어디 봅시다." 가느다란 붉은색 줄이 격자로 인 초가지붕처럼 그의 뺨에 열십자를 그렸다. "괜찮아요, 괜찮아요. 쉬, 쉬, 쉬. 괜찮아요, 트레버. 내 말 들어요. 괜찮아요."

트레버가 신음한다. 한줄기 피가 그의 얼굴을 타고 흘러내린다. 로먼이 뒤에 가만히 서 있는다. 남편들이 뭐라도 해야 하는것 아닌가?

페니가 알렉시스에게 저항하며 날뛴다. 그녀는 악쓰면서 소리 지르고 있다. "난 트레버 필요 없어! 나는 빌어먹을 트레버가 필요 없다고! 난 내 남편을 원해! 알겠어? 리처드! 리처드가 좋았어." 페니가 잡힌 팔의 팔꿈치로 가하는 날카로운 타격을 받아내면서 알렉시스가 몸싸움을 벌인다.

테아가 목을 툭툭 꺾는다. "내가 나서야 할 때인 것 같군." 그녀는 노라에게 잔을 건네더니 알렉시스에게 합류한다.

테아는 페니를 단단히 껴안더니 귀에 가까이 대고 속삭인다. 노라가 알아들을 수 없는 말. 마침내 페니가 누그러진다. 그들의 팔 안에서 축 늘어진다. 그리고 무언가가 그녀의 손에서 떨어진다. 바닥에 쨍 소리가 난다.

노라의 시선이 타일 위에 안착하는 반짝이는 은빛 물체를 따라간다. 탐정이 살인 흉기를 발견하듯이, 놀라움과 안도감을 느끼면서 그것을 알아본다.

페니의 손에서 떨어진 것은 포크다.

✦

일종의 교양 있는 혼돈이 이어진다. 트레버의 얼굴에 천 냅킨을 대고 의료적 처치는 필요 없다고 판단하는 테아. 트레버를 풀장 근처에 앉을 수 있게 안내하는 로먼과 맥스, 그리고 그에게 샴페인 한 잔을 권하는 애셔. 팔로 페니를 감싸고 그녀가 간간이 신음할 때마다 뭐라고 중얼거리는 코닐리아.

노라는 그들을 따라 밖으로 나가고, 그사이 다른 사람들은 거의 모두 안에 남아서 아무 일도 없었던 것처럼 먹고 마신다.

사이렌소리. 상황이 바뀐 것은 그 소리가 들렸을 때다.

코닐리아는 리트리버처럼 바짝 귀를 기울인다. "저게…… 여기로 오는 소리인가?" 그녀가 믿지 못하겠다는 듯 묻는다.

"아니야." 테아가 말한다. "아니, 그럴 리 없어. 우린 다 괜찮은 걸. 아무 이상 없는데."

하지만 소리는 계속 커지고 더욱 급박해지더니 모두가 다른 이들 주변을 두리번거린다.

일이 초 만에 노라는 클럽하우스에서 나오는 헤이든을 목격하고—그녀를 보자 그의 얼굴에 안도감이 퍼진다—휴대전화를 주머니에 집어넣는 그에게 모두의 시선이 쏠린다.

헤이든이 햇빛에 눈을 가늘게 찡그린다. "내가 경찰 불렀어." 그가 말한다. 눈썹이 고랑을 만든다. "부르면 안 되는 거였나?"

코닐리아가 바짝 다린 버튼다운 셔츠의 밑동을 매끈하게 펴며 말한다. "괜찮아요, 헤이든." 누가 봐도 그렇지 않다.

노라는 남편을 향한 보호 본능이 일어난다. 확신하건대 그는 옳은 일을 하려 했을 것이다. 포크 싸움! 브런치를 먹으며! 너무 생각지도 못하게 끔찍해서, 노라는 누가 놀리고 있나 싶다. 아니면 낚였거나. 아이들이 요즘도 그 말을 쓰나—낚였다? 그녀의 생각은 늘 이런 식으로 흘러간다. 당면한 위기에 집중해야 할 때 곁길로 빠진다.

"그이는 몰랐어요." 노라가 가장 가까이에 있는 알렉시스에게 말한다.

"쉿, 쉿, 괜찮아요." 알렉시스가 노라의 팔뚝을 잡는다. "코닐리아가 해결할 수 있어요."

정문 밖으로 자동차 문이 쾅 닫히는 소리가 들린다. 쿵쾅거리는 발소리.

"노라," 코닐리아가 손짓한다. "당신이 페니의 변호사니까요. 저랑 같이 경찰관들을 만나는 게 어떨까요."

"오, 네, 그러죠." 노라가 그 말에 따르면서 헤이든을 재빠르게 흘끗 보는데, 그는 다른 남편들 사이에 섞여 다소 엄청난 양의 샴페인을 트레버에게 권하는 임무를 맡고 있다.

코닐리아가 정문에서 경찰관을 저지한다. "경찰관님." 그녀의 인사는 고압적이다. 이렇게 말하고 있다. 주의하십시오, 우리는 손아귀에 온갖 범위의 체계적인 보호책을 가진 사람들이니까요, 그러니 행동거지를 조심하는 게 좋을 겁니다. 노라도 병원에서 변호사처럼 굴며 종종 같은 실수를 저지른다.

명찰에 따르면 이름이 로렌초인 경찰관은 팔꿈치를 바깥으로 각지게 구부리고 엄지손가락을 벨트에 걸고 있다. "가정 내 소란이 있었다는 신고를 받았습니다. 한 남성이 공격을 받았다고 하던데요."

코닐리아가 숨을 내쉰다. "약간 과장되었네요. 언쟁이 조금 있었지만 심각한 건 아니에요." 손목의 팔찌가 짤랑거린다. "약간 긁혔는데요. 밴드를 붙이면 감쪽같이 나을 겁니다. 정말로요."

경찰관 로렌초의 충혈된 눈이 노라에게로 시선을 옮긴다. "당신이 가해자인가요?"

"저요?" 노라의 눈꺼풀이 파르르 떨린다. "아니요. 아니에요. 저는…… 변호사예요." 경쾌한 맥시 드레스를 입고 샌들을 신은 지금은 그다지 변호사처럼 보이지 않지만.

로렌초가 인상을 찌푸린다. "이미 변호사를 선임했다고요? 그럼 기록이 좀 있겠네요."

"이 일과는 상관없어요. 그분 남편이 최근 사망했거든요. 화재로요. 불법 사망 사건에서 제가 그분을 대리하고 있어요. 저는 여기…… 친교 모임을 하러 온 거고요. 짐작하시겠지만 지금 많이 힘든 상태니까 그 점을 참작해주시면 좋겠어요."

"화재라 그러셨나요?" 그가 귓불을 문지른다. "이 근처에서요?"

"네, 끔찍한 화재였죠. 아마 경찰관님도—"

"이야기는 들었어요." 경찰관 로렌초가 말하면서 자세에 더욱 힘을 준다. "정말 끔찍한 것 같더군요. 그래도 피해자는 만나봐야 할 것 같습니다. 그리고 가해자도요. 표준 절차입니다. 모두 이상 없는지 확인하겠습니다."

"경찰관님—" 노라가 끼어들려고 하지만 코닐리아가 나선다.

"물론 그러셔야죠." 코닐리아가 말한다. "트레버? 트레버, 이쪽으로 와줄래요?"

트레버가 차분하게 걸어와 평온하고 멍한 표정으로 선다. 그 샴페인은 좋은 생각이었다. 트레버를 보자 경찰관이 움찔하고 놀란다. "그냥 긁힌 게 아닌데, 이 친구야."

"고소할 생각은 없어요." 트레버가 대답한다.

"거울 한번 보면 마음이 바뀔 텐데요."

노라는 기억을 깊숙이 더듬어 저학년 때 들었던 형법 과정을 떠올리려 해본다. "경찰이 고소를 강요할 순 없어요."

"맞습니다. 하지만 상황이 타당할 경우 체포해야 할 수도 있습니다. 자, 트레버, 그래도 생각이 없습니까? 사람 손톱이 그런 자국을 내지는 않는다는 건 꽤 분명해 보이는데요. 그렇죠?"

트레버는 침착하게 거의 정지 상태로 서 있다. "맞아요."

"좋아요. 어떤 종류의 흉기가 사용됐는지 알려주시겠습니까?" 로렌초 경찰관이 팔짱을 낀다.

"흉기는 없습니다." 트레버가 대답한다. "포크였어요."

"포크라. 그렇군요. 음, 별일이 다 있네요. 그렇다면," 로렌초 경찰관이 다시 코닐리아와 노라에게 마치 그들이 감당 안 되는 맥주 파티의 성인 책임자라는 듯 직접 말한다. "가해자를 구금하는 게 파티에는 좋을 듯하네요. 모두의 안전을 위해서요. 고소는 나중에 생각해보기로 하고요."

코닐리아가 손가락으로 머리를 쓸어넘기자 머리카락들이 흩어지며 제자리를 찾아간다. "저래도 되는 거예요?"

노라는 생각한다. "네. 네, 그럴 수 있어요." 지방 검사가 피해자의 고소 없이 기소하기는 더 힘들겠지만, 경찰관은 공공의 이익과 타인의 안전을 위해 체포할 수 있다.

코닐리아가 돌아선다. "경찰관님. 페니는 현재 취약한 상태예요. 이 말씀을 미리 드렸어야 했는데, 저는 정신과의사고 과거에 페니를 치료했습니다. 제가 페니를 어떻게 해보겠습니다. 입원이라도 시킬게요. 지금 당장요. 제가 개인적으로 감독하는, 최선의 치료를 받게 해줄 시설에 입원시키겠습니다. 경찰관님의 제안과 같은 결과를 낳을 거예요. 이 일을 군이 법대로 처리할 필요는 없다고 생각합니다."

로렌초가 뒤꿈치로 중심을 잡고 몸을 기댄다. "무슨 병원이죠?"

"세인트데이비드요. 이 길을 따라가면 바로 있죠. 페니를 검사해서 상태가 어떤지 알아볼 겁니다. 관련된 사람들 모두에게 그게 더 나은 결론이라는 걸 아실 거예요."

그녀는 로렌초가 어느 쪽 결과가 더 두려운지 결정하는 모습을 지켜본다—법적책임이냐 서류 업무냐. "세인트데이비드요." 그가 곰곰이 생각한다. "음. 그럼, 좋습니다. 그렇게 하죠. 지금 갈 수 있다면, 강제 입원 절차를 밟아주시고요. 그럼 세인트데이비드 병원으로 합시다. 기다리겠습니다."

"노라, 제가 페니를 데려올 동안 잠깐 여기 있어줘요. 트레버, 당신은 다시 들어가도 될 것 같아요, 알겠죠?"

로렌초 경찰관은 동의하면서도 문턱을 넘어 안으로 들어온다. 육중한 검은 총이 노라에게 닿을 듯 말 듯 하다. 그녀는 그 인력에서 떨어지기 위해 본능적으로 한 발짝 물러난다. 불안한 와중에 마침내 코닐리아가 환자 대하듯이 조심스럽게 페니의 손을 잡고 다시 나타난다. 페니가 턱을 치켜든다. 아랫입술이 파르르 떨린다. "안녕하세요." 그녀가 말한다.

로렌초 경찰관은 페니를 뜯어본다.

"부인. 정신병원에 입원해야 한다는 사실을 인지하고 계십니까?" 그가 묻는다.

이 말에 페니의 입이 벌어진다. 그녀는 코닐리아, 경찰관, 노라, 그리고 다시 코닐리아를 쳐다본다. 노라는 가슴이 아프다.

"페니, 자기야." 코닐리아가 그녀를 꼭 붙든다. 노라는 그것이 위로하려 함인지 페니를 제지하기 위함인지 더이상 구분이 가지 않는다. "여기서 바로 체포될지 아니면 단기간 정신병원에 들어

갈지 선택하라고 하시는 거야." 영어가 페니의 제2언어인 것처럼
코닐리아가 설명한다.

페니가 침을 꼴깍 삼킨다. 그녀의 눈이 상황을 살핀다. 광적으로.

"하고 싶지 않은 일을 하실 필요는 없어요." 노라가 말한다.
"다만 여러 가지 이유로 구속은 피하는 게 최선이리라는 데는 동
의합니다." 노라는 대학 시절 룸메이트가 음주운전으로 체포되어
1지망이었던 로스쿨 합격을 놓쳤던 것을 아직 생생하게 기억하
고 있다. 심지어 유죄판결을 받지도 않았었다.

페니가 침을 삼킨다. "알겠어요." 그녀가 대답한다. "네."

"좋아요. 그럼 됐네요." 코닐리아가 언제 가져왔는지도 모를
토리버치 핸드백에서 열쇠를 꺼낸다. "노라, 나중에 다시 연락해
요. 내 지갑 여기 있으니 됐어요. 어머니의 날 즐겁게 보내세요."

그렇게 일단락된다.

그후 사람들이 우르르 모여든다. 여자들이 노라에게 질문해댄
다. 무슨 일이었나요? 페니는 어디로 가나요? 상태가 어떻던가
요? 노라의 손이 덜덜 떨린다.

노라를 가장 괴롭히는 것은 페니가 미친 사람 같지 않다는
점이다. 흥분하기 직전까지도. 슬픔과 정신착란 사이에는 가느
다란 선이 놓여 있는데, 노라는 그동안 페니가 얼마나 그 가까이
서 위태롭게 중심을 잡은 채로 어느 쪽으로든 떨어지기를 기다리
고 있었는지를 깨닫지 못했다. 하지만 반대로, 다른 가능성도 존
재한다. 페니가 이미 그 선을 넘었으리라는 가능성. 페니가 이런
일을 벌이는 것이 가능하다면—실제로—다른 어떤 일을 벌였을
수 있을까?

26

샌프란시스코에 착륙한 지 네 시간 만에, 앤디 옥스비가 황송하게도 노라의 전화를 받는다.

"지금 나 무시하는 거야?" 노라가 따진다. "어른이 돼서 왜 그래?" 그렇다, 노라는 앤디의 경유를 놓쳤지만, 그후로 그것 때문에 계속 소화불량 상태다.

"아니, 난 쌀쌀맞게 대하는 중인데. 그건 무시하는 거랑은 매우 다르고 나이에도 걸맞은 행동이야."

노라는 집 뒷마당으로 통하는 작은 잔디밭에서 서성인다. 꽃가루가 며칠 동안 날리면서, 구토 색깔의 솜털 가루가 두껍고 푹신한 층을 이루어 온통 흩뿌려져 있다. "야, 미안하다고."

"야?" 앤디가 즐거움과는 정반대임을 표시하는 짧고 발작적인 고음의 웃음을 터뜨린다. "무슨 사과가 야로 시작한대?"

노라는 고등학교 시절 이후로 친구와 다퉈본 적이 없었고 앤디와는 더군다나 없었다. 감정이 상한 적은 왕왕 있었지만 대개 회피하다가, 결국 한쪽 아니면 오히려 둘 다 성가셔서 포기한다. 그게 낫다. 더 적은 소란. 이런 일들은 일어나기 마련이니까.

"어쩔 수 없었어." 앤디가 이해해주길 기대하며 노라가 말한다.

"외람되지만 전 찬성할 수 없는데요." 노라는 어머니가 고른 예쁜 이불을 덮고 손님방 침대에 다리를 꼰 채 앉아 있는 앤디를 상상한다.

"무슨 일이 있었는지도 모르잖아."

"알 만큼 알아."

노라는 그 이야기까지 가지 않기를 여전히 바란다. "페니라고, 내 고객인데 그 사람이 좀—음, 언쟁이 있었고 경찰이 출동했어. 헤이든이 불렀어, 사실은."

"애당초 거기 가면 안 되는 거였잖아."

"말했잖아—"

"개소리, 노라. 나한테는 어머니의 날 브런치인지 뭔지에 대해 미리 얘기하지 않았잖아. 게다가, 헤이든하고 얘기했었는데, 그거 알아? 내가 경유한다는 걸 헤이든은 아예 모르고 있더라."

앤디의 이 말은 다이너스티 랜치에서 열리는 브런치에 참석하는 걸 헤이든이 말리는 상황을 정말이지 피하고만 싶었던 노라를 끔찍한 사람처럼 느껴지게 한다. 그녀의 어머니의 날이었다. 따라서 그에게 앤디의 방문을 즐거운 깜짝 소식으로 나중에 꺼내 보일 생각이었다.

노라의 심장이 가슴속에서 쿵쾅거린다. "왜 헤이든하고 이야기했는데?"

"음, 아마도 네가 사라졌기 때문이겠지."

"그러지 말았으면 좋았을 텐데."

앤디가 비웃는다. "너 대체 왜 그래? 헤이든에 대해서 왜 이렇게 이상하게 반응해? 둘이 헤어지거나 뭐 그럴 생각이야?"

"아니, 맙소사, 아니야."

"그럼 뭔데? 나 때문은 아닌 거 알아. 난 아무것도 안 했는걸. 네 생일을 잊지도 않았고, 예를 들면."

"앤디! 내가 모든 일정을 내려놓기를 바라면 안 되지. 나한테 일시정지 버튼이 있는 것도 아니고. 네 여행도 막판에 급하게 잡힌 거잖아."

"난 특별히 애를 써서 네가 사는 곳을 경유하도록 예약했어. 너무 못 만나는 것 같아서."

"내 말이 그 말이야." 노라가 딱 부러지게 말한다.

"변명하지 마. 우리는 아무리 오래 떨어져 있어도 만나면 금세 아무것도 변하지 않은 것 같은 그런 친구잖아."

"모든 건 사실상 변한다는 것만 빼면 말이지."

"이를테면?" 앤디의 목소리에는 노라가 한 번도 들어본 적 없는 날이 서 있다.

"난 아이가 있고. 임신했고. 스트레스가 많은 직업을 가지고 있지."

"아, 그렇구나, 그러니까 나는 애가 없어서 이해를 못한다? 지금 그거야? 아이가 없는 사람은 아무것도 모른다. 멋지네."

"아니, 난 그런 부분을 이해해줄 다른 친구들을 사귈 필요가 있다는 말이야. 그리고 그런 사람들이 여기 있고. 물리적으로 가까이." 결국. 노라는 어쨌든 말하고 말았다.

그녀는 차가운 샤르도네 한 잔을 놓고 주방 조리대에 팔꿈치를 괸 채로 끝없이 이야기하고 싶다. 노크할 필요 없이 친구 집에 들어가고 싶다. 누군가 그녀의 집 여벌 열쇠를 가지고 있으면 좋겠다. 식사하는 동안 따로 요청하지 않아도 아이를 안아주고, 직장 일이 개판이면 함께 산책하러 가주고, 질에 실밥이 있는 게 어떤 느낌인지 기억해주고, 새로운 머리 모양은 어떤 게 좋을지 한마디 거들어줄 친구가 있으면 좋겠다. 그 보답으로, 그녀도 똑같이 해줄 것이다.

"난 네가 다른 친구들을 사귀면 좋겠어." 앤디가 말한다. "이렇게 말해도 충분히 편안한 친구들 말이야, '미안한데, 이번에는 약속을 못 지킬 것 같아. 다른 일정이 있어서.'"

"그렇게 할 수 있어. 아직 이르긴 하지만."

"그래서 이 새로운 친구들이, 뭐야, 나보다 더 중요하단 말이야?"

사실 호도에 노라는 짜증이 치민다. 그런 말은 문제만 일으킬 뿐이다. "현재로서는, 응, 그런지도 모르지."

"그렇군. 음." 앤디가 말한다. "그럼 다음에 보자. 아니, 보지 말자."

"앤디―" 그러나 노라가 그 이름을 입 밖에 낼 쯤에는 이미 허공에 대고 말하고 있다.

앤디와 당분간 서로 말하지 않는 사이가 되면서, 노라는 필요한 모든 기분전환거리를 사례연구에서 찾는다. 책상 의자에 걸터앉아 벌써 몇 주 동안 해오던 일을 머릿속으로 한다. 그녀가 조사한 각각의 조각들을 마치의 화재 사건에 대입해본다. 딸깍거리는 소리. 태워 다 태워버려. 프랜신. 데빈. 리처드의 정신건강. 실비아. 페니. 데이브의 V-패턴. 이 조각들을 하나씩 뒤집어보면서, 다른 단서를 찾아 뇌가 어둠 속을 더듬더듬 헤매고 있다는 것을 느낀다. 그녀는 분명히 다른 단서가 있다는 것을 알고 있는데, 그것이 어둠 속에서 손가락 사이로 빠져나갈 때 그 모서리가 만져지기 때문이다.

약속대로 아직 경찰서에 연락하지 않았기에, 노라는 주택 조사와 질문서 초안 작성과 데이브에게 조사 결과와 다른 검사 결과를 알려달라고 재촉하는 타이밍을 점검하느라 시간을 보낸다. 서스펜스보다는 새로운 소식 때문에 죽는 게 낫다는 생각이다.

받은 메일함에 자동으로 생성되는 메시지가 음성메시지 첨부 없이 지역번호 512에서 온 부재중 전화를 알린다. 그녀는 수화기를 들고 메시지에 찍힌 번호로 의무적으로 전화를 건다. 신호가 가는 동안 전화기를 귀에 댄다.

"누구시죠?" 반대편에서 여자 목소리가 작게 들려온다. 젊다.

"노라 스팽글러입니다." 기분이 상한 것처럼 들리지 않게 노력하면서 그녀가 말한다. "그린버그 슈얼 소속 변호사입니다. 이 번호로 부재중 전화가 와 있길래요."

"그래요?"

"네. 무슨 일을 도와드릴까요?" 노라가 묻는다.

"잘못 건 전화였어요." 젊은 여성이 이렇게 말하는 동시에 캐머런 드러머가 사무실에 나타난다.

"바빠?" 캐머런이 얼굴을 찌푸리지만, 노라는 이미 전화를 끊었다.

"무슨 일인데?"

"나 좀 도와줘. 엘리너가 독감에 걸려서 자라를 일주일간 더 맡기로 했는데 스승의 날에 내가 학급 파티를 준비해야 한다는 건 전혀 몰랐어. 언제부터 스승의 날이라는 게 생긴 거지?" 그의 어조로 보아 그런 날은 필요 없다고 생각하는 게 분명하다. 노라는 그런 날이 일 년에 일고여덟 번은 있어야 한다고 생각한다. "뭘 해야 할지 말 좀 해줘. 다만"―그가 휴대전화를 참고한다― "대략 한 시간 내에 할 수 있는 일이어야 해."

"한 시간?" 노라가 그의 표정을 읽는다. "미안. 그래. 좋아." 적어도 노라가 해결해본 적 있는 문제다. "가져가야 할 것은 글루텐프리에 견과류가 들어가지 않은, 그런 좋은 것들이어야 하고. 또, 선생님들을 위한 날이니까, 수제거나 최소한 장인의 손길이 느껴지는 선물이 필요해." 별로 도움이 되지 않는다. "스웨디시 힐에 가서 글루텐프리 브라우니를 주문하고 반드시 학급 행사를 위한 거라고 말해. 교사들에게 줄 파이 상자에 리본을 달아달라고 하고. 아마 두 명일 거야. 종이 접시, 냅킨, 컵은 퇴근길에 랜들스에 들러서 사면 돼. 레모네이드 한 통을 사. 그러면 다 됐어."

항상 두피에 바짝 깎아 유지하는 머리에 그가 손을 문지른다. "그러면 괜찮아 보일까? 자라 부모가 찐따 같다는 인상을 안 주면 좋겠는데."

"괜찮을 거야. 자라는 네가 와줘서 좋아할 거야." 오늘 노라는 스승의 날에 대해 걱정할 필요가 없다. 헤이든이 라이스 크리스피를 준비했다. 상자 뒷면을 보고 만들었다.

"그냥, 이런 걸 가지고 들어가면―그게 다야?"

"정말 진지하게 묻는 거야?" 노라가 묻는다. "물론이지. 내 말은, 당연히 그렇다는 뜻이야. 아이들 앞에 각각 접시와 다른 것들을 놔. 교사들에게 간식을 전달해. 끝나면 정리해. 선생님들이 손가락 하나라도 까딱하게 하지 마. 그게 이 행사의 요점이야." 그가 진작부터 이 내용을 적고 있었기를 바란다는 것을 노라는 알수 있다. 그녀의 전화기가 울린다. 발신자 번호를 확인한다. 아까와 같은 512번호다. 잘못 온 전화. 그녀는 눈동자를 굴린다. "아무도 아니야." 그녀가 말한다.

"난 할 수 있어." 캐머런이 주먹을 불끈 쥘 때, 노라는 그가 아주 잘생긴 영웅이 되리라는 것을 알 수 있다. 그가 사무실을 나간다―이 나라의 교사들을 기념하는 것에 관해서라면 시간은 절대적으로 중요하다―그러더니 발걸음을 멈춘다. "있잖아, 그 사건 말이야." 그가 말한다. "네가 맡은 사건. 한동안 진행 상황을 나한테 안 알려줬잖아. 어떻게 돼가고 있어?"

노라는 방문자 이름표 뒷면을 떼서 즉시 가슴 위에 붙인다. 헝클어진 머리카락을 쓸어 정돈하고 스티커를 평평하게 톡톡 누르면서 턱을 든다. 그녀는 아프거나 나이든 사람들과 어색하지 않았던 적이 없다. 무슨 말을 해야 할지 모르겠다. 닫힌 문. 조용한 삐삐 소리. 병실 안팎으로 살살 드나드는 숨죽인 발소리. 처음 들어올 때 미치지 않았던 사람이라도 결국 왜 그렇게 되고야 마는

지 노라는 이해할 수 있을 것 같다.

정신과 병동의 13호 병실 밖에서 서성이는데 간호사가 지나간다. "무슨 일이시죠?" 간호사가 묻는다.

"면회하러 왔어요." 노라는 중얼거리고 나서 재빨리 안으로 들어간다.

닫힌 블라인드를 통과해 들어오는 어두침침한 회색 빛에 적응하는 데 잠시 시간이 걸린다. 병실 벽면에 푹신한 패드가 대어져 있지 않아 안심된다. 리브를 낳았던, 아무 쓸모도 없어 보이는 기계들로 가득했던 병실이 떠오른다.

병실 가운데에 아주 평범한 병원 침대가 놓여 있다. 거기에 페니가 있다. 기본 시트 위에 덩그러니 놓인 육체. 노라는 이 광경을 덜 황량하게 해줄 담요나 괜찮은 베갯잇 같은 것을 가져올 생각을 했어야 했다.

"페니?" 그녀가 발끝으로 살금살금 다가가면서 불러본다. "페니, 저예요, 노라. 노라 스팽글러." 민망하다.

무응답. 고른 호흡소리뿐.

침대에서 풀린 채 달랑거리는, 환자를 묶는 가죽 도구가 어쩔 수 없이 눈에 들어온다. 그런 것은 클리셰이거나 영화 소품이라고 여겼지, 정신병의 현실이리라고는 상상도 못했다.

노라는 면회 의자 주변에서 머뭇거리며, 페니를 깨우지 않으려고 스커트 자락을 조심스럽게 허벅지에 붙인다. 적어도 페니는 구속복은 입고 있지 않다. 따라서 이 전체 설정을 의무 휴가로 상상하는 것도 불가능하지는 않다. 전망도 없고, 그래, 페인트 마르는 것을 지켜보는 일만큼 지루하기 짝이 없겠지만, 노라는 혼자

자는 낮잠 정도로 여길 수도 있겠다.

노라는 이 끔찍한 생각을 억누른다.

의자에 앉으면서, 몇 분 기다린 후 들렀다 간다는 메시지를 남길까도 생각해본다. 하지만 무엇 때문에 그토록 불안한지 깨달았을 때는 흠칫 놀란다.

페니가 깨어난다.

그녀는 빛나는 동그란 눈을 깜박이지 않고, 어둠 속을 응시하듯이 노라를 쳐다본다.

"페니?" 노라가 속삭인다.

페니의 눈동자가 안구 속에서 마법의 8번 당구공처럼 응답을 찾아 떠다닌다. 나중에 다시 물어봐.*

"페니, 괜찮아요?"

동공이 확장된다. 페니의 눈꺼풀이 내려올 생각을 안 한다. 그대로 꿰매어진 것 같다. 사람을 불러야 할까? 이것이 정상적인 현상인가?

벽에 화이트보드 도표가 걸려 있고, 페니의 이름이 맨 위에 마커로 적혀 있다. 왼쪽 아래에는 약물 종류와 투여 시간 목록이 있다. 할로페리돌, 클로르프로마진, 플루옥세틴, 졸피뎀, 니트라제팜. 각각의 목록 옆에는 처방한 의사의 이름. 모두 화이트.

"페니." 노라는 어떤 효과를 기대하듯이 이름을 자꾸 부른다. 의자를 침대 가까이 가져가 페니의 손을 움켜쥔다. "제 목소리 들

---

* 마법의 8번 당구공(매직8볼)은 장난감으로, 질문하고 나서 흔들면 대답이 공에 나타난다. 스무 가지의 긍정적이거나 부정적인 답변을 얻을 수 있는데 '나중에 다시 물어봐'도 그 답변들 중 하나다.

려요?" 병상 한쪽에는 작은 빨간색 호출 버튼이 고정되어 있다. 그 버튼을 누를 수도 있을 것이다. 그랬을 때 일어날 수 있는 최악의 일이란 무엇일까? 페니의 행동은 정확히 여느 정신병동 환자와 다름없다는 말을 듣는 것? 과민반응하고 있는지도 모르지만, 노라는 사실 상관하지 않는다. "간호사 부를게요, 확인만 하려고요, 아시겠죠?"

침대 쪽으로 손을 뻗으면서 페니의 무릎뼈에 손가락 관절이 스친다. 호출 버튼을 누르고 숨죽인다. 페니의 눈이 다시 이리저리 흔들리는 것 같다. 호흡이 더욱 거칠어진다. 노라는 발을 까불거리면서 초조하게 기다린다. 버튼을 두번째로 누른다.

페니의 트고 갈라진 입술이 열린다. 그때 아무 예고도 없이 페니의 손가락이 노라의 손을 꽉 쥔다. 노라는 놀란 비명을 속으로 죽인다. 그리고 통증.

"너무 아파요." 노라가 더듬거리면서 간호사가 오는지 보려고 문간을 흘끔거린다. 곧 올 것이다. 괜찮다.

"리처드는 살해됐어요." 페니가 가까스로 토해낸다. 노라의 손가락 끝이 파리해진다. "그는 살해됐어요."

"뭐라―"

"무슨 일이죠?" 안 어울리는 앞머리를 내린 자그마한 간호사가 병실로 크록스를 신고 들어온다.

"환자가―" 노라가 내려다보며 페니가 자기 손을 놓은 것을 확인한다. 페니의 얼굴은 다시 멍한 백지장으로 돌아가 있다.

그러는 사이에 심박수 측정기가 삑―삑―삑 울리면서, 디지털 화면에 산을 그리는 선이 지나가는 속도가 빨라진다.

"부인, 직계 가족이신가요?" 간호사가 묻는다.

"아니요, 전—"

"그럼 잠시 나가주시길 부탁드려요." 노라는 페니에게서 떨어지고 싶지 않다. "부탁드립니다." 간호사가 거듭 말한다. "밖으로 나가주세요." 그녀가 측정기를 가까이 끌어당기면서 코드를 조정한다. "당장."

노라는 핸드백을 챙기고는 들어왔던 문으로 나간다. 표면적으로는 페니가 몇 초 전에 깨어 있었다는 표시가 전혀 없다. 페니의 이 사이로 공기가 미친듯이 새어나왔다는 증거는 아무것도 없다. 말이 거칠게 튀어나왔다는 흔적도 없다. 무엇이든 의미할 수 있거나 혹은 아무 뜻도 없을 수 있는 말들, 상황에 따라 달라지는 말들. 다른 사람이 싫어하는 말을 할 때마다 여자들은 너무 쉽게 미친 여자 취급을 받는다는 사실을 노라는 과하게 의식하는 편이다. 하지만 이번에는 다르다. 이번에는, 이 여성은 정말로 병리학적으로 미친 상태다. 그 점을 고려해야 한다. 전달자의 상태에도 불구하고 진지하게 받아들였을 경우, 페니의 말은 불길한 무언가를 암시할 수 있기 때문이다. 살인을 의미할 수도 있다.

❖

사무실의 아무 무늬 없는 양피지 같은 벽 안에 일단 안전하게 자리를 잡은 다음, 노라는 유일하게 제정신으로 할 수 있는 일을 붙잡고 고심한다. 방화 이론을 밀고 나가야 할 것 같다.

그 말은, 경찰과의 공조를 더이상 미룰 수 없다는 뜻이다. 코닐리아에게 전화해서, 페니가 준비될 때까지 수사를 일시 정지하기로 했던 합의가, 미안하지만 지금 즉시 효력이 없어진다고 정중하게 알릴 것이다. 상황은 변한다. 페니의 폭로로 인해, 집을 전소시키고 남편을 죽게 만든 화재의 고의 가능성에 대한 수사가 고객의 바람 때문에 진행되었다는 것이 매우 확실해졌다. 긍정적인 부분이 있다면 노라가 화재에서 페니의 역할은 없었음을 더욱 확신하게 되었다는 것이다. 그녀는 정의를 원한다.

따라서 노라는 할 수 있는 한 최선을 다해 코닐리아에게 설명하겠지만 그들의 우정에는 영향을 주지 않기를 바란다. 어쩔 수 없는 일이다. 직업적인 의무다. 또한 알렉시스는 비교적 한쪽으로 치우치지 않는 편이며, 테아도 그러하고, 바라건대 이슬라도 마찬가지일 것이다. 그들과 함께라면 최악의 경우가 오더라도 지역에서 견고한 기반을 유지할 수 있을 것이다. 참된 통합을 위한 길.

노라는 용기를 낸다.

유선전화가 따르릉 울리면서 가까스로 그러모은 침착을 완전히 깨뜨린다. 발신자 번호에 데이브의 번호가 떠 있다. "여보세요?" 노라가 전화를 받으며 짧게 인사하는데 긴장감이 분명히 느껴진다.

"좋은 소식, 나쁜 소식." 그가 말한다. "뭐부터 들을래요?"

노라는 손을 허벅지 사이에 눌러 진정시킨다. "좋은 소식요."

"미안, 장난이었고, 어느 쪽이든 같아요." 그녀는 상황에 맞게 정중히 웃어줄 생각이 없다. 허리를 꼿꼿이 세우고, 가장 두려운 것이 확정되기를 준비하면서 그저 기다린다. "화재 말인데요." 데이브가 말을 잇는다. "양초가 타다가 가연성 물질과 만난 것 같아요. 액체 세제가 쏟아졌거나 그런 거요. 바로 직전에 가스레인 지가 켜져서 가스가 나왔을 수 있고요. 확실하게는 말 못하겠지 만 그게 원인이었을 거예요. 어쨌든 화재는 사고였어요."

갑자기 폐 속의 공기가 너무 꽉 찬 느낌이 들면서 호흡하기가 불편해진다. "확실해요?"

"단도직입적으로 말씀드리지만, 확실합니다. 젠장, 주택 건설 업자를 지목할 수만 있다면 그렇게 하겠지만, 그래도 의뢰인은 보험금을 받을 수 있을 테니 최악은 아닌 거죠."

"양초라고요?"

"초고온의 화재였지만 촛농 흔적을 확인했어요. 괴상한 사고 예요. 전화 끊고 바로 조사 결과를 이메일로 보내드릴게요. 최대 한 빨리 결과를 알려드리고 싶어서 먼저 전화했어요."

전화를 끊고 노라는 사무실 반대편에서 보초를 서고 있는 책장 을 입을 벌린 채 멍하니 바라본다. 책상 위에 놓은 휴대전화를 뒤 집어보니 코닐리아에게 전화하려고 불러온 연락처 정보가 떠 있 다. 그녀는 그 화면을 지운다. 방금 주지사와 통화했는데 집행유 예를 선고받아서 이제 인생을 어찌해야 할지 생각해내야 하는 기 분이다.

대체 무슨 생각이었던 걸까? 미친 사람은 그녀인지도 모른다.

몇 분 후 힘닿는 데까지 보고서를 독파하면서, 발음할 수 없는 부분은 대체로 넘어간다. 확인된 물질의 목록은 다음과 같다. 린 트 천, 먼지, 흙, 레스토일, 카펫 실, 촛농, 단열재(셀룰로스, 섬유 유 리, 가공되지 않은 광물), 글리세롤, 광택제를 바른 목재, 극미량의 혈액, 타액. 각각의 물질이 마치의 집 어디에서 발견되었는지는

지도에 표시되어 있다.

　괴상한 사고야, 노라는 혼잣말로 중얼거린다. 그 말을 이전에
들어본 적 있다.

27

———

"헤이든은 보통 안 늦는데." 노라는 코닐리아 사무실의 빈 대기실에 놓인 맵시 있는 소파에 앉아 있다. 약속 시간에서 오 분 지났다. 무릎 위에 펼쳐놓은 〈셰이프〉 지를 덮는다. 캐리 언더우드가 임신중에 뭘 먹었는지 어차피 아무 관심 없었다.

코닐리아가 똑같이 생긴 안락의자들 중 하나의 가장자리에 앉는다. 지난번에 만났을 때 이후로 머리 모양을 바꿨는데, 크게 달라진 건 없지만 노라는 항상 알아볼 수 있다. "이미 안에 계세요."

노라가 놀라 눈을 껌벅거린다. "그럼 들어갈까요?"

코닐리아는 움직이지 않는다. "잠시 후에요."

"그러죠." 노라가 잡지 표지를 내려다보며 다시 펼쳐야 할지 고민한다.

코닐리아가 안절부절못하고 있는 노라를 오해한다. "긴장할 필요 없어요."

노라는 코닐리아에게 데이브의 검사 결과로 도출한 결론을 알려줄 수 없을 것 같다. 아직은 아니다. 이 여성들이 페니를 얼마나 간절히 돕고 싶어하는지 알고 있으며, 기업의 과실이나 개인

364

의 범법 행위가 아니라면 보험금 수령이 위기에 놓인다는 사실을 고려했을 때, 촛불로 인한 화재란 훨씬 적은 금전적 보상을 의미한다는 것도 알고 있다. 노라의 잘못은 아니지만 그 사실을 전달하는 사람이 된다는 게 어떤 건지 안다. "어제 페니한테 갔었어요." 대신 노라는 불쑥 말한다.

노라는 코닐리아가 가볍게 놀라는 것을 알아차린다. "그랬어요? 배려심이 깊으시네요. 저랑 못 마주쳤나봐요. 페니가 아직은 몸이 좀 편치 않다는 것을 눈치채셨을 거예요."

"페니가 거기 얼마나 더 있게 되죠?"

코닐리아가 고개를 좌우로 깐닥거린다. "강제 입원은 칠십이 시간 동안 지속되고, 그후에는 우리가 치료를 계속할지에 대한 더 중요한 결정을 내려야겠죠."

노라의 손등에는 페니가 잡았던 부분에 세 개의 희미한 손가락 자국이 여전히 남아 있다. 하루나 이틀 전이었다면, 노라는 그 충격적인 방문의 세부 내용을 코닐리아에게 말할지 말지를 놓고 고민했을 것이다. 하지만 데이브의 조사 결과가 그 생각을 내려놓게 만들었다, 그렇지 않은가? 게다가 페니의 퇴원을 늦출 수도 있는 말은 하고 싶지 않다.

"사건 말인데요." 코닐리아가 말한다. "계속 조사하는 데 페니가 더이상 흥미가 없는 것 같아요."

노라가 말하려고 입을 떼지만 코닐리아가 손을 들어 저지한다.

"아직 보험금을 받을 거라는 희망은 가지고 있어요. 하지만 사건을 파고드는 건 정신건강에 악영향을 끼쳐요. 보시다시피." 코닐리아가 거칠게 숨을 들이쉰다. "제가 좀더 허심탄회하게 말했어야 했어요. 저는 비밀 유지를 매우 중요시합니다. 정말, 그 점을 이해하시리라 생각해요. 이 이야기는 사실상 페니에 대한 게 아니라 리처드에 대한 건데요. 당신은 엄연히 페니의 변호사시니. 우린 비밀 유지 측면에서 같은 편인 거죠, 전 그렇게 생각해요." 코닐리아가 말한다. "한 팀, 그렇죠?"

노라는 무심코 고개를 끄덕인다. 한 팀, 맞아요. 하지만 손끝이 따끔거린다. 지금이 그녀가 끼어들어 화재는 사고였다고 말할 타이밍이다. 보험금은 그게 전부라고. 하지만 그녀는 너무 오래 망설인다.

"페니와 리처드는 지난 일 년간 힘겨워했어요. 제가 더 도왔어야 했는데. 친구로서 말이죠. 하지만 언제 끼어들어야 하고 언제 혼자 내버려둬야 할지 알기가 아주 힘들거든요. 이곳저곳에 멍부터 들기 시작하더군요." 그녀가 말한다. "이상한 위치에, 목뒤, 팔뚝에. 하지만 저는 페니가 덜렁대기 때문이라고 생각했죠. 그렇게 생각하고 싶었는지도 몰라요. 실제로 그랬던 것 같고요. 페니는 피부가 정말 하얘요. 쉽게 멍이 들죠. 혼자 아무렇게나 추측해버리는 거 있잖아요. 하지만 시간이 흐르면서 리처드 때문이라는 게 분명해졌고 그는 더욱 폭력적이 되어갔죠. 화병이 깨졌어요. 베인 상처가 보이기 시작했어요. 페니는 점점 사람들과 어울리기를 거부했어요. 스스로 고립되었어요. 글쓰기를 완전히 멈추었죠."

노라는 전달받은 사실들을 따라잡으려고 머리를 바삐 굴린다. 전부 예상치 못했던 것들이기에 어떻게 반응하는 게 최선인지 모르겠다. 처음에는 루시와 에디더니, 이제 코닐리아는 리처드 역시 폭력적이었다고 노라에게 말하고 있다. 노라는 어안이 벙벙하다. 그녀가 생각하는 것보다 더 흔한 일이라는 것을 머리로는 알고 있지만, 헤이든은 손가락조차 들어올리지 않는다. 백만 년 동안 그 누구도 해친 적 없다. 그렇다고, 그녀는 믿고 있다.

"페니가 무언가 직접적으로 당신에게 말했나요?" 노라는 그 힘겨운 소식에 어떻게 반응해야 할지 요령을 알지 못한다.

그리고 페니를 생각한다, 그토록 아름다운 에세이를 쓰면서 표면 아래에서는 이런 일을 견디고 있었다니. 그녀가 글쓰기를 그만둔 것도 완벽히 이해가 된다. 자기 삶의 이음매가 갈가리 찢기고 있는데 남에게 충고를 해주기가 힘들 수밖에 없었을 것이다.

"화재 몇 주 전에," 코닐리아가 황금색 펜을 손가락 사이에서 돌린다. "리처드를 제어하지 못하게 되었다고 제게 말하더군요. 정확히 이 표현을 썼어요. 기억나요. 더이상 그를 견딜 수 없었던 거예요. 당시 상황이 안 좋았다는 걸 전 알고 있었어요. 하지만 그러다 화재가 일어났고, 죽은 남자에 대한 기억을 굳이 끄집어내서 욕할 필요는 없어 보였어요. 그렇지만 최근에 리처드가 정말로 무슨 짓을 하고 있었는지 궁금해지기 시작했죠."

"코닐리아—"

"현실적으로 말해봅시다. 페니의 보험회사가 페니나 리처드가 집을 소실시켰다는 사실을 적시한다면, 페니는 아무것도 받을 수 없게 돼요. 머리 위에 지붕도 없이 새 출발을 해야 하는 거예요. 저는 당신이 말했던 수사와 작은 세부사항들과 형사들과의 공조에 대해 생각해보기 시작했죠. 어머니의 날 기념행사 전에 그 이야기를 꺼낸 게 실수였어요. 트레버의 존재가 도움이 되리라 생각했거든요. 페니에게 그렇게 잘해주는 남자와 함께 있는 게 보기 좋았어요. 트레버 말이에요. 그러지 말았어야 했는데. 물어보실 것 같아 미리 말씀드리지만, 우리는 이 사건을 수임하느라 노라가 쓴 시간에 대해 보상해드릴 준비가 되어 있어요. 다른 일이 많이 있을 거예요. 이제 곧 우리 이웃이 되실 분이니 사람들이 많이 찾을 겁니다. 고정 상담료를 지불해드릴 수도 있고요, 그게 도움이 된다면요. 이 결정이 노라의 파트너 변호사 도전에 영향을 주지 않으면 좋겠네요. 오히려 그쪽 방면으로 도울 수 있는 일이라면 뭐든 하고 싶어요."

"아." 노라는 이 말이 명확히 다음의 두 가지를 의미한다고 생각한다. 이 여자들에게 그녀의 가치는 처음부터 페니 사건에 유리한 결과를 성공적으로 가져오는 능력에 무한정적으로 결부되어 있었다. 그러니 방화의 가능성을 정면으로 마주할 필요가 없어진다는 점에서 마치의 화재 사건을 사고로 분류하는 것이 요긴했다. 한편으로는, 순진하고 미련했던 사건 하나가 이 권력 집단에서 그녀의 가치를 약화시켰다. 이제 그녀는 빠지기를 권유받고 있다. 그녀가 무상으로 호의를 베풀어줄 수도 있지 않느냐는 식이다. 그럴 만하지 않느냐고.

"그건―감사합니다. 하지만," 노라가 항변한다. "페니와 직접 대화해봐야 할 것 같아요. 약물에 덜 취해 있을 때 말이죠." 페니에게 진실을 말할 것이다. 준비가 되었을 때. 페니가 가장 먼저 진실을 알 자격이 있다. 노라가 주택 구매 과정을 마친 후라면, 나쁘지 않을 것이다.

"이상하게 들릴지 모르지만, 전 감사하게 생각하고 있어요. 왜냐하면 저는…… 리처드가 페니를 정말로 해쳤을 수도 있다고 생각하거든요." 코닐리아가 맞잡은 손을 살핀다. "그런 이유도 있어서 부부상담을 열렬히 주창하고 있죠. 정말로 사람들을 돕고 싶으니까요. 당신 부부도 엄청난 진전을 이루었어요." 마치 그들이 비밀을 공유하고 있다는 듯이. "그렇다고 느끼시죠, 그죠?"

매끄러움.

이것이 노라가 삶 속에서 느끼기 시작한 것이다. 수년 동안 만져보지 못했던 질감. "남편이 집에서 더 많이 도와주고 있어요." 노라는 말한다. "그러면서도 수고로워 보이지 않아요. 이전에는 없던 면이죠."

"원하는 게 뭔지 당신은 잘 알고 있잖아요. 그리고 그 과정을 신뢰하고요. 그 점이 매우 중요합니다. 완전히 몰입하는 것. 딱 지금 하시는 것처럼요."

두 사람은 상담실 문이 딸각 열리는 소리에 고개를 든다. 난데없이 슬쩍 나와 그들에게 인사하는 사람은 테아다.

코닐리아가 앉은 채로 고개를 돌린다. "준비됐어?" 그녀가 묻는다.

"됐지." 테아가 조용한 목소리로 대답한다.

노라는 두 여자를 번갈아 쳐다본다. "무슨 일인가요?"

"고마워, 테아. 이제 곧 끝나."

"천천히 해." 테아는 손을 저으며 이렇게 말하는 듯하다. 방해 안 할게. 그러고는 살며시 나간다.

"잊어버릴 뻔했네요." 코닐리아가 일어서며 블레이저 안으로 손을 넣어 봉투 하나를 꺼낸다. "당신 거예요."

"그게 뭔가요?" 노라가 받아들고는 봉해진 봉투를 뜯어서 연다. 그녀는 즉시 상단에 명기된 이름을 알아본다. 리브의 어린이집에서 온 것이다. 그녀는 편지 전체를 빨아들일 듯이 훑는다. "하지만 어떻게?" 마술의 속임수라도 발견할 수 있을 것처럼 편지를 뒤집어본다.

"거기 이사진 중에 인정 많은 친구가 하나 있거든요. 사정을 설명했더니 돕고 싶다고 하더군요."

노라는 숨이 가빠온다. "그럼 리브가 다니던 어린이집에 계속 다닐 수 있는 건가요? 이건…… 너무 심하게 감사한 일인데요."

"천만에요." 코닐리아가 말한다.

노라가 믿지 못하겠다는 듯 빤히 쳐다본다. 본질로 귀결된 진실이 입 밖으로 저절로 흘러나온다. "당신 없이는 전 아무것도 못할 거예요."

위험 신호:
어머니가 지지받지 못할 때 입을 수 있는 해악

줄리아 셰이 기자

"인류 역사상 인간은 어떤 방식과 형태로든 어머니의 보살핌이라는 혜택을 입어왔다. 하지만 모성애가 하는 일은 종종 간과되어, 그 짐을 지고 있는 여성들에게 감정적이고 때론 신체적인 손상을 초래한다."

———————

댓글 보기

———————

론다 랜데이

아멘. 사람들은 양육이 알게 모르게 사치스러운 취미인 것처럼 행동합니다. **당신한테** 아이가 있든 없든, 우리는 여전히 재생산하는 **사람들**이 필요합니다.

젠과엄마되기의기술

너무 맞는 말이에요. 사회가 어머니들에 대해 아무 신경도 안 쓰고 그게 우리를 죽이고 있어요. 출산 후에 일 년이 훨씬 넘도록 등과 골반에 심각한 통증이 있었는데 임신중에 생긴 복부 근육의 분리 때문이었죠. 하지만 그걸 고치는 수술비를 보험회사에서 처리해주지 않으려고 해요. 복부를 붙여서 꿰매는 게 '미용 성형'으로 간주되기 때문이래요.

맘질라

이런 무시로 가장 고통받는 사람은 항상 어머니입니다. 좋은 어머니는 지지가 없어도 항상 난국을 타개해가기 때문이죠. 그게 정확히 여성들이 여전히 곤경에 빠져 있는 이유입니다. 모성애는 여자들의 이슈로 여겨지고 여자들의 이슈는 진지하게 다뤄지지 않기 때문이죠. 여자들이 편두통이나 허리 통증을 호소할 때 불안이나 스트레스 때문이라는 말을 듣는 이유가 그거예요. 남자의 눈에 여자의 고통이 안 보이면, 그 고통은 존재하지 않는 게 돼요. 모성애가 하는 일은 눈에 보이지 않고, 따라서 진짜 존재하는 문제가 아닌 거죠.

테리 D

신께 맹세하지만 저는 신경쇠약에 걸리기 직전인 듯한 기분을 지속적으로 느낍니다. 제가 이고 있는 건 정신적인 짐이에요. 세탁 짐이 아니라요. 보세요, 가족들은 언제 빨래가 완료되는지 눈으로 봅니다. 어느 단계에서는 인지를 해요. 그건 다른 문제예요. 저는 제가 해야 할 일에서 시간을 일부러 빼서 십대 자식들 문제, 남편 직장 문제, 남편 어머니의 일요일 저녁식사 초대 요청을 들어줍니다. 부부로서 함께 만나는 친구를 사귈 수 있도록 몹시 노력하는데, 솔직히 까놓고 말해보자고요. 그런 일을 준비하는 건 거의 아내 몫입니다. 대가족이 다 같이 만날 수 있도록 열심히 준비하지만 저한테 친정집 대가족만 있는 게 아니잖아요. 그 말은 각종 일정과 생일과 누가 언제 어디에 가야 하는지를 모두 기억해야 한다는 뜻이죠. 저는 한 달에 한 번은 아무도 못 보게 옷장 속에 앉아서 혼자 울어요. 호르몬 때문인가봐요. 저도 모르겠어요.

JP 리안

감사하네요! 요즘 넘쳐나는 인플루언서들은 어머니들이 더 많은 것을 위해 태어났고, 어머니들에게는 채워진다고 느끼는 게 진정으로 필요하다는 데 집중하고 있죠. **채워진다고요?** 여자들은 시발 배불러요. 우리는 충분하지 않다는 이야기를 반복해서 듣죠. 충분히 날씬하지 않다, 충분히 예쁘지 않다, 충분히 스타일이 좋지 않다, 그리고 이제 추가되었네요―충분히 성공하지 못했다, 충분히 전문적이지 않다, 충분히 강인하지 않다. '충분하지 않다'는 말을 듣고 또 듣고 또 들으면, 하게 되는 당연한 반응은 뭘까요? 물론 더 많이 떠맡는 거죠. '더 많이'를 스스로 그러모아서 충분하지 않다고 아무도 비난하지 못하게 만들려고요. 하지만 이 '더 많이'에는 너무 많은 것들이 들어 있어요. '더 많이'는 여자들을 통제할 수 있었을 때 기분이 훨씬 좋았던 사회의 영리한 혁신이죠. '더 많이'는 우리가 정신을 똑바로 차리지 못하도록 주의를 흩뜨려요. 우리는 차고 넘치도록 우리 자신을 '채웁'니다. 넘쳐흘러요. 미끄러져요. 당연하죠. 너무 많이 떠맡는다는 건 실패의 전제조건이니까요. 우리가 진짜 기대에 못 미치게 될 때―실제로 그렇게 되겠지만―죄책감을 느끼는 사람도 우린데 실패할 때는 누구나 그렇게 느끼니까요.

28

리브가 기린반 학생으로 트리니티 필즈를 계속 다닐 수 있다는 소식에 들뜬 노라는 임사체험을 하고 살아나온 사람과 비슷하게 폭발하는 아드레날린을 느끼며 상담실에 입장한다. 그녀는 고마움으로 활기가 넘친다. 코닐리아와 보내는 시간에 몰두하는 것이 만족스럽다─주님의 길을 제게 보여주시옵소서─완전히. 날아갈 것 같다. 파도를 타는 것 같다. 노라 스팽글러는 코닐리아가 요청하는 일이라면 무엇이든 할 수 있다.

하지만 헤이든을 보자 주춤한다. 그는 반대편 벽을 응시하면서 빈 의자 맞은편에 앉아 있다. 머리에는 테아의 신경학 센터에서 안내받았던 뇌-기계 인터페이스가 씌워져 있다.

"저건 왜 쓰고 있는 거죠?" 노라가 날카롭게 물으며 남편의 맞은편에 무겁게 앉는다.

"괜찮아." 헤이든이 말한다. "당신이 들어오기 전에 전체 프로토콜을 다 거쳤어. 기분이 매우 편안해."

"검증된 건가요?" 노라가 묻는다.

"물론이죠. 완벽하게 안전해요." 코닐리아가 책상에 기대면서 말한다.

"저도 저걸 쓰게 되나요?" 노라가 반사적으로 머리를 톡톡 두드리면서 아기를 생각한다.

"오늘은 아니에요."

노라는 남편에게 직접 말한다. "정말 괜찮아?"

"정말 아무렇지도 않아." 헤이든이 가볍게 말한다. 정말 괜찮아 보이긴 한다. 테아와 코닐리아는 그쪽 문제라면 박사들이다. 감염 때문에 항생제를 처방한다 해도 노라는 그 권고를 받아들이는 데 아무 거리낌 없을 것이다. 헤이든만 괜찮다고 하면……

"시작할까요?" 코닐리아가 묻는다.

노라는 의자로 더 파고든다. 이제 거의 다 왔다. 아주 멀리 왔다. 지금 멈출 이유는 없다. 그녀는 동의한다는 뜻으로 고개를 끄덕한다. 펜이 톡 열린다. 코닐리아가 과학자다운 세밀한 집중력과 관찰자의 시선으로 두 사람을 자세히 뜯어본다.

"분노." 코닐리아가 뜸을 들인다. "지난번 상담 때 거기서 멈췄던 것 같은데요."

노라가 헤이든을 쳐다보지만 그 순간 남편은 낯선 사람처럼 표정을 읽을 수 없다.

"분노는 서서히 퍼지죠." 코닐리아가 말한다. "집에 검은곰팡이가 자라는 것과 같아요. 심해지도록 놔두면, 관계를 질식시키고 숨을 못 쉬게 하고 자는 중에 숨통을 틀어막을 거예요."

인정의 전율이 노라의 등골을 타고 내려간다.

"하지만 그 분노를 제거한다면, 뿌리까지 뽑아버리고 사라질 때까지 처치하고 표백한다면, 그제야 비로소 진정하고 영속적인 변화를 발견할 겁니다." 상담을 시작하고 처음으로 코닐리아가 치료사 같아 보인다. 부드럽고 면밀하고 치열하다. "헤이든," 그녀가 앞으로 몸을 기울인다. "제가 단어 하나를 메모해놓았네요. 뭔지 기억나나요?"

헤이든의 태도는 지나치게 정중하다. 그는 불편해 보이는데, 양손을 각각 양쪽 허벅지에 얹고 양 발바닥을 땅에 납작하게 붙이고 있다. 노라는 식은땀을 흘린다.

헤이든이 대답하기 전에 그녀를 보아주기를, 진실이 폭로되기 전에 한순간만이라도 공감대를 확인할 수 있기를 노라는 바란다.

"사고." 그가 코닐리아를 똑바로 쳐다보면서 대답한다.

코닐리아의 시선이 노라에게로 이동한다. "사고." 그녀가 그 단어를 마치 처음 배우듯이 발음한다. "이 대답에 놀랐나요?"

"아니요." 노라가 고개를 젓는다. "그렇지 않아요."

코닐리아가 자세를 편히 고쳐 앉는다. "누구부터 시작하실래요? 무슨 일이 일어난 거죠?"

노라가 마른침을 삼킨다. 올바른 대답은 하나뿐이다. 무슨 일이 일어났는지 알고 있는 단 한 사람, 따라서 오직 한 사람만이 말할 수 있다. 그녀.

자신의 호흡소리가 귓가에 너무 크게 울려서 다른 사람의 소리는 하나도 들리지 않는다. 노라는 자기도 모르게 터널 같은 시야에 갇혀 있다.

무의식적으로 배에 손을 바짝 가져다댄다. 임신한 동안 나날이 이것 역시 그녀 안에서 자라는 것을 느껴왔다. 결혼생활을 유지하는 건 물론이고 그대로 부모가 될 생각이라면, 헤이든은 그날 실제로 무슨 일이 일어났는지 알아야만 한다는 인식. 왜 일어났는지. 그리고 절대로, 앞으로 다시는 일어나서는 안 된다는 것을.

일 초라도 더 혼자만 알고 있다가는 속이 뒤틀릴 듯한 기분이다. 하지만 아직은 그러고 싶기도 하다. 마음 한구석은, 모두 다 털어놓기보다는 구역질나는 기억 속에서 여전히 헤엄치고 싶어 한다.

노라의 목소리는 작고 걸걸하다. "녹초가 되어 있었어요." 이것이 그녀가 항상 그 이야기를 시작하는 방식이고, 심지어 그 이야기가 그대로 남아 있는 머릿속에서도 그렇다. 대개는 사실이기 때문이지만 한편으로는 온전한 진실에 미치지 못한다. "우리 딸 리브는 십육 개월이었어요. 완벽했죠. 손과 팔뚝 사이가 너무 귀엽게 올록볼록했어요. 누군가가 조립해놓은 인형처럼요. 전 아이를 정말로 사랑했어요. 그게 그후에, 그 일이 일어난 후에 가장 상처가 되었던 부분인 것 같아요. 사람들은, 그러니까 아마도 헤이든과 시어머니는, 엄마가 된다는 사실을 내가 좋아하지 않았다고 생각했던 것 같아요. 아무도 입 밖으로 내지는 않지만, 완곡한 말들이 오갔죠. 전 알 수 있었어요. 시어머니가 헤이든에게 속삭이는 걸 들었는데, 제가 산후우울증을 겪고 있다는 신호가 보이냐고 묻더군요. 하지만 전 산후우울증이 없었거든요. 그게 모두가 원했던 변명이었어요. 그래야 완전히 제 잘못은 아닌 게 되니까. 사람들이 원인에 이름을 붙일 수 있으니까. 헤이든은 제가 산후우울증을 겪는 전형적인 산모이기를 바랐던 것 같아요. 그래서 그 '매우 힘든 시기'를 제 곁에서 지켜준다고 스스로 느낄 수 있게. 그는 함께 나아가는 기분을 원했어요. 같은 편으로서. 그리고 뭐, 산후 어쩌고 하는 건 의학적 진단이니까 치료할 수도 있겠죠. 치료가 끝나는 날도 있을 거고요." 노라가 남편을 살핀다. "당신은 내가 약을 먹길 바랐잖아. 그래서 먹었어. 한동안. 하지만 전제가 아프지 않다는 것을 알고 있었어요. 저는 리브를 사랑했고 저 자신을 사랑했어요. 저는 저 자신이 좋은 엄마라고 생각했어요. 여전히 그렇게 생각하고요. 지금이야 그 말을 사람들 앞에서 할 수 있을지 잘 모르겠지만. 항상 집행정지 통고장을 받은 기분으로 살아가야 하니까요. 제 모성애에는 주석이 붙어 있어요. 헤이든은 아니죠. 헤이든은 아버지로서의 능력에 아무런 주석이 달려 있지 않아요. 그의 기록은 나무랄 데 없이 말끔해요."

무언의 에너지가 흐른다. 저 머리에 씌운 장치 밑에서 무슨 일이 벌어지고 있는지, 노라는 알 수 없다. "그래서 어떻게 되었죠, 노라?" 코닐리아가 묻는다. "당신 입장에서 말씀해주세요. 다른 사람 입장이 아닌."

노라는 손으로 머리카락을 쓸어 목뒤로 모으면서 머리카락을 덮는 축축한 손을 의식한다. "리브는 심각한 수면 퇴행 시기를 겪고 있었어요. 저는 며칠씩 잠을 못 잤던 것 같아요. 수면 훈련을 했다가 수면 훈련을 포기했다가 다시 훈련해보려 했다가를 반복했죠." 이 짧은 묘사만으로도 노라는 다시 그 자리로 돌아간 것 같다. 세부적인 것들은 오랜 시간 얼룩덜룩해져서, 뿌옇게 된 유리창을 통해 감각으로만 남았다. 손에 만져지는 스냅사진들. 부비강을 통과하는 눈구멍 통증. 꽉 막힌 귀. 턱 여드름. 겹겹이 바른 데오도런트를 뚫고 나온 땀으로 흥건한 겨드랑이.

리브가 태어난 순간 노라는 깊이 잠드는 능력을 잃어버려서,

이제는 한밤중에 모니터 소리나 옆에서 잠든 헤이든의 깊고 고른 숨소리에도 홀로 깬다. 코닐리아가 옳았다. 분노는 정확히 곰팡이처럼 어둠 속에서, 습기 속에서 자랐다. 퍼져나갔다.

"그때 리브가 어린이집에서 아팠어요. 끔찍한 타이밍이었죠. 수면 퇴행으로 인해 리브의 손과 발과 입에 병이 생겼어요." 아이를 가지기 전에 노라는 이런 이야기를 들어본 적이 없었다. 삼십 년 전에는 그런 것이 존재하는지조차 모르고 있었다. 아기의 입과 혀에 고름이 생겨서 아침이면 요람 시트에 선홍색 핏자국을 남겼다. 림프절페스트가 스팽글러 집안으로 침투한 것 같았다. "정말…… 지독했어요. 저는 쉬어야겠다는 생각을 했죠. 그것만 믿고 있었어요. 전날 밤은 원래 헤이든이 맡기로 했었는데, 헤이든이 아침에 중요한 영업 미팅이 있다는 게 기억난 거예요. 푹 쉬는 게 그 사람한테—우리 가족한테도—중요할 것 같았고 그래서 하룻밤 더 제가 맡을 수 있다고 생각했어요. 그는 가능한 한 서둘러서 집에 돌아오겠다고 했지만, 그 자리에서 못 빠져나왔고 벌써 오후 중반이었죠. 그때쯤 저는 잠을 제대로 못 자서 완전 녹초가 됐던 거 같아요. 아기들도 그렇지만 어른들도 잠을 못 자면 힘드니까요. 제정신이 아니었어요. 기분이 안 좋았어요. 헤이든에게 짜증이 났고…… 리브에게도요." 노라는 리브가 얼마나 비참한 기분이었을지를 떠올리면서 움찔거리지만, 그날 자신이 가까스로 할 수 있었던 일이라고는 아이에게 그레이엄 크래커를 건네는 일뿐이었다.

그녀는 여기서 뜸들인다. 이야기를 빨리 앞으로 감아서 헤이든이 이미 아는 부분을 말할 수도 있다. 몸이 안 좋았어. 애드빌을 가지러 이 분 정도 자리를 비웠는데……

하지만 그게 다가 아니다. 절반에도 미치지 못한다.

"무슨 생각이었는지 저도 정확히 모르겠어요. 페이스북이나 인스타그램에서 나쁜 엄마라는 걸 자랑하는 게시물 본 적 있으신가요? 그런 게시물 있잖아요—'엄마는 와인이 필요해.' 근데 그게 점점 도발적으로 되어가는 거죠. 마리화나가 든 전자담배. 보드카와 아이패드만이 하루를 견디게 해준다고 고백하는 여성들. 그런 거요. 자기비하적인 동시에 쿨해 보이죠. 그즈음에는 나쁜 엄마에 대한 영화도 몇 편 있었어요. 리브 어린이집 엄마들은 자기들이 유쾌하다고 생각했죠. '그거 완전 난데' 이런 말을 늘 들을 수 있어요. 여자들은 서로 통했어요. 하지만 전 그럴 수 없었죠. 그런 걸 해본 적이 없었어요. 저는 일을 너무 많이 했기 때문에 촐싹대면서 '나쁜' 엄마가 될 시간이 없다고 생각했어요. 불가능했죠. 그날만 빼면. 이렇게 생각했거든요. 노라, 너 자신에게 휴식을 줘. 제 눈에는 엄마들이 자기 자신에게 그렇게 가혹하게 굴지 말아야 한다는 메시지만 보였죠."

"계속하세요." 코닐리아가 북돋운다.

노라는 계속 말을 이어나간다. 마치 몸속에 추방해야 할 바이러스가 있는 것처럼, 그래야만 할 것 같다.

"리브를 위층에 있는 놀이방에 두고 영화를 틀어주고는 저는 복도 끝에 있는 손님방에서 쪽잠을 자기로 했어요. 문제될 건 아무것도 없어 보였어요. 아이 돌보는 마약중독자도 있는데!라고 혼자 중얼거렸죠. 쪽잠 가지고 죄책감 느낄 이유가 없었어요. 와인 한 잔을 따랐죠. 네시였어요. 아침에 술을 마신 게 아니에요.

리브가 〈101 달마시안〉을 보는 소리가 들렸죠. 아이는 강아지를 좋아해요. 하지만 전 잠들 수가 없었어요. 너무 피곤해서. 계속 뒤척이기만 했어요. 원하는 거라고는 한 시간 동안 눈을 붙이는 게 다였는데도요. 그렇게 할 수만 있다면 상태가 틀림없이 나아질 것 같았어요." 노라는 과속방지턱에 부딪히는 느낌이 들면서, 우회하고 싶어진다. 이제 헤이든이 격려해줄 거라는 기대는 더이상 없지만, 상담실에서 중심을 잡고 있는 그의 무게감, 그의 몸에서 뿜어져나오는 열기를 느낀다. 중력처럼.

"처방받은 졸피뎀이 있었어요." 그녀가 말을 잇는다. "어머니가 돌아가시고 남은 유품 중 하나였어요. 당시 딱히 별다른 이유 없이 그냥 보관해두었죠. 어머니는 잠이 안 올 때 그 약들을 드시곤 했어요. 우리가 어렸을 때도요. 몇 시간씩 누워 계시느라 사라지곤 했던 게 생각나요. 그동안 우리는 밖에서 이웃 아이들과 놀거나, 알아서 시리얼을 부어 먹거나, 만화영화를 보거나, 교외 아이들이 보통 하는 일들을 했죠." 이 말을 하면서 노라는 그것을 얼마나 낭만화해왔는지 이제 깨닫는다. 어머니는 다정한 사람이었고 특히 이혼 전에 그랬지만, 이혼 후에는 그런 면이 덜했다. 하지만 여전히 오렌지를 잘라주는 엄마, 미니밴 엄마, 엄마다운 청바지에 엄마다운 머리 모양을 하는 엄마였다. 솔직히 말하면, 어렸을 때 엄마는 이래야 옳다고 생각하는 그런 엄마였다. 그런 엄마와 있으면 안전했다. 가끔 멸종해가고 있지는 않은지 노라가 걱정하는 그런 엄마. 이제 엄마들은 엄마가 된다는 사실에 그저 굴복할 수 없다. 패턴 레깅스와 비싼 화장품을 자동차 트렁크에 싣고 다니면서 팔거나 CEO가 되거나 나이 오십에도 섹시해야 하지만, 이것은 완전히 다른 문제다. 그녀의 엄마다운 엄마도 종종 일탈하곤 했기 때문이다. 어머니는 몰아 보기가 유행하기 전부터 TV를 몇 시간씩 시청하곤 했다. 낮잠을 잤다. 보드카를 물잔에 따라 마셨다. 하지만 그 상태가 영구적으로 지속되지는 않았다. 어른이 되어서야 노라는 어떻게 된 사정인지 이해할 수 있었다. 딱히 충격을 받지는 않았다. 어머니는 그런 이상한 정신적 휴가를 다녀오고 나면 상태가 나아졌다. 늘 보라보라섬에 가고 싶어 했지만 한낮의 낮잠으로 만족했다.

"저는 두 번 생각했어요. 그게 제일 최악이었던 부분 같아요. 정말 두 번 생각했어요. 하지만 리브를 확인해보니 아이는 괜찮았고, 저는 갑갑하게 굴 필요 없이 조금은 내려놓을 자격이 있다고 되뇌었어요. 나쁜 일이 일어날 가능성이 커봤자 얼마나 컸겠어요?"

목구멍 안쪽이 뻑뻑해진다. 헤이든과 시선을 마주쳐보는데, 그의 표정은 중립적이지만 화났을 때처럼 턱 근육이 씰룩거린다. 하지만 화나 보이지 않는다. 노라는 그가 화를 내주기를, 그녀에게 고함치기를 거의 바랄 지경이다. 무슨 일이 있어도 그는 절대 그녀에게 고함치지 않았다. 오히려 그렇게 해준다면, 자기가 진짜 무슨 생각을 하는지 털어놓을 수 있으리라고 노라는 항상 생각했다. 따라서 지금 그녀는 미끼를 던지며, 아기가 세상으로 나오기 전에 지금 이 모든 것을 쏟아내는 것이다. 그를 적극적으로 비난할 수는 없지만 마침내 그의 분노를 끌어내고 있고, 그래야만 일어났던 일이 그의 잘못이기도 하다고 결국 자유로이 말할 수 있을 테니까. 그도 거기 있었어야 했다고. 그가 이 지경으로 그녀를 몰아넣었다고.

"전 잠들었어요. 얼마나 잤는지는 모르겠어요. 일어나니까 문이 열리는 삐삐 소리가 나더군요. 헤이든이 집에 온 거죠. 저는 휴대전화를 확인했어요. 여섯시가 넘었더라고요. 의도했던 것보다 더 오래 잔 거예요. 헤이든이 열쇠를 내려놓고 신발 벗는 소리가 들렸어요. 저는 리브를 데리러 갔는데, 아이가 방에 없었어요. 그때 계단 꼭대기에 있는 안전문을 깜박하고 안 닫은 게 보이더군요. 유체 이탈을 경험하는 것 같았어요. 저는 소리지르기 시작했어요. 아직 아이를 보지도 못했지만 저는 알았어요." 노라의 눈에 눈물이 차오른다. "피가 보였어요. 작은 몸이 계단 아래에 쓰러져 있었어요." 그녀는 눈을 감지만 머릿속에서 그 장면이 더욱 선명해질 뿐이다. "아이가 죽은 줄 알았어요. 저는 계단을 황급히 내려갔죠. 숨을 쉬고 있었어요. 양쪽 뺨에 눈물이 마른 자국이 있더군요. 아이는…… 한동안 계속 울었던 거예요―얼마나 오래 울었을까요―저는 아무 소리도 못 들었거든요." 이 사실은 아직도 노라를 줄곧 따라다니며 괴롭힌다. 그녀가 결코 듣지 못했던 딸아이의 울음소리. 상상 속에서 그 소리는 소름 끼치는 동물의 울음으로 변하면서, 오지 않는 엄마를 목놓아 부른다. 그녀의 악몽은 아무도 응답하지 않는 아기의 흐느낌으로 이루어져 있다. "저는 아이를 안고 흔들었어요. 완전히 제정신이 아니었고 그때 헤이든이 다가왔어요. 그는…… 방금 그런 사고가 났다고 생각했나봐요. 제가 아이를 제대로 보고 있지 않았다거나, 청소를 하거나 해서 다른 데 정신을 팔았다거나. 모든 일이 너무 빠르게 일어났죠. 그 상황에서는 아무 말도 할 수 없었어요. 구급차가 도착했어요." 집으로 들어온 구급대원들이 견목 바닥에 남긴 진한 고무 발자국은 그녀가 청소할 때까지 몇 주 동안 남아 있었다. 리브의 몸은 들것에 실어 상체를 끈으로 묶기엔 너무 작았다. 초소형 목 보조기. 그녀를 향해 펼쳐진 딸의 작은 손가락들. "구급대원들에게 진짜 무슨 일이 일어났는지 설명하기가 너무 두려웠어요. 그 누구에게도 말하기가 너무 두려웠어요."

"하지만 지금은 누군가에게 말하고 있네요." 코닐리아가 말한다. 그 순간 코닐리아가 노라를 보는 시선에 담긴 감정에 이름을 붙일 수 있다면, 사랑 비슷한 것이라고 부르리라. 흔들림 없으며 어머니다운. "헤이든?" 코닐리아의 음조가 변한다. "누군가 상처받았을 때 우린 뭐라고 말하죠?"

노라의 남편은 눈도 깜박이지 않고 대답한다. "유감이라고요."

"그렇죠. 우린 '유감이야'라고 하죠. 잘했어요. 정말 잘하네요, 헤이든. 타고났어요."

그의 턱 근육이 다시 씰룩거린다.

노라가 손가락 관절 두 개를 꺾는다. 그녀에게 무언가 아주 근접 촬영한 사진 같은 것이 보인다. 그것이 무엇인지 파악하려 애쓴다. "당신…… 나한테 화 안 났어?" 싸우자고 하는 질문이 아니다.

헤이든이 고개를 옆으로 까딱한다. "당연히 안 났지, 여보." 그가 대답한다. "당신을 더 많이 도와야 할 것 같아. 당신은 너무 열심히 일해."

노라는 헤이든을 살펴본다. 정말로 남편을 살펴본다. 하지만 코닐리아가 지시를 주기를 기다린다. 그녀가 받은 것은 용서가 아님을 알고 있다. 코닐리아가 양쪽 모두의 이야기를 들어보고 완전한 무죄 선고를 내려주었다고 해야 더 맞을 것이다. 모든 잘못에 무고하다고.

하지만 그게 맞을 리 없다. 리브는 그녀 때문에 거의 죽을 뻔했다. 그녀 때문에 수개월 동안 재활 치료를 받으며 고통받았다.

"어떻게 된 거죠?" 노라가 묻는다. "왜 그이가—"

코닐리아가 완만하게 손가락을 들어올린다. "당신도 지금 이 일을 받아들이는 중이에요." 그녀가 부드럽게 말한다. "흔히 있을 수 있는 일이죠."

하지만 노라는 흔한 일처럼 느껴지지 않는다.

"당신은 스스로 돌파구를 찾았어요. 받아들여야 할 것들이 많겠죠. 긴장을 완화하려고 해보세요. 심호흡하세요." 코닐리아가 말한다. "그런 일이 당신에게 일어나 매우 유감이에요. 정말 참혹한 일이에요. 딸이—"

"아이는 괜찮아요. 흉터가 있고. 걸을 때 절뚝거려요. 하지만 대체로 괜찮답니다." 노라는 헤이든이 맞장구쳐주기를 바란다. 리브가 다친 건 그녀만의 잘못이 아니라는 것을 헤이든이 인정해주기를 백 년 동안 기다렸다. 지금이 그 순간이다.

"운이 좋았어요." 코닐리아가 말한다. "아주 운이 좋았어요. 그때의 기분이 어땠을지 상상할 수도 없을 것 같네요. 그런 일을 겪는다는 건 어떤 것일까. 확실히 무서울 것 같아요. 몸서리가 쳐지겠죠."

"네. 당연히 그랬어요. 제 인생에서 겪은 최악의 경험이었죠." 노라가 아래 속눈썹을 훔치자 손가락에 축축한 게 묻어난다. 누군가가 가슴속에 선풍기를 켠 것 같다, 최고 속도로.

"맞아요." 코닐리아가 말한다. "그럼 다른 질문을 해볼게요, 노라. 중요한 질문이에요. 준비됐나요?" 노라가 아이처럼 고개를 끄덕인다. 코닐리아가 묻는다. "그런 일이 다시 일어나는 것을 막기 위해 어떤 노력을 할 수 있나요?"

노라는 미동도 없다. 남편이 참을성 있게 기다린다. "무슨 일이라도 할 거예요." 그녀가 대답한다. "힘닿는 데까지."

"그렇게 대답하실 줄 알았어요."

29

상담이 끝난 후 두 시간 동안 노라는 폭탄 위에 앉아 있는 기분이었다—움직이면 터지는.

집까지 돌아가는 차 안에서, 그녀는 떨림을 감추려고 두 손을 무릎 밑에 꽂았다. 올 것이 왔다. 이제 그녀의 모든 카드를 테이블 위에 올려놨기 때문에, 뒤로 되돌아갈 수는 없다.

그러나 충분히 두꺼운 벽이 있는 집이라는 보호막 속에서도, 폭발은 아직 일어나지 않는다. "그 이야기를 하고 싶어?" 극대화된 긴장감 속에서 노라가 묻는다. 속 시원히 이야기해야 한다면 그럴 수 있다. 결혼이 위태위태한데 멍청한 TV 프로그램이나 화를 돋우는 뉴스나 리브의 포스터 만들기에 대해 이야기할 수는 없다.

"그 정도면 양호했지." 헤이든이 열린 냉장고 앞에 서서 그 안을 델포이신전처럼 뚫어져라 쳐다본다.

"그렇게…… 생각하는구나." 노라는 안테나를 올리고 빈정거림의 힌트를 찾으려 하지만 그런 기미는 보이지 않는다.

"그럼."

이야기를 계속해야 할지 말지 고민된다. 하지만 그게 지금까지 그들이 한 일 아닌가? 맙소사, 그게 상담치료가 하는 일이니까. 아마도, 정말 아마도, 그녀는 좋은 사람과 결혼했는지도 모른다. 심지어 그녀가 인정하는 것보다 훨씬 더 나은 사람과.

그렇다면야. 폭발이 일어나지 않아 무엇을 해야 할지 모르는 채로 노라는 정처 없이 주변을 두리번거린다. 리브는 자기 방에서 혼자 노래 부르고 있다. 몇 분 후면 내려올 것이다. 그녀는 대체로 심부 조직 마사지를 받은 기분이다―발이 약간 휘청거리고 근육이 상당히 쑤셔서 물 한 잔 마시면 괜찮아질지도 모르겠다. 그녀는 피로하면서도 동시에 기력이 충전된 상태로 소파에 몸을 묻는다. "그래." 그녀가 말한다. "고마워."

냉장고에서 나오는 형광 불빛이 아직 남편의 얼굴을 비추고 있다. 그가 마침내 필연적인 관찰 결과를 내놓는 순간까지 몇 초가 걸릴지 그녀는 머릿속으로 카운트다운한다. "우유가 떨어졌네" 같은 말들.

하지만 제로까지 가지도 않았는데 그가 뭔가를 꺼내기 시작한다. 마늘 한 통. 시금치. 버섯 한 상자. 그것들을 조리대 위에 배열한다. 노라는 소극적인 관심을 가지고 지켜본다. 리브가 내려온다. 이제 시작이군. 이번에는 둘 중 한 명이 얼마나 버티다가 결국 항복하고 아이의 발달중인 뇌가 찐득찐득하게 녹을 때까지 TV를 보도록 허락할지 노라는 궁금하다.

노라의 전화기가 울린다. 발신자 번호에 개리의 번호가 떠 있다. "헤이든," 그녀가 말한다. "일 전환데 받아야 할 것 같아. 빨리 끝낼게."

리브가 아빠에게로 뛰어가 까치발을 하고 조리대 위에 놓인 것들을 바라본다. "괜찮아." 그가 말한다. "서두를 필요 없어."

"컴퓨터가 멈췄어." 개리의 짜증이 노라가 위층으로 올라가는 동안 물리적인 진동이 되어 공기를 통해 전달된다. "다 날렸어. 전부 다. 재부팅했는데 다 사라졌어."

"저장 버튼 눌렀어요?" 노라가 가방에서 컴퓨터를 꺼내 손님방에 겨우 마련해둔 책상 귀퉁이에 세팅한다.

"아니." 자기 잘못이라고 감히 말해보라는 듯이 그가 대답한다. "작업을 마친 상태가 아니었으니까."

"무슨 작업을 하고 계셨는데요?" 묻기가 두렵다.

"그 질문서. 망할." 수화기 반대편에서 쿵 소리가 들린다. "세 시간 작업했는데. 세 시간. 날아갔어!"

"괜찮아요, 괜찮아요. 그나마 다행이에요." 노라의 손가락이 키보드 위에 맴돈다. 전전긍긍하면 누구에게도 좋을 게 없다. "자. 그 자리에 그대로 계시고요. 제가 몇 가지 해볼게요. 그대로 로그인하고 계세요. 제가 잠시 그 노트북 화면으로 들어가겠습니다."

노라는 이런 상황을 대비해 IT 부서에서 알려준 비밀번호를 사용해 몇 번의 클릭만으로 개리의 화면을 그녀의 컴퓨터로 불러온다. 앞니 사이로 혀를 깨물고 워드 문서 복구에 대한 지침서를 찾아본다. 그러는 동안 개리는 연쇄살인마처럼 전화기에 대고 숨을 내뿜는다.

"잠시만요." 그녀가 말한다. "거의 다 됐어요……" 됐다. 그녀는 전혀 찾기 쉽지 않았던, 저장되지 않은 문서 폴더 안에 복구되어 있는 문서를 찾아내서, 그녀가 빌어먹을 마법사나 된 듯이 다시 개리의 화면에 문서들이 뜰 때까지 숨죽이고 바라본다.

"자네가 했어? 근데, 이게 다가 아닌데. 더—"

"소프트웨어는 가끔씩만 자동 저장하거든요. 그래서 이만큼이 복구 가능한 분량이에요. 아예 없는 것보단 낫잖아요."

"고마워." 그가 마지못해 말한다. "나머지는 다시 작성해야 할 것 같은데. 우리가 나눠서 하면 어떨—" 그가 헛기침한다. "아니야. 자네는 딸이 있으니까, 그렇지 않나."

속이 코르크 마개처럼 나선형으로 끌려 올라가는 기분이다.

"제가…… 잠시만요." 노라가 계단으로 돌아가 살살 내려간다. 저녁식사 시간은 이미 완전히 망가졌다. 지금 통제하지 않으면 리브를 재울 때까지 몇 시간이 걸릴 것이고, 노라가 바라 마지않던 소위 '내 시간'의 남은 몇 초까지 다 잡아먹게 될 것이다. 그녀는 음소거 버튼을 누른다. "헤이든," 그녀가 불필요하게 속삭인다. "개리가 비상 상황이라 나더러 도와달라는데, 근데 거절하면 돼."

리브는 식탁 위에 놓인 삶은 브로콜리, 마늘빵, 잘라놓은 닭고기가 담긴 접시 앞에 앉아 있다. 접시 옆에는 냅킨이 놓여 있고 심지어 아이는 포크를 제대로 들고 있다.

"당신 건 이따 데워 먹게 남겨둘게." 헤이든이 딸 맞은편에 앉으면서 말한다.

"정말?" 노라가 말한다. 잠자리를 혼자 준비하고 싶은 사람은 없다.

하지만 남편은 그렇게 하겠다고 한다. 올해는 중요한 해니까.

그는 이렇게 말한다.

따라서 노라는 두 시간 더 개리의 질문서 답변 재작성을 돕는다. 그러는 동안 한 번도 방해받지 않는다.

교정을 마치고 코멘트 변경 내용 추적 버전을 전송하자, 개리가 다시 전화한다. "자네가 없었으면 못했을 거야." 그가 인정한다. "정말 잘했네."

당연히 노라는 항상 잘해낸다. 개리가 그 점을 알아차리기 위해서는 늦은 밤 대타로 뛰어주는 것이 필요하지만 그게 그리 흔치 않은 일은 아니니까.

🔅

노라가 그날 밤 일을 마쳤을 때쯤 리브는 잠들어 있다. 헤이든은 TV를 본다. 그녀는 운동복 바지와 오래된 다트머스대학 티를 찾아 서랍장을 뒤적거리다가 문득 생각이 옆길로 새서 맨 위 서랍을 뒤진다.

뒤쪽에 있다. 빨간 팬티와 그 짝인 비치는 브라 세트. 손가락이 레이스를 스친다. 그녀는 샅샅이 뒤져서 마침내 리브가 태어나기 전부터 눈길도 주지 않았던 가터벨트를 찾아낸다.

그녀도 한때 침실에서 노력했었다. 노라는 섹스를 좋아한다. 모든 종류의. 조심스럽게 상자에 포장되어 배송되는 섹스토이로 하는 것도. 새로운 시도를 두려워한 적은 한 번도 없다. 단지 새로운 것은 일정 정도의 상상력을 필요로 할 뿐이다. 침대 협탁마저 아주, 아주 멀리 있는 것처럼 느껴지는 밤도 있다.

어쨌든 그녀만 유별나다는 것은 아니다. 같은 사람과 이제 곧 십 년이 되는 세월 동안 결혼생활을 해오면서 관계를 흥미진진하게 유지하기는 힘든 일이다. 다만. 다만.

노라는 같은 사람과 결혼한 게 아니라는 기분이 서서히 들기 시작한다. 그녀에게는 다른 남편이 있다. 새롭고 향상된 버전. 죄책감을 느껴야 하나 고민된다. 헤이든을 정확히 있는 그대로 사랑하기로 서약했었다. 하지만 지금으로서는 이 방향으로 탐구하는 데 상상력이 필요할 것이다. 최고의 란제리를 재빨리 입으면서 노라는 그녀의 상상력이 더 좋은 것을 위해 비축되어 있었다는 것을 깨닫는다.

30

예상대로 페니는 칠십이 시간 후에 퇴원한다. 여자들 무리는 돌아온 것을 환영한다는 축하 저녁식사와 함께 지난 며칠간을 과거지사로 돌리는 데 열심이다. 그 모든 일이 일어나지 않은 척하는 것과는 정확히 반대인데, 상당히 어색하긴 하지만 더 건강해 보인다.

헤이든이 차로 이동하는 중에 묻는다. "당신 괜찮아?"

조수석에 앉은 노라는 엄지손톱을 물어뜯으며 휴대전화를 유심히 내려다본다. "괜찮아. 근데—이 번호 말이야, 회사 전화로 다시 걸려왔더라고." 그녀는 삭제된 이메일과 번호를 상호 참조해보았다. 지역번호 512. 대개 회사 전화로는 스팸이 거의 오지 않는다. 잘못 걸었다던 그 번호였다. 지난 며칠 동안 부재중 전화에 떠 있는 것을 두 번 더 보았다. "다시 전화해야 할까봐. 그래도 돼?" 어딘가에서 규칙이 있다는 것을 본 듯하다—〈코스모폴리탄〉이었나, 아마도—데이트하는 밤에는 업무 전화를 하지 말 것. 노라는 그 규칙을 헤이든보다 더 자주 어긴다. 그녀는 그 번호로 전화 걸면서 고개를 옆으로 기울여 전화기를 댄 귀에서 머리카락을 빼낸다. 신호음이 울리고 울리고 또 울린다. "안 받네." 그녀가 남편에게 스포츠 중계하듯이 중얼거린다. 막 끊으려는 참에 신호음이 딸각거리면서 음성메시지 인사 멘트로 넘어간다.

안녕하세요, 데빈 데스팬자입니다. 죄송하지만 지금은 전화를 받을 수 없습니다. 메시지 남겨주세요.

노라의 시선이 휙 헤이든에게 스쳤다가 다시 도로로 옮겨간다. "음, 안녕, 데빈." 갑자기 음성메시지 신호음이 들려서 당황했기에 머뭇거린다. "노라 스팽글러야. 그 변호사. 음, 그린버그 슈월 소속. 내게 연락을 취하려 했던 것 같은데. 내 휴대전화 번호 남길게. 다시 전화 줘. 언제든."

전화를 끊고 어두워진 화면을 응시한다. "이상해." 그녀가 헤이든에게 말한다.

"뭐가?"

그들은 이제 레스토랑에 차를 세우고 있다. 노라가 고개를 살짝 저을 때 콧잔등에 주름이 잡힌다. "아무것도 아냐. 음―지금 다 설명하기엔 너무 벅차." 어쨌든 중요하지 않다고 마음속으로 되새긴다. 사건은 종료되었다. 해결되었다. 끝난 것이나 다름없다. "나중에 말해줄게."

노라가 전화기를 다시 넣고 랩드레스를 매만질 때 헤이든이 그녀가 차에서 내리는 것을 도와준다. 그는 베이비시터를 구했고 집을 나서기 전에 리브에게 미트소스 스파게티에 은밀히 브로콜리를 곁들인 저녁을 만들어준 다음 파자마를 침대 위에 펼쳐놓았다. 불현듯 에피파니처럼 '삶의 작은 것들에서 행복을 찾으라'는 문구가 이해된다.

노라는 전화와 관련한 일을 잊으려 노력하면서 행복하고 유쾌한, 저녁 외출을 위한 아내 얼굴을 장착한다. 별로 어렵지 않다. 인생에 상전벽해 같은 변화가 일어나는 중이고, 그 변화의 바다 위에서도 흔들리지 않는 다리로 완전히 적응하는 것은 시간문제일 뿐이리라는 것을 노라는 안다. 종교적 경험에 비유해야 할지도 모르겠다. 책상 앞에 앉아 있는 코닐리아를 보면, 노라의 가슴이 조마조마하게 팔딱거리면서 이런 생각이 든다. 그녀는 내 가장 깊고 가장 어두운 비밀을 알고 있다. 심리치료사로서 코닐리아는 당연히 많은 사람들의 가장 깊고 가장 어두운 비밀을 알고 있을 것이다. 게다가 딱히 그걸로 사람을 협박할 것 같지는 않다. 오히려 노라는 자신의 죄를 고백하고 천국에서 구원받은 기분이다. 재탄생. 함께하는 인생이라는 십자가를 마침내 진심으로 짊어진 남편. 할렐루야.

저녁식사를 할 곳은 도시 서부의 텍스멕스 레스토랑으로, 밝은 분위기의 벽화와 고블릿 잔에 담겨 나오는 마르가리타와 커다란 주걱으로 바구니에 퍼담아 주는 감자칩이 있는 곳이다.

그녀는 테이블에 부딪혀 물 몇 방울을 튀기면서 테아 옆에 슬쩍 앉는다. "미안해요." 그녀가 당혹스러워하며 말한다.

데빈의 전화 때문이 아닌지도 모른다. 페니 때문인지도 모른다. 노라는 페니와 관련해서 저주파로 웅웅거리는 걱정을 떨칠수가 없다. 코닐리아가 전해준 뒷이야기도 도움이 되지 않았다. 더 괜찮은 환경에서 페니를 직접 만나야만 도움이 될 것이다. 확실히.

"나누고 싶은 좋은 소식이 있어요." 여분의 냅킨으로 그녀 때문에 지저분해진 곳을 일단 닦고 나서 노라가 말한다. 웨이터가 다가와 그녀의 물잔을 채운다. 남편들은 서로 주먹 인사를 나누거나(맥스) 악수한다(다른 모두).

코닐리아가 낡은 가죽띠가 둘려 있는 커다란 코팅 메뉴판을 훑는다. "페니가 올 때까지 기다립시다. 페니도 듣고 싶을 거예요."

"혼자 오나요?" 노라가 묻는다.

"아니요, 혼자 오지 않을걸요." 코닐리아가 대답한다.

노라는 토르티야칩을 한입 깨물면서, 속쓰림을 동반하는 살사소스는 생략한다. 이슬라나 다른 이웃 사람이 함께 올지도 모르겠다. 루시라든가. 노라가 생각하기로는, 아직 만나야 할 여성들이 많다. 그때 페니가 트레버 워싱턴 박사와 함께 도착하며 더 설명할 필요가 없어진다.

방금 먹은 토르티야칩이 노라의 목에 걸린다. 그녀가 기침하자 테아가 등을 두드려준다. "잘못 넘어갔나봐요." 노라는 물잔의 물을 홀짝이면서 눈물을 찔끔 흘린다.

헤이든이 일어서서 트레버의 손을 잡고 악수한다. "다시 만나서 반갑네요, 친구." 남편이 말하는 소리가 들린다. 트레버의 얼굴에 났던 긁힌 자국에는 딱지가 앉았는데, 거의 눈에 안 띄지만 그게 뭔지 아는 사람으로서는 눈길이 안 갈 수가 없다. 그는 노라가 생각했던 대로 아주 젊다—아마 서른도 안 되었을 것이다. 숨길 수 없는 눈가 주름이 하나도 없다. 이마가 아직 만질만질하다. 분홍 원피스와 에스파드리유 신발 차림의 페니는 사랑스럽지만, 자세히 보면 아직 병원 입원의 흔적이 남아 있다. 뭣보다 빈혈로 인해 뺨이 창백하다.

"오, 케소구나!" 페니가 두 손을 맞대고 비빈다. "살면서 젤로 는 한 그릇도 더 보고 싶지 않거든. 잘 가라." 이 말에 모두가 확 실히 안도감을 느끼며 웃음을 터뜨리고, 분위기가 자리잡힌다.

"솔직히 말해서 잭스 가졌을 때 병원에서 케사디야를 먹었는 데," 알렉시스가 말한다. "정말로 나쁘지 않았어. 그거 먹어봤어?"

"아니. 모르고 놓쳤나봐. 다시 돌아갈까?" 페니가 자리에서 반 쯤 일어난다.

"절대." 알렉시스가 페니의 어깨에 팔을 두르며 서로 머리를 딱 붙인다. "너 때문에 우리가 얼마나 무서웠는지 알아, 페니 마치?"

"제가 건배를 제안해도 될까요?" 테아가 가장자리에 소금을 묻힌 마르가리타 잔을 치켜든다. "페니를 위하여. 당신은 우리의 심장이야. 우리를 끝까지 분별력 있게 지켜줄 오랜 우정과 새로 운 우정을 위하여. 건배."

"건배." 모두 외친다.

"자, 노라, 아까 좋은 소식이 있다고 했죠? 더이상 궁금하게 만 들지 말고요." 코닐리아가 검정 냅킨을 무릎 위로 누른다.

"너무 안달하는 거 아니니, 코닐리아." 테아가 놀린다.

"별다른 건 아니고요." 페니를 향해 건배한 뒤 연이어 말하자 니 겸연쩍지만 노라가 말한다. "머제스틱 그로브의 집에 대한 점 검 보고서가 나왔어요. 이슬라가 그러는데 저희가 요구했던 수정 사항에 판매자가 동의할 것 같대요. 두어 개 정도 있거든요. 주택 감정가도 나왔어요. 그래서……"

"그럼 계약이 완료되어가는 건가요?" 알렉시스의 눈이 휘둥그 레진다.

"아직 공식적으로는 아니고요, 공식적으로 논의한 건 아닌데, 좋은 소식 맞는 거죠?" 노라가 테이블 밑으로 헤이든의 손을 꽉 쥔다.

"흥분돼요." 헤이든이 말한다. "새로 태어날 아기. 새집. 완전히 새로운 인생이 펼쳐지겠죠." 그가 몸을 기울여 노라의 뺨에 키스한다. 노라의 시선이 페니와 마주친다. 노라는 마른침을 삼키며 비어 있는 식기를 내려다보고, 다행히도 대화는 다음 주제로 이어진다.

관심이 다른 쪽으로 넘어가자 노라는 업무 이메일을 확인한다. 부재중 전화 없음. 휴대전화도 마찬가지다. 데빈은 뭘 원하는 걸까?

노라는 페니를 읽으려고 노력하면서, 그녀를 지켜보기 시작한다. 음료를 마시지 않는 페니, 소가 풀을 씹는 것처럼 동떨어져서 사색하듯 감자칩을 먹는 페니, 실제로는 참여하지 않으면서 참여하는 듯 보이는 페니, 트레버와 있는 페니를 지켜본다. 여전히 페니가 정확히 무엇을 보고 있는지 모르겠다.

주위에서는 대화가 자유롭게 흐른다—총기 규제 개혁을 위해 어떤 조치를 취해야 하는지, 알렉시스는 데이터 보안의 미래를 어떻게 보고 있는지, 아이들 학교의 학부모들로부터 날아오는 대량의 메시지들엔 무슨 내용이 있는지, 아내들만큼이나 맥스와 로먼이 열성을 보이는 지점이다.

"그때 말씀하신 사이트 찾아봤는데요." 헤이든이 로먼에게 말하는 소리가 노라에게 들린다. "지저분함은 이제 안녕. 당신 말이 맞았어요. 저희집 식료품 저장실을 한번 보셔야 해요."

"잠깐, 나도 우리집 식료품 저장실 못 봤는데." 아니, 봤다고 하는 쪽이 맞을 것이다. 하지만 마지막으로 봤던 때가 전날 밤이었고 리브의 간식을 가지러 들어갔었는데, 보통 때처럼 플라스틱 포장지, 남은 건포도 통, 낱개로 쌓여 있는 골드피시 크래커 봉지, 거의 비어 있는 베이킹 물품들이 가장 가까운 선반 위에 흩뿌려진 밀가루와 함께 지저분한 채로 있었다. "언제 정리한 거야?"

"짬을 냈어. 술집 해피아워를 노리고 회사 남직원들이 대거 일찍 퇴근했는데 나는 다음을 기약하고 집으로 돌아와서 집안일을 좀 했지."

"고마워." 노라가 가까이 기대자 그의 애프터셰이브 냄새가 풍긴다.

작은 기적을 실천했다는 생색을 내는 게 아니라 그저 평범하게 그가 그녀의 등을 문지른다. 한 가지 생각이 문득 떠오른다. 단순한 생각이다. 스팽글러 팀. 만세 만세 만세. 저절로 미소가 지어진다. 마르가리타가 그렇게 미친듯이 그립지 않다.

테아가 말한다. "벌써 한 학기가 끝나간다는 게 안 믿기네요. 매년 하는 말이지만, 사실인걸요."

그러면 맥스가 말을 받는다. "맞아요, 올해는 교사 선물을 뭘 살지 미리 계획할 거라고 다짐했어요. 하룻밤 배송으로 마지막에 급하게 사고 싶지는 않거든요."

로먼. "뭐 샀는데요?"

"켄드라스콧 귀걸이요. 안내책자에서 봤는데 교사들이 좋아한다고 하더라고요. 크루즈한테 골라보라고 했더니 자기도 한몫했다고 생각하는 거 알죠?"

"저는 최근에 딸들한테 생필품 꾸러미를 보냈죠." 애셔가 말한다. "대부분 정크푸드긴 하지만요. 청소용품 조금 하고요. 당연히 집에 더 자주 전화하라는 뇌물인데, 그거 아세요, 정말 효과가 있습니다."

노라는 다시 그 느낌, 새로 포장한 길 위에 방금 오른 듯한 매끄러운 질감을 느낀다. 알렉시스와 애셔는 화제를 스포츠로 옮겨가서 어떤 대학 코치와 선수 사이의 불륜 이야기를 한다. 모두가 노라는 들어본 적 없는 인터넷 게시판 이야기를 하는 와중에, 어느 지점에선가 자신이 더이상 페니를 지켜보지 않고 있다는 것을 깨닫는다. 그러나 페니는 그녀를 보고 있다.

로먼이 맥스에게 묻는 소리가 들린다. "올해 여름 캠프 등록 마쳤나요?"

"그게 테트리스 게임 같아요." 맥스가 마치 캠프 등록 테트리스가 그가 즐겨 하는 게임인 듯 대답한다. 모든 것이 아주 평범하면서도 아주 평범하지 않다.

페니가 화장실에 가겠다며 양해를 구한다. 그녀의 분홍 원피스가 부산스레 접시들을 들고 균형을 잡고 있는 웨이터들 사이로 사라진다.

"있잖아요." 노라가 황급히 의자에서 일어서며 말한다. "저도 잠시 가볼게요. 임신부 방광이란." 마치 누군가 해명을 요구했다는 듯이.

노라는 '세뇨리타'라고 적힌 표지판을 따라 반 회전문을 통과해 테라코타 바닥과 파란 타일 벽으로 된 화장실로 들어간다. 손 건조기 옆의 벽에 기대선 채 발가락을 조용히 톡톡거리고 있는데,

일 분 후 마침내 맨 끝 칸의 잠금장치가 열리는 소리가 들린다.

"안녕하세요." 노라가 페니에게 말한다. 심장이 쿵.

페니가 세면대로 가로질러가자 거울에 얼굴이 비친다. 그녀가 수도꼭지를 튼다. "안녕하세요." 페니가 말한다. 페니가 노라를 위해 상상의 고민 상담 칼럼을 써준 게 불과 몇 주 전이다. 더 긴 시간이 흐른 듯한 느낌이다.

"전 그냥—따로 당신과 대화할 기회를 갖고 싶었어요." 노라가 말한다. "잘 지내시나요?"

수도꼭지에서 물이 쏴 하고 페니의 손 위로 흐른다. 그녀가 물비누를 펌핑한다. "괜찮아요. 괜찮아 보이지 않나요?"

노라는 벽에서 떨어져, 그들의 눈이 거울 속에서 마주칠 수 있도록 다른 세면대 앞에 선다. "네, 괜찮으신 것 같아요. 근데 그 남자분하고 같이 오셨잖아요."

페니는 특히 손등에 주의를 기울여 살살이 문질러 씻는다. "트레버는 매우 친절하고 기꺼이 절 도와주고 있어요."

"그렇군요." 바로 본론으로 들어가는 편이 좋지만, 노라는 슬쩍 떠본다.

페니는 서두르지 않는다. 천천히 수도꼭지를 잠근 다음 세면대의 우묵한 부분 안으로 젖은 손을 턴다.

"양초였어요." 노라가 부드럽게 말한다.

페니가 종이타월 쪽으로 이동한다. "알아요."

"그래요?" 노라가 눈을 세게 끔벅거린다.

"다른 사람한테 말했어요?" 페니가 묻는다.

"아직요." 노라가 팔짱을 끼고 벽에 완전히 기댄다. "때로 삶은 이해하기 힘들죠."

페니가 타월 한 장을 유난히 세게 잡아뜯는다. 종이타월을 구기
적거리면서 마침내 거울을 통하지 않고 정면으로 노라를 마주본
다. "고생 많이 하신 것 같아 미안해요. 충분히 인지하고 있어요."

"남편과 집을 잃으셨잖아요."

"그렇죠." 페니의 미소는 축축하다.

"하나 여쭤볼 게 있는데요." 노라가 말한다. "프랜신이 당신한
테 뭐라고 했나요? 어머니의 날에?"

페니가 한숨 쉬며 천장을 흘긋 본다. "미안하다고 했어요."

"그날 밤 그러면 안 되는데도 데빈하고 같이 있었던 것 때문
에요."

"그애는 자기가 만약 다른 데 정신을 팔지 않았으면…… 뭐라
도 할 수 있었을 거라고 생각하죠."

"죄송해요. 제가 상황을 오판했네요. 사실 저는 거기서 잠시
프랜신이—아, 저도 제가 무슨 생각을 했는지 모르겠네요. 아이
들은 언제나 아이들인데." 노라는 말하면서, 그 말이 사실임을 깨
닫는다. 데빈이 할 만한 말 중에 증거를 뒤바꿀 만한 것은 없다.
코닐리아가 옳았다. 얼마나 많은 지식이 충분한 지식인지 결정
하는 일은 노라에게 달려 있고, 이제 그녀는 그만큼을 가졌다. 더
많이 안다고 해서 상황이 나아지지는 않는다. 아무 소용도 없을
것이다.

따라서 노라는 더이상 아무 말도 하지 않는다. "괜찮으신 거
맞나요?" 한번 더 묻는다. 왜냐하면 이것, 이것은 그녀가 정말로
알아야만 하는 유일한 것이기 때문이다. 그 대답이 모든 것을 바

꿀 수도 있기 때문이다.

"괜찮을 거예요."

"그래요." 노라의 어조가 누그러진다.

"괜찮아요."

"알겠어요." 사실, 그저 알았다는 것 이상이다. 노라는 이제 내려놓을 수 있기 때문이다. 상황을 나아지게 할 수 있다. 단순히 나아질 뿐만 아니라 좋게. 그것은 '너무 좋아서 안 믿기는' 것과 상당히 다르며, 그녀가 찾던 것은 그게 아님을 스스로 상기한다. 그녀는 적당히 좋은 것을 찾아다녔고, 그게 지금 여기, 정확히 그녀가 있는 곳에 있다.

더이상 질문 없습니다, 변호사님.

31

후에, 노라는 새로이 향상된 헤이든이 제안하는 것은 무엇이든 즐기기로 다짐한다. 어렵지 않다. 일정 부분을 내려놓기만 하면 된다. 곤두박질치다가 연착륙. 따라서 그녀는 삶의 목구멍을 옭아맸던 발톱을 떼어내고 일하기 시작한다.

몇 가지가 바뀔 것이다.

이를테면 저녁식사가 준비됐을 때 이제는 남편이 샤워 먼저 빨리 해야겠다고 말하지 않는 것 같은. 그는 침대 협탁에 놓인 조명의 전구를 즉시 갈 것이다. 퇴근해서 집으로 오고 있다고 문자했으면―이제 매일 그렇게 할 것이다―십오 분 내로 도착한다고 해놓고 다른 데로 빠져서 한 시간 반 후에야 오는 일은 없을 것이다. 장보기를 도울 것이다. 침대 시트와 수건을 빨 것이다. 잘 모르는 학부모들과 자녀들 놀이 약속을 잡을 것이다. 간식을 쌀 것이다. 외출하려고 할 때 미리 신발을 신고 있을 것이다. 문제를 해결할 것이다.

노라는 특히나 군침 도는 비밀을 간직하고 있는 기분이 온종일들 때가 있다. 화장실 옆 칸에 있는 여성에게 이 비밀을 속삭이는 자신의 모습을 그려본다. 어둠 속에서 여자들이 노라의 남편이 하는 일을 듣고 자위하는 모습을 상상한다. 그녀 자신도 거의 그렇게 하고 있다.

"백이십에 팔십." 최근 산부인과 진료 때 의사 퍼레즈가 선포했다. "엄청 많이 발전했는데요, 노라. 정말 기쁘네요. 바로 정상 수치로 돌아왔어요. 이렇게 빠른 발전을 이룬 걸 보니 생활 방식에 상당한 변화를 주셨나보네요."

노라는 종이 검사대 위에 고분고분하게 앉아 있다. 작은 미소에 입꼬리가 말려올라간다. "그렇긴 하죠." 그녀가 동의한다.

보험금 청구 서류에 필요한 사인을 받으러 페니의 집에 들렀을 때, 노라는 이미 마치 사건에 대한 불만족스러운 결과를 대부분 받아들인 상태다. 모든 것이 괜찮다. 헤이든의 추가적인 도움으로, 노라는 직장에서 파트너십 도전에 시간을 쏟아부을 수 있다. 모든 일에는 이유가 있다. 예전에는 개소리라고 생각했지만, 뭐, 사람은 변하니까. 사실 그 말도 예전에는 개소리라고 생각했었다. 하지만 헤이든을 보시라.

페니는 밝은 청록색 카디건과 롤업 진을 입고, 발목을 커피 테이블에 걸친 채 소파에 앉아 있다. 노라를 보자마자, 페니가 노트북을 테이블로 옮기고 그녀를 반긴다.

"좋아 보이세요." 노라가 말한다. 심지어 페니의 머릿결에 다시 윤기가 흐른다.

"그래요?" 페니가 자신의 얼굴을 만진다. "고마워요. 진정제에 잔뜩 취해 있지 않아서 그런가봐요." 그녀가 얼른 소파 가장자리로 움직여 발을 바닥으로 내린다.

노라가 주저한다. "영 내키지 않으시면, 굳이 지금 할 필요는 없어요." 그녀가 말한다. "보험금 청구서예요. 제가 면밀하게 살펴봤고, 사인하시라고 가져왔어요. 보험금이 들어오기까지는 시간이 걸릴 테지만, 저희가 잘 처리해드릴 겁니다."

"어차피 해야 하는 일인데요." 페니의 눈이 천장의 이음매를 따라간다.

"페니 노트북인가요?" 하얗게 빛나는 애플 아이콘을 가리키며 노라가 묻는다.

"네."

"글 쓰고 계셨어요?" 노라가 말한다.

"아마도요."

"그래서 얼굴이 환하시군요."

"빌어먹을 트레버 때문은 확실히 아니고요."

노라가 숨을 훅 내쉰다. "하지만 저번에—"

"제가 무슨 말을 했었는지 알아요. 그는 아주 친절한 사람이에요. 팔찌도 사줬고요. 근데 참, 테아나 다른 사람들한테는 말하지 마세요. 다들 제가 사랑에 빠지길 바라고 있으니까."

그 여자들이 좋은 의도에서 그런다는 것을 노라는 안다. 그들은 친구가 행복해지기를 바란다. 빠른 결정을 종용하고 있는지도 모르지만 근본은 친절한 사람들이다. 이 모든 게 너무 여성적이다. 모든 것과 모든 사람이 괜찮기를 바라는 욕망.

"이제 본래 모습으로 돌아오신 것 같아요." 노라에게 익숙한 페니의 모습은 리처드 사건 이후의 모습뿐이긴 하지만 말이다.

"네, 뭐. 제가 사인을 해야 한다면, 다른 안경을 가지고 올게요. 이 안경은 쓰고 있으면 머리가 아프거든요." 페니가 관자놀이를 문지르더니 천천히 일어나 화장실로 휙 사라진다.

노라는 워드 문서가 열려 있는 컴퓨터로 몸을 기울인다. 그녀는 슬쩍 훔쳐보기로 하고 중간 부분에서 한 줄을 뽑아 훑어내려 간다.

단서가 세 개 있었지만, 모두 놓쳐버렸다. 마침내 자백의 아침. 자백의 자발적인 성격은, 폭력적인 행동의 전제조건이라기보다는 그에 대한 보장이자 사면이었으며, 여기서 '폭력'만이 가장 중요한 단어였다. 유일한 단어였다.

"훨씬 낫네요." 페니가 독서용 안경을 쓰자 노라가 소파에서 몸을 비튼다.

"저한테 펜 있어요." 노라는 자신이 허둥거릴 때 목에 기어올라오는, 엄지손가락 지문과 비슷하게 생긴 또렷한 붉은 반점들이 눈에 선하다. 그녀는 염탐하고 있었다는 사실을 숨기려고 핸드백을 뒤진다. "여기요. 간단한 서류고요, 꼼꼼히 읽어주세요. 이 문서에 따라, 청구는 보험책임한도 내에서 부동산 손실에만 국한될 거예요. 모두 명기되어 있어요."

페니가 노라를 오랫동안 쳐다본다. "올바른 일을 하고 싶었어요. 두 가지 올바른 일을 동시에 하기가 너무 힘드네요." 노라는 페니가 더 설명하기를 기다린다. 그러나 페니는 곧바로 서류에 이름을 휘갈기고 노라에게 건넨다. 모든 면에서 리처드 마치의 목숨은 대략 아무 가치도 없었다.

"노라." 코닐리아는 원예용 장갑을 끼고 제라늄 화분 옆에 무릎을 꿇고 있다. "왔는지 몰랐어요." 얼굴에 흙이 묻지 않도록 손목을 구부려 이마를 닦는다. "내일 새집 서류에 사인하지 않나요?"

마침내 실제로 일이 되어가고 있다. 내일 비로소 유예기간이 공식적으로 종료된다. 그후에는 머제스틱 그로브 주택의 구매를 취소하려면 비싼 비용을 치르게 될 것이며, 그건 노라가 원하던 바다. 그녀는 벌써 헤이든을 다그친다. 그 집을 좋아해 아니면 내가 좋아해서 그냥 좋아하는 거야? 계속 더 알아보고 싶어? 정말로? 지금 말하든지 아니면 평생 잠자코 있어. 이제 서류에 서명하고 온라인으로 가구를 쇼핑하는 일만 남았다.

잘은 모르지만 이 여자들이 옳았다. 코닐리아는 천재다. 그녀는 마법을 일으켰다.

"페니가 사인해야 할 문서가 있어서요. 보험금 때문에요." 노라가 설명한다.

코닐리아가 흙을 화분 중간으로 긁어모은다. "어때 보이던가요?"

노라는 뒤쪽의 풀하우스 문을 닫았는지 어깨 너머로 흘긋 확인한다. 그리고 조금씩 가까이 다가간다. "정말 훨씬 나아 보였어요. 다시 글을 쓴다는 건 몰랐어요!"

"글을 쓴다고요?" 코닐리아가 대꾸한다. 대화의 주제가 바뀐 것에 노라는 흥분하면서도 변화를 감지한다. 그녀는 이제 그룹 안으로 들어왔다. 마지막 상담시간 이후로. 무언가가 바뀌었다.

"네." 노라가 눈을 크게 뜨며 분명히 말한다. 확실히 가십거리다. 하지만 좋은 쪽으로. 이것이 다이너스티 랜치 내에 떠도는 모든 소문들 중 백미가 되리라는 직감이 든다. 샬럿이 〈포브스〉에서 인정받은 거 들었어? 엘리자베스가 최고 운영 책임자로 승진한 거 알아?

코닐리아가 일어서면서 무릎을 턴다. "아주 고무적이네요. 페니가 그렇게 말하던가요?"

"거의 확정적으로 말했죠." 노라가 재빨리 덧붙인다. 노라는 자신이 이런 것을 알 만한 사람이 아니라고 생각했지만, 이제는 새로운 정보를 전해주고 있다. "일탈을 시도하는 것 같았어요. 잠깐 엿보았는데 소설을 쓰는 것 같았거든요."

"페니가요? 우리 페니가?" 코닐리아가 어리둥절해서 벙긋 웃는다.

하지만 노라는 페니가 아직은 누군가에게 상담해줄 준비가 되지 않았으리라고 생각해왔던 터였다. 소설. 그녀가 되돌아올 수 있는 길일 수 있다. 노라는 의심의 여지 없이 그 책은 대성공을 거두리라고 직감한다.

희망은 있다. 노라는 불길한 예감이 들었었고 나쁜 일이 일어났지만, 이제 상황은 제자리를 찾았다. 페니는 회복하는 중이다.

"페니는 정말 훌륭한 작가예요." 노라는 머릿속 생각을 이어서 말한다. "살인 미스터리. 그런 종류 같아요." 코닐리아의 웃음기가 사라진다. "기뻐하실 거라 생각했는데." 노라가 말한다.

코닐리아가 눈을 깜박거린다. 에치어스케치*처럼 그 표정이 사라진다. "물론 기뻐요. 페니는 정말 재능 있죠. 페니에게 최선인 것을 제가 항상 원해왔던 이유고요."

노라는 떠날 때에야 코닐리아가 '페니가 잘되기를 바란다'는 뜻
으로 말하지 않았을까 싶은 생각이 든다. 코닐리아는 페니가 잘
되기를 바랄 것이다. 왜냐하면 '그녀에게 최선인 것'이라는 말은
코닐리아가 스스로 페니보다 더 분별력 있다고 생각한다는 것을
암시하기 때문이다. 그렇지 않은가?

---

* 그림을 자유자재로 그렸다 지울 수 있는 장난감.

32

"비밀 지킬 수 있어?" 질문은 회사 탕비실에 있는 노라와 캐머 런 사이에서 불쑥 튀어나온다. 그녀는 코코넛향 라크루아 탄산수 가 남았는지 보려고 아래 선반을 확인한다. 유일하게, 마셔도 두 통을 일으키지 않는 음료다. 문제의 기밀정보는 노라의 것이다. 개리에게 물어보았다면 그는 파일에 보관하고 있는 수많은 비밀 유지 협약서 견본들 중 하나를 꺼냈을지도 모른다. 하지만 캐머 런 드러머는 단지 이렇게 말할 뿐이다, "흠."

"흠?" 노라가 마지막에 물음표를 단다. "심사숙고씩이나 필요 해?" 비밀을 알려준다는데 거절하는 사람은 한 명도 못 봤다.

오늘 회사로 돌아온 이후 노라는 탄산가스로 포화 상태가 된 기분이다. 올라오는 거품에 수상쩍게도 흥분과 심지어 희망까지 섞인 듯한.

캐머런이 손에 쥔 생수병 뚜껑을 딴다. 라벤더 색깔 셔츠 소매 가 팔꿈치까지 말아올려져 근육질의 팔뚝이 드러나 있다. "일반 적으로 사람들이 비밀을 지켜줄래, 라고 말할 때는 이런 의미라 고 생각하거든, 내가 아는 사람이나 나한테 관심이 더럽게 많은 사람들한테 내가 지금 하려고 하는 이 얘기를 말하지 않겠다고 약속해줄래? 너도 그런 뜻이라면, 좋아, 지켜줄게."

일터에서 가장 가까운 친구가 여자였다면 좋겠지만, 그녀는 진심으로 캐머런을 신뢰한다. 어쨌거나 이 비밀이 영원하리라는 것은 아니다. 비밀은 사멸할 것이다. 다만 다음달에 파트너십 투표가 있을 때까지는, 말하자면 블라우스 밑에 비밀을 감추어두는 게 좋겠다는 결정을 내렸을 뿐이다. 지금으로서는 밸브를 한 단계 돌려서 약간의 압력을 빼내고, 거품이 흘러넘치는 것을 막고 싶을 뿐이다.

"응. 내 말이 그 말이야." 노라가 짐짓 성가시다는 듯이 대답한다.

불현듯 그녀는 헤이든에게 감추는 비밀이 더는 없다는 생각이 든다. 다시 한번 말할 수 있다, 나는 남편에게 모든 것을 말한다, 그리고 그 말은 사실일 것이다.

"그럼 좋아." 캐머런이 생수병 뚜껑을 다시 닫는다. 그의 목울대가 깐닥거린다. 정말이지 변호사 일을 하기에는 너무 잘생긴 얼굴이다.

"나 임신했어." 그녀가 말한다.

"임신…… 했구나."

"아들이래." 헤이든이 옳다. 사람들에게 말하는 건 실제로 재미있다.

캐머런이 스테인리스스틸 냉장고에 기대고는 팔짱을 낀다.

"뭐야?" 노라가 말한다. 임신 사실을 알렸을 때 모두가 으레 하기로 되어 있는 반응을 그가 보이지 않기 때문이다. 남자들도 예외가 아닌데. "뭐야, 말문을 잃을 정도는 아니잖아."

"엘리너도 임신했어."

나중에 알게 된 일이지만, 노라는 캐머런의 다양한 고갯짓을 읽는 데 별로 능숙하지 못하다. 자세히 설명해달라고 해야 할 판국이다.

"미안한데, 이번엔 또 뭐야? 연애한대? 결혼했어?" 노라는 이 뉴스를 어떻게 받아들여야 할지 모르겠다. 그는 아무 단서도 주지 않는다. 이건 좋은 뉴스인가 끔찍한 뉴스인가? 후자이지 않나? 전 부인이 새 가정을 꾸린다는데. 아무도 그만큼 자애롭지는 않다.

캐머런이 얼굴을 찡긋거리면서 느리게 고개를 끄덕인다. 그는 코르크 게시판에 다양한 색깔 핀으로 꽂혀 있는 테이크아웃 메뉴에 지대한 관심을 기울이고 있는 듯하다. "아, 만나는 사람 있어."

"속상해?" 그의 비밀이 확실히 더 낫다는 사실은 신경쓰이지도 않는다. 리얼리티 쇼 정도만 제외하면 노라만큼 좋은 소문을 못 타는 사람도 없다. "멍청한 질문이었어. 당연히 속상하겠지. 누군데?"

"나." 그는 이 대명사를 헐 정도의 놀라움을 담아 발음한다. 이러듯이 말이다. 이것 좀 봐.

노라의 반응은 확실히 냉정과는 거리가 멀다. "엘리너가 네 아이를 가졌다고? 네 아이?" 어디다 강조를 둬야 할지 모르겠다. "다시 합쳤어? 언제 이렇게 된 거야? 어떻게 이렇게 된 거야?"

"난 자라를 사랑해. 그 작은 소녀를 너무 사랑해." 그가 천장을 향해 기도하듯 두 손을 모은다. "근데 이런 얘기 해도 될까, 너는 이런 말 하는 날 진저리나는 인간으로 생각할지도 모르지만, 때로 일주일에 한 번씩 아이를 데려다주는 것만큼 섹시한 건 없는 것 같아. 엘리너도 똑같이 느낀다는 걸 난 알거든. 왜냐하면, 음, 엘리너가 아이를 데려다주었고 이렇게 우리는 아이가 생겼으니까. 그렇게 된 거지."

"네가 진저리나는 인간이면, 난 괴물이야." 노라는 웃어도 될까? 제반 상황을 고려하면 전적으로 부적절하려나? "근데……이제 어떻게 되는 거야, 다시 합치는 거야? 다시 결혼하는 거? 같은 사람과 결혼해도 여전히 두번째 결혼인가? 포르셰 처분해야 겠네." 그녀가 약간은 너무 신난 듯이 말한다.

"아니, 아냐. 아니야. 엘리너는 그 부분을 명확히 했어. 우리는 하던 대로 계속할 거야. 젠장. 이번에는 내가 아이에게 책을 읽어 줘야 할 거야. 수면 시간표가 뭔지 알아야 하고. 포대기 싸는 법도. 언제 기저귀가 떨어지는지도. 집에 미리 사다놓지 않은 물품들의 빌어먹을 목록을 만들어야 하고." 그가 전쟁을 목격한 사람처럼 손을 얼굴에 비빈다.

"진짜로……"

"미쳤지?" 그가 묻는다.

"요즘 스타일이라고 말하려고 했는데."

탕비실 문이 획 열리면서 대화가 중단된다. 노라의 비서가 고개를 빼꼼 내민다. "노라? 죄송해요. 전화가 왔어요. 꼭 통화해야 한다고 그래서. 성함이 페니 마치라는 것 같았어요."

■

　노라가 책상으로 돌아왔을 때 페니의 전화가 기다리고 있다. "별일 없으신 거죠?" 노라가 묻는다. "아직 청구서를 제출하지 않았어요. 이미 말씀드렸듯이, 보험금이 나오기까지는 시간이 걸릴 거예요."

　노라는 수화기 너머로 들려오는 페니의 숨소리가 거칠다는 것을 알아챈다. "한동안 떠나 있어야 할 것 같아요."

　노라의 인체공학적인 의자가 그녀가 앉아서 실리는 무게에 삐걱거린다. "휴가 가시는 건가요?"

　"아주, 멀리요." 페니는 이제 목소리를 더욱 낮춘다. 노라는 수화기를 머리에 너무 세게 가져다대는 바람에 귓불을 뚫은 곳이 얼얼하다. "내일 밤 워싱턴에 있는 남동생 집으로 가는 밤 비행기를 예약했어요. 탈 수 있는 첫 비행기로요. 저를 공항까지 데려다줄 수 있나요?"

　"상관없어요. 그런데 왜 코닐리아나 애셔나 다른 사람한테 부탁하지 않으시고요?"

　"다이너스티 랜치에 있는 사람한테는 아무에게도 말하지 않을 거예요. 그러니까 제발 그 사람들한테는 말하지 말아주세요." 오늘은 과연 비밀이 넘쳐나는 날이 아닌가? 노라는 생각한다.

　"그런데 왜요?"

　"지금 이곳은 제가 있을 곳이 아니에요, 그뿐이에요. 저만의 공간이 필요해요. 그리고 전화를 건 또다른 이유는 이걸 여쭤보고 싶어서예요. 리처드의 불법 사망 사건 조사는 지속하지 않기로 했지만 그래도 변호사-고객 특권을 기대해도 될까요?"

노라는 페니를 마지막으로 본 후 몇 시간 동안 무슨 일이 있었던 건지 전혀 짐작이 가지 않는다.

"네." 중립적인 어조로 대답하면서도, 코닐리아에게 알려야 할지 반은 고민한다. 페니가 또 정신적으로 무너지기 직전이라면 어떡하나? 코닐리아가 막게끔 도울 수 있을 것이다.

비록 페니가 기밀 유지를 요청하면서 상황을 복잡하게 만들었지만 말이다. 노라는 불안해하며 자세를 바꾼다.

"이전 고객들의 파일을 보관하시나요?" 페니가 묻고 있다.

"항상 보관하죠."

"좋아요, 그럼, 내일 서류를 몇 개 드릴 테니 파일로 보관해주세요. 당장은 그걸로 아무것도 할 게 없겠지만, 만약의 상황을 대비해서 잘 보관해두세요."

"어떤 만약의 상황이요?"

"비상시요."

"좋아요. 그렇게 할게요. 별일 없으신 거 맞죠?" 이번에는 더 많은 연민을 담아 묻는다.

"내일 설명해드릴게요." 페니의 목소리는 이제 전화기에서 멀어진 듯하다. 노라는 여전히 귀기울이고 있다. "저녁 여덟시에 단지 입구에서 볼 수 있을까요?"

"네." 노라가 수화기를 그러쥐면서 말한다. "내일 뵈어요."

"네. 좋아요. 내일 뵙죠."

몇 시간 후, 리브의 숨결이 노라의 코에 따뜻하게 닿는다. 딸의 하늘색 베개 위에 그들의 얼굴이 나란히 놓여 있다. "새집에서는 강아지 키워도 돼?"

"아기가 태어나고 조금 적응되면 그렇게 하자. 누나가 되는 데 먼저 집중해야지."

리브는 이 말을 곰곰이 생각한다. "나한테 강아지가 생기면, 연습을 더 많이 할 수 있을 거야."

어둠 속에서 노라는 혼자 웃음을 참는다. 피로가 마침내 그녀를 덮친다. 서서히 물에 잠기는 배 같다. 리브의 이불을 잡아당겨 팔 아래에 끼고, 매트리스 속으로 더 깊이 가라앉는다. "나중에 얘기해보자. 일단 이사부터 하고." 노라의 다른 자아는 상자 옮기기, 각종 설비 설치하기, 재검토해야 할 결산서에 대한 걱정으로 공황발작이 오기 직전이다.

"수영장도 있어?" 리브가 노라의 뺨을 만진다.

"이웃에. 우리집엔 없고."

"워터슬라이드도 있으면 어떡하지?" 노라의 맨정강이에 리브의 발가락이 꼼지락거린다. 약간의 약품냄새와 꿀냄새가 합쳐진 딸의 샴푸향이 시트에 배어 있다. "그리고 내 방은 까만색으로 하고 싶어."

"까만색?"

"우주처럼."

이런 대화를 한참 나누고 나서 노라는 리브에게 그만 자라고 말한다. 반쯤만 의식이 있는 상태로 노라는 내려오는 눈꺼풀과 사투를 벌이고 있다. 리브의 이마에서 머리카락 몇 가닥을 쓸어 넘겨준 뒤 아이 옆에서 잠들지 않고 빠져나온다.

계단을 내려와 깨끗한 주방으로 간다. 접시들은 잘 닦여 있고, 크락팟 냄비는 제자리에 들어갔으며, 식기세척기가 돌아가고 있다. 이메일에 답장하고 아무 생각 없이 TV를 시청한다. 캐머런과 엘리너가 또 아이를 가졌다고 헤이든에게 말해준다. 비싼 아이크림을 잊지 말고 발라야 한다고 되새긴다.

새벽 한시쯤 마지막 불을 끄고 잠든 지 한참 후, 리브의 무릎이 그녀의 허벅지를 찔러 잠에서 깬다. 작지만 치명적인 팔꿈치가 그녀의 갈비뼈 위에 내려앉더니 결국 네 살짜리는 침대 한가운데 그들 사이로 굴러들어온다.

"내가 다시 위층으로 데려갈까?" 헤이든이 중얼거린다.

"괜찮아." 노라가 대답한다. "나 잠 깼어." 눈을 깜박이며 정신이 깨는 것을 느낀다.

리브가 어른들 이불 속에 포근히 누워 부드럽게 코를 곤다. 노라는 아이를 다시 자기 침대로 데려다 놓을까 생각해보지만 리브 때문에 깨어 있다고는 생각하지 않는다.

체내 커서가 움직이기 시작한 마당에 아무 생각도 안 하기란 거의 불가능하다. 앤디는 지금쯤 아마 베를린으로 돌아갔을 것이다. 하루를 준비하고 있을 것이다. 노라는 돌아누워 그 생각을 떨친다.

그녀는 상념이 떠돌아다니게 놔두지만 그 길은 자꾸만 페니에게로 향한다.

처음에는, 그들이 나눴던 대화로 미루어보아 페니가 떠나려고 결심한 것은 리처드의 죽음과 그후에 이어졌던 신경쇠약 때문이리라 생각되었다. 충분히 이해할 만했다. 하지만 그 생각은 빠르게 지워졌다. 페니는 이곳이 더이상 그녀를 위한 곳이 아니라고—또는 그런 비슷한 말을—했고, 여기서 '이곳'이란 다이너스티 랜치를 뜻한다고 노라는 이해했다. 무슨 일이 일어났든, 무슨 일이 페니를 도망치게 만들었든, 그와 관련이 있다. 노라는 그 질문을, 혀로 치아가 원래 있던 자리를 눌러보듯 들쑤셔본다.

돌아누워 시계를 확인한다. 두시가 넘었다. 리브를 깨우지 않도록 조심하면서 매트리스를 기어내려가 더듬더듬 화장실로 간다. 손으로 짚어가면서 약장 문을 찾고, 그때부터는 눈이 슬슬 적응하기 시작한다. 무엇을 찾고 있는지도 모르면서 그녀는 계속 찾는다. 뭘 할 생각인지, 한 알 먹을지 말지조차 모르겠지만, 먹을 수 있다는 데서 오는 위로가 마음에 들 뿐이다. 잠이 손닿는 거리에 있다. 노라의 손가락들이 선반을 짚어간다. 답답해진 그녀는 화장실 문을 닫고 불을 켠다. 빛이 동공을 괴롭힌다.

그녀는 익숙한 호박색 약통을 찾는다. 어머니의 이름이 라벨에 인쇄된 약통을.

노라의 심박수가 빨라진다. 그녀는 약장에 든 전체 내용물을 화장실 세면대 위에 와르르 쏟는다. 응시한다. 수면제가 없다. 졸피뎀은 사라졌다.

33

다음날 아침, 노라와 헤이든은 나중에 각자의 직장으로 갈 수 있도록 따로 차를 몰고 이슬라 윙의 사무실에 도착한다. 간밤에 잠을 제대로 자지 못해서 쌓인 피로가 마늘이나 술처럼 노라의 모공으로 배어나온다. 머릿속에 그렸던 새 출발, 아니 적어도 머리는 감고 시작하는 새 출발 운운은 그만두기로 한다.

"여기 모두 펼쳐놓았어요." 이슬라가 그들을 회의실 테이블로 안내한다. 그녀의 사무실은 매우 소녀 같다. 분홍색이 엄청 많고 은은하게 금색이 배어 있으며 민트색이 간간이 튄다. 심지어 책상도 연분홍색이다. 이곳 전체가 노라에게는 메리케이 화장품 영업왕이 몰고 다니던 분홍 캐딜락을 떠올리게 한다. "사인해야 할 곳마다 X 표시를 해두었어요. 펜 필요하신가요?"

이슬라의 깅엄체크 블레이저 호주머니에 펜이 꽂혀 있지만, 그녀는 테이블 중간에 놓인 연필꽂이로 손을 뻗어 위에서 누르는 파란 펜 두 개를 뽑아든다.

"고마워요." 헤이든이 종이가 쌓여 있는 곳 바로 앞에 앉아서 자기 이름을 휘갈겨쓰기 시작한다.

헤이든 스팽글러.

헤이든 스팽글러.

헤이든 스팽글러.

"급하게도 쓰시네." 노라가 위에서 지켜본다.

문제는 손바닥이다. 손바닥에 극심하게 땀이 나기 시작한다. 스커트에 살짝 문질러 닦아보지만 양손에서 솟아나는 축축함의 진짜 근원을 없애는 데는 아무 소용 없다. 임신 부작용인지도 모른다. 그런 건 결코 모자란 법이 없다.

"내 눈에는 다 된 것 같은데." 남편은 완벽하게 만족스러운 표정을 지으며 골든리트리버처럼 신뢰에 찬 눈으로 그녀를 바라본다.

노라는 서류를 공들여 꼼꼼히 읽는 편이다. 이 단계에서는 할 게 많지 않다. 진짜 힘든 부분은 계약을 마무리지을 때일 것이다. 이슬라가 노라의 초조함을 눈치챘는지 예의를 차려 아무 말도 하지 않는다.

노라는 주저하고 있다. 아무 이유 없이 주저한다는 게 우스꽝스럽다.

아무 이유가 없는 건 아닌데, 아마도 페니 때문이고 이 일은 그녀와는 아무 관계가 없다. 따라서 노라는 아무 그럴듯한 이유 없이 주저하고 있고, 그것도 똑같이 우습다.

이런 기분이 드는 것은 당연하다. 주택 구매는 가벼운 심장마비 같기 마련이다. 오가는 돈의 총액이 천문학적인데, 이를테면 특히 계약서 상단에 단정하게 타이핑되어 있는 매매가처럼 일시불 금액을 생각할 때 그렇다.

노라는 땀이 찬 손으로 배를 쓰다듬는다. 그녀 안의 작은 녀석이 용기를 준다. 난 더 나은 엄마가 될 거야. 그녀는 아이에게 활짝 웃어 보인다. 가슴에 손을 얹고 맹세해. 이게 그 증거다. 과거는 반복되지 않을 것이다. 어머니로서 노라가 남긴 기록에 이제는 주석이 달려 있지 않을 것이다. 잉크가 네 번 더 휘갈겨질 때, 그녀는 확신한다.

"여기요." 이슬라가 미소 지으면서 밝은 노란색 박엽지가 화려하게 꽃을 피운 선물 가방을 건넨다. 이슬라는 노라가 느끼는 갑작스럽게 엄습하는 불안과는 정반대의 감정을 느끼고 있을 것이다. 수수료가 이슬라의 계좌로 곧 들어올 것이다. 이제는 정말 형식적인 절차만 남았다. "입주민을 대표해서 드리는 환영 선물이에요. 별건 아니지만요. 그리고 헤이든, 이웃 남자들 몇 명이 오늘밤 맥주 마시기로 했어요. 우리 남편이 당신을 꼭 초대하라고 하던데요."

헤이든은 노라와 상의해보겠다고 말하지만, 노라는 남편이 당연히 가야 한다고 생각하는데 그녀는 쿨한 아내이기 때문이다. 기회가 주어진다면 언제든지. 밖으로 나와 선물 가방을 뒤져 끄집어낸 카드에는 '이웃이 된 걸 환영해요!'라고 쓰여 있다. 차로 걸어가는 길에 전화기를 확인한다. 어딘가로 가는 도중에 항상 하는 행동이다. 그녀는 박엽지에 둘러싸인 윤나는 진홍색 상자 안에 고이 모셔진 황금색 펜을 발견한다. 이슬라의 셔츠 호주머니에 꽂혀 있는 것과 똑같은 펜. 예쁘다. 선물 가방 맨 아래에는 부피가 상당한 원통형 물건도 있는데, 포장지를 조심스럽게 풀어서 보니 비싸 보이는 양초다.

"음, 우리가 해냈군." 헤이든이 노라를 끌어당겨 안으면서 그녀의 코를 자신의 셔츠에 누른다. 그녀는 아주 오랜만에 깊고 편안하게 숨을 내쉰다.

"당신 냄새가 좋네." 노라가 쿵쿵거린다. "소나무 같아." 다시, 임신한 코의 활약.

"오늘 아침 셔츠에 커피를 쏟았지 뭐야. 코닐리아 집에서 이야기했던 그 얼룩 제거제를 썼거든. 바로 빠지더라고. 마술이야."

노라는 멈칫한다. "얼룩 제거제." 무언가가 그녀의 기억 저편에서 꿈틀거리며 빠져나오려 하고 있다. "다시, 뭐라고?" 페니를 데리러 가기까지 열 시간밖에 안 남았다. 시간을 때워야 할 것이다.

"이름이 레스토일이야."

어머니들 파업하다

샘 레이니 기자

"텍사스 북부의 조용한 골목 끝, 일군의 어머니들이 삼 주 동안의 파업에 돌입했고, 그동안 간식 만들기, 저녁 준비하기, 없어진 양말 찾기를 거부했다."

———

댓글 보기

———

엄마곰4

얼마나 이렇게 한번 해보고 싶었는지 몰라요.

익명

멋진데, 근데, 달라진 건?

마리아 R

@익명 엄마들이 더이상 일하지 않음으로써 모든 가족 구성원이 엄마가 얼마나 많은 일을 하고 있는지를 알게 된다는 게 요점이라고 생각해요. 간식으로 가득찬 냉장고나 깨끗한 속옷을 당연하다고 여기지 않게 되는 거죠. 엄마와 아내들에게 더욱 감사하게 될 거예요.

여왕에게경배하라

@익명 @마리아 R 이해가 되긴 하는데, 오해는 하지 마시고요, 감사도 좋지만, 이 시점에 제게 필요한 건 도움이에요. 사람을 쓰라고

제안하거나, 여기 계시는 상류층 여성들은 '외부에 위탁하라'고 댓글 달고 싶을 것 같아 미리 말씀드리지만, 전 그럴 여력이 안 돼요.

러너26.2

손 번쩍 저도 시도해본 적 있는데 저는 삼 주 동안 그럴 정신력은 없더라고요. 삼 일도 성공 못했어요. 집안이 안 굴러갔으니까. 저는 운좋게도 가사도우미가 오긴 하지만, 쌓여 있는 설거지 더미, 안 닦은 조리대, 가득찬 쓰레기 같은 지저분한 작업환경을 제공할 순 없잖아요. 아이들도 제때 과제가 완수되고, 과외비가 납부되고, 학부모 허가서가 학교에 잘 제출되는 걸 그리워했을 거예요. 오히려 상황을 망치고 있는 사람이 바로 저일까요? 그럴지도 모르죠. 하지만 손놓고 앉아서 우리 가족이 망하는 꼴은 못 보겠어요.

미셸 Z

삼 주는 무슨. 우리집은 이렇죠.
출장 가는 나: 냉동 음식 세 끼 분량 있어, 어젯밤에 장 봐났어, 마사가 이틀 다 아이들 픽업할 거야, 아이들 옷 알파벳 순으로 챙겨났어, 점심은 지퍼락에 있어, 이번주 피아노 교습은 취소했으니까 애들 거기 안 보내도 돼
출장 가는 남편: *문밖으로 걸어나감*
출장에서 돌아온 남편: 몇 시간 좀 쉬어야겠어, 일하고 왔으니까, 라고 말함
출장에서 돌아온 나: 우리 애들 여섯 명 다 여기 있어, 라고 남편이 말한 다음 *문밖으로 걸어나감*

34

처음에 페니는 오 분 늦는다.

다음에는 십 분.

다음에는 십오 분, 그다음에는 이십 분.

그렇게 시간이 흐른다.

이십 분이 흐르자, 노라는 오 분 단위로 시간 재기를 멈춘다. 그녀의 눈길이 대시보드의 시계에서 떠나지 않는다. 일 분씩 늘어나는 시간을 따라가다가 결국 초 단위로 세기 시작한다. 일, 이, 삼.

페니에게서 온 부재중 전화는 없다. 놓친 문자도 없다. 전화를 해도 안 받는다. 노라는 헤이든에게 연락해보지만 새 친구들과의 저녁을 방해하는 것 같아 미안한데다, 받지도 않는다.

사, 오, 육.

다른 남편들과 어디서 만나는지 헤이든에게 물어봤어야 했다는 생각이 든다. 그러나 이젠 너무 늦었다. 빨리 결정하지 않으면 페니는 비행기를 못 탈 것이다.

시동이 아직 걸려 있어 좌석 밑으로 차가 웅웅거린다. 화재 보고서들은 노라 옆의 조수석에 놓여 있고, 그중 하나는 페니가 가져가야 할 것이다. 직접 만나서 대화하는 편이 더 나으리라고 생각했다. 아직은 모든 게 사실상 의혹에 불과하기 때문이다. 하지만 직감적으로, 노라는 페니가 이 모든 이야기를 마땅히 들어야 한다고 생각한다.

삼 분이 더 흘러간다. 노라는 좋지 않은 예감이 걷잡을 수 없이 퍼지는 것을 느낀다. 결정을 내려야 한다. 만나기로 한 장소에 그대로 있거나 페니를 찾아나서거나. 자리를 뜨면 서로 엇갈릴까봐 걱정이다. 페니의 전화기가 배터리가 다 됐거나 떨어져서 부서졌거나 변기에 빠졌을 수도 있다. 길을 잃었을 땐 항상 그 자리에 그대로 있는 게 가장 좋다고들 한다. 하지만 얼마나? 영원히 있을 수는 없지 않은가. 그렇다면.

노라의 머릿속이 둥둥 울린다. 그렇다면. 그렇다면. 그렇다면. 그렇다면.

노라는 육중하게 움직이는 SUV를 주행 모드로 바꾼다. 금방 돌아올 것이다. 풀하우스만 확인할 것이다. 페니가 오는 중이라면, 마주칠 가능성도 무척 크다, 그렇다면. 그렇다면. 그렇다면. 그렇다면.

아홉시가 되기 십오 분 전쯤, 밤은 촛불처럼 낮을 훅 불어 끈다. 바로 앞에 달이 휘영청하다. 보름달이라고 해도 될 것이다.

코닐리아의 집 밖에 차를 세웠을 때, 유일한 기척이 집안 깊숙이 숨길 수 없는 희미한 램프 불빛에서 느껴진다. 곧 떠난다는 사실을 아무한테도 말하지 말라고 했던 페니의 부탁을 기억하면서, 극도로 조심스럽게 차에서 내린다. 노라는 진정하자고 생각했던 것이 기억난다. 하지만 지금도 똑같은 말을 혼자 중얼거린다.

휴대전화를 무음으로 돌리고 뒷주머니에 넣는다. 거리는 조용하다. 화이트가의 집 담장을 타고 올라가는 담쟁이덩굴이 노라가 지나갈 때 소곤거린다. 노라는 철문을 열고, 금속의 끼익거리는 소리에 대비해 마음을 단단히 먹지만 소리는 나지 않는다. 일단 안으로 안전하게 들어서고 나서 문을 다시 찰칵 닫는다. 뒷마당 둘레를 따라 다듬은 수목과 덤불 가까이에 딱 붙어 이동한다. 달 그림자가 수영장 표면에서 흔들린다.

외떨어진 풀하우스는 비어 보이지만, 화장실 불이 켜져 있다. 나머지는 어둠에 묻혔다. 문으로 다가가니 잠금장치가 열려 있다. 페니가 혼자 떠났나? 지금 이 순간 비행기에 있나? 문이 고무 도어 패킹의 펑 비슷한 소리를 내며 열린다.

노라는 휴대전화 손전등 불빛을 안내 삼아 실내를 둘러본다. 페니가 읽고 있던 책—『날개의 발명』—이 커피 테이블 위에 추락한 새처럼 펼쳐져 있다. 구석에는 옷이 단정하게 개켜져 쌓여 있다. 화장실에는 페니의 화장품 가방이나 세면용품의 흔적이 없다. 샤워커튼을 열어본다.

토트백이 하얀 자기 욕조 안에 기대어 있다. 노라는 가방을 들어 무릎 위에 얹고 타일에 쭈그리고 앉는다. 안에는 페니의 지갑과 신분증, 그래놀라 바 두 개, 티슈 한 팩, 페니의 흘려 쓴 손글씨로 노라 스팽글러 귀중, 그린버그 슈월, 기밀 정보라고 적힌 편지지 크기의 봉투가 들어 있다. 노라가 빳빳한 봉투 가장자리를 만져보니 안에 든 세 겹으로 접힌 종이가 느껴진다. 봉투를 핸드백 맨 밑의 열쇠 옆에 찔러넣는다.

신분증 없이 비행기를 타지는 못했을 것이다. 그렇다면 페니는 어디에 있는가?

바깥으로 다시 나오자, 살갗이 드러난 곳마다 밤공기가 뜨거운 숨을 불어넣는다. 본체를 바라보며 생각한다. 어느 시점에는 도움을 구해야 할 것 같다고.

페니는 여전히 페니다. 최근에 남편을 잃은. 더 최근에는 정신병동 환자였던. 하지만 지금으로서는 노라는 약속을 지키려 한다. 최소한 어쩔 수 없이 약속을 깨야 하는 상황이 아니라면, 그리고 그런 상황이 오기 전까지는.

노라는 커다란 집으로 조금씩 발걸음을 옮긴다. 창문 셔터가 가로로 내려져 있어서 사이사이로 안을 들여다볼 수 있다.

이 위치에서는 아래층 전체가 바로 보인다—거실, 벽난로, 책장, 어두운 주방의 일부, 휘어진 난간, 현관문, 높게 솟아 있는 고풍스러운 거울. 그녀의 숨결이 유리창에 하얀 안개구름을 일으킨다. 어디에도 페니의 흔적은 없다. 노라는 밤도둑이 된 기분이다.

그렇다면. 이제 어떡하지?

그렇다면. 그렇다면. 그렇다면. 속에서 고동이 울린다. 갈비뼈 근처에서 아기가 미약하게 발로 차는데 마치 '그렇다면'을 '돌아가'로 바꾸라는 것 같다. 돌아가, 엄마.

막 돌아가려고 하는데 내부의 고동이 어쩐지 바깥까지 느껴진다. 정말 그런 느낌이다.

쿵. 쿵. 쿵.

노라의 시선이 다시 창문으로 확 돌아간다. 그것이 즉각적으로 안 보이거나, 보이는데 인식이 안 되고 있거나 둘 중 하나다. 모든 것을 지나친 채로 돌아갈 수도 있었지만 둔탁한 소리가 그녀의 호기심을 돋우었고, 일단 뇌가 '그 손은 진짜 손이다'를 이해할 수 있는 언어로 번역해주자 그녀는 그 자리에서 굳어버린다. 마비된다.

시야를 좀더 확보하기 위해 옆으로 기댄다. 하지만 벽 때문에 시야의 일부가 가려진다. 바닥에, 매끄러운 견목 위에, 손바닥 하나가 아래를 향한 채로 계단 발치에 늘어져 있다. 뻗으려 하면서.

몇 번 숨을 참았는지, 본능적으로 몸이 기능을 재개하자 심장이 우레 같은 발굽소리처럼 울린다. 그녀가 토해내듯이 외친다. "코닐리아!"

노라는 뒷문으로 간다. 잠겨 있다. 비집어 열려고 홱 잡아당긴다. 한 발을 집안으로 들이밀고 몸 전체의 무게로 비틀어 연다.

"애셔!" 이번에는 가까스로 더 세게 외친다. "코닐리아!"

무응답.

바닥의 손이 움직였는지 분간되지 않는다. 하지만 하나는 확실하다. 아직 그곳에 있다는 것. 누군가가 굴러떨어졌다. 아니면 기절했거나. 누군가가 도움이 필요하다.

절망스러운 확신과 함께 노라는 찾아 헤매던 사람을 정확히 발견했다는 생각이 든다—페니. 주머니에서 다시 전화기를 꺼낸다. 문 유리를 두드려보며 몇 번 시험해본다. 심호흡하고, 생각하지 말라고 혼자 중얼거린다. 그냥 하라고. 강화유리에 전화기를 힘껏 내리친다. 유리는 크고 불규칙한 조각으로 산산이 부서진다. 그녀는 그 안으로 손을 집어넣어 잠금장치를 홱 젖힌다.

"페니?" 목소리가 갈라진다. 노라는 복도를 쏜살같이 달려가려고 하지만 두려움과 우려가 발목을 잡는다. "페니?" 이 말이 그녀가 할 수 있는 유일한 말 같다. 속에서 굉음이 울린다. 백색 소음의 바다가 극한까지 밀려와 부딪친다.

세상에. 절대로 확신할 수는 없지만 이 말이 입 밖으로 튀어나오진 못했을 것이다. 단어를 구성하는 글자들이 하나로 덩어리진 채 입천장에 들러붙어 떨어지지 않는다.

밤색 머리칼이 계단 발치 바닥에 흐트러져 있다. 익숙하지만 알아볼 수 없다. 페니는 이질적인 물체다. 다리 하나는 아직 밑에서 세번째 계단에 걸쳐져 있다. 노라의 마음이 스냅사진을 찍어서, 알아볼 수 있는 연속 장면으로 움직이게 하려는 것 같다.

피가 후드득 튄 자국이 노라가 밖에 있을 때는 가려져서 보지 못했던 벽면을 덮고 있다. 페니 밑에서 검붉은 피웅덩이가 후광처럼 배어나온다.

노라는 정신이 혼미해지는 복시를 경험하면서 토할 것 같다. 저건 리브가 아냐, 그녀는 단호하게 중얼거린다. 리브가 아니야. 하지만 현실은 너무 노골적이다. 충격파가 몸 전체를 훑고 지나간다.

"코닐리아!" 노라가 이번에는 비명을 지른다. "코닐리아! 애셔! 누구 없어요! 제발! 빨리 와보세요!" 그녀는 그들이 집에 있는지조차 모르고 있다. 옆에 핸드백을 떨어뜨리고 구부려 앉는 순간 발소리가 들린다. 노라는 페니의 얼굴에서 머리카락을 넘겨준다. 손가락에 선홍색이 묻어난다. "괜찮을 거예요." 노라의 목소리가 마구 떨린다. "도와줄 사람이 올 거예요."

페니가 입술을 움직인다. 노보카인으로 마취한 치과 환자처럼 어설프게 빨아당기는 듯한 움직임.

"움직이지 마세요." 노라는 자기만의 냉정을 끌어모으려 한다. 비상시에는 침착하라. 승무원처럼 판단한다.

하지만 노라가 고개를 들었을 때, 코닐리아가 새파랗게 질린 채 그들로부터 떨어져 서 있다. "이런." 코닐리아는 손으로 입을 틀어막는다. "이런. 노라. 노라, 괜찮아요." 확연히 그 광경에 당황한 것 같다.

"어떻게 된 일인지 모르겠어요." 노라가 말한다. "떨어지는 소리를 들었어요. 제가 밖에 있었거든요. 구급차를 불러야 할 것 같아요. 응급처치법 할 수 있으세요?" 어쨌든 코닐리아도 의사지 않나? 언젠가는 기본적인 응급처치법을 훈련받았을 것이다.

"어떻게 이런 일이." 코닐리아가 두 손바닥을 뺨에 대고 누른다. 그녀는 창백하다. 곧 기절할 것만 같다.

"아직 숨쉬고 있어요." 노라가 말한다. "괜찮을 수도 있어요."

페니의 뇌에 출혈이 있을 수도 있다. 지금 이 순간에 출혈이 일어나고 있는지도 모른다. 매초가 중요하다.

코닐리아의 집에 있는 시계가 째깍, 째깍, 째깍 소리를 내며 그녀를 놀리는 것 같다.

"할 수 있긴 하죠." 코닐리아가 고개를 느리게 젓는다. "참혹하네요. 이런 장면은 정말 보고 싶지 않았는데. 얼마나 정신적 충격이 클지 상상이 가요. 이럴 줄은 몰랐어요―정말이지, 너무 안 됐어." 코닐리아도 큰 충격을 받은 것이 틀림없다.

"뭔가 조치를 취해야 해요." CPR를 해야 하나? 머리 부상에도 그게 효과가 있을까?

코닐리아가 다시 말하기 시작할 때는 훨씬 진정되고 신중하게 들린다. "걱정하지 말아요." 그녀가 말한다. 그리고 노라는 생각한다, 됐어, 이제 코닐리아가 알아서 할 거야. 코닐리아에게 맡기면 돼. "페니는 아무것도 못 느껴요. 어떤 고통도 전혀 못 느끼죠."

노라가 움찔한다. "그걸 어떻게 알 수 있죠?"

"코닐리아?" 알렉시스가 뒤에 딱 붙어 따라오는 테아와 함께 나타난다. 테아는 한 손에 와인잔을 쥐고 있다. "별일 없는 거지?"

"테아. 때마침 잘 왔어요." 노라가 말한다. "제발, 페니가 떨어졌어요. 머리를 부딪친 것 같아요. 그전에 무슨 일이 있었는지는 모르겠지만요. 아마 동맥류나, 심장마비가 왔을 수도 있어요. 제가 발견했을 때는 이 상태였어요." 노라는 열성적으로 테아에게 사실을 전달한다. 테아는 외과의다. 그녀가 도울 수 있다.

"세상에." 테아가 코로 숨을 들이쉬자 가슴이 부풀어오른다. "지금쯤이면 끝나 있을 줄 알았는데." 그녀가 얼굴을 돌린다.

노라는 튀고 있는 레코드판 같은 기분이다. "우리가 할 수 있는 일이 있을까요?"

"토 나올 것 같아." 알렉시스가 눈을 감더니 침을 꼴깍 삼킨다.

"빨리 했어야 했어." 페니와 심지어 노라도 사라져버렸으면 좋겠다는 듯이 테아가 천장으로 눈길을 돌린다.

코닐리아가 다시 말한다. "놔두세요. 괜찮아요. 지금은 순전히 반사작용으로 움직이고 있는 거예요. 우리는 최대한 인간적으로 한 거예요. 차라리 그렇게 아무것도 모르는 게 운좋은 거죠."

노라의 표정이 굳는다. 쓰러진 페니의 모습을 보니, 노라의 의혹은 날아가고 대신 이제 모든 것이 분명해진다. 딱딱 맞아떨어진다. "그 말은, 리처드처럼은 아니란 얘기죠." 노라의 목소리는 낮다. 그 말을 하면서 그녀는 페니를 바라보고 있다.

코닐리아의 태도가 약간 풀어지면서, 노라가 익숙하게 봐왔던 덜 고지식한 모습으로 돌아간다. "이로써 알 하나가 깨진 것 같네요. 맞아요. 리처드는 운이 없었어요. 항상 이렇지는 않답니다. 이해해줬으면 좋겠어요. 전에는 그런 일을 해야 했던 경우가 없었거든요. 지략을 발휘해야 했죠."

여전히 바닥에 무릎을 꿇은 채로, 노라는 손끝을 페니의 목구멍 부근 살집이 있는 부분에 대고 눌러본다. 맥박이 희미하다. "됐고. 911에 전화해야겠어요."

리처드 문제는 나중에 처리할 수 있다.

"기다려요." 코닐리아에게서 날카로운 명령이 떨어진다. "잠깐만. 전 당신한테 최선인 것을 원할 뿐이에요. 그리고 기다리는 게 그 최선일 것 같네요."

"더이상 기다리다간," 노라는 부글부글 끓는다. "페니가 죽을 거예요." 노라에게는 행운이 한 번 찾아왔었다. 리브는 살아남았다. 하지만 그 운이 두번째에도 찾아와주리라 생각하지는 않는다.

눈물 한 방울이 알렉시스의 뺨 위로 미끄러진다. 그녀가 코끝에 손가락 관절을 대고 누른다.

코닐리아가 카디건 주머니에서 무언가를 꺼내 노라에게 던진다. 노라가 놓치자 그것은 페니의 팔뚝까지 굴러간다. 노라는 떨리는 손으로 호박색 약통을 집어들고 라벨에 적힌 어머니의 이름을 읽는다. "이게 어떻게 당신한테?"

약통 안에는 졸피뎀이 남아 있지 않다.

"내가 어떻게 자랐는지 얘기했던가요?" 관심을 돌리려는 수작이다. 하지만 노라는 반사적으로 고개를 저어서 코닐리아를 만족시키고 만다. "저는 '천당가족교'에서 자랐어요. 그게 정식 이름이에요. 사람들은 우리 부모 같은 사람을 '별난 인간들'이라고 했고, 전 그 말이 마음에 안 들었죠."

노라의 기억 저편에서 어떤 메아리가 울리더니 찬송과 춤과 사람으로 가득찬 계단식 강당의 환영이 따라온다.

"우리 부모는 교회의 합동결혼식에서 식을 올린 커플들 중 하나였어요. 그때쯤 이미 연애를 오래했죠. 대부분의 삶은 히피로 살았고요. 우리가 그 '가족'에 들어갔을 때 전 이미 열 살이었어요. 대부분의 사람들에게 천당가족교는, 음, 사이비단체였어요. 언론은 세뇌 같은 무섭고 자극적인 말을 들먹였죠. 틀린 말도 아니었어요." 그들 옆에서 페니는 여전히 죽어가고 있다. 코닐리아는 이야기하고 있다. 페니는 죽어가고 있다. 매초가 흐를 때마다 노라는 그것을 느낀다. "하지만 좀더 학문적으로 볼 때, 그들이 하던 건 교조화라고 알려져 있어요. 운동이 절정에 달한 후에는 이전 회원들을 탈교조화하자는 이야기가 나왔죠. 저는 스스로를 보호할 수 있을 만큼 자라자마자 단체를 떠났고 그후로 부모와 소원해졌어요. 전 중요한 사람이 되고 싶었어요. 경력을 원했어요. 야망이 있었고 똑똑했어요. 전 신에 미쳐 있지 않았어요. 하지만 교회 신도들에 대해 핵심적인 것을 간파했죠. 그들은 더 나은 삶을 원했어요." 코닐리아의 눈빛이 밝게 타오른다. 노라는 너무 어이가 없어서 움직이지도, 입을 떼지도, 코닐리아의 이야기가 건 주문을 깨뜨리지도 못하고 있다. "그게 진실이죠. 그들은 좋은 말씀을 듣고 변하기를 원했어요. '가족'에는 '배상'이라는 개념이 있었어요. 당신이 다루는 법적인 배상 말고요. 아니죠. 사람들이 배상의 임무를 완수하게 하여 이상적인 상태로, 타락하기 이전의 상태로 그들을 복원시키는 신의 일. 그게 교회에서 말하는 배상을 통한 복원의 섭리라는 거였죠. 저는 그게 이치에 맞는다고 생각했어요. 그때도 지금도 저는 신을 믿지 않아요. 그러한 신도들을 창조해낸 건 신이 아니라 교회 지도자죠. 결혼한 뒤 일하면서 동시에 아이도 갖고 결혼생활도 해나가려 할 때 그들과 계속 교류했더라면 좋았을 텐데. 하지만 한때 교회 주일학교에서 절 가르쳤던 네하 비타와 다시 연락이 되고 나서야 그녀의 연구에 동참하게 되었죠. 당시 저는 정신의학과 레지던트였고, 사이비단체 심리학의 특정 측면에 대해 연구하는 중이었거든요. 저는 제가 전문성이 있다고 판단했고, 실제로 명성을 쌓을 수 있으리라 생각했어요. 그러는 동시에 결혼도 했고 아이도 낳았죠. 당신과 많이 흡사했답니다, 노라." 코닐리아가 눈을 감고 미소 짓는 모습이 마치 자기 아이들의 육아일기로부터 행복한 기억을 상기하는 중인 것 같다. "교회를 떠난 신도들을 수소문하다가 네하 비타를 찾아냈어요."

"이해가 안 돼요. 이게 다 페니와 무슨 상관이죠?" 노라는 대답을, 해명을 기다리고 있는 자신이 멍청하게 느껴진다. 대체 무엇을 위해? 뭔가가 틀림없이 있을 것이다. 그래서 이렇게 도취된 것이리라.

"비타 박사는 교회에서 가르치는 활동을 멈추지 않았더라고요. 오히려 이용하고 있었죠. 배상으로 가는 길을 찾았던 거예요." 새로운 무언가가 코닐리아를 덮친다. 보통 때는 신중한 그녀의 목소리에 열기가 일어난다. 얼굴은 내면의 기백으로 활활 타오르고 있다. "남자와 여자에게 자연스럽게 할당되는 이 역할, 우리를 미치게 만들고, 우리가 최고가 되지 못하게 막는 그것은 천성이 아니라 양육에 의한 겁니다. 사회가 교조화했기 때문에, 우리가 탈교조화라는 힘든 작업을 실행하고 있는 거예요." 그녀가 열이 오른 뺨에 손부채질한다.

노라는 어쩐 일인지 주제가 페니로부터 완전히 이탈했다는 것을 깨닫기 시작한다.

"우리는 변화를 일으키고 있어요. 말로만 하는 게 아니에요. 해설 기사를 쓰거나 원을 그리면서 계속 돌기만 하는 것도 아니고요. 우린 실질적인 변화를 이끌고 있어요."

"우리?" 노라는 장식 거울 속에 비친 자신을 얼핏 포착한다. 철창에 갇힌 야생동물 같다. 머리끝까지 화난 사람 같다. 아니, 미친 사람. 페니가 그랬던 것처럼.

하지만 노라는 자신이 911에 전화하지 못하도록 막는 것이 무엇인지 깨닫는다. 그들은 그녀를 공범으로 간주한다는 것. 하지만 공범이라니, 무엇에?

"전 세계적으로 우리와 비슷한 지역이 네 군데 있어요. 비타 박사는 특히 우리 지역에 흥미가 많은데, 테아를 고용했기 때문이죠. 테아는 의학적 연구와 신경장애를 통해 우리 방식을 더욱 확장하는 작업을 해왔어요. 그 외에 우리 배우자들이 더 나은 동지가 되도록 재교육하는 데 '가족'과 같은 전략을 많이 사용하고 있죠. 당신도 물론 많이 목격했을 거예요. 애정 공세. 신체적 스트레스. 사고 개조. 죄책감 주입. 진전과 조화, 사람마다 조금씩 다르긴 하지만, 뭐라고 부르면 좋을까, 일종의…… 암시적인 장기 지속 최면을 유도하기 위해 이러한 도구들을 사용하죠."

노라는 냉정을 찾으려 분투한다. 이 사람들은 교외의 여자들이다. 그뿐이다. 교외의 여자들. 교―외―의 여―자―들. 그것은 그녀의 주문이 된다.

"하지만 리처드를 도와주지 않았잖아요. 그를 죽였잖아요." 노라가 코닐리아에게 말한다. 다른 두 여성에게 충격을 줘 그들이 행동하기를 바라면서. "레스토일을 사용했잖아요. 찾아봤어요. 화재 현장에서 발견됐어요. 대부분의 세정제는 불연성인데 레스토일은 가연성이죠. 아주 강력하고요. 중요한 건 페니는 그걸 사용한 적이 한 번도 없었다는 거예요. 집에 절대 사두지 않았을 거라고요." 그녀의 임신한 코가 결국 쓸모 있을 줄 누가 알았으랴?

노라는 알렉시스와 테아가 경악하기를 기다린다. 가령 앤디가 누구를 죽였다고 한다면, 그녀라면 그렇게 반응할 것 같기 때문이다. 영락없이 많은 질문이 생길 것이다. 진짜로 많은 질문이. 아주아주 많은 질문이.

왜 아무도 질문이 없지?

그 답은 마치 그녀의 발에 붙어버린 시멘트 블록 같다. 함께 가라앉아버린다.

"정말 똑똑하군요, 노라. 자기 자신을 더 높이 평가할 필요가 있겠어요." 알렉시스가 말한다.

"전에 말했듯이," 코닐리아의 어조는 부드럽다. "당신을 보면 그 나이였을 때의 내가 너무 많이 생각난다니까요. 잠재력이 있어요." 하지만 노라는 머리카락에 치리오스 시리얼을 붙이고 있거나, 꺼내는 것을 깜박해서 너무 오래 건조기에 있었던 축축해진 옷을 다시 빠는 코닐리아를 상상할 수 없다.

"난 당신과 달라요." 그렇다고 생각한다기보다 그게 사실이기를 바라면서 노라가 말한다.

세 여자는 서로에게 이렇게 말하는 표정이다. 쟤 귀엽지 않니?

노라는 어깨를 뒤로 젖히고 자세를 똑바로 하지만 더 비참해지는 기분이다—섹스가 뭔지 가장 나중에 알게 된 아이처럼, 뭔가가 빠져 있다는 것은 아는데 그게 뭔지 모르는 것처럼. "리처드는 알고 있었죠, 그렇죠? 알아내기 시작했던 거예요. 훌륭한 기자였으니까. 그 말은 그가 틀림없이 의문을 품기 시작했다는 거예요. 그리고 그는—"

코닐리아가 손바닥을 들어올리고, 노라는 자기도 모르게 입을 닫는다. "네. 점점 반응이 약해졌어요. 가장 문제를 많이 일으키던 사람이었는데, 페니가 그를 사랑했고 아이들의 아버지였으니, 그래서 우리는 우리가 할 수 있는 일을 했죠."

"당신들은 사람 하나를 해치운 거예요. 두 사람은 평범한 사람들처럼 이혼했을 수도 있어요."

"그래서 아무 의심 없는 다른 여자한테 보낼 수도 있었겠죠. 리처드는 그 여자와 함께라면 다르리라고 생각할 수도 있었을 거예요. 그리고 그들은 한동안 괜찮겠죠. 그러다가 그 사이클이 다시 반복될 거고요. 남자들은 여자가 그대로이길 바라지만 여자들은 남자가 바뀌기를 바라요."

테아가 와인을 홀짝거린다. "새로운 외과적 연구로 이제 우리는 그 변화를 영구적인 것으로 만드는 과정에 있어요. 이미 임상

실험도 시작했답니다. 그 사이클을 멈출 수 있어요. 우리는 성차별 문제를 해결하고 있는 거예요. 엄청난 일을 하고 있는 거죠. 전율이 오지 않나요?"

노라의 침이 목구멍에서 고무찰흙처럼 느껴진다. "당신은 살인자예요." 그녀가 코닐리아에게 시선을 맞추고 침착하게 말한다.

"자, 자. 알다시피, 아무나 붙잡고 물어봐요. 리처드가 죽었을 때 저는 자선 행사에 있었다니까요. 페니랑."

시간이 잠시 흘러서야 무슨 말인지 파악된다. 가슴이 쿵쾅거린다. 믿고 싶지 않다. 자신이 이 여성들을 얼마나 오판했던 것인지 시인하고 싶지 않다. 앤디가 옳았다. 현기증이 파도처럼 밀려온다. 제대로 서 있을 수 있을지 의문이다. 무릎이 버티지 못할 것이다.

하지만……

귀가 울린다. 코닐리아가 아니라면. 노라의 시선이 알렉시스와 테아 사이를 본능적으로 왔다갔다하다가 결국 알렉시스에게 안착한다. 코닐리아가 아니다. 이제 기억난다. 그날 밤 저녁 파티에서. 얼룩 제거 팁을 주었던 사람은 애셔가 아니었다.

맥스였다.

프랜신을 보내려고 먼저 일어난 사람은 알렉시스였다.

모두가 가담한 것이다. 처음부터 끝까지, 함께. 노라의 몸이 덜덜 떨리기 시작한다.

"리처드가 직접 불을 질렀어요. 그리고 가스불을 켰는데, 상황을 악화시켰죠." 알렉시스는 모든 면에서 그녀의 실제 직업인 테크회사 CEO 같아 보인다. 자신감 있고 유능하고, 어떤 일에나 유능하다.

"당신이 그를 세뇌했군요. 당신이 그에게 최면을 걸었어요. 그렇게 하라고 했어요."

"우리 환자들은 모두 자유의지로 치료에 동의합니다. 헤이든을 포함해서요. 당신들도 둘 다 그랬잖아요." 코닐리아가 점점 이 대화에 지친다는 투로 말한다. "개선되길 바랐잖아요. 결혼생활을 제대로 하고 싶다면서 저한테 왔잖아요." 그녀가 손가락을 퉁긴다. "지금 그렇게 되었으니. 저한테 감사해야죠."

노라는 다시 한번 페니의 맥박을 짚어본다. 시간이 얼마나 흘렀을까? 그녀는 손가락을 이리저리 놀리면서, 누르고, 누르고, 눌러본다. 결국. 맥박이 없다. 그녀가 고개를 들어 여자들을 쳐다본다. "죽었어요."

테아가 성호를 긋는다. "은총이 가득하신 성모마리아여." 그녀가 중얼거린다.

"우리도 힘들어요. 이런 식으로 끝나기를 바랐던 건 아니에요." 코닐리아가 말한다. "우리는 페니를 돕고 싶었어요. 페니는 리처드가 제멋대로 군다면서 우리한테 왔어요." 노라는 루시와 그녀의 남편 에드가 불현듯 떠오른다. 그들은 가장 최근에 이 동네에 들어온 사람들이다. 알렉시스가 그렇게 말했었다. 학대가 아니었다. 결코. 자각을 위한 싸움이었다. 자율성을 위한 싸움이었다. 에드는 피해자다. 루시가 아니라. 에드. 테아가 외과적으로 어떻다고 했던가? 임상실험이 시작되었다고 했다. "리처드는 더이상 우리의 자산이 아니었어요. 그는 너무 멀리 나갔죠. 계획은 페니가 계속 아무것도 모르는 채로 문제를 해결하는 것이었어요. 그런 정신적 고뇌를 겪게 만들고 싶지는 않았거든요. 우린 페니를 사랑해요. 모든 게 괜찮았을 텐데. 하지만 페니는 계속 변호사를 고집했고 우리는 장단을 맞춰줘야 했죠. 어쨌든, 어떤 면에서는 페니가 옳았어요. 평범한 사람이 비극을 당했을 때 하는 일을 모두 하는 편이 낫겠다고 우리는 의견을 모았죠. 의혹이 조금이라도 일지 않도록 자연스럽게 행동해야 했어요. 그래서 우리와 의견이 맞을 것 같은, 우리가 신뢰를 키워갈 수 있는 변호사를 물색했고, 그렇게 당신을 찾아냈어요. 하지만 수사에서는 프랜신, 실비아 같은 변수가 너무 많았고 페니는 당신이 경찰과 다시 공조하기를 바랐기 때문에 그대로 놔둘 수는 없다는 게 분명해졌죠. 애초에 그토록 깔끔하게 마무리됐던 일을 엉망으로 만들 수는 없었어요. 그래서 페니에게 진실을 얘기했죠. 예상했겠지만, 어머니의 날 기념행사 바로 직전에 말이에요. 잘 받아들이지 못하더군요. 하지만 극복해내리라 생각했어요. 언젠가는요. 그런데 당신이 페니가 다시 글을 쓰기 시작했다고 알려줬어요."

노라는 목이 따끔거린다. 머릿속에 이렇게 쓰인 전광판이 지나간다—페니는 죽었다, 페니는 죽었다, 페니는 죽었다. "소설이 아니었어."

"절대 아니죠. 보험이었어요. 다이너스티 랜치에서 일어난 일에 대해서 페니가 기술해둔 보험. 당신 덕분에 그 노트북을 압수했어요. 그 점에 대해선 감사하게 생각해요, 진심으로."

그렇다. 노라는 페니를 배신했다. 상황을 똑바로 보았어야 했다. 보고 있었는지도 모르지만 그러고 싶지 않았다. 그녀의 마음속 한구석에는—그녀뿐만 아니라 모든 여성에게는—그들 같은

면이 있기 때문이다.

"페니는 말하지 않았을 거예요." 노라의 간청은 명백히 너무 미약하고 너무 늦었다.

"그랬을지도 모르죠." 알렉시스가 말한다. "하지만 말했을 수도 있어요. 야심 있는 작가였으니까. 그래서 우리가 페니를 사랑했거든요. 이건 굉장한 이야기가 될 테고, 여기 살던 사람이 아무런 위험 부담 없이 바깥세상으로 다시 나가게 둘 순 없어요. 특히나 안 좋게 끝난 경우라면. 배우자가 없다면, 페니는 우리가 필요 없었을 거예요. 게다가 페니는 이제 더 유명해질걸요. 젊은 나이에 죽은 예술가란 항상 그러니까. 사람들은 페니의 글을 기릴 거예요. 우리가 충분히 숙고하지 않았다고 생각하지 마세요. 우리가 여기서 하는 일은 아주 섬세하답니다. 리처드 이후에 균형이……"

"흔들리긴 했지만." 테아가 말을 맺어주면서 와인잔을 입술로 가져다대지만 마시지는 않는다.

"이렇게 생각해보세요. 만약에 당신이," 알렉시스가 말한다. "어떤 사람이, 가령 암 치료법을 개발했다는 사실을 알게 된다면, 그 사람을 보호하려고 하지 않겠어요? 바로 이 동네에 그런 사람들이 수십 명이에요. 게다가 고작 암 같은 것도 아니고요."

노라는 일어선다. 머리를 손으로 쓸어넘기자 두피가 축축해진 게 느껴진다. "제 남편을 고쳐주면 좋겠어요."

"다시 엉망으로 되돌리라는 말이 맞겠죠." 코닐리아가 말한다. 노라의 상상일 수도 있지만, 맹세하건대 그녀는 이를 드러내고 으르렁거린다. "똥 묻은 개가 겨 묻은 개 나무란다는 말 아실 텐데요."

　노라는 얼굴이 달아오르는 것을 느낀다. 코닐리아가 호주머니를 뒤져 황금색 펜을 꺼낸다—딸깍, 딸깍, 딸깍. 계단 꼭대기에서 어떤 기척이 느껴진다. 무언가 또는 누군가가 어둠 속에서 움직인다. 딸깍, 딸깍, 딸깍.

35

노라의 다리 관절이 풀린다. 남편이 코닐리아의 집 계단을 내려온다. "노라, 여보." 그녀를 보자 그의 얼굴이 환해진다. 그녀가 빌어먹을 태양인 것처럼. "지금쯤 침대에 누워 있을 줄 알았는데."

그는 매우 해맑고, 매우 다정하다. 그가 얼마나 다정한 사람인지 언제 잊었지? 웃을 때 생기는 깊은 잔주름이 그의 눈가에 피어오른다. 백 번의 눕혀놓고 간지럽히기, 천 번의 비행기 태워주기, 백만 번의 광선검 결투, 셀 수 없는 시간 동안 소파에 앉아 TV 보면서 말도 안 되는 해설 달기 덕에 생긴 영구불변의 효과다.

몸이 움직여지지 않는다. 숨도 제대로 쉴 수 없다. 그녀는 그들의 결혼식장으로, 신혼여행 때로, 그녀 곁에서 그가 함께 처음으로 리브를 받아안고 기적을 목격했을 때로 가 있다.

기억들이 쇄도한다.

그가, 그녀가 평생을 함께 설계한 남자가, 계단을 내려와 그녀 앞에 선다. 그녀는 조각나기 시작한다.

붉은 방울들이 남편의 까칠하게 자란 수염 위로 흩어져 있고 코에 주근깨처럼 튀어 있다. 손은 빨간 페인트통에 흠뻑 담갔다 뺀 것 같다. 악몽. 공포가 너무 초현실적이어서 비명조차 지를 수 없다.

"헤이든." 밤에 베개 위로 나란히 머리를 누이고 있는 것처럼 노라가 부드럽게 말한다. "헤이든, 무슨 짓을 한 거야?"

그는 아무것도 모른다. 영화에서 남자들이 그러듯이, 손을 뻗어 그녀의 머리카락 한 가닥을 귀 뒤로 넘겨준다. 페니의 피가 그녀의 광대뼈에 묻는다.

"최선의 행동 방침이 무엇일지 생각해봐요." 코닐리아의 목소리가 다른 주파수대에서 들려오는 것 같다. "911에 전화하기 전에 사실관계부터 정리하고 싶을 것 같군요." 노라는 헤이든에게서 시선을 뗄 수 없다. "공식적으로, 제가 보기에 페니는 우울증이었죠. 페니는 수면제를 너무 많이 먹은 거예요. 계단에서 굴러서 목이 부러졌어요. 저는 그녀의 주치의고요. 심지어 그 수면제를 처방했을 수도 있죠. 도움이 될 수도 있으니까. 그렇지 않나요?"

"아니요." 노라가 대답한다.

"물론 다른 방식으로 설명할 수도 있겠지만, 당신과 당신 남편한테 그게 좋은 일일지는, 글쎄요." 노라는 아무 말도 하지 않고, 코닐리아는 그것을 계속 말하라는 무언의 허락으로 받아들인다. "이렇게 할 수밖에 없었어요. 무슨 일이 일어났는지를 누군가 밝혀낸다면, 그건 당신일 거라고 생각했죠. 당신을 신뢰하지 않았다는 건 아니에요. 우린 모두 비슷한 감정과 욕구를 갖고 있어요. 그래서 당신을 선택한 거고요. 하지만 이제는 더이상 운에 맡길 수는 없어요. 우린 당신이 알게 될 필요가 없기를 바랐어요. 페니처럼요. 하지만 만약의 경우를 대비해, 우리의 동기가 같은 쪽을 바라보는 게 좋겠죠." 어머니의 졸피뎀. 남편. 그녀. 그들은 단지 만약의 경우를 대비해 그녀를 끌어들여 범죄에 단단히 묶어놓았다.

"아니요." 노라가 한번 더 말한다.

"노라, 이건 자기 잇속만 차리는 게 아니에요. 험한 말을 써서 미안하지만, 세상은 지금 똥통이에요. 여자가 세상을 운영한다면 세상이 얼마나 좋아질까에 대한 멍청한 페이스북 게시글을 얼마나 많이 봤나요? 지구의 절반을 차지하는 인구 전체가 만들 기여도를 생각해보세요. 모든 여성이 가까스로 해낼 수 있는 일이라는 게 생존밖에 없다면, 모든 산업과 인생의 모든 국면에 기여할 여성들의 잠재력을 실현하기가 불가능하다는 것을 알고 있나요?" 노라는 눈을 감고 코닐리아의 말을 한 귀로 흘리려 한다. "아이를 상자 속에 넣어놓고, 음식도 주지 않고, 운동할 공간도 주지 않는다면 아이는 자랄 수 없겠죠. 누구라도 그런 모습을 본다면 공포에 질리겠죠. 마땅히 그럴 거예요. 저는 사방에서 시간이 부족하다고 토로하는 여성들을 봐요. 여성들을." 코닐리아는 멈춰야 한다. 이건 너무 지나치다. 노라는 양쪽 귀를 틀어막지만 말이 흘러들어온다. 그녀가 가장 두려운 것은 그 말에 자기도 모르게 동의하고 있다는 것이다. 맞는 말이다. 그녀의 몸이 말한다. 맞는다고. "너무 오랫동안, 하루에 충분한 시간을 확보하기 위한 투쟁 방법을 알아내는 것이 여성들에게 주어진 의무였어요. 그래서 우리는 그렇게 해왔고요. 방법을 알아냈죠. 아주 오랫동안 남자들은 우리 몸을 기꺼이 조종해왔어요. 이게 뭐가 다른가요?"

노라는 코닐리아가 하는 경건한 연설의 도취적인 억양에 굴복한다. "여기에 하찮은 건 없어요. 이건 게임이 아니에요. 알렉시스가 말했듯이, 글자 그대로 암에 걸린 아이들이 살아남도록 도와주는 여성이 여기에 있어요. 이건 삶과 죽음의 문제예요."

노라의 손가락이 손바닥을 파고든다. 코닐리아가 옳다. 공정한 싸움이 아니었다. 카드는 항상 여성들한테 불리하게 쌓여 있었다. 이제 그 사상이 심어진 이상, 어떻게 포기할 수 있을까? 정답은 다음과 같다. 그럴 필요가 없다는 것이다. 굴복하면 된다. 그녀는 진정한 삶을 가질 수 있다. 그녀의 삶을. 그 전부를. 그들을 이길 수 없다면, 이 여성들, 그녀에게서 잠재력을 보는 이 힘있는 여성들, 그녀가 더 많은 것을 하기를 바라지 않으면서 그녀를 더 많이 위해주는 이 여성들과 함께하면 된다.

그렇다.

그렇다, 그들이 옳을지도 모른다, 하지만 그렇다고 그들이 하는 짓이 잘못되지 않았다는 것은 아니다.

"당신들은 사람을 둘이나 죽인 살인자예요." 노라는 남편이 그랬다고 말하지 않는다. 헤이든을 탓할 생각이 없다. 남편은 살인자가 아니다.

노라의 입에서 '살인'이라는 말이 튀어나오는 순간 코닐리아의 얼굴이 어두워진다.

노라가 물러난다. 머릿속이 유원지의 찻잔 놀이기구처럼 돌아간다.

코닐리아가 황금색 펜을 또다시 딸깍거린다. 또 한번. 또 한번. 미미한 발소리가 거실에서 현관으로 다가온다. 그녀가 돌아보기도 전에. 뭔가 육중한 것이 이제 그녀 뒤에 섰다. 그녀는 움직일 수 없다. 누군가가 그녀의 어깨에 손을 얹었다. 딸깍, 딸깍, 딸깍.

"애셔, 자기가 노라를 풀하우스로 데려가줄래? 알렉시스하고 테아와 그동안 이야기 좀 할 수 있게?"

그의 손가락이 노라의 팔뚝을 파고든다. 남편이 뭔가 하기를, 뭐라도 하기를 기대하면서 헤이든을 바라보지만 그는 무심하게 이 장면이 어떻게 펼쳐질지 구경하고 있을 뿐이다. 노라는 이를 악물고 통증을 참는다.

"기꺼이 도와줄게." 애셔가 말한다. "오늘밤에 남은 음식은 냉장고에 넣어놨어. 헤이든이 큰 도움이 되었어." 그가 그녀를 향해 미소 짓는다. 실제로 웃고 있다. "참 좋은 사람이야. 더 필요한 건 없어?"

강한 본능이 정중함을 유지하려 하지만, 노라는 젖 먹던 힘까지 짜내 예의범절로부터 떨어져나와 '지금 당장 나가'라고 말하는 본능적인 뇌의 작은 부분에 굴복한다. 그녀는 무릎을 치켜올려 애셔의 정강이를 정통으로 걷어찬다. 한번 더 찬다. "리처드는…… 딸깍 소리를…… 들었어." 노라가 헐떡거린다. 그녀는 무엇으로 사람을 조종하는지 알고 있다.

다시 세번째로 시도한 끝에, 몸을 돌려 애셔의 손을 할퀴고 손에 이를 박아넣는다. 그의 결혼반지에 송곳니가 박힌다.

그녀의 몸을 꽉 잡고 있던 힘이 약해진다.

도망가, 그녀는 생각한다.

주저 없이 현관문을 향해 달려가서 문을 거칠게 열어젖히고, 다시 밤의 한가운데로 뛰어들어, 땅 위로 나온 물고기처럼 엄청난 양의 공기를 한꺼번에 벌컥벌컥 들이마신다. 그런데—

열쇠. 열쇠. 청바지와 몸통을 툭툭 두드려 찾는다. 빌어먹을 열쇠가 없다. 핸드백은 집안에 있다. 그녀는 뒤돌아본다. 저기로 다시 들어갈 순 없어. 그럴 수는 없다.

노라는 도로로 달린다. 쏟아지는 달빛을 느끼며 도로를 박차고 옆집을 지나 알렉시스의 집 마당으로 들어간다. 멈춰 서서 흘러내린 머리를 쓸어넘긴다. 숨이 차고 머릿속은 뒤죽박죽이지만 생각하려고 노력한다. 뭐라도. 뭐든지.

맥스. 노라는 그 집을, 유유히 펼쳐져 있는, 한때 군침이 흐르게 유혹적이었던 그 집을 불안스레 올려다본다. 그가 전에 타이어를 수리해주었다. 다시 도와주려 할까—다시 도와줄 수 있을까? 어떻게 할지 결정하지 못하고 얼어붙어 있을 때 알렉시스의 집 현관문이 끼익 열린다. 황금색 불빛이 어두운 진입로로 쏟아져나온다.

맥스?

"여기서 사람 소리가 들렸는데." 프랜신이 아기 잭스를 옆구리에 걸터앉힌 채 포치로 나온다. 노라는 기회가 왔다는 것을 느끼고 잡아야 한다고 생각한다.

"프랜신." 노라의 목소리는 간청하고 있다. "프랜신. 제발." 그녀가 다가가자 프랜신이 흠칫 놀란다. 노라는 손을 뻗어 프랜신을 안심시키려 해보지만, 너무 늦었다는 걸, 자신이 소녀를 겁먹게 했다는 것을 깨닫는다. 노라는 그 자리에서 멈춘다. 완전히. "프랜신." 목소리가 떨린다. "프랜신, 알아. 왜 네가 어머니와의 사이를 숨겼는지 알아." 말이 빠르게 흘러나와 발음이 꼬인다.

"프랜신, 다 이해해. 데빈을 보호하고 싶었던 거지. 내가 도와줄
게. 너희 둘 다. 제발. 자동차 열쇠가 필요한데. 자동차. 뭐라도.
내가 도와줄 수 있어. 우리한테는—" 노라는 계속 집 쪽을 뒤돌
아본다. 언제라도 당장 그들 중 한 명이 또는 모두가 뒤쫓아 오리
라는 것을 알고 있기 때문이다.

그동안 다이너스티 랜치의 거울 속 이미지를 보고 있다가 이제
현실 속 모습을 보니, 전체 그림이 역전된 것 같다. 프랜신은 제
멋대로 행동하는 버릇없는 십대 소녀가 아니다. 옳은 일을 하려
는 젊은 여성이다. 노라가 도울 수 있다. 노라가 도울 것이다. 그
녀는 다짐한다.

"프랜신!" 소녀가 행동을 취하도록 노라가 목소리를 높인다.

그때 그림자가 나타난다. 그녀 뒤에. 노라는 불안하게 두 발짝
뒤로 물러나고. 그림자의 주인공은 데빈으로 드러난다. "무슨 일
이에요?" 그가 친절하게 묻는다. 그는 딱 열일곱 살로 보인다. 청
바지를 입은 허리 위로 아무렇게나 축 늘어진 티셔츠.

"그 변호사야. 노라." 프랜신이 아기를 어르며 말한다. 아기는
그녀의 머리카락을 한 움큼 움켜쥐더니 잇몸이 만개한 작은 입속
으로 가져간다.

"데빈. 데빈." 노라의 눈이 접시만큼 커진다. "데빈은 내게 전
화하려 했어. 넌 뭔가를 말하려 했던 거지. 넌 알고 있었지. 넌 알
고 있었어, 그렇지 않니?"

노라는 발이 미끄러지는 듯한 기분이 드는 동시에, 새로이 알
게 된 사실이 쓰나미처럼 밀려와 쓸려갈 것 같다. 그녀는 남편을
거기에 두고 왔다. 혼자.

데빈이 고개를 갸우뚱한다. "프랜신? 내가 뭘 하면 좋겠어?" 그가 묻는다.

"여기서 어른은 나야." 노라가 시도해본다. 그녀는 아무런 권위가 없다. 그녀는 떨고 있다. "그리고 난 너희들을 믿어. 아무 걱정 안 해도 돼. 너희들이 어떤 일을 감당해왔는지도 알아, 너희들은 매우 성숙하게 대처했어. 그리고 데빈—" 그녀는 미친 여자처럼 보인다. 자신을 그들의 시점에서 바라본다. 술 취한 것처럼 보일 것이다. 발광하는 것처럼.

"얘는 아무 말도 안 할 거예요." 프랜신이 말한다.

노라는 데빈을 뚫어져라 응시한다. "이건 프랜신이 결정할 문제가 아니란다."

"데빈은 아무것도 기억 못해요." 프랜신이 말한다.

데빈과 눈을 맞추고 있는 노라의 시선이 흔들린다. "무—무슨 말이야? 내 직장으로 전화했었어, 프랜신. 저애가 우릴 도울 수 있어. 분명히 이유가 있었을 거야."

프랜신이 눈동자를 굴린다. 아기가 무거워지자 그녀가 한쪽으로 기운다. "그럼요. 이유가 있었죠. 그날 밤 데빈이 집 밖으로 몰래 빠져나갔을 때, 알렉시스가 전화로 우리 엄마한테 하는 이야기를 어쩌다 엿듣게 되었고, 그 말에 겁을 먹었어요. 이런 생각이 든 거죠—리처드의 죽음은 사고가 아니었다. 저는 데빈을 우리 엄마로부터, 이 모든 것으로부터 보호하고 싶었고, 그래서 실제로 그렇게 했어요. 정말 많이 노력했어요. 하지만, 그때 당신이 나타난 거예요. 데빈은 옳은 일을 해야 한다고 생각하기 시작했어요. 자기가 알고 있는 걸 말해야 한다고."

"데빈이 옳아." 노라가 열렬하게 고개를 끄덕인다. "너희 둘 다 옳아. 너희들이 자랑스럽구나. 네가 네 아버지를 얼마나 사랑하는지 안단다, 프랜신. 나는 다 보았거든."

"전 아빠를 정말 사랑해요." 프랜신이 동의한다. "아빠를 위해서라면 무엇이든 할 거예요."

"그래. 그래. 근데, 제발, 우리 서둘러야 할 것 같아."

"전 정확히 있는 그대로의 아빠가 좋아요." 소름이 노라의 두피를 훑고 지나간다. "우리 아빠는 이 세상 최고의 아빠예요." 노라는 입 모양으로 벙긋거린다. "안 돼." 안 돼. 안 돼. 안 돼. "아버지와의 관계는 어떻니?"

프랜신은 전화를 받았었다. 프랜신은 잘못 건 번호라고 말했다. 하지만—

"데빈." 노라는 이제 간청하고 있다.

"데빈이냐 가족이냐를 두고 선택하고 싶지 않았지만, 내려야만 하는 결정이었죠." 프랜신이 말한다.

"데빈, 나랑 가자. 열쇠를 가져오렴." 노라는 진입로를 따라 내려가면서, 고양이를 다가오게 하려고 구슬리듯이 데빈을 향해 손가락을 까딱거린다.

데빈은 꼼짝도 하지 않고 노라를 지켜본다. "미안하지만, 오늘 밤은 안 될 것 같아요. 프랜신은 제 도움이 필요해요. 얘는 너무 열심히 일하거든요."

프랜신은 노라에게 미안한 듯한 미소를 지어 보인다. "들어오세요. 여기도 나쁘지 않아요. 그분들이 말하는 게 사실이라는 걸 아줌마도 언젠가는 알게 될 거예요. 어머니들은 항상 뭐든 가장 잘 알고 있거든요."

비명이 터져나오다가 목에 걸린다. 노라는 손을 입에 대고 움켜쥔다. 그녀가 아무 말 없이 몸을 돌려 어둠 속으로 달려가면서 멀어질 때, 프랜신이 전화기에 대고 말하는 소리가 들려온다. "엄마?"

노라는 거리를 가로질러 다른 집으로 간다. 창턱 아래 일렬로 늘어선 덤불 뒤에 쭈그리고 앉자 땅이 발밑에서 뱅뱅 돈다. 가슴이 타는 것 같다. 주머니에서 휴대전화기의 안도감을 주는 묵직한 물성이 느껴진다. 아직 그 집에 갇혀 있는 헤이든을 생각한다. 어떤 선택지가 있는지 빠른 속도로 떠올려보지만 다른 선택지는 없다. 그녀는 전화기를 꺼낸다. 네 번이나 시도한 끝에 엄지손가락 지문이 잠금화면을 푼다. 몸을 가누고 번호를 누른다. 9-1-1.

"안녕하세요, 저기, 응급구조대인가요? 누가 방금 죽었어요. 그리고 제―제가 위급한 상황에 처한 것 같아요." 속삭이는 그녀의 목소리가 새로운 음역대에 처음 진입한 것처럼 높다. "제 남편도요. 누구 좀 빨리 보내주실 수 있나요?" 그녀는 위치를 댄다. "네, 끊지 않을게요." 모든 신경세포가 활발하게 서로 부딪힌다. 기다리는 동안, 누가 뒤쫓아 오는지 보려고 코닐리아의 집을 지켜보는 그녀의 무릎이 덜덜 떨린다.

호흡이 서서히 느려진다. 그녀는 상담원이 전하는 안도하라는 메시지를 귀기울여 듣는다. 침착하자. 누군가 오고 있다. 곧 도착할 것이다. 괜찮을 것이다.

하지만 그녀는 틀렸다. 이미 괜찮지 않다. 괜찮았던 때는 이미 오래전에 지나갔다. 모든 것은 이렇게 되고 말았다. 되돌릴 수 없이. 돌이킬 수 없이. 피할 수 없이.

페니가 죽었다.

헤이든이 페니의 목을 부러뜨렸고, 머리를 후려갈겼다. 세세한 일은 흐릿하지만, 붉은색이 있었다. 너무 많은 붉은색이. 이런 생각을 하는 동안 노라는 얼굴을 문지르며 거기 응고되어 있던 끈적한 감촉의 피를 느낀다.

몇 분이 지났을까?

아무도 오지 않는다.

그녀는 혼자다. 그녀는 헤이든을 도와야 한다. 만약 반대의 상황이라면 헤이든은 그녀를 구하러 올 것이다.

그때 사이렌소리는 없지만, 모서리를 돌아 이쪽으로 오고 있는 붉은색과 파란색의 번쩍이는 불빛이 보인다. 경찰차 한 대가 코닐리아의 집 진입로로 들어가더니 덜덜거리며 멈춘다.

"여기 왔어요." 노라가 전화기에 대고 말한다. "여기 왔어요." 이 말이 흐느낌처럼 터져나온다. 안도감이 물밀듯이 밀려오면서 그녀는 전화를 끊고 숨어 있던 곳에서 나간다. 덤불 뒤에서 비틀거리며 나와 일단 충분히 가까이 다다랐을 때, 그녀를 구하러 와준 경찰관을 향해 머리 위로 손을 흔든다. "여기예요." 그녀가 말한다. "제가 전화한 사람이에요. 저요."

경찰관은 여성이며, 각진 푸른 모자를 머리에 썼고, 머리카락을 목뒤로 단정하게 틀어올렸다. 큰 눈은 갈색이고 피부는 시나몬 색깔이다. 경찰관이 차에서 내리면서 권총집을 매만지더니 노라 쪽으로 고개를 돌린다. "선생님," 경찰관은 누가 봐도 걱정스러운 표정으로 노라를 바라본다. "다치셨습니까?"

노라는 자기 자신을 살펴보고는 손이 길게 베여 피를 흘리고 있다는 것을 그제야 깨닫는다. 유리문을 통과했던 피부를 생각하자 몸서리쳐진다. 손을 움직여본다. 깊은 상처는 아니다. "심하게는 아니에요. 그냥 긁혔어요." 노라는 코닐리아 화이트의 집으로 침입했던 방법을 어떻게 설명할지 생각한다. 사실대로 말할 것이다. 할 수 있는 건 그것뿐이다. 이 난국을 빠져나갈 유일한 방법.

"저는 경찰관 아지즈입니다." 경찰이 노라에게 다가온다. 노라는 경찰에게 달려가 길 잃은 아이처럼 매달리고 싶다. "심호흡하세요. 이제 안전합니다." 그녀가 노라를 찬찬히 살핀다. 노라는 네, 듣고 있어요, 라는 것을 보여주기 위해 고개를 끄덕인다. "저는 여기 도움을 드리러 왔습니다. 자, 문제가 뭐죠?"

문이 삐걱거리는 소리가 들리면서, 피가 묻었고 머리가 엉망으로 헝클어진 노라와는 현저히 대조되는, 위엄 있고 완벽하게 당당한 자세를 하고 현관 포치로 나오는 코닐리아가 보인다.

하지만 노라는 경찰관 옆에 서 있다는 일종의 승리감을 느낀다. 그녀가 해냈다. 엿 먹어라, 코닐리아. 내가 정말로 경찰을 부를 줄은 몰랐지.

"신고가 들어와서 방문했습니다." 경찰관 아지즈가 말한다.

"다들 안으로 들어가서 제대로 얘기해보는 게 좋지 않을까 싶네요." 코닐리아가 말한다. 그녀 역시 손에 휴대전화를 쥐고 있다. 그 손을 옆으로 내리더니 그들에게 들어오라고 손짓한다.

노라는 불안스레 경찰관 아지즈를 바라본다.

"그게 좋을 것 같군요." 경찰관이 대답한다. 그녀가 노라에게 안심하라는 듯한 미소를 지어 보인다. 우린 잘할 수 있어요. 그래서 노라는 그녀를 따라 코닐리아의 집으로 다시 들어간다. 시체는 치워져 있을 거라고 생각한다. 알렉시스와 테아가 무릎을 꿇고 비누 거품이 분홍색이 될 때까지 박박 문지르고 있지 않을까. 하지만 페니는 떨어졌던—아니 던져졌던—그 자리에 그대로 죽은 채 누워 있다.

노라의 몸 전체가 격하게 흔들린다. 그들 뒤로 문이 찰칵 닫힌다. 헤이든도, 애셔도 보이지 않는다. 테아도 알렉시스도 없다. 현관 복도는 조용하다. 이 대 일. 더하기 시체 하나.

"저는 리처드 마치의 살해에 대한 정보를 갖고 있습니다." 노라가 재빨리 말한다. 코닐리아에게 먼저 말할 기회를 주지 않을 것이다. "그리고 이제는 그의 아내, 페니의 정보도요. 리처드는 여기 이 동네에서 두어 달 전에 집에 불이 나서 죽었어요. 불은 알렉시스 포스터로스가 질렀고요. 그녀도 여기 주민입니다."

아지즈의 유니폼 가슴팍 주머니에 달린 무전기에서 잡음이 들린다. 그녀가 그것을 떼어 입에 가져다댄다. "응답하라, 여기는 아지즈. 다이너스티 랜치에서 신고가 들어와서 와 있다. 상황은 순조롭다. 오버."

순조롭다고? 노라에게는 별로 그렇게 느껴지지 않지만, 한편으로는 그래서 그녀가 경찰관이 아닌지도 모른다.

"에블린," 코닐리아가 숨을 들이마신다. "다시 와주셔서 감사해요. 밤이 늦었죠."

"에블린?" 노라가 두 여성을 번갈아 본다. 상황을 파악하려 해보지만 같은 극인 두 자석을 억지로 마주 대려는 듯한 기분이다.

아지즈는 방을 가로질러 긴 소파에 앉는다. "괜찮습니다." 그녀가 코닐리아에게 대답한다. "언제든 도와드려야죠."

"서로 아는 사이예요?"

코닐리아의 입술이 일자로 얇아진다. "에블린은 여기 주민이고 제가 가장 아끼는 환자 중 하나죠. 마커스는 잘 지내나요?"

"네. 정말이지 신이 주신 선물이에요. 제가 야간근무를 할 때면 너무 큰 도움이 돼요. 집에서는 손가락 하나 까딱할 필요가 없답니다. 주님께 찬송드리나이다." 그녀가 손가락 끝에 키스하더니 하늘을 향해 손을 완만히 들어올린다.

"하지만—하지만 어떻게?" 노라의 몹시 시시하고 하찮은 질문.

"알렉시스죠, 당연히." 코닐리아가 대꾸한다. "짐작했겠지만, 다양한 분야의 능력을 가진 여성들을 확보하는 게 우리한테는 중요하죠. 기술 전문가가 한 명 있는 게 제값을 한답니다. 알렉시스는 훌륭한 소프트웨어 코딩 전문가죠, 이미 이야기했으리라 생각하지만."

"제 휴대전화를 도청했어요?"

"수사를 예의 주시하기 위해서 그랬을 뿐이에요. 그리고 당신이 우리에게 맞는 사람인지 확인하려고요. 운에 맡길 수는 없으니까."

노라의 머리가 지끈거린다. 그녀의 휴대전화에 칩이 심겼고, 따라서 코닐리아는 그녀의 전화가 당국으로 들어가는 것을 막고 에블린이 대신 받게 할 수 있었다. 하지만 헤이든의 전화기에는 그렇게 하지 못했기 때문에, 페니와 트레버 사건이 있었을 때 그가 911에 전화하자 코닐리아는 잠시 분별력을 잃었다. 짜증스러웠을 것이다. 겉으로 드러난 것보다 훨씬 더.

코닐리아가 노라에게서 다른 데로 주의를 돌리는 동안, 노라는 이제 막 알게 된 정보를 여전히 이해하려 애쓴다. "에블린, 오시는 동안 전화로 제가 정보를 조금 드렸죠."

노라는 산소가 부족한 느낌이다. 시야 가장자리가 흐릿해진다. 무슨 일이 일어나고 있는 거야, 무슨 일이 일어나고 있는 거야, 무슨 일이 일어나고 있는 거야. 공황발작이 일어난다. 두 여자의 목소리가 물속에서 들려오는 것 같다.

"불쌍한 페니." 에블린이 말한다. "일이 잘 안 풀렸다니 유감이네요. 재능 있는 사람이었는데."

"맞아요."

이 대 일, 더하기 시체 하나. 전세가 뒤집혔다.

"그럼 이분이 새로 오신 분인가요?" 에블린이 고개를 갸우뚱하면서 추궁한다.

"노라 스팽글러예요." 코닐리아가 설명한다.

노라는 자신의 운명이 코닐리아의 손아귀에 있다는 것을 깨닫는다. 싸우느냐 도망치느냐. 가능한 선택지는 두 가지다. 이미 두 번째를 택했지만 실패했다. 싸울 수 있을까? 여차하면 정말 그렇게 할 수 있을까? 저들의 무기가 더 세다. 게다가 경찰관을 공격하면—그녀는 어떻게 될까? 그녀를 묻어버리려는 그들의 임무를 훨씬 쉽게 만들기만 할 것이다.

도리어, 십자 과녁 안으로 들어온 사슴이 사냥꾼이 쏘기를 기다리듯 서 있는 것 말고는 아무 일도 할 수 없는 듯하다.

"잘 생각하신 것 같아요." 에블린 아지즈가 몸을 비틀며 소파에서 일어난다. 그리고 범죄 현장으로 걸어가더니 몸을 굽히고 페니의 죽은 몸을 살펴본다. "우울증. 수면제 과다 복용. 사고. 화재와도 관련지을 수 있겠네요. 그쪽 부분까지 해결하고 싶으시다면요. 죄책감 때문에……?"

"그것도 생각해봤죠. 거기까지 갈 수도 있겠지만. 그러지 않기를 바라야죠." 코닐리아가 문제 해결 모드로 말한다.

"하지만 아직 노라 문제가 남아 있는데요."

노라는 페니의 시체 옆에 덩그러니 놓인 자신의 핸드백을 발견한다. 여자들 사이를 뚫고 지나갈 수 있을지 가늠해본다. 하지만 에블린은 총을 가지고 있다. 테이저. 곤봉. 그 짧은 거리 내에서 너무나 많은 일이 노라에게 일어날 수 있다.

문득 리브 생각이 난다. 딸의 얼굴. 자궁 속에 안전하게 자리잡고 있는 태어나지 않은 아이. 감정의 파도가 너무 강렬하게 덮쳐와서 노라는 거의 기절할 것 같다.

여기서 나가야 한다.

"노라가 우리와 의견을 같이하기를 바랐었거든요."

같이할게요, 라고 노라는 말하고 싶지만 그들은 결코 믿지 않을 것이다. 탈출 시도까지 한 마당에. "제발." 대신 이렇게 말한다. 그게 가장 진심으로 느껴지는 말 같기 때문이다.

"의혹을 사지 않고 우리가 노라를 어떻게 제거할 수 있을까요?"

노라의 귀가 최대 음량으로 울린다. 혈류가 두개골 안에서 베이스처럼 둥둥거린다.

저들을 설득해, 생존 본능이 비명을 지른다. 그녀 자신의 삶, 그리고 아이들의 미래는 모두 사건을 변론하는 그녀의 능력뿐만 아니라 빌어먹을 승소에 달려 있다는 것을 넌더리나도록 명확하게 알고 있다.

"그렇게는 안 될 거예요." 처음에 노라는 공포 때문에 거의 알아들을 수 없는 말을 웅얼거린다. 판사와 배심원인 코닐리아와 에블린이 잘 훈련받은 개가 스테이크에 눈독 들이듯이 그녀를 응시한다.

노라는 법정에서 유창했던 적이 없다. 따라서 책상 앞에 앉은 자신을 상상한다. 고개를 숙이고, 진술서를 작성하고 있는, 준비되고 숙련된 자신. 파일과 폴더들이 앞에 펼쳐져 있다. "법정에서, 모든 사건은 이야기로 귀결돼요." 노라가 말한다. "사람들은 납득할 만한 이야기를 원해요. 지금 당신들은 응집력 있는 이야기를 갖고 있어요. 남편이 죽고. 아내도 곧이어 그렇게 돼요. 이야기가…… 연결되어 있어요. 듣는 누구에게나 그 이야기는 결말을 가지고 있고, 따라서 사람들은 그 이야기를 받아들일 거예요. 소화할 수 있어요. 하지만 저를 제거하면 아귀가 딱 들어맞지 않는 퍼즐 조각이 생기게 되죠. 누군가는 결말을 찾아나설 거예요."

"당신은 이곳과 딱히 연고가 없어요." 코닐리아가 말한다. 반대 신문이다.

"그렇지 않아요. 저는 여기 있는 집에 청약했어요." 다소 진정된 노라가 말한다.

"이슬라와 했죠." 코닐리아가 반박한다. "우리 이웃들 중 한 명인."

노라는 준비가 되었다. "실비아 램도 알고 있어요. 그리고 아시다시피 그녀는 적당히 그만두지 않을 거예요. 제가 사라진다 해도요. 실비아는 이미 언론기관에 가려고 했었어요. 제가 그 문제를 도울 수 있어요. 그러는 편이 당신한테 나을 거예요. 실비아가 당신한테 소송을 건다면 제가 그걸 처리해줄 수 있어요. 제가 당신을 대리할게요. 하지만 제가 사라지는 순간, 실비아는 뭔가 잘못되었다는 냄새를 맡을 거예요. 그리고 헤이든은요? 그리고"―노라는 거의 말이 안 나오지만, 말을 해야 한다, 논지를 입증하기 위해―"제 딸은요? 지금 중단하지 않으면 파급효과를 따라잡을 수 없을 거예요. 당신 말을 빌리자면 변수들을 잘 생각해보세요. 제 말이 맞는다는 걸 알게 될 거예요."

"아직 여기로 이사올 생각이에요, 그럼?" 코닐리아는 믿지 못하겠다는 듯한 표정이다.

"아니요. 집 내놓은 분한테 계약을 파기하라고 하세요. 남은 돈 없이 깨끗하게. 저는 이 모든 건에서 손 떼고 싶어요." 지금 무엇을 포기하는 것인지 노라는 생각하지 않으려 한다. 어렵지 않은 결정이다. 노라는 이 여자들을 끊어내고 싶다.

"그럼 당신이…… '원치 않는 대중의 관심'이 우리에게 쏠리게 만들지 않는다고 어떻게 확신할 수 있죠?" 코닐리아가 손가락으로 따옴표를 그려 보인다.

"헤이든." 노라가 말한다.

"당신 남편?" 에블린이 묻는다. 방금 자신의 남편을 신이 주신 선물이라고 표현했던 여자.

"그이가 페니를 죽였죠, 그렇죠?"

침묵이야말로 노라에게 필요한 모든 대답이다. 속이 뒤집어진다. 남편이 여자를 때리고 밀친다는―특히 이런 짓을 페니에게 한다는―생각만 해도 또 돌아버릴 것 같다.

"그이는 이런 일을 겪을 만한 사람이 아니에요." 진실을 말하면 누구라도 그녀를 믿어줄 작은 기회라도 얻으리라 생각했던 자신이 순진했음을 노라는 이제 깨닫는다. 그들은 그녀를 속박했다. 심지어 어머니의 약을 사용했다. 현장을 책임지는 경찰관으로 에블린이 등장한 것이 돌파구가 될지도 모른다. 노라는 이날 밤 사건에서 헤이든을 지울 수 있다. 그녀가 협조하는 한 그렇게 할 수 있다. 에블린이 해야 할 일이라고는 전문가적 소견으로 볼 때 끔찍한 사고가 일어난 현장으로 보인다고 보고서에 적는 것뿐이다―수면제 과다 복용, 너무 가파른 계단. "이 일을 헤쳐나가는 최선의 방법은 우리가 모두가 힘을 합하는 거예요."

노라는 이번에는 간청하지 않는다. 굴복하지 않는다. 무릎 뒤가 흥건히 땀에 젖도록 놓아둔다. 허벅지를 타고 올라오는 떨림을 감춘다.

다음 오 분간은 거의 기억에 없다. 그녀가 승소했다는 것뿐. 코닐리아와 에블린이 동의한다.

조건이 있다는 것을 알고는 있지만, 어쨌든 그 조건이면 이 아름다운 집에서 충분히 나갈 수 있다. 어쩐 일인지 뜻밖에도, 헤이든과 소지품을 돌려받는다. 얼굴에 닿는 공기가 상쾌하다. 노라는 머리끝에서 발끝까지 축축하다.

다이너스티 랜치에 있는 모든 가정에는 깔끔한 잔디밭이 있다. 모든 집은 서로 20미터씩 떨어져 있다. 모든 집은 모델하우스고, 완벽하며, 가정에서 누리는 행복에 대한 약속이다. 아메리칸드림. 하얀 말뚝 울타리. 그녀는 이 동네를 마지막으로 지난다.

노라는 아무 말도 하지 않을 것이다. 헤이든의 수염을 닦아줄 것이다. 그의 옷을 불태울 것이다.

리브를 봐주러 왔던 시댁 식구들을 돌려보내면서 평소처럼 정중하게 대하지 않지만, 그들은 알아서 견딜 것이다. 잠자리에 들기 위해 옷을 벗을 때에야 그녀는 핸드백 안에 넣어두었던 페니의 봉투가 생각난다. 노라 스팽글러 귀중.

코닐리아는 그것의 존재를 모른다. 노라는 봉투를 뜯어 페니 같은 작가만이 쓸 수 있었을, 페니의 죽음으로 이어진 정확한 사건 설명을 읽는다. 얼마나 오래 그 페이지들을 붙들고 앉아 있었는지 모르겠다.

페니는 재능을 타고났다. 멀리 무덤 저편에서 온 재능.

페니의 재능.

노라는 이제 어떻게 해야 할지 알고 있다.

알렉시스에게서 받은 초에 불을 붙여 페니가 마지막으로 남긴 글의 가장자리를 불꽃 속에 담근다. 페니는 그 글을 보험삼아 작성했다. 하지만 현실에서 그런 것은 항상 골칫거리다. 노라가 라벤더와 바닐라 향기를 맡을 때 글자들은 타고, 그슬리다가, 마침내 완전히 삼켜진다.

이 년 후

에필로그

`[----]`

아내들은 어디에나 있다. 요가 바지, 컷오프 반바지, 엄마 청바지와 고급 정장을 입고, 하이힐, 글래디에이터 샌들, 관절 보호 운동화와 탐스 슈즈를 신고, 포니테일, 커튼 뱅, 헝클어진 똥머리를 하고, 두피에 딱딱하게 말라붙은 드라이 샴푸, 데오도런트 자국과 뽕브라, 줄줄 새는 젖꼭지와 풍만한 가슴골, 임신 후 찐 살과 글자를 새긴 물병과 안 맞지만 반품하지 않은 옷, 자동차 앞좌석 글로브박스 속의 탐폰, 약국에서 대기중인 피임약과 핸드백 속의 간식, 쌍둥이 유아차를 밀고 있는 네번째 손가락에 끼워진 라운드 컷, 쿠션 컷, 에메랄드 컷, 페어 컷.

그들은 거기 있다, 중국과 화상 회의를 하고, 과학을 가르치고, 취침 시간까지의 시간을 분 단위로 세고, 하프타임에 맥주를 서빙하고, 요가를 빼먹고, 고지방 식이요법을 해보고, 레시피를 소개하는 이메일들을 무시하고, 베이비시터에게 문자를 보내고, 단짝 친구에게 전화하고, 아이 열네 명의 음식 알레르기와 그 아이들 엄마의 이름을 암기하면서. 그들은 신부, 유부녀, 바가지 긁는 여자, 구속하는 아내, 떡 치고 싶은 남의 집 엄마, 여자 사장, 완전 잡년, 일하는 엄마 또는 가정주부이며, 어머니라는 사실이 피곤하다.

그리고 그들 사이에서, 노라는 마음 맞는 여성들이 둥글게 둘러앉은 다이닝룸 의자에 앉아 있고, 그들 각자는 이번 책을 좋아했거나, 싫어했거나, 시작도 못했거나, 아직 지난달에 선정된 책을 따라잡으려 하고 있다. 사실 노라는 어떻게 그들의 마음이 잘 맞으리라 예상할 수 있는지 모르겠지만, 리더인 카티아가 일 년 육 개월 전에 그녀를 지역 북클럽에 초대했을 때 재미있겠다는 생각이 들었다. 그때 이후로 노라는 『언더그라운드 레일로드』 『배움의 발견』 『노멀 피플』 『가재가 노래하는 곳』을 천천히 독파해 나갔다. 그리고 자발적으로 연소하는 아이들에 관한 책도.

두 잔째 와인에 노라는 가슴이 따뜻해진다. 맛보다는 귀여운 라벨 때문에 구매한 것이 틀림없는 와인이지만 그 또한 괜찮다.

"근데 우리가 이런 말 하면 안 되겠지만," 지역 테크회사의 제품 관리자인 자밀라가 말하고 있다. "이 책에 나오는 여성들이 더 친절했으면 하는 생각이 들었어요." 마흔 살인 그녀는 일부러 아이를 안 낳은 대신 스탠더드푸들 두 마리를 응석받이처럼 키우고 있다.

"세상에, 우리 남편이랑 똑같이 말씀하시네요." 치즈 플래터에서 브리치즈 한 조각을 집으면서 레아 맬컴이 바다색 눈동자를 굴린다. "오늘 아침에, 남편이 제 쪽으로 고개를 돌리더니 이러더라고요. '방금 든 생각인데 오늘 아침에 나한테 좀더 친절하게 대해줬을 수도 있잖아.' 친절하게! 오늘 도시락 세 통 싸고, 아이 셋 머리 빗겨주고, 다 배변은 잘했는지 확인하고, 설거지하고, 크록팟 냄비에 저녁을 넣어놓고, 빨래 개고, 토스트를 사 등분 했어요. 그런데 남편 생각엔 한 가지 빠진 게 내가 더 친절했어야 했던 거라니요?"

노라는 레아가 안쓰럽게 느껴져야 한다는 것을 상기하지만, 사실대로 말하자면 레아는 정말 그다지 친절하지 않다. 원 맞은편에서 로즈 베일리가 분명히 같은 생각을 하면서 노라를 보며 얼굴을 찡그린다. 로즈는 노라와 헤이든이 아들 제임스가 태어나기 세 달 전에 산 집에서 두 집 건너 살고 있다. 두 사람은 예상 밖으로 가까워졌다. 로즈 말로는 맏이가 유치원에 입학하면 일을 다시 시작하려 했지만 자신이 좋은 인간을 길러내는 데 깊은 관심이 있다는 것을 알게 되었다고 한다. 그리고 노라는 그 점 때문에 로즈를 좋아한다. 또한 로즈는 전업주부로서 당연히 일반적인 업무시간 동안만 어머니로서의 양육에 임해야 한다고 굳게 믿고 있다. 나머지 시간, 예를 들어 주말과 같은 시간은 그녀와 남편 제리에게 균등히 나누어져야 한다. 노라가 알기로, 지금까지 이 문제에 대한 로즈의 원칙은 크게 달라지지 않은 듯하다.

자밀라는 손동작을 크게 쓰는 제스처를 잘 취한다. 자기 말을 강조하기 좋아한다. "알아요, 알아요, 전 그냥 그 모든 게 얼마나 최신식인지가 넌더리날 뿐이에요. 여자들도 이제 똥구멍 같은 놈이 될 수 있다! 우리가 해냈다. 하지만 똥구멍 같은 놈이 뭐 대수인가요? 그런 사람들이 정말 지금 세상에 더 필요한가요?"

"저는 똥구멍 미백 시술을 받았답니다." 노미가 사모사 하나를 베어물며 이렇게 말하자 여성들이 각자 다른 옥타브로 웃음을 터뜨린다. 이곳 북클럽에서 그들은 재미있는 사람들이기 때문이다.

그들은 똑똑하다. 좋은 것을 먹고 마신다. 발랑 까졌다. 남편 컴퓨터에서 발견한 포르노 유형에 대해서 큰 소리로 의아해한다—남자들 사이에서 레즈비언 포르노는 그토록 인기가 좋은데 어찌하여 게이 포르노는 헤테로 여성들 사이에 발을 들여놓지 못하나? 남편들이 배고픈 아이들의 끼니를 해결하려고 포화지방 가득한 피자를 주문하는 동안, 와인 마시면서 신경 끌 수 있는 하룻밤 외출을 정당화하는 것은 이런 대단하고 중요한 질문들이다.

"그만하세요." 마리아가 말한다. "벌써 그런 걸 심각하게 고려해봐야 한다고요? 전 못하겠어요."

"하면 제 기분이 좋아지니까요." 노미가 무덤덤한 얼굴로 대답한다.

"음, 전 괜찮은 것 같아요." 로즈가 덧붙인다.

이 모임이 매달 계속되면서 책에 대해 이야기하는 시간은 점점 짧아지고, 그래서 노라가 약간 취한 채로 로즈와 함께 집까지 걷기 시작했을 때는 모임 사람들과 큰 반전이 있는 결말까지 토론했었는지 기억도 나지 않는다.

로즈가 신발을 벗고는 아스팔트 위를 맨발로 걷는다. 그들은 적당한 가격대의 작은 교외에서 살고 있다. 아이들은 스프링클러를 가지고 놀고, 쓰레기통을 도로 연석에 너무 오래 놓아두면 이웃이 경고장을 발부하는 곳이다. 노라는 여기가 좋다. 삶은 좋다. 모든 것은 괜찮다.

"우리 와인 한 잔 더 마셔야 할 것 같아요." 로즈가 말한다. "흥이 벌써 깨지고 있어요. 초콜릿을 더 먹고 싶네요." 훨씬 나이 많은 여성과 지금은 세인트모리츠에 살고 있는 앤디에게 노라는 한두 달쯤 전에 로즈를 소개해줬고, 둘은 아주 사이가 좋아졌다. 노라와 앤디는 중간 기착지에서 못 만났던 사건과 다이너스티 랜치 여자들 이야기를 다시는 꺼내지 않았다. 결국 그럴 필요가 없었다. 몇 주 후에 그 문제는 자체 해결되었다. 서로 다른 이유로 그렇게 잊을 수 있어서 두 사람 다 안도했다.

지금 노라에게는 앤디뿐만 아니라 로즈도 있다. 그리고 마리아와 노미와 카티아도. 이 여성들과 함께 전쟁터에 나가지는 않겠지만, 함께 새벽 여섯시까지 문자를 주고받으면서 학교의 심술궂은 남자아이에 대해 사려 깊은 조언을 나누고, 아이들 중 적어도 하나는 어머니가 아닌 다른 여성의 무릎에 구토하게 될 것이다. 그럼 결국 마찬가지 아닌가, 정말로?

"그러면 내일 숙취에 절어서 출근할 것 같은데요." 노라는 대부분 어두컴컴해진 창문을 흘긋 살피면서 실내의 TV에서 은은히 나오는 푸른 빛을 지나간다. 거의 열시가 다 되어간다. 울타리 쳐진 뒷마당들 중 하나에서 작은 개가 요란하게 짖어댄다. 내일 구두심리가 있는데, 그것 때문에 노라는 계속 신경이 날카롭다. 그녀는 가까스로 파트너 변호사가 되었고, 일 년 전 개리가 치명적인 심장마비를 겪는 바람에 그의 고객들이 모두 노라에게 넘어왔다. "우리가 숙취를 신경쓰지 않았을 때가 기억나나요? 저녁에 외출하는 게 지금도 괜찮기는 하죠. 결국 새벽 여섯시에 작은 손이 양미간을 두드리기 전까지는." 슬프게도 제임스는 아침형 인간이다.

"있잖아요, 우리집에서는 북클럽이 거의 신화적 위치에 있다니까요." 로즈가 말한다. "앨리스가 〈뉴욕의 진짜 주부들〉을 보

더니 이러더라고요. '엄마, 저게 엄마가 북클럽에서 하는 거야?'
그 주부들은 유명 셰프가 운영하는 레스토랑에 있었죠. 저는 뉴
욕에 가본 적도 없는데요. 어쨌든 제가 얼마나 세련돼 보이는지
리그스가 늘 호들갑을 떨어댄다니까요. 전 청바지를 입고 있잖아
요, 노라. 평소에 아이들한테 제가 어떻게 보일지를 생각하면 무
서워져요."

"육체노동을 하고 계시잖아요. 그 일에 맞게 입으셔야 해요."

"땀을 많이 흘리긴 해요." 로즈가 동의한다.

그들이 발걸음을 멈춘다. 로즈의 집이 더 멀다. 두 집 더 가야
한다.

"음." 노라가 말한다. 정말로 이 밤을 여기서 끝내고 싶지는
않다.

"목욕하고 나서 우리가 이야기 나눴던 책을 마저 끝낼까봐요."
로즈가 휴대전화를 보고 시간을 확인한다. 북클럽은 적절한 시간
에 끝나는 법이 없고, 모두가 오늘밤만큼은 자기 전에 일상적으
로 하는 일들을 아예 확실히 안 하고 지나치기를 원한다.

"전 자려고요." 노라가 하품한다. "오늘밤엔 북클럽 빠질까 생
각했었어요. 잠을 제대로 못 자서."

"빠지시면 안 돼요." 로즈가 말한다.

"알아요."

그들은 작별인사를 나눈다. 노라는 로즈가 현관문을 열고 안으
로 들어갈 때까지 지켜본다. 그러고는 노라도 집으로 들어간다.
그녀는 핸드백을—보통 들고 다니는 기저귀 가방이 아닌—현관
복도에 있는 걸이에 건다.

"엄마!" 제임스가 기저귀만 차고 그녀를 향해 쏜살같이 달려온다. 그녀는 작은 발이 바닥을 찰싹찰싹 때리는 소리에 귀기울인다.

"어땠어?" 헤이든이 소파에서 일어나 주머니에 휴대전화를 넣으면서 묻는다.

"쟤 아직 안 자고 뭐해?" 문득 와인이 큰 실수였던 것 같다는 생각이 스친다.

"잘 생각을 안 해. 온갖 수단을 다 써봤는데. 저애는 당신만 기다렸어. 엄마를 좋아해." 헤이든은 그것이 마치 이 세상 최고의 칭찬이라는 듯이 대꾸한다.

거실에는 〈퍼피 구조대〉가 TV에서 요란하게 흘러나오고 있다.

집은 작은 토네이도가 휩쓸고 지나간 것 같다. 테이블 위에는 패스트푸드 봉지가 놓여 있다. 싱크대에는 접시가 산더미다. 그렇다, 그녀의 아이들은 용케 살아 있지만, 리브의 양말과 속옷은 바닥에 널브러져 있고 제임스의 아기 변기에는 실제 오줌이 들어있는데 다 말라붙어서 이제 그녀는 그것만 따로 식기세척기에 넣고 돌릴 것이다.

노라는 혼자 중얼거리는 거짓말이 놀랍다. 고의적인 기억상실. 이번에는 몇 시간 자리를 비워도, 돌아왔을 때 치러야 할 대가는 없으리라는 믿음. 딱 한 번만이라도, 그녀는 생각할 것이다. 그리고 나서 다음번에 그녀는 바로 그 딱 한 번을 얻을 것이다. 집에 돌아오면 적어도 아이들이 자고 있을 것이다. 하지만 정말이지 딱 두 번, 딱 네 번, 그냥 매번을 바랐어야 했다. 항상 딱 한 번이기 때문에, 돌아오면 늘 이런 재난과 마주한다.

노라가 TV를 끈다.

노라가 제임스를 들어올린다.

노라가 아이를 방으로 데려간다.

노라가 아이에게 책을 읽어준다.

노라가 아이에게 노래를 불러준다.

노라가 아이의 이마에 키스해준다. 아이는 이미 빠르게 잠들었다. 그리고 노라는 자신이 얼마나 운이 좋은지 기억하려고 노력한다. 그녀의 가족은 흰옷을 입고 모래사장이 펼쳐진 해변에서 웃고 있는, 복도에 높이 걸린 사진 속 아름다운 가족이기 때문이다. 그녀는 그 중심에 있는 여자이기 때문이다. 애정어린 아내. 두 아이의 헌신적인 어머니. 그녀의 묘비에는 그렇게 적혀 있을 것이다.

집을 빠르게 대충 치운 다음, 잠옷으로 갈아입고 수면용 마우스피스를 이에 끼운다. 침대에 누워 그녀가 가끔 하는 것을 한다. 어떤 장소를, 아내들이 어디에나 있는 곳을 상상한다. 혼자 떠맡은 집안일에 이미 압사된 채 아침에 깨는 것이 아니라 절반만 부담하며 통제권을 쥐고 있고, 혼자 쇼핑하고, 출장이 필요한 직책을 수락하며, 방해받지 않고 자매들과 이야기하고, 충분한 과일을 섭취하고, 주말이 아닌 평일에 머리를 자르고, 불쑥 들어오는 사람 없이 목욕하고, 퇴근하면 집이 깨끗이 청소되어 있고, 해야 할 일을 남편이 직접 손글씨로 작성해두었으며, 새로운 마케팅 전략을 위한 훌륭한 아이디어를 기억해두고, 회의 때 멀쩡한 정신으로 깨어 있고, 승진을 따내고, 삶의 의미를 이해하는 곳.

노라는 그녀의 남편, 다정하고 다정한 남편, 친절한 눈빛과 희미해지는 푸른 문신을 가진 남편이 세수하고 이를 닦는 모습을 지켜본다. 그와 결혼하여 그녀는 몹시 기쁘다. 너무 사랑스러워 혹여나 그들에게 비극적인 사건이 일어난다면 뉴스 헤드라인을 장식하게 될 그런 가족과 함께여서 몹시 운이 좋다.

심장이 두근거린다. 침대 협탁의 서랍을 뒤져, 그녀가 찾고 있는 것을 뒤쪽에서 더듬더듬 끄집어낸다. 매끈한 직사각형 상자. 매년 생일 때마다, 노라는 삶의 작은 불편들을 기꺼이 감수하고자 하는 의지가 점점 바닥나고 있다는 것을 느낀다. 끈팬티라든지, 남자들 개소리를 받아주는 데 점점 거부감이 커지는 것과 완벽하게 일치하는 기분 같은 것. 그런 기분이 든 지 이 년째다. 하지만 이제, 그녀는 상자를 열어 안에 고이 모셔져 있는 황금색 펜을 꺼낸다.

솔직히, 이게 다 누구 잘못인가? 남편들은 이런 방식이 얼마나 갈 수 있다고 생각했단 말인가? 영원히? 그것이 그들의 믿음인가? 아내들이 영원히 억척스레 고된 일을 해치워줄 줄 알았단 말인가? 역사에서 언제 그런 적이 있었던가?

노라는 펜을 손가락 사이에 끼우고 돌린다. 헤이든이 서랍장으로 사뿐히 걸어가 새로 빨아놓은 사각팬티를 입는다. 그녀가 엄지손가락을 펜 꼭대기에 댄다.

그리고 딸깍 누른다.

작가의 말

▬▬▬

『죽이고 싶은 남편들』을 집필하기 시작했을 무렵 나는 둘째를 임신한 지 칠 개월째였고, 아기가 새로 태어났을 때 해야 할 집안일을 재계산해보고 기겁하기 시작하던 참이었다. 첫째 딸을 낳고 나서, 나는 연봉 삭감 요청을 심각하게 고려했다. 경쟁사회에 완전히 짓눌려 있었고 가정과 직장에서 모두 실패하는 것에 대한 죄책감을 느꼈기 때문이다. 나는 조금이라도 그 죄책감을 줄일 방법을 필사적으로 찾고 있었다.* 남편과 나는 최근 사 년 반 동안 다시금 부모가 된다는 사실과 그에 따르는 모든 책임의 분담이라는 생활 방식을 서서히 하지만 확실하게 확립해가고 있었고, 그것은 결코 모자란 법이 없는—완곡히 말해서—점점 심해지는 고통에 대한 적응을 의미했다.

한편으로 나는 다음 소설 구상에 안착하려 애쓰는 중이었고, 빠르게 다가오는 기한(아기 말이다, 책이 아니라)에 맞춰 언제

---

* 고맙게도 시의적절하게 읽은 로라 밴더캠의 『성공하는 여자는 시계를 보지 않는다』가 그러지 않아도 된다고 납득시켜주었다. (원주)

그리고 어떻게 실제로 써야 할지 훨씬 많이 고민하고 있었다. 최근 절친한 친구 둘과 이브 로드스키가 쓴 『페어 플레이 프로젝트』를 두고 긴 대화를 나누면서, 그 책에 나오는 조언을 우리 각자의 가정에 적용하려고 노력하는 것에 대해 이야기했다. 솔직히, 나는 그 책이 마음에 들고, 배우자와 가사일 분담 문제를 논의할 수 있는 유용하고 실질적인 틀을 제시하고 있다고 생각한다. 하지만 나를 자극했던 것은 우리가 이야기했던(이야기하고 또 이야기했던) 방식이었다. 우리는 물론 열정적이었지만, 동시에 조금 혼란스러웠다. 아무도 우리에게 기저귀 가방을 싸라고 가르치지 않았다. 가지고 올라가야 할 빨래가 계단 발치에 쌓여 있는 것이 남편들 눈에는 보이지 않는가? 왜, 남편들이 계획을 세웠을 때는 세부적인 사항들이 그토록 많이 빠져 있는가? 물론 요청하면 기꺼이 도와주지만, 왜 우리가 요청하는 사람이 되어야 하는가? 특히 그 요청하는 행위 자체가 너무 폭발 직전이라 완전히 다른 이름으로 불릴 때―잔소리.

여성들은 집안이 돌아가게 하는 데 너무 필수적인 요소여서, 우리의 마음을 완전히 떼어내고 다른 곳에 온전한 집중력을 쏟기란 거의 불가능한 듯하다. 양호한 예시를 들어보자. 우리 가족은 다른 가족과 함께 주말여행을 갔다. 두 아빠는 한낮의 낮잠에 빠졌고, 우리 엄마들은 그들을 그냥 자게 두고 아이들 넷을 보고 있기로 했다. 아빠들이 깼을 때, 우리는 삼십 분 동안 실내 운동을 할 생각이니 아이들을 좀 봐달라고 부탁했다. 오 분 후, 우리는 유아들을 등에 태우고 푸시업을, 애들을 허벅지에 매달고 스쾃을, 배 위에 애들이 앉은 채로 윗몸일으키기를 하고 있었다. 아빠들은 아이들을 떨어뜨리려 시도하긴 했지만, 이런 항변을 하면서 결국 굴복했다. "어쩔 수가 없다고! 애들이 당신이랑 있으려고 해!" 나는 이렇게 생각했다. 와우, 이건 현재 삶이 어떤 느낌인지에 대한 완벽한 물리적 재현이구나. 나는 해야 할 모든 일을 하려고 노력하고 있지만―커리어를 쌓고, 연봉 협상을 하고, 자기관리하고, 배우자와 데이트하고, 운동하고, 그런대로 봐줄 만하게 최신 유행 패션을 유지하고―내가 지고 있는 짐은 너무 무겁다.

이것은 심지어 어머니들에게만 영향을 주는 문제가 아니다. 모든 여성에게 영향을 준다. 젊은 어쏘 변호사였을 때, 즉 아이도 없고 결혼도 하지 않았을 때, 나는 며칠 동안 계속해서 야근해야 했고, 마침내 문득 고개를 들어보니 깨끗한 옷이 하나도 없다는 걸 깨달았던 기억이 난다. 세탁소가 문 닫기 전에 퇴근할 수 없었기 때문이다. 먹을거리도 남아 있지 않았다. 나는 회사의 많은 남자가 이미 가지고 있던 것이 필요했다―아내. 남자들이 보살핌받는 것을 당연히 여기면서 세상에 나아갈 때, 같은 사무실에서 압사당하고 있는 여성들의 에너지가 피곤, 더 나쁘게는 무능으로 읽힐까 심히 우려스럽다.

여성들은 남성들보다 무급 노동에 거의 두 배의 시간을 쓴다. 이상하게도, 젊은 세대는 성평등과 젠더 개념 자체에 대해 더욱 열린 사고를 하는데도, 젊은 부부들의 사정 역시 크게 다르지 않다.* 눈에 보이는 변화는 양육 부분에 있다. 몰입형 양육이 유행하

---

* 프란체스카 도너, '남성과 여성이 하는 집안일, 그리고 그 이유', 〈뉴욕 타임스〉 2020년 2월 12일자 기사. https://www.nytimes.com/2020/02/12/us/the-household-work-men-and-women-do-and-why.html (원주)

면서 더 많은 아빠가 보육에 직접 참여하게 되었는데, 그 이유는 가령 설거지보다는 육아가 훨씬 성취감을 주기 때문일 가능성이 크다.*

산업혁명기 동안, 남자들은 가족 농장을 떠나 집 바깥에서 일하기 시작한 반면에 여성들은 집안일을 도맡았다.** 이런 경향은 19세기까지 이어져, 남자들은 남성성 개념을 두 가지로 정립하기 시작했다. 소득을 제공하는 것과 '여성스럽다'고 여겨지는 것은 무엇이든 피하는 것이 그것인데, 여기에는 '여성들의 일'이라고 여겨지는 임무들이 포함된다.*** 가족 간의 역학관계는 변했지만 이 고정관념의 흔적은 여전히 남아 있다. 이 이야기를 하는 이유는, 가정에서 일어나는 일들이 놀랍도록 개인적이라고 느껴지지만, 사실 시스템의 문제라는 것을 말하고자 함이다.

『죽이고 싶은 남편들』을 쓰면서, 만나는 모든 여성에게 한 가지 질문을 했다. 당신만의 환상의 세계에서, 남편이 뭘 해주면 좋을 것 같은가? 답변은 다양했고 개인적이었고 깊은 깨우침을 주는 것들이었다. 책의 초고를 쓰는 일은 남편과 나 모두에게 카타르시스를 주는 경험이었고, 우리 자신이 어쩔 수 없이 걸어들어가는 특정 전쟁터를 표면화하는 일이었다. 하지만 개인적 차원에서 비판한다면 아직도 오늘날 우리 문화에 나타나고 있는 견고한

---

* 같은 글. (원주)

** 엘리사 스트라우스, '아빠들이 집안일을 더 많이 하게 하려면, 역사 수업부터 시작해야', CNN, 2019년 11월 14일자 기사. https://www.cnn.com/2019/10/22/health/dad-father-equal-parenting-house-wellness-strauss/index.html (원주)

*** 같은 글. (원주)

성별 규범에 대한 비판의 초점을 흐릴 수 있다. 도시락 싸기, 수건 줍기, 프라이팬 치우기, 병원 예약 잡기를 하라고 밀어붙일 수는 있겠지만, 남편의 육아휴직이 정착하고, 아이가 아프면 학교에서 엄마만큼 아빠에게도 자주 연락하고, 아들들이 딸들과 같은 수의 집안일을 할당받을 뿐만 아니라 같은 유형의 집안일을 할당받고, 공구 벨트를 허리춤에 찬 무력한 시트콤 아빠가 그다지 사랑스럽게 여겨지지 않을 때까지는, 우리가 실제로 얼마나 많은 입지를 확보할 수 있을지 의심스럽다.

나는 어쩌다 이 문제에 관해 목소리를 높이게 되었지만, 여성들의 소리 없는 투쟁에 빈번히 마음이 무겁다. 눈에 보이지 않는 여성들의 노력에. 있을 수 없는 절충적인 거래에. 나는 어디에나 있는 미친 여자들이 이 책이 제시하는 가능성에 낄낄거리고 웃기를, 잠시라도 단짝 친구에게 다 털어놓는 기분이 들기를, 보이지 않는 것들이 드러나게 만들기를 바란다. 그리고 전작 『위스퍼 네트워크』 때처럼, 그 모든 것을 여러분들이 내게 이야기해주기를.

감사의 말

이 책을 쓰는 일은 좋아서 한 노동이었지만, 어쨌든 노동은 노동이었다. 많은 훌륭한 사람들이 나서서 이 프로젝트를 동등하게 맡아주어 정말 감사드린다.

편집자 크리스틴 코프래쉬에게 깊은 감사를 전한다. 나를 진정으로 이해해주는 편집자와 함께 일하는 것보다 내게 더 소중한 것은 없다. 우리는 각자 일과 둘째 출산을 함께 해내는 미친 한 해를 겪으면서 살아남았고, 그래서 이 과정에 대한 기억은 더욱 특별하게—그리고 단단하게—내게 남을 것이다. 그런 면에서, 크리스틴이 육아휴직을 하는 동안, 캐럴라인 블리크가 나서서 친절하고 똑똑하고 창의적인 조언으로 초고를 크게 발전시켰다는 점에서 나는 특히 운이 좋다. 이 책은 플랫아이언 출판사와 같이 한 두번째 작업이었고 이미 가족처럼 느껴진다. 메건 린치가 수장을 맡기 전에 그녀에 대한 좋은 이야기를 많이 들었는데, 모두 사실이었음을 알 수 있었다. 내 작품에 대한 당신의 통찰과 신중함에 대해 고맙게 생각해요, 메건.

『죽이고 싶은 남편들』을 출간하기까지 직장에서 퇴근한 후 가사와 육아 일로 다시 출근하는 뛰어난 사람들과 작업할 기회가 있었다. 어밀리아 포샌자, 낸시 트라이픽, 캐서린 터로, 맥신 찰스, 서맨사 주커굿, 케이티 로비츠키, 셸리 페론, 그리고 보이지 않는 곳에서 일해준 나머지 팀원들에게 감사를 전한다. 덧붙여 오디오북에서 내레이션을 맡아준, 내가 가장 사랑하는 내레이터인 앨리슨 라이언에게 엄청난 꺄악 소리와 함께 감사를.

에이전트 댄 라자는 내가 가장 신뢰하는 동지다. 나처럼 포부와 꿈과 야망이 있는 사람이 곁에 필요한데 당신이 있어주어서 어찌나 고마운지. 크고 작은 갖가지 도움과 책과 관련된 도움을 준 토리 도허티먼로에게 또한 특별한 감사를 전한다. 전 세계에 나의 말을 전달해준 마야 니콜릭, 페기 불로스 스미스, 제시카 버거에게 감사드린다.

자연스럽게 캐스 버크와 리베카 손더스 이야기를 해야 할 것 같다. 나는 우리가 동족이라는 것을 느낀다. 이 책에 대한 나의 비전을 곧바로 알아봐준 두 분의 날카로운 지도를 따라갈 수 있는 수혜를 입게 되어 운이 좋았습니다.

영화 에이전트 데이나 스펙터는 함께 팀으로 일하게 되어 아주 행운이었던 또 한 명의 여성이다. 그녀 역시 엄마 되기란 힘들다는 것을 잘 알고 있기 때문이다! 이 책과 다른 책들에 쏟아부어준 당신의 노고에 깊이 신세 지고 있어요.

이 이야기는 너무나 많은 나의 현명한 친구들, 작가들과 비작가들과의 대화를 통해 탄생한 직접적인 산물이다. 줄리아 조나스, 에밀리 오브라이언, 켈리 플로러스, 제프 랭빈, 로리 골드스틴, 샬럿 황, 샤나 실버, 에이미 모어하우스, 웬디 퍼시, 리사 그리고 줄리아 매퀸, 그리고 많은 다른 분들. 하지만 대화 이전에, 책의 단초는 『위스퍼 네트워크』 독자들이 심어주었는데, 많은 독자가 북클럽, 온라인, 내게 직접 보내온 이메일을 통해 직장에서의 좌절은 가정에서의 좌절에 깊이 뿌리박혀 있다는 것을 보여주었다. 독자들의 이야기를 듣는 것은 작가라는 직업의 가장 멋진 부분이다. 이러한 독자들이 완전히 새로운 불꽃을 일으켰다.

하지만 이 한 사람이 없었다면 책을 결코 쓰지 못했을 것이다. 바로 롭이다. 『죽이고 싶은 남편들』을 쓰기 위해서 나 자신에게도 훌륭한 남편이 있어야 했는데, 그는 여성들의 문제를 진심으로 알아주고 나를 지지해주었으며 나의 진정한 동지가 되어주었다고 말하고 싶다. 우리에게는 귀여운 두 아이가 있다. 하지만 태어난 지 이 주 된 아기와 함께 책의 초고를 쓰는 일은 확실히 가족 모두의 일이기에, 세 사람 모두 기꺼이 그 일을 맡아서 내게 작업할 공간을 선물했다는 데 깊이 감동했다―고마워.

옮긴이 **김산**

이화여자대학교 영어영문학과를 졸업하고 같은 학교 통번역대학원 한영전공 번역학과를 졸업했다. 현재 전문번역가로 활동하고 있으며, 소설 『일곱 번의 거짓말』을 우리말로 옮겼다.

문학동네 세계문학
죽이고 싶은 남편들

초판 인쇄 2024년 6월 10일 | 초판 발행 2024년 6월 24일

지은이 챈들러 베이커 | 옮긴이 김산
기획 이현자 | 책임편집 허유민 | 편집 윤정민 이현자 이단네
디자인 김유진 이원경 | 저작권 박지영 형소진 최은진 서연주 오서영
마케팅 정민호 서지화 한민아 이민경 안남영 왕지경 정경주 김수인 김혜원 김하연 김예진
브랜딩 함유지 함근아 고보미 박민재 김희숙 박다솔 조다현 정승민 배진성
제작 강신은 김동욱 이순호 | 제작처 영신사

펴낸곳 (주)문학동네 | 펴낸이 김소영
출판등록 1993년 10월 22일 제2003-000045호
주소 10881 경기도 파주시 회동길 210
전자우편 editor@munhak.com | 대표전화 031) 955-8888 | 팩스 031) 955-8855
문의전화 031) 955-1927(마케팅) 031) 955-2646(편집)
문학동네카페 http://cafe.naver.com/mhdn
인스타그램 @munhakdongne | 트위터 @munhakdongne
북클럽문학동네 http://bookclubmunhak.com

ISBN 979-11-416-0089-1 03840

www.munhak.com